ro
ro
ro.

Fleur Reynolds

Novizin der Lust

Erotischer Roman

Deutsch von Johannes Sabinski

Rowohlt Taschenbuch Verlag

Originalausgabe

Veröffentlicht im Rowohlt Taschenbuch Verlag,

Reinbek bei Hamburg, Dezember 2009

Copyright © 2009 by Rowohlt Verlag GmbH,

Reinbek bei Hamburg

Umschlaggestaltung any.way, Cathrin Günther

(Foto: mauritius images)

Satz FF Quadraat PostScript (InDesign) bei

Pinkuin Satz und Datentechnik, Berlin

Druck und Bindung CPI – Clausen & Bosse, Leck

Printed in Germany

ISBN 978 3 499 25355 3

Erstes Kapitel

Wie ungezogen ich doch bin, dachte Jeanine, während sie das schmucklose schwarze Band abstreifte, das ihr kräftiges blondes Haar zusammenhielt.

So richtig ungezogen, dachte sie, hob dabei die Bürste und bürstete sich mit rhythmischen Bewegungen. Jeanine wusste, sie würde ihre Sünden beichten müssen. Was würde sie sagen? Wie viel sollte sie preisgeben? Gott sei Dank wären ihre Augen niedergeschlagen und ihre geröteten Wangen bedeckt.

Sie zog am Reißverschluss ihres weichen, langen, cremefarbenen Rocks aus Kaschmirwolle und ließ ihn zu Boden fallen. Langsam löste sie die vorderen Knöpfe ihrer zarten, gemusterten Seidenbluse und genoss das Gefühl träger Sinnlichkeit. Auch die Bluse ließ sie auf den maisgelben, hochflorigen Teppich fallen. Sie setzte sich auf den hohen, mit Brokat bezogenen Stuhl, der gegenüber dem Drehspiegel stand, und zog sich gemächlich die dunkelbraunen Schuhe aus feinem Ziegenleder aus. Endlich war sie frei. Dieser Abend war der erste in ihrem neuen Leben. Sie war ihre eigene Herrin.

Jeanine war zufrieden, wie sie die Umwandlung ihres Zuhauses in ein Hotel bewerkstelligt hatte. Der Montag würde ihr erster Geschäftstag sein, bis dahin aber hatte sie das Wochenende für sich. Am Montag würde sie letzte Hand an die Räume legen, frische Blumen kaufen und Einstellungsgespräche mit Dienstmädchen führen. Zudem musste sie sich noch für eine Köchin entscheiden und einen Haushandwerker, der auch Gepäckträger wäre. Es wäre reizend, dachte sie, wären die beiden verheiratet. Eine liebenswerte, mollige Frau am Herd und ein vernünftiger Mann, der etwas von Elektrik verstand und zugleich kräftig genug wäre, um das Gepäck der Gäste die Treppe hinaufzutragen.

Leider war kein Platz für einen Aufzug. Jeanine räkelte sich. Am Montag würde sie geschäftig ordnen, aussuchen, Leute disponieren und Handzettel verteilen. Der heutige Abend und die kommenden beiden Tage aber standen ganz zu ihrer Verfügung.

Doch was sollte sie ihrem Beichtvater sagen? Sie erhob sich, öffnete ihren BH aus blassrosa Chantilly-Spitze und streichelte in aller Ruhe ihre Brüste. Sie verweilte auf den Nippeln und gestattete ihren Fingerspitzen, eine behagliche Versteifung hervorzulocken. Jeanine lächelte vor sich hin, als sie von ihrem Toilettentisch einen Lippenstift auswählte und sich dunkles Feuerrot auf die Lippen malte.

Die Leute in ihrem alten Büro hatten keine Ahnung, wer sie war oder was sie wirklich dachte. Absichtlich hatte sie jede Betonung ihrer Sexualität vermieden. Sie lag für alle offen zutage, hätten sie nur hinter ihr zugeknöpftes Äußeres und das Gesicht mit den ungeschminkten Augen geschaut. Sie hatte nur etwas blassrosa Lippenstift aufgetragen und das Haar zu einem Knoten gebunden, der die blonde, jetzt so unübersehbare Pracht verdeckte.

Ihre Kleider, weich und leicht abzulegen, waren einladend, ihr Benehmen jedoch völlig beherrscht. Während der vier Jahre ihres kometenhaften Aufstiegs war ihre Haltung ebenso kühl und gleichgültig geblieben wie ihr Verstand rasch und scharf. Sie wusste um ihren Spitznamen, die Eisjungfer, und dass die eher unfreundlichen unter ihren Kollegen sie plump eine frigide Zicke genannt hatten. Aber das lag jetzt alles hinter ihr.

Jeanine seufzte erleichtert auf. Nie wieder würde sie sich

durch den Berufsverkehr quälen, die Treppe aus Marmor und Glas zu ihrem Büro hinaufsteigen oder an ihrem Schreibtisch mit dem Computer und dem blöden Gummibaum sitzen und dem Tratsch der Frauen und Männer aus dem Weg gehen. Sie hatte sich sowohl genügend Rücklagen wie auch Ansehen erworben, um ihren eigenen Weg zu gehen. Jetzt, da endlich das Geld ihres verstorbenen Gatten Laurence freigegeben und ihr Arbeitsvertrag wie geplant gekündigt war, hatte sich alles sehr gut zusammengefügt. Jeanine holte lange, tief und zufriedenen Luft; die Maler waren fertig im Haus, und alles roch lieblich und frisch.

Jeanine streifte ihren Unterrock ab und stellte sich, nackt bis auf ihr Höschen, vor den Directoire-Spiegel. Was würde ihr Beichtvater dazu sagen? Während der letzten Wochen war sie ihm, unter dem Vorwand, zu viel arbeiten zu müssen, aus dem Weg gegangen. Doch bald, sehr bald würde sie sich ihm stellen müssen, ihm berichten, ihm alles erzählen. Ihrem Beichtvater, der sie unter seine Fittiche genommen hatte, als sein Neffe, Jeanines Ehemann, drei Tage nach ihrer Hochzeit tragisch ums Leben gekommen war. Ihrem Beichtvater, der ihr das zusätzliche Geld gegeben hatte, das sie für ihr Hotel brauchte. Ihrem Beichtvater, der, bei ihrem Zögern, sein Geld anzunehmen, gesagt hatte, es handele sich um nicht mehr und nicht weniger als ein geschäftliches Abkommen, eine für ihn vorteilhafte Geldanlage. Er habe viele Freunde und Bekannte, die ständig kämen und gingen und alle einen Ort bräuchten, an dem sie sich fern der Öffentlichkeit und in vollkommenem Frieden, sicher und geschützt, aufhalten könnten. Das Hotel wäre perfekt für sie. Sie beschwor das Bild ihres Beichtvaters herauf. Sie fröstelte leicht. Petrow löste stets Unbehagen bei ihr aus.

Irgendwie wusste sie, dass er eine Gefahr für ihr Seelenleben war. Genau aber konnte sie nie den Finger auf die eigentliche Wunde legen. Er war charmant. Er war höflich mit altmodischen guten Manieren. Er war zuvorkommend und achtete ihre Gefühle. Was Jeanine nicht zu erkennen vermochte, war Petrows Potenzial eines sexuell sehr attraktiven Mannes.

Sie dachte an ihn, wie sie ihn bei ihrem letzten Besuch, vor der Wiedererweckung ihrer Sexualität, gesehen hatte: ein bulliger Riese in dunkelgrüner Kutte, mit graublauen Augen, die sich in sie hineinbohrten, und einer Anziehungskraft, die sie überwältigte. Sein eisengraues Haar war wie immer makellos frisiert und an den Schläfen leicht gelockt. Das verlieh ihm einen geradezu unbeschwerten Zug, beinahe unziemlich für einen Abt. Jeanine erschauerte leicht beim Gedanken daran.

Vom Pförtner am Haupttor gerufen, hatte Petrow in der offenen Tür seines großen, weitläufigen Herrensitzes im Tudorstil gestanden, den er unter hohem Kostenaufwand hatte modernisieren lassen. Er war sein ganzer Stolz und seine Freude und zugleich das Stammhaus seines religiösen Ordens. Es war ein gemischter Orden, dem sowohl Männer wie Frauen beitreten konnten. Jeanine begegnete selten jemand im Inneren des Gebäudes, nahm aber bei jedem ihrer Besuche eine Vielzahl männlicher und weiblicher Novizen in dunkelgrünen Kutten wahr, die sich um den Garten kümmerten.

Die Arme ausgestreckt, hatte Petrow sie mit einem Küsschen auf die Wange begrüßt, ehe er sie durch die große Eingangshalle zum Beichtstuhl geleitete, der ein wenig versteckt hinter einem Podium stand. Petrow betrat ihn und setzte sich. Jeanine trat von der anderen Seite ein, schloss die Tür und kniete im Dunkeln vor dem Gitter nieder. Es hatte sehr wenig zu beichten gegeben, kleine Eifersüchteleien, lässliche Lügen, doch nie etwas sonderlich Strafwürdiges. Damals nicht. Aber jetzt hatte sie das körperliche Verlangen wiederentdeckt. Deshalb hatte sie ihn den letzten Monat über gemieden. Vor dieser Beichte fürchtete sie sich. Irgendetwas sagte ihr, dass ihre Entdeckung ihrer beider Verhältnis verändern würde: Denn Petrow hatte sie nie um mehr gebeten, als rein und dem Andenken ihres Gatten treu zu bleiben.

Er hatte versprochen, dass er binnen Jahresfrist ihren Wunsch erfüllen würde, seinem Orden beitreten und sich aus der Welt zurückziehen zu können. Für den Augenblick aber müsse sie von dieser Welt sein, sich ihren Versuchungen aussetzen und ihnen widerstehen. Sie müsse ihr Leben in Reinheit fortführen. Außerdem hatte er gesagt, dass er es erkennen würde, sollte sie je abschweifen, ihm die Wahrheit vorenthalten oder irgendeine der Regeln übertreten, die er für sie festgelegt hatte. Und sie glaubte ihm.

Sie setzte sich an ihren Toilettentisch, um leuchtend roten Nagellack aufzutragen. Die Farbe erinnerte sie an die Tropen. Südamerika. Brasilien. Brasilien war der eine Ort auf Erden, den sie hatte besuchen wollen. Überglücklich war sie über Laurence' Vorschlag gewesen, dort die Flitterwochen zu verbringen.

Verschwommen stellte sie ihn sich vor: seinen geschmeidigen, muskulösen Körper, seine dunkelbraunen Augen und sein sonnengebleichtes Haar. Das Gesicht braungebrannt vom stundenlangen Aufenthalt im Freien beim Suchen, Sammeln und Bestimmen von Pflanzen.

Ziemlich erschöpft von ihrem langen Flug von Paris über Lissabon waren sie in São Paulo eingetroffen. Laurence' Tante Rosario hatte sie gemeinsam mit ihrem neuen Ehemann Edson abgeholt, der den weiten Weg zu seinem großen Landgut gefahren war, derweil Rosario und Laurence gutgelaunt über die alten Zeiten in Paris und gemeinsame Freunde plauderten. Jeanine war froh gewesen, zu schweigen, und zufrieden, Laurence' Hand zu halten und die Landschaft zu betrachten. Nach fünfstündiger Fahrt erreichten sie schließlich ein außergewöhnlich großes Haus. Dort, im weichen Licht eines brasilianischen Morgens, hatte Laurence ihr die Jungfräulichkeit genommen. Er hatte sie in die Wonnen der körperlichen Liebe eingeführt.

Sie entsann sich der sanften Berührung seiner Hände, die ihren Körper streichelten. Er sorgte dafür, dass sie sich nicht fürchtete. Behutsam lösten seine Finger die Schleifen ihres Negligés, hoben ihr Nachthemd an und enthüllten die verborgene, auf einmal vor Sehnsucht feuchte Stelle. Noch einmal erlebte sie, wie seine Lippen die ihren berührten, ehe er ihr den Hals, die Augen, das Haar, die Brüste küsste. Dann zeigte er ihr, wie sie ihn halten, seinen Penis reiben musste, damit er steif wie ein Prügel wurde, gereckt und bereit, in sie hineinzustoßen. Ihre Beine spreizend, legte er sich zwischen ihre Schenkel und drang langsam und mit großer Geduld, sein aufgerichtetes Glied durch ihre Nässe gleitend, in sie ein. Nie gekannte Empfindungen durchfluteten sie, überraschten sie unverhofft, verschlangen sie. Stundenlang lagen sie da, bewegten sich stöhnend, nahmen unter Erschauern, bis sie sich, von allem Begehren entleert, Arm in Arm, ineinandergeschlungen hatten und eingeschlafen waren.

In jener Nacht war sie von Moskitos gestochen worden. Sie hatten sich mit ihrem frischen englischen Blut vollgesogen und sie geschwächt. Hätten sie es nicht getan, wäre sie mit ihm zusammen gestorben. Laurence spielte leidenschaftlich gern Polo. Rosario und Edson stellten den frisch Vermählten einen Privatjet zur Verfügung und schlugen ihnen vor, zum Austragungsort eines Spiels zu fliegen, das achthundert Kilometer weit entfernt stattfand. Doch Jeanine war zu krank zum

Reisen. Die Moskitostiche hatten eine Allergie ausgelöst, und ihr Körper wurde vom Fieber geschüttelt, sodass Laurence allein aufbrach. Dann traf die Nachricht ein. Ihr Mann war nicht zum Spiel erschienen. Sie brauchten zwei Tage, um die Trümmer seines Flugzeugs in den Tiefen des brasilianischen Regenwalds zu finden, doch seine Leiche blieb verschollen.

Das war nun vier Jahre her. Vier Jahre, um sich von dem Schlag zu erholen und zu lernen, auf eigenen Beinen zu stehen. Es war Jeanine schwergefallen, so plötzlich des gesellschaftlichen Rangs, der Anteilnahme und Liebe beraubt. Immer schon war sie von ihrer Familie beschützt worden, vor allem von ihrer Mutter Penelope Wladelsky, die ihrerseits nur wenige Monate später um Jeanines Stiefvater Stefan trauern musste. Penelopes Gram hatte es ihr unmöglich gemacht, sich um sich selbst zu kümmern, geschweige denn um jemand anderen, und sei es Jeanine, ihr einziges Kind. Da Laurence' Leichnam nie gefunden worden war, sträubten sich die Treuhänder, seinen Letzten Willen zu vollstrecken. Auch die Versicherung wollte nicht zahlen. Mit etwas eigenem Geld, das aber über keine längere Zeitspanne reichte, und ohne eine richtige, vernünftige Ausbildung beschloss Jeanine, dass Arbeit nicht nur finanziell eine Lösung sei, sondern auch, um den Schmerz über Laurence' Tod zu lindern.

Petrow hatte ihr geholfen, in einer jungen Firma für Öffentlichkeitsarbeit unterzukommen. Jeanine hatte keine Freude daran gehabt. Auf die tägliche Tretmühle war sie nicht erpicht gewesen und auch nicht auf die stumpfsinnige Plackerei unter Leuten, die sie nicht leiden konnte und deren Anweisungen sie befolgen musste. Doch sie hatte ihren Job gemacht, und zwar gut. Vor kurzem war Laurence amtlich für tot erklärt und das ihr zustehende Geld ausbezahlt worden. Sie war in der Lage, die entwürdigende Arbeit aufzugeben und ein eigenes

Unternehmen zu gründen. Jeanine war felsenfest entschlossen, es zu einem großem Erfolg zu machen.

Sie betrachtete die wunderschönen Vorhänge, Teppiche und Polsterstoffe, die ihre kluge Cousine Auralie so hinreißend entworfen hatte. Die liebe Auralie, die so anders als sie war. Dunkelhaarig, wo Jeanine blond war, zierlich, wo Jeanine üppig war. Schöpferisch, wo Jeanine praktisch war, sexy, wo sie …

Jeanine hielt mitten im Gedanken inne. Sie freute sich, dass ihre Cousine inzwischen glücklich verheiratet war, doch sie wusste, dass ihre Hochzeit mit Laurence Auralie einen Schlag versetzt hatte. Die beiden hatten sich sehr nahegestanden, wobei Laurence sich große Mühe gegeben hatte, Jeanine zu versichern, er und Auralie seien nie ein Liebespaar gewesen. Jeanine hatte gesagt, sie halte das für unerheblich, Laurence aber hatte darauf beharrt, dass dem durchaus nicht so sei. Jeanine hatte damit gerechnet, Auralie werde eifersüchtig sein, doch sie hatte sich als reizend erwiesen. Sie hatte Jeanine sogar bei der Auswahl ihres Hochzeitskleids beraten. Jeanine konnte nicht verstehen, weshalb ihre Mutter Auralie so sehr verabscheute.

Auralie hatte ihren Wert und ihre Freundschaft erneut bewiesen, als sie für Jeanine die Umgestaltung ihres Hotels zum Selbstkostenpreis machte. Sobald ihre Mutter von ihrer Kreuzfahrt zurückkehrte, würde Jeanine ihr erzählen, wie liebenswürdig Auralie gewesen war. Jeanine konnte weder offene noch unterschwellige Meinungsverschiedenheiten, Streit oder jegliche Form von Gewalt ertragen. Sie wollte, dass alle glücklich waren. Sie würde die beiden noch zusammenbringen. Es würde sein wie in ihrer Jugend, ehe ihr Stiefvater Stefan gestorben war.

Jeanines Gedanken wandten sich von Stefan zu seinem

jüngsten Bruder Petrow, sie hörte die Kadenzen seiner betäubend dröhnenden Stimme. Bald würde sie ihm begegnen. Sie musste, aber noch nicht sofort. Was würde sie sagen? Wie deutlich würde sie sein, da ihre Gedanken immer weniger um Laurence und weit mehr um zutiefst Erotisches kreisten? Sollte sie ihm verraten, wie sie in ihrer Vorstellung mit gespreizten Armen und Beinen auf dem Bett lag, mit Lederriemen gefesselt, die sie zurückhielten, während sich ein kräftiger, muskulöser Körper zwischen ihre Beine schob, ein Mund ihre Schenkel leckte und Finger gemächlich ihre geheime Pforte öffneten? Während sie darüber nachdachte, bewegte sich Jeanines Hand langsam über ihren Körper und unter das Gummiband ihres Höschens. Instinktiv begann ihr Zeigefinger, ihre zartesten Stellen zu erregen. Jeanine begann, den Sinnesreiz des Begehrens und Bedürfens zu verspüren. Sie konnte fühlen, wie das Blut durch ihren Körper strömte, wie es ihr ins Gesicht stieg und ihre geheimen Stellen erfüllte, öffnete und weitete. Sie konnte fühlen, wie ihre Wangen prickelten. Ihre Zunge strich ihren halb geöffneten Mund entlang, und sie leckte sich die Lippen. Sie spürte, wie ihr inneres Selbst reifte und sich entfaltete. Sie fühlte sich selbst erblühen.

Jeanine zog sich das Höschen aus und setzte sich auf den Korbstuhl vor ihrem Toilettentisch. Der Spiegel an der Wand war so angebracht, dass sie jeden Teil ihres Körpers betrachten konnte. Sie prüfte ihre Brüste, berührte ihre Nippel und sorgte dafür, dass sie fest und aufgerichtet vorstanden. Mit der arglosen Anmut einer natürlichen Tänzerin beugte sie sich vor und streichelte die Innenseiten ihrer Schenkel. Dann erhob sie sich und bewunderte die dralle, gerundete Weichheit ihres Hinterns, dessen blasse Haut nun vom Geflecht des Stuhls schwach gerötet war. Der Anblick erregte sie, und sie fuhr mit ihren roten Fingernägeln die frischen Male entlang.

Jeanine ging hinüber zu ihrer wunderschönen Kommode aus Walnussholz und zog eine Schublade auf. Von einem Schuldgefühl erregt, holte sie ihre geheimen Erwerbungen hervor: eine schwarze Schößchenjacke aus Spitze und Leder, ein schwarzes Satinhöschen mit offenem Schritt und schwarzseidene Nahtstrümpfe.

Aufrecht vor dem Spiegel stehend, schnürte sich Jeanine in die Jacke und stieg in das geschlitzte Höschen. Sie genoss das Gefühl des kühlen Satins auf ihren Pobacken und wie das Gummiband sie oben an den Beinen zurückhielt, sodass ihre verborgene Weichheit sanft ausgestellt und gerieben wurde, eine stetig zunehmende Erregung. Es öffnete sie und regte ihre Feuchtigkeit zum Fließen an. Sie öffnete sich weiter und wurde mehr als feucht, wurde nass. Sie öffnete sich noch weiter, und ihre Säfte sickerten hervor und benetzten ihre Schenkel.

Jeanine stülpte ihre Strümpfe um und rollte sie über ihre wohlgeformten Beine. Sie überprüfte, ob die hinteren Strapse an der Stelle festgeklemmt waren, wo die Nähte ansetzten, und vollkommen gerade saßen. Aus ihrer reich mit Walnussholz verzierten Garderobe holte sie ein Paar hochhackige, bis zu den Knöcheln geschnürte Stiefel und stieg hinein. Sie lächelte ihrem Spiegelbild zu. Ihre Verwandlung war vollständig.

Würde ihr Beichtvater es verstehen, verriete sie ihm ihr Bedürfnis, seinen Penis im Mund zu fühlen? Die Lippen um seine Männlichkeit zu schließen und sie zu saugen? Würde er ihr Bedürfnis verstehen, sich vorzubeugen, die Hinterbacken anzuheben und diese Männlichkeit in sich zu spüren? Oder würde ihr Beichtvater sie für ihre Verruchtheit bestrafen? Und wie würde er sie bestrafen?

Sich im Spiegel betrachtend, stellte Jeanine fest, dass ihr verborgenes Ich nicht länger verborgen war. Nun genügten ihr die eigenen Finger nicht länger. Sie wollte mehr. Sie zog eine andere Schublade auf und holte einen rosafarbenen Lederdildo hervor. Sie liebkoste ihn. Sie schob sich seine Spitze in den Mund, lutschte sie und dachte daran, wie sie dazu gekommen war, ihn zu kaufen.

Bis vor kurzem hatte sie Nacht für Nacht schluchzend allein im Bett gelegen. Dann aber, in einer ruhelosen Nacht, hatte sich das Begehren in ihr geregt. Es begann damit, dass ihr plötzlich einmal kalt war. Sie schob ihre Hände zwischen die Beine, um sich zu wärmen. Während sie dieses ungewohnte Gefühl, gehalten zu werden, genoss, und die doppelte Befriedigung von Wärme, die ihre klammen Finger durchströmte, und einer gefühlten Sicherheit, die ihre Hände beisteuerten, bewegte sie sich sachte im Bett. Ihre Finger verlagerten sich und berührten wie zufällig ihre geschlossene Öffnung, die sofort reagierte. Diese prickelte erwartungsvoll, sodass sich ihre Finger erneut bewegten. Ihre Kehle schnürte sich zu, und es begann, in ihrem Bauch zu flattern. Jeanine berührte sich erneut. Frisches Prickeln. Immer wieder berührte sie sich. Sie löste sich aus ihrer eingerollten Haltung, spreizte die Beine und erforschte im Dunkel unter der Bettdecke ihr Verborgenes. Ohne bewussten Gedanken, nur in der Erregung von Fingerspitzen, die Haut berührten, schwelgte sie im Kitzel der Entdeckung. Ihre empfindsamen Fingerkuppen liebkosten ihre genauso empfindsamen geheimen Körperstellen – ihr Geschlecht. Nach einigen Tagen tauchten langsam verschwommene Wunschbilder auf. Jeanine begann, sich auf die Nächte zu freuen, statt sie zu fürchten. Ebenso verspürte sie das Bedürfnis nach etwas Dickerem, Größerem, Längerem, damit es in ihr poche. Sie beschloss, einen Dildo zu kaufen, doch das hieß, in einen Sexshop zu gehen. Sie hatte ein brennendes Schamgefühl empfunden und war schon beim

Gedanken daran errötet. Aber das übermächtige Begehren, die Lüsternheit ihres Sehnens überwanden ihre Scham. Sie hatte sich einen alten Burberry angezogen, eine Brille mit dicken Gläsern aufgesetzt, sich einen Schal von Hermès um den Kopf gebunden und kühn den Laden betreten.

Inmitten der aufblasbaren Puppen, Peitschen, Rohrstöcke, Gels, Cremes und Kleidungsstücke, von denen sie bis dahin nur eine vage Vorstellung gehabt hatte, erblickte Jeanine eine große Auswahl von Schwänzen aus Kunststoff und Leder in unterschiedlichen Größen. Beinahe sofort fielen ihre Augen auf einen aus muschelrosa Leder. Er war wunderschön gearbeitet und geformt, mit üppigen, knetbaren Lederhoden, die unter ihrer Berührung nachgaben. Sie fühlte ein leichtes Zittern in den Beinen und unvermittelt Feuchtigkeit ihr das Höschen an die Haut heften. Ganz benommen, fing Jeanine an, die steife Härte zu befingern. Eine Härte, die in ihrem Kopf ein irritierendes Gefühl ausgelöst hatte. Sie hatte den Dildo gekauft, zusammen mit einem kleinen Vibrator.

Nun brachte sie die Erinnerung daran dazu, sich selbst ungeniert geschwollen sehen zu wollen. Sie zog ihr Höschen aus, eine Schublade in ihrem Toilettentisch auf und entnahm ihr eine Flasche erregend duftenden Öls. Vorsichtig, damit nichts auf den Teppich tropfte, rieb sie den Dildo damit ein. Vor dem Spiegel, die Beine gespreizt, das Becken vorgeschoben, rollte sie den Dildo auf ihren Schenkeln hin und her. Sie hielt ihn hinter sich und ließ seine Härte aus dem Spalt zwischen ihren Beinen hervorragen. Erwartungsvoll, zitternd und voll schmerzlichen Begehrens, etwas Dralles und Steifes willkommen zu heißen, ließ sie den Dildo ihre weichen inneren dunkelrosa Schamlippen liebkosen, die sonst gänzlich verborgen waren, sich nun aber offen, empfindsam und lüstern zeigten.

Jeanine malte sich einen festen, harten Körper aus, der über einen ebensolchen Schwanz verfügen würde wie jener, der nun ihre eingeölten Schenkel erregte. Sie stellte sich die Hände vor, die ihr die Spitze und das Leder von den Brüsten zerren würden. Sie sah, wie diese Hände ihre Brüste halten, ihre Nippel kneten würden. Und sie dachte an den Mund, der sie küssen und daran saugen würde. Sie malte sich aus, wie diese Hände von den Brüsten hinunter über ihren Bauch wanderten, um verspielt den blonden Flaum zu streicheln, der den Hügel zwischen ihren Beinen bedeckte. Gleichzeitig sehnte sich ihre Möse danach, dieses geliebte Etwas zu umschließen, zu bearbeiten. Jeanine stellte sich ein Gesicht vor und erbebte. Ein sehr realer Mann. Ein verbotener Mann. Sie wusste, sie würde ihrem Beichtvater von ihm berichten, ihm ihre Verruchtheit, ihre Sünde mitteilen müssen. Beichte deine Gedanken, trug er ihr stets auf, denn sie sind die Väter der Tat. Aber Jeanine wusste, diese Gedanken würde sie niemals Wirklichkeit werden lassen. Schon die Vorstellung war anmaßend. Dennoch fuhr sie fort, sein Bild zu beschwören – das Bild von Auralies Ehemann Gerry. Gerry über sie gebückt, sie gefesselt und hilflos. Ohnmächtig musste sie erdulden, wie seine Hände in ihr Haar griffen und ihren Kopf zurückrissen, worauf ihr Mund sich unwillkürlich öffnete, er seinen Penis einführte und ihr befahl, ihn zu lutschen, ob sie nun wollte oder nicht.

Jeanine nahm den Dildo. Sie setzte sich auf den Rohrstuhl und spreizte die Beine über die Armlehnen. Ihre Vulva entblößt und eine Hand auf ihrer angewachsenen und geschwollenen Klitoris ruhend, ließ sie den Dildo in ihre schamlose Öffnung schlüpfen. Sie stieß heftig zu. Noch heftiger. Von Phantasie und Gefühl erfüllt. Von Prickeln und Schaudern. Gierig nehmend, sich verengend, steigerte sie sich in entrückte Höhen.

Jede Pore ihres Körpers war lebendig. Sie hielt den Dildo fest umklammert, stieß ihn vor und zurück, vor und zurück und durchlebte eine Phantasie nach der anderen. Männer leckten sie. Männer nahmen sie. Nahmen sie von vorn, nahmen sie von hinten. Männer drückten sie nieder, zwangen sie dazu, einen nach dem anderen zu lutschen. Sie keuchte und wand sich, trieb sich zum Punkt, an dem es kein Zurück mehr gab.

Dann, aus einer Laune heraus, ihr Rücken gekrümmt, das Muster des Geflechts in ihre Pobacken eingeprägt, hörte sie auf zu stoßen. Sie beschloss, nicht zu kommen. Sie würde sich necken. Wie dumm, Stunden der Lust in wenigen kurzen Augenblicken zu verschwenden. Sie wollte tun, was sie wahrscheinlich nie wieder tun konnte. Sie würde das Haus durchstreifen und an sich spielen. Sie würde vor jedem Spiegel in jedem Raum an sich spielen. Zukünftig, wenn die Zimmer belegt wären, bliebe ihr die Erinnerung daran, was sie getan hatte. Wie sie dem ganzen Haus den Stempel ihrer Sexualität aufgedrückt hatte. *Ihrer* Sexualität. *Ihrer* Phantasie. Sie würde so tun, als wäre sie eine Hure, die Freier besucht.

Sie war nicht länger Jeanine, zuletzt Leiterin einer PR-Agentur und nun Inhaberin eines kleinen Hotels. Sie war Jeanine, die extravagante Hure auf Besuch bei Freiern und auf der Hut vor der Inhaberin. Sie legte den Dildo beiseite und fing an, sich das Gesicht anzumalen, erst die Grundierung, dann den Puder. Sie trug Blau auf die Lider auf, dann schwarze Wimperntusche. Sie bürstete sich davon in die Brauen, hob ihre Linie hervor, legte sich dann Rouge auf die Wangen und malte sich mehr leuchtendes Rot auf die Lippen. Erneut bürstete sie sich das Haar. Sie überprüfte, ob ihre Strumpfnähte gerade saßen, und fasste sich zwischen die Beine. Sie war noch immer nass. Sehr nass.

Was sollte sie über ihrer Schößchenjacke tragen? Sie ging

hinüber zum Kleiderschrank. Sie sah sich im Spiegel. Sie erhaschte einen Blick auf ihren rötlich gezeichneten blanken Po, ihre Beine, mit schwarzer Seide bestrumpft, ihre knöchellangen Lederstiefel, ihre Brüste mit den aufgerichteten, vorstehenden Nippeln, und schmunzelte. Wie bestürzt sie wären, könnten ihre ehemaligen Kollegen sie jetzt sehen. Die Eisjungfer, die frigide Zicke, die sich über ihren Phantasien gehen lässt. Jeanine durchstöberte ihren Kleiderschrank und entschied sich für einen langen schwarzen Lederumhang. Sie legte ihn um die satinglatten Schultern und band die Schnüre zu einer Schleife um ihren Hals. Sie beschloss, in die Küche zu gehen und eine Flasche Champagner aus dem Kühlschrank zu holen. Sie würde jedes einzelne Zimmer auf jede erdenkliche Weise taufen. Und niemand würde es je erfahren. Das gab ihr ein verruchtes Gefühl und bereitete ihr ein lustvolles Stechen. Nächste Woche würde sie es ihrem Beichtvater erzählen. Sie würde es tun müssen, denn sie konnte ihm nicht länger aus dem Weg gehen; er könnte misstrauisch werden. Nächste Woche würde sie von Scham und Schmach gebeugt sein, heute Nacht aber und das ganze Wochenende lang sich ihren Phantasien hingeben. Sie hob den Dildo auf und verließ den stillen, vergoldeten Zauber ihres Schlafzimmers.

Jeanine konnte nicht ahnen, dass ihr Geheimnis bald entdeckt würde. Dass es der Mann wäre, den sie am meisten begehrte, der sie in ihren geheimen, exotischen und erotischen Kleidern vorfinden würde, und er würde sie sexuell ausgehungert, willig und lüstern antreffen.

Zweites Kapitel

Gerry de Bouys ließ den Blick mit außerordentlicher Befriedigung über sein neues Büro schweifen. Es war geschmackvoll und professionell: genau, wie er es hatte haben wollen. Auralie hatte ausgezeichnete Arbeit geleistet.

Auralie war seine Frau und Innendekorateurin. Im Geiste nickte er ihr achtungsvoll, wenn auch widerstrebend zu. Widerstrebend, denn heute war er über sie erbost. Mehr als das, er war verärgert. Doch sein Ärger erstreckte sich nicht auf die Gestaltung seines Büros. Er war sehr erfreut über das dunkle Silbergrau des Teppichs, die hellgrauen Wände mit der weißen Decke, die weißen Scheuerleisten, die weißen Türen und den Schreibtisch aus Ebenholz. Die Tischfläche war frei bis auf Geschäftspapier, Füllhalter, Telefon und Faxgerät sowie eine verchromte Tischleuchte. Gerrys Vater hatte seinem Sohn von früh an eingetrichtert, dass ein unaufgeräumter Schreibtisch einen unaufgeräumten Verstand bedeute: dass ein unaufgeräumter Verstand ein leistungsschwacher Verstand sei und Leistungsschwäche keinen Platz in einer erfolgreichen Firma habe.

Gerry saß in einem der Sessel aus Chrom und schwarzem Leder und widmete sich dem beruhigenden Anblick der Pflanzen, die zwischen Kieselsteinen rings um ein kleines Wasserbecken neben dem großen Fenster eingelassen waren. Das Fenster schenkte Gerry einen Panoramablick von London und der Themse über den ganzen Raum. Er sah hinaus und bemerkte, wie die tiefstehende Sonne die berühmten Wahrzeichen der Stadt aufleuchten ließ.

Gelangweilt betrat er sein privates Badezimmer, um sich

dort die Hände zu waschen und das Haar zu kämmen. Alle anderen im Gebäude waren bereits heimgegangen, nur Gerry war geblieben. Er wartete gespannt auf ein verschlüsseltes Fax von seinem Vater, dem Industriellen Sir Henry de Bouys.

Sir Henry hatte beschlossen, ins Luftverkehrsgeschäft einzusteigen. Er wollte das von den weltgrößten Fluglinien gehaltene Monopol sprengen und sie auf ihrem eigenen Terrain schlagen. Gerrys Büro gleich neben dem seines Vaters würde im Herzen des neuen Imperiums liegen. Niemand wusste von ihren Plänen, nicht einmal Auralie. Manchmal war Gerry versucht gewesen, ihr davon zu erzählen. In Anbetracht der Ereignisse der letzten sechsunddreißig Stunden aber war Gerry froh, es nicht getan zu haben. Strikte Geheimhaltung war überaus wichtig, ihretwegen blieben sie im Vorteil.

Gerry wartete auf die Nachricht, ob sein Vater den Durchbruch bei den Verhandlungen über ein Flugzeug erzielt hatte. Falls ja, konnte er die nächste Phase des Unternehmens einleiten – das firmeneigene Erscheinungsbild, die Gestaltung des Markenzeichens, der Teppiche, Inneneinrichtung, Uniformen und VIP-Lounges in jenen Flughäfen, auf denen das Flugzeug landen würde. Ihre gesamte Planung hing nun von einer gefaxten Bestätigung ab. Sie hing von Sir Henrys Geschick ab, das richtige Flugzeug zum richtigen Preis zu bekommen.

Gerry betrachtete sich im Spiegel. Er war genauso gepflegt wie sein Büro. Sein gutgeschnittener marineblauer Nadelstreifenanzug aus der Savile Row schmiegte sich vollendet an seine athletische Figur. Sein blassrosa Hemd aus ägyptischer Baumwolle prunkte mit Gerrys stramm gebundener Internatskrawatte. Tiefblaue Augen funkelten in seinem leicht gebräunten Gesicht. Sein dunkelbraunes Haar, stets vom selben Friseur in der Curzon Street geschnitten, fiel beim Kämmen perfekt. Während er sich die Hände wusch, spritzte etwas Wasser auf seine klassischen schwarzen englischen Straßenschuhe. Er öffnete die Tür unter dem Waschbecken, nahm ein Schuhputzset heraus und versah seine Schuhe mit einer raschen Politur.

Er fragte sich, ob sein Vater womöglich persönlich im Büro erscheinen würde, statt zu faxen. Das war zwar unwahrscheinlich, doch Sir Henry war immer etwas unberechenbar. Gerry war überzeugt, dass es seines Vaters Fähigkeit zu überraschen war, die ihn regelmäßig seine Wettbewerber übertrumpfen ließ. Gerry hoffte, diese Eigenschaft geerbt zu haben.

Er ging zurück in sein Büro, setzte sich und begann herumzukritzeln. Er war so vertieft in seine Gedanken ans Geschäft, dass er erst nach geraumer Zeit merkte, dass er geistesabwesend zwei Frauen gezeichnet hatte: die eine schlank, die andere üppig. Die üppige stand an den Pfosten eines Himmelbetts gefesselt. Die Schlanke hatte eine Hand über der gewölbten Scham der Kurvenreichen und die andere über ihren Brüsten. Er begriff, dass die Schlanke Ähnlichkeit mit seiner Frau Auralie hatte.

Gerry hatte oft davon geträumt, zwei Frauen beim Liebesspiel zu beobachten, seine Gattin jedoch hatte sich schon bei der leisesten Andeutung seiner Phantasie auf die entfernte Seite des gemeinsamen Betts gewälzt und ihre Abscheu ausgedrückt. Vergangenen Nachmittag nun war er heimgekehrt, um einige wichtige Papiere einzusammeln, und vollkommen verblüfft auf seine Gattin beim Sex mit einer scharfen drallen jungen Frau gestoßen.

Gerry starrte die Zeichnung an. Sie machte ihn geil. Er fühlte, wie sein Schwanz gegen den Hosenstoff drückte. Er würde heute Nacht seine Frau rannehmen. Aber er brauchte sofort Erleichterung. Gerry erhob sich und schloss seine Bürotür ab. Er wusste zwar, dass das Gebäude leer war, doch er war ein vorsichtiger Mann, der stets auf Nummer sicher ging. In lebhafter Erinnerung der Szene, deren schweigender Zeuge er gewesen war, kehrte er an seinen Sessel zurück, zog den Reißverschluss seiner Hose auf, ließ seinen aufgerichteten Schwengel aus seinem Gefängnis herausspringen und begann, sich zu reiben.

Er dachte an den vergangenen Nachmittag. Er dachte daran zurück, wie er durch das weiße Stuckportal seines Hauses in South Kensington eingetreten war und auf der Kommode im Flur nach den vermissten Aufzeichnungen gesucht hatte. Da er sie dort nicht fand, schloss er, sie womöglich auf seinem Nachttisch liegengelassen zu haben. Er ging die Treppe zum Schlafzimmer hoch. Die dicken Teppiche schluckten seine Schritte, und er war gerade im Begriff, die Schlafzimmertür zu öffnen, als er ein tiefes Seufzen vernahm; ein eindringliches Lustseufzen. Etwas sagte ihm, zu bleiben, wo er war. Jähe Eifersucht durchfuhr ihn bei der Vorstellung, Auralie könne etwas mit einem anderen Mann haben. Er spähte in sein Schafzimmer und war vollständig verblüfft von dem, was er sah.

Eine ihm vage vertraut erscheinende dralle junge Frau mit kurzem braunem Haar und im Gewand einer Nonne hatte die Arme über dem Kopf und war an den Bettpfosten gefesselt. Gerrys Frau stand splitternackt neben ihr, eine Hand im langen Schlitz der Nonnentracht, und spielte mit den Brüsten der jungen Frau.

«Hast du schon viele Frauen gehabt?», fragte das dralle Mädchen seine Frau.

«O ja», antwortete Auralie. «Deshalb hat Petrow dich zu mir geschickt, Margaret.»

Gedanken jagten durch Gerrys Kopf. Also hatte diese Margaret etwas mit Auralies Onkel Petrow zu tun. Er hatte den Mann nie leiden können. Nie. Sicher, er konnte sehr charmant sein – ganz alte Welt und russisch. Doch bei den wenigen Gelegenheiten, da Gerry ihm begegnet war, hatte er stets größte Vorbehalte gegenüber Petrows angeblicher frommer Erhabenheit verspürt.

Gerrys Gedanken wurden unterbrochen, als Auralie die Tracht des Mädchens beiseiteschob und die volle Pracht ihrer großen Brüste aufdeckte. Das Wollüstige ihrer schweren weißen Rundungen trocknete Gerry vor Begierde umgehend den Mund aus. Er sah, wie Auralie die Üppigkeit des Mädchens knetete und ihr zugleich den Hals leckte und ihre Lippen küsste. Gerry, völlig erstaunt über Auralies Duldung einer Gespielin, war sogar noch überraschter von ihrer offensichtlichen Kunstfertigkeit. Ganz eindeutig kannte und genoss sie den Körper einer anderen Frau.

Margaret stieß einen langen Lustseufzer aus. Auralie begann mit ihrer anderen Hand, den Saum ihres langen Gewands zu heben.

«Nimm die Beine auseinander», trug ihr Auralie auf. Die junge Frau tat wie geheißen. «Weiter.»

Auf diesen Befehl hin nahm sie die Beine weiter auseinander. Den Kitzel nachfühlend, beobachtete Gerry, wie Auralie die drallen weißen Schenkel des Mädchens immer weiter entblößte und schließlich das säuberlich geformte schwarze Dreieck zwischen ihren Beinen freilegte.

Bestürzt, aber auch erregt und sein Gefühlszustand ein Spiegelbild jenes des Mädchens, lehnte sich Gerry an den Türrahmen. Sachte rieb er sich durch die Hose hindurch seine Eier und seinen Schwanz.

Auralie legte ihre Hand auf den schwarzen Hügel des Mädchens, drückte ihre Brüste auf Margarets und begann, einen Finger langsam auf Margarets Geschlecht vor und zurück zu bewegen.

«Ich will dich sehr nass haben», sagte Auralie.

Ihre Worte veranlassten das Mädchen zu sinnlichen, wogenden Hüftbewegungen. Auralie stellte das Spiel an ihr ein, legte ihr beide Hände auf die Brüste und ließ ihre Zunge um Margarets Lippen kreisen.

«Was werde ich jetzt wohl mit dir tun?», fragte Auralie das Mädchen.

«Jetzt wirst du mich wohl lecken», hauchte die andere atemlos.

«Ja», sagte Auralie und drückte ihr die Brüste, «ich werde meinen Kopf zwischen deine Beine stecken und deine kleine steife Klitoris lecken, bis du nicht mehr weißt, ob du im Himmel oder in der Hölle bist. Danach werden wir zur heutigen Lektion kommen.»

Gerry beobachtete Margaret, wie sie ihr Becken wölbte und Auralie ihr Geschlecht darbot, welche niederkniete und ihre Zunge in den Tiefen des schwarzen Dreiecks vergrub.

Gerry dachte, dass er nur selten etwas Erotischeres gesehen hatte als die gefesselte junge Frau, die sich im Takt der Zunge seiner Gattin wiegte und zuckte.

Noch immer an die Tür gelehnt, verspürte Gerry den starken Wunsch, Auralie zu bestrafen. Er wollte sie seinem Willen beugen und ihr den nackten Hintern versohlen. Außerdem wollte er in das Zimmer platzen, erst Auralie nehmen und dann die an den Bettpfosten gefesselte Frau.

Er dachte an die erste Gelegenheit zurück, als er vorgeschlagen hatte, eine andere Frau mit ins gemeinsame Bett zu nehmen. Es war eine Woche nach ihrer Hochzeit gewesen. Sie hatten einander geliebt, als er eine andere Frau erwähnt hatte.

«Ich hätte furchtbar gern eine andere Frau in unserem Bett», hatte er gesagt. «Ich sähe liebend gern, wie du eine andere Frau anfasst und mir dann zusiehst, wie ich sie ficke.»

Warum, hatte er sich später gefragt, hatte er so etwas gesagt, wo sie doch vollkommen glücklich waren? Aber er hatte es gesagt, und Auralie war erstarrt. Damals war er enttäuscht gewesen, hatte es aber für eine ganz normale Reaktion gehalten. Jetzt aber, als er den straffen Körper seiner Frau betrachtete, ihre rosig knospenden Brüste, ihren flachen Bauch, die Form und die Wölbung ihres Arsches, während sie die ans Bett gefesselte Frau leckte und küsste, gab ihm der wahre Grund ein Rätsel auf.

Seine Überlegung fand ein jähes Ende, als Auralie sich erhob und die Fesseln um Margarets Hände löste. Gerry zog sich den Hosenschlitz auf und drückte um seine Schwanzwurzel zu. Er durfte nicht kommen. Er wollte wissen, was Auralie sonst noch tun würde. Er wollte wissen, was die nächste Lektion wäre.

Auralie brachte die junge Frau dazu, sich flach auf den Rücken zu legen, und legte ihr die Hände über den kleinen schwarzen Hügel.

«Spiel an dir», befahl sie und nahm den Kopf des Mädchens zwischen die Knie, sodass ihr feuchtes Geschlecht über Margarets Mund schwebte. «Genau so, wie ich es dir beim letzten Mal gezeigt habe. Streck die Zunge raus und leck mich.»

Gerry glaubte, bersten zu müssen, als die kleine, kräftige Zunge des drallen Mädchens in das Geschlecht seiner Gattin eindrang. Auralie ließ die Hände sinken und spielte mit Margarets wohlgefälligen Brüsten, während sie gleichzeitig ihre Zunge ritt.

«Du hast dazugelernt», sagte Auralie. «Jetzt geh tiefer, tiefer. Und fahr fort, an dir zu spielen.»

Das Mädchen nahm die Beine immer weiter auseinander und begann, die Hüften zu heben, zu zittern und zu beben.

«Du darfst nicht kommen. Noch nicht», sagte Auralie und richtete sich plötzlich auf. «Dreh dich um und heb deinen Hintern.»

Die prallen Rundungen von Margarets Hintern waren ungemein einladend, und Gerrys Glied war prall, aufgerichtet und bereit zum Abspritzen, als er die kundigen Finger seiner Frau in den Arsch des Mädchens schlüpfen sah. Margaret gab einen lauten Aufschrei von sich.

«Alles an dir muss offen für Petrow sein. Und du bist hier zu eng», sagte Auralie und fügte hinzu: «Mein Mann nimmt mich gern auf diese Weise.»

«Genießt du den Sex mit ihm?», fragte Margaret.

«O ja. Gerry hat einen wunderbaren Schwanz und weiß ihn auch zu nutzen», entgegnete Auralie. «Du bleibst jetzt so liegen, während ich dir deine nächste Lektion erteile.»

Gerry fühlte sich durch dieses unverhoffte Lob von Lust durchflutet, fragte sich aber, weshalb sie ihm nicht häufiger gestattete, Sex mit ihr zu haben, wenn sie ihn so gernhatte. Vielleicht war diese junge Frau der Grund. Vielleicht hatte seine Gattin regelmäßig Sex mit ihr. Während er im Büro war, war sie hier vielleicht am Vögeln. Am Frauen vögeln. Aber könnte sie dann auch Männer vögeln? Die Peitsche der Eifersucht geißelte und verbrannte Gerry.

Auralie verschwand für einen Augenblick aus Gerrys Blickfeld, kehrte dann zurück und beugte sich über das Mädchen. Sie hatte einen Rohrstock in der Hand. Er und Auralie schienen mehr auf einer Wellenlänge zu liegen, als er vermutet hätte. Er wollte den Rohrstock packen, sie niederdrücken und ihr Striemen auf den nackten Po brennen.

«Jetzt, Margaret, werde ich dich versohlen», sagte Auralie.

Ihre Worte brachten Gerry dazu, seine Schwanzwurzel sehr kräftig zuzudrücken, um nicht zu kommen.

«Warum?»

«Dafür, dass du mich hast warten zu lassen.»

«Aber ...», widersprach Margaret. «Aber ich wusste nicht ... dachte nicht ... es war mir nicht klar.»

«Es war dir nicht klar! Als ich dich bei deinem ersten Besuch zum Abschied küsste und meine Hände über deine Brüste gleiten ließ, war es dir nicht klar?»

Jetzt fiel Gerry ein, weshalb ihm das Gesicht des Mädchens vertraut war. Vor ein paar Wochen war er von der Arbeit nach Hause gekommen und hatte eine Nonne in seinem Wohnzimmer angetroffen. Es war dieselbe junge Frau. Auralie hatte gesagt, sie führe ein Einstellungsgespräch wegen einer Buchhalterstelle. Er hatte das damals eigenartig gefunden. Wieso führte sie es zu Hause und nicht in ihrem Büro? Und wieso eine Nonne? Er war jedoch mit dem neuen Vorhaben seines Vaters so beschäftigt gewesen, dass er es schnell vergessen hatte. Schließlich mussten auch Nonnen ihren Lebensunterhalt verdienen, und Auralie wollte möglicherweise ihre jetzige Buchhalterin nicht wissen lassen, dass sie sich von ihr trennen würde. Gerry mischte sich niemals in Auralies Geschäfte ein.

«Es war mir nicht klar. Ich hielt es für einen Zufall», entgegnete Margaret, an Auralie gewandt.

«Nein. Das war kein Zufall. Hat dir Petrow nichts gesagt?»

«Er hat mir nur gesagt, dass ich die Rechnungen mitbringen und von dir lernen sollte.»

«Ja, und du lernst sehr schnell. Petrow wird entzückt sein. Ich werde dir ein gutes Zeugnis für deine Arbeit ausstellen. Bleib so. Bleib genau so wie jetzt. Nicht bewegen, mach die Augen zu und heb deinen Arsch.»

Das Mädchen tat wie befohlen, aber es war Auralie nicht hoch genug, sodass sie die Margarets Hintern noch höher hob.

«Höher, höher», drängte Auralie. «Die Schultern auf den Boden. Ich will deine Titten, deine großen, herrlichen Titten flach auf dem Boden.» Während sie das sagte, drückte Auralie kräftig zu. «Flach auf dem Boden, damit du den groben Teppich unter den Nippeln spürst. Und nach jedem Hieb wirst du mir danken, verstanden?»

«Ja.»

«Ja, *Madame*», verbesserte Auralie. «Und du wirst mich nie wieder warten lassen, oder? Antworte mir.»

«Nein, Madame.»

Auralie schlug den Rohrstock quer über den blanken Hintern der jungen Frau. Sie schrie auf. Der Rohrstock hinterließ einen hellroten Striemen.

«Du sagst ‹danke›», zischte Auralie.

«Danke, Madame», flüsterte Margaret.

«Lauter!», befahl Auralie.

«Danke, Madame.» Wieder schnellte der Rohrstock herab und ließ einen weiteren roten Striemen zurück.

«Beim nächsten Mal wirst du für mich bereit sein. Hast du verstanden?»

«Ja, Madame.» Einmal mehr traf der Rohrstock auf das nackte Fleisch des Mädchens, und sie zuckte auf. Gerry aber konnte nicht anders, als die lustvolle Röte ihres Gesichts zu bemerken.

«Halt still. Du wirst nichts unter deinem Rock tragen und dich bei deinem Eintreffen hinknien und darum betteln, mich zu lecken.»

«Ja, Madame.»

«Was wirst du tun?»

«Mich hinknien und darum betteln, Sie zu lecken, Madame.»

Bei diesen Worten lockerte Gerry seinen Griff ein wenig und rieb seinen Schwanz schneller.

«Du wirst mich genau so lecken, wie ich es dir gezeigt habe, richtig?»

«Ja.»

«Ja, Madame», sagte Auralie, und der Rohrstock kam erneut nieder. Das Mädchen kreischte auf und bot dann seine Pobacken für einen weiteren Hieb dar. «Jetzt wiederhole, was ich dir gesagt habe.»

«Wenn ich das nächste Mal komme, werde ich kein Höschen tragen und mich hinknien und darum betteln, Sie zu lecken.»

«Das ist korrekt. Dein Arsch sieht sehr hübsch aus, *ma petite*. Sehr rot. Noch zwei.»

«O nein», rief sie.

«Nein?», erkundigte sich Auralie. «Aber, *ma petite*, du begreifst nicht. Du nimmst, was ich dir gebe.»

Gerry sah zu, wie seine Frau den geröteten Hintern liebkoste, dann mit zwei Fingern in das klaffende nasse Geschlecht des Mädchens schlüpfte und hart zustieß. Darauf verabreichte sie ihr zwei weitere Schläge.

«Und wo hat dieses ungehorsame Mädchen gelernt, seine Strafe hinzunehmen?»

«In meinem Konvent.»

«Auf deinen nackten Po im Konvent?»

«Ja. Die Ehrwürdige Mutter Oberin pflegte mir den Hintern zu versohlen.»

Auralie begann, Margarets Brüste zu streicheln und zu kneten. «Du hast außergewöhnlich schöne Titten. Jetzt erzähle mir, was du für die Ehrwürdige Mutter Oberin tun musstest.»

«Ich musste mich über ihren Schreibtisch bücken, mein

Höschen runterziehen und meinen Rock hochschlagen. Dann befühlte sie meinen Hintern und sagte, dass er weich sein und wackeln müsse, und wenn er ihr zusagte, zog sie den Rohrstock drüber.»

Auralie liebkoste den geröteten, reizenden, gerundeten, weichen Po der jungen Frau, hob dann rasch den Rohrstock und verpasste ihr noch zwei weitere Schläge. Margaret schrie vor Schmerz und Lust auf.

Gerry hatte Auralie schon immer den Po versohlen wollen. Er hatte schon immer ihren geröteten Hintern sehen und ihren blinden Gehorsam fühlen wollen, aber sie hatte es nie zugelassen. Jetzt verstand er, weshalb. Sie musste die Oberhand haben. Aber er war der Mann, der Gatte, und seine Ehefrau hatte zu tun, was er wollte. Er würde sie fesseln und sie verdreschen. Der bloße Gedanke daran steigerte Gerrys Begierde, sein Penis zuckte und schmerzte. Er rieb ihn und spürte den nahenden Höhepunkt.

Auralie streichelte die Schwielen, die sie auf der Kehrseite des Mädchens hinterlassen hatte, und leckte daran. Die junge Frau sank in vollkommener Demut auf den Boden, und Auralie knotete ihre Handfesseln auf.

«Steh auf und spiel an meiner Muschi, während ich an deiner spiele.» Auralies singender französischer Tonfall trug ausgesprochen viel zu Gerrys wollüstiger Erregung bei. Angesichts des Anblickes der beiden Frauen in seinem Schlafzimmer, die einander küssten und sich gegenseitig zum Orgasmus züngelten, hielt Gerry seine Eier fest und bewegte seine Hand immer schneller, während er sich vorstellte, in Auralie hineinzustoßen. Unaufhaltsam kam er und spritzte lautlos in seine Hand.

Er verließ das Haus ebenso geräuschlos, wie er gekommen war, und ging auf ein Glas in seinen Pub. Als er einige Zeit später zurückkehrte, waren Auralie und Margaret fort. Nichts verriet, dass sie je da gewesen waren. Er fand seine Notizen und fuhr zurück in sein Büro. Seine Konzentration ließ zu wünschen übrig. Die ganze Zeit über dachte er daran, was er gesehen hatte, und malte sich aus, was er mit Auralie anstellen würde. Zuletzt gab er auf und ging nach Hause.

Er hatte Auralie gegenüber nicht erwähnt, was er gesehen hatte. Anfangs hatte er sich gesagt, seine Frau habe es getan, um seine Phantasien selbst zu erleben und ihn hinterher damit necken zu können. Doch dann dachte er, dass dies nicht der Fall war. Er war überzeugt, Auralie werde ihm von ihrer Eskapade erzählen. Lange hatte er darauf gewartet. Das ganze Abendessen und den Rest des Abends über hatte er darauf gewartet. Geduldig hatte er gewartet, doch vergeblich. Er hatte erwartet, sie werde es ihm ins Ohr flüstern, als sie sich in ihrem riesigen Himmelbett niederließen. Doch er wurde nur enttäuscht, als sie nichts erwähnte. Er hatte versucht, sie zu erregen. Hatte schmutzige Sachen gesagt. Er hatte versucht, ihren Hals und ihre Brüste zu küssen, und ihr seine Phantasien zugeflüstert. Er hatte ihr von seiner Sehnsucht erzählt, zuzusehen, wie sie von einem andern Mann genommen würde, und wie gern er sie beim Liebesspiel mit einer anderen Frau sähe. Ihre Reaktion war dieselbe wie immer gewesen. Sie hatte ihn aufgefordert, nicht so widerlich zu sein. Er hatte ihren Körper berührt, ihre Brüste angefasst und die Hände zwischen ihre Beine wandern lassen; sie hatte Müdigkeit vorgetäuscht. Zähneknirschend hatte er sich von ihr weggedreht.

Gerry fragte sich, weshalb er ihr nicht vorwarf, was er an jenem Nachmittag gesehen hatte. Wieso schwieg er? Allmählich kam es ihm vor, als habe er gar nichts gesehen und der Vorfall war nur eine verquere Ausgeburt seiner Phantasie gewesen. Doch die Flut widersprüchlicher Gefühle, die ihn überkommen hatte, bedeutete ihm, dass es so nicht war. Er war erregt gewesen, höchst erregt, aber auch zornig. Er entschied, dass es der Zorn war, der ihn schweigen ließ. Er wusste etwas von seiner Frau, von dem sie nicht wusste, dass er es wusste. Das, überlegte er, war Macht und etwas, das man nutzen konnte.

Seitdem hatte er verschiedenste Rachepläne ausgebrütet. Er war entschlossen, sie büßen zu lassen. Ihm würde schon etwas einfallen. Sie konnte keine Frau nehmen und ihn dann abweisen, ihren eigenen Ehemann. Im Dunkeln hatte er wach gelegen und vor Wut gekocht. Es war ihre Unzugänglichkeit gewesen, die es wert machte, sie damals zu erobern. Nie hatte sie Sex mit einem seiner Freunde gehabt, obwohl er wusste, dass die es wollten. Sie hatte ihren Schoß bis zur Hochzeitsfeier verschlossen gehalten. Nun war sie seine Frau, und er konnte sie nehmen, wann immer er wollte. So hatte er ihre Abmachung verstanden, doch es hatte sich anders ergeben. Es wäre, bereute er jetzt, besser gewesen, wenn er weniger Wert auf ihre Reinheit, ihre Unberührtheit gelegt hätte. Dann könnten sie sich jetzt eines schöneren Sexlebens erfreuen. Er könnte mehr über sie herausgefunden haben.

War sie so rein, weil sie Frauen Männern vorzog? Plötzlich traf ihn dieser furchtbare Verdacht mit aller Gewalt. Aber wenn ja, weshalb hatte sie sich dann zur Ehe mit ihm entschlossen? Es hatte genügend andere und reichere Männer in ihrer Umgebung gegeben. Es musste einen Grund geben. Wenn sie ihre Sexualität eintauschte, dann aus einem Grund. Er hatte gedacht, sie tauschte gegen Liebe, war sich jetzt aber nicht mehr sicher. Er würde sehen und abwarten.

Aber er wollte sie immer noch. Er hatte eine Hand ausgestreckt und ihr den Rücken gestreichelt. Sie war zusammengezuckt. Er hatte seine Hand zurückgezogen und unvermittelt Eifersucht gespürt und den Wunsch, sie zu nehmen, ob sie wollte oder nicht. Er hatte es sich anders überlegt. Dann war das Bild ihrer Cousine Jeanine aufgetaucht.

Jeanine, die blonde, üppige, jungfräuliche Jeanine. Vielleicht könnte er *sie* ja haben. Vielleicht könnte er *sie* in seinen Armen halten, ihre großen Brüste in die Hände nehmen, die Zunge um ihre Nippel kreisen, eine Hand zwischen ihre Beine wandern lassen. Er dachte an die Unterschiede zwischen den beiden Frauen. Auralie, zierlich, schlank und dunkel, mit blitzenden, feurigen grünen Augen, das glatte schwarze Haar kurz geschnitten. Jeanine, groß und blond, die Augen beinahe wie die eines Rehs und das kräftige blonde, zu einem Knoten gebundene Haar sexy über die Schultern fallend. Gerry dachte an die straffen, kecken Brüste seiner Frau und ihren flachen, fast jungenhaften Bauch. Es überraschte ihn, dass er einen unvorteilhaften Vergleich mit Jeanines größerer, fülligerer, rundlicherer Gestalt anstellte. Die straffe Sportlichkeit der einen gegen die weiche Üppigkeit der anderen. Jeanine wirkte so lässig und selbstsicher, doch es war Auralie, die bei all ihrer äußerlichen Exotik auch etwas Eiskaltes an sich hatte. Nein, er beschloss, statt seine Frau gegen ihren Willen zu vögeln, sie ganz in Frieden lassen. Er würde sich in Gedanken damit besänftigen, Jeanine zu haben. Doch wie sollte er das anstellen? Gerry war darüber eingeschlafen.

Als er am nächsten Morgen aufwachte, fing er an, seine Rache zu planen. Er schaute auf seine neben ihm liegende Frau, deren dunkle Nippel unter dem blassen dünnen Batist ihres Nachthemds durchschienen, das sich um ihre Taille gewickelt hatte und ihren schmalen Hintern freilegte.

Sie sollte erkennen, was Zorn, Eifersucht und Überlegenheit bedeuteten. Er streckte den Arm aus und brachte seine flache Hand kräftig auf ihre kleinen, gerundeten Pobacken nieder. Auralie fuhr erschrocken hoch. Gerry stieg ohne ein Wort aus dem Bett. Er badete, rasierte sich, zog sich an und brach in sein Büro auf, ohne sie wahrzunehmen.

Auralie hatte das Büro ihres Gatten an diesem Tag mehrere Male angerufen. Gerry hatte aber dafür gesorgt, dass sie nicht zu ihm durchgestellt wurde. Sie war besorgt. Genau wie er es vorhergesehen hatte. Das war der Eröffnungszug in seinem Plan, zu kriegen, wonach ihn verlangte.

Er spielte noch an sich, als es an der Tür klopfte. Gerry drückte die Taste der Gegensprechanlage auf seinem Schreibtisch. «Ja?», fragte er schneidend.

«Ich bin's, Caroline», sagte eine Stimme.

Gerry bedeckte schnell seinen Schwanz, ehe er eine weitere Taste drückte, die der Sekretärin seines Vaters den Zutritt zu seinem Büro ermöglichte.

«Sorry», sagte sie und blieb im Türrahmen stehen. «Ich hab etwas hiergelassen.»

«Hier drin?», fragte er.

«Ja, zur sicheren Aufbewahrung», erwiderte sie lächelnd. Ein Hauch von Ungezogenheit lag in ihrer Stimme.

Gerry starrte sie lüstern an. Caroline Turner war schon zwei Jahre lang die Sekretärin seines Vaters, seit sie die Knightsbridge School for Young Ladies abgeschlossen hatte. Bekannt waren sie aber schon länger miteinander. Carolines Eltern hatten sich ein Haus in der Nähe der Londoner Stadtvilla von Sir Henry in einem ungeheuer schicken Teil von Chelsea gekauft. Carolines Brüder waren auf dieselbe Schule wie Gerry gegangen, und sie gingen alle zu denselben Bällen und sonstigen gesellschaftlichen Anlässen.

Es gab Zeiten, dachte Gerry, da er vergessen hatte, wie gut sie aussah. Ihr kurzes blondes, lockeres, in Form geschnittenes Haar betonte ihre tiefbraunen Augen, reine Haut und hohen Wangenknochen; ihr mit einem satt pinkfarbenen Lipgloss geschminkter Mund strahlte Sinnlichkeit aus. Sie trug einen gutsitzenden altrosa Leinenanzug, der ihre schlanke Figur zur Geltung brachte. Eine Tasche unterm Arm, glitt Caroline geschmeidig in den Raum, und ihre erlesen langen Beine zeichneten sich unter ihrem kurzen Rock deutlich ab.

«Kit holt mich hier ab», sagte sie.

«Tatsächlich!», sagte Gerry hinter seinem Schreibtisch, während seine Finger in seinem Hosenschlitz sanft über seine Eichel fuhren.

Kit war sein ältester Freund. Vor ihrer Internatszeit hatten sie gemeinsam die Grundschule besucht. Er hatte geglaubt, sie hätten keine Geheimnisse voreinander, aber sein Freund hatte nicht erwähnt, dass er mit Caroline zusammen war. Kit, auch bekannt als Viscount Brimpton, war der Erbe großer Güter im Nordwesten Englands. Er war reich und musste sich seinen Lebensunterhalt nicht verdienen, ließ sich aber als Four-Goal-Spieler während der Polo-Saison anmieten und erwarb sich so, was er als gutes Taschengeld bezeichnete.

Gerry wusste, dass Kit und Caroline vor ein paar Jahren eine Affäre gehabt hatten, er wusste aber nicht, dass die beiden noch immer zusammen waren. Erst wollte er sie danach fragen, entschied dann aber, dass das Herumschnüffeln im Privatleben der Sekretärin seines Vaters schlechter Stil sei. Es war schon einmal so gewesen, dass er alles von ihr gewusst hatte. Ehe sie mit Kit zusammenkam, war sie mit Gerry gegangen. Gerrys Schwanz versteifte sich weiter beim Gedanken an die vielen Stunden, die er damit verbracht hatte, Caroline zu vögeln.

«Was hast du hiergelassen?», fragte er.

«Ein paar Spielzeuge», erwiderte sie, trat über den dicken,

silbergrauen Teppich und legte einen Wandschalter um. Leise glitt ein Teil der hellgrauen Wand zur Seite und legte eine Reihe schwarzlackierter Aktenschränke frei. Caroline mühte sich auf Zehenspitzen, das oberste Fach zu erreichen. Dabei rutschte ihr kurzer Rock hoch, und Gerry sah, dass sie kein Höschen trug. Caroline stöberte im offenen Fach herum. Sie war zwar großgewachsen, aber nicht groß genug. Gerry bot ihr keine Hilfe an. Er genoss den Anblick ihrer nackten, leicht gebräunten Schenkel und der Rundung ihres Hinterns. Er schob sich die andere Hand zwischen die Beine und griff nach seinen Eiern.

«Ich kann sie nicht wiederfinden», sagte Caroline. «Ich brauche wohl einen Stuhl.»

«Bist du sicher, dass es der richtige Schrank ist?», erkundigte sich Gerry.

«Doch, ich denke schon», erwiderte sie, nahm sich einen der Sessel aus Chrom und Leder und stellte ihn vor den Schrank. Sie schüttelte ihre hochhackigen Schuhe ab, hob erst das eine und dann das andere Bein auf die Sitzfläche und beugte sich suchend vor. Gerry hörte Papier rascheln. Seine Augen klebten auf dem weichen, hellbraunen, flaumigen Hügel zwischen ihren Schenkeln.

Er hatte großes Verlangen, mit beiden Händen Carolines Schenkel emporzufahren und seine Finger, seinen Mund und dann seinen Schwanz tief in die Saftigkeit ihrer fast ganz entblößten Lippen zu versenken. Dann dachte er an Kit und entschied, dass Caroline tabu sei.

Rasch bedeckte er sich, hatte aber keine Zeit mehr, die Knöpfe zu schließen. Er dachte, dass er die Lage eher im Griff haben würde, wenn er sich vom Schreibtisch und ihrem Anblick abwenden würde. Er erhob sich, ging zum Fenster hinüber und genoss den Ausblick auf London.

«Gefunden», sagte Caroline triumphierend und wedelte mit einer glänzenden schwarzen Tragetasche.

«Gut», sagte Gerry und starrte weiter zielbewusst, aber abgelenkt zum Fenster hinaus.

Caroline schloss das Fach und stieg vom Stuhl. Sie schaute in die Tasche.

«Verflixt», stieß sie hervor. «Sind nicht alle drin.»

Sie blieb einen Augenblick lang reglos stehen. Gerry konnte sie, weich, rosa und sexy, als Spiegelbild im Fensterglas sehen.

«Oh, jetzt ist es mir eingefallen, ich hab die anderen in deine Schreibtischschublade gelegt.»

Als Gerry sich umdrehte, sah er Caroline über seinen Schreibtisch gebeugt, während sie etwas aus der obersten Schublade entnahm. Was, konnte er nicht erkennen. Gerry nahm nichts weiter wahr, als dass Carolines Beine gestreckt und gespreizt waren, ihre Zehen sich fest in den Teppich gegraben hatten, ihr Rock hochgerutscht war und ihre inneren Schamlippen deutlich zu sehen waren. Er schob seine Hände in den Hosenschlitz und berührte seinen dicken, pochenden, aufgerichteten Penis. Er fühlte eine ungeheuer heftig wütende Begierde, Caroline zu nehmen.

«Caroline», sagte er. «Du verlangst geradezu, dich zu vögeln.»

«So ist es», gab sie zurück und sah sich über die Schulter nach ihm um.

Gerry brauchte keine weitere Aufforderung. Seine Hose, Socken und Schuhe waren im Nu abgelegt. Er baute sich hinter ihr auf, packte sie mit einer Hand im Nacken, mit der anderen seinen Schaft und rammte ihn mit einem einzigen derben, beinahe bösartigen Stoß in sie hinein. Sofort öffnete sie sich und gab ihm nach. Mit jedem kräftigen Stoß öffnete sie sich ihm weiter, ruckte unter seinen Händen. Sie klammerte sich an der Tischkante fest. Weder wiegte sie sich, noch bäumte sie sich auf, stöhnte nicht und ächzte nicht, sondern nahm die Gewalt seiner Bewegungen schweigend hin.

Während er sie nahm, verspürte Gerry ein ungeheures Gefühl der Erleichterung. Hier war ein ihm bekannter Körper, dessen Gaben und erogene Zonen er kannte. Er hielt Carolines schlanke Hüften fest und presste sich immer tiefer in sie hinein. Er stöhnte, keuchte, wollte aufschreien. Sie blieb schweigsam. Warum stöhnte sie nicht, wunderte er sich. Warum schrie sie nicht, wie das andere Frauen taten? Es war ihm stets ein Rätsel gewesen. Während der Monate, in denen sie zusammen gewesen waren, hatte sie nie einen Laut von sich gegeben, weder beim Sex noch beim Orgasmus. Er wusste, dass sie sehr erregt war. Ihre Schamlippen erblühten, flossen über unter seinen beständigen Rammstößen. Gerry traf eine Entscheidung. Diesmal würde er ihre Hemmungen, ihre Selbstbeherrschung durchbrechen. Er würde sie dazu bringen, ihrer Verzückung eine Stimme zu geben.

Caroline zeigte eine merkwürdige Teilnahmslosigkeit, die seine Männlichkeit, seine Liebesfähigkeit steigerte. Seit seiner Hochzeit mit Auralie hatte er an sie nicht mehr als Liebespartnerin gedacht, obwohl er in der Nacht zuvor noch Sex mit ihr gehabt hatte. Sein Abschiedsgeschenk an sie, so hatte er es genannt. Und sie hatte es genossen. Sie hatte sogar gesagt, dass sie zu haben wäre, sollte es mit seiner Ehe nicht klappen, doch er hatte entgegnet, sie solle gar nicht erst dran denken. Und er hatte es ernstgemeint. Soweit es ihn betraf, war von diesem Augenblick an Treue das Wichtigste.

Caroline schob sich etwas zurück und die Füße enger

zusammen, um ihn noch tiefer in sich aufzunehmen. Er fuhr fort, sie zu vögeln, die Hände auf ihren Hinterbacken und die Nägel in ihr Fleisch gegraben.

Warum heute?, fragte er sich. Warum war sie heute so lüstern und erregt? Welchen Geruch hatte er verströmt, den sie an ihm wahrnahm? War sein entbehrungsreiches Geschlechtsleben so offenkundig? Er meinte, es bemerkenswert gut verborgen gehabt zu haben.

Gerry ritt Caroline im vertrauten Takt, doch sie war einem Lustschrei nicht näher als beim ersten Stoß. Er beschloss, langsamer zu werden, sie anders zu nehmen, sanfter zu sein. Da summte die Gegensprechanlage auf seinem Schreibtisch und ließ beide aufschrecken.

«Kit!», rief Caroline aus.

«Hilfe!», sagte Gerry und erstarrte. Dann nahm er den Hörer ab. «Hallo?»

«Gerry?» Es war Kits Stimme. Unvermittelt gab Caroline ein scharfes Hüsteln von sich, so, als ob sie sich räusperte. «Vögelst du meine Frau?»

«Ja», sagte Gerry. Diese Frage hätte er zuallerletzt erwartet, und die Antwort war ihm über die Lippen gekommen, bevor er nachgedacht hatte.

«Ist dein Schwanz gerade jetzt in sie reingerammt?»

«Ja.»

«Na, dann lass mich mal rein, und wir nehmen sie uns beide vor.»

Gerry drückte den Türsummer.

«War es Kit?», fragte Caroline.

«Ja.»

«Oh! Was hat er gesagt?»

«Er hat mich gefragt, ob ich dich vögele. Als ich ja sagte, schlug er vor, wir könnten es gemeinsam machen», erwiderte

Gerry und stieß heftig in Carolines offene, geile, saftige Möse. «Sagt dir das zu?»

«Könnte sein», antwortete sie, leckte sich die Lippen und wackelte mit den Hüften.

Ohne zu erlauben, dass Gerry ihr seinen Schwanz entzog, richtete sich Caroline auf und fing an, erst ihr Kostümoberteil und dann ihre hautenge Bluse aufzuknöpfen. Während er seinen Schaft in ihr rucken ließ, streifte Gerry sein Hemd ab und schleuderte es ausgelassen durch den Raum. Dann hob er Carolines Brüste aus ihrem Büstenhalter aus rosa Spitze und Satin und nahm das Spiel an ihren Nippeln auf. Gerry stellte fest, dass ihn die Vorstellung, wie sie beide gemeinsam Caroline durchvögelten, heftig erregte.

Keiner von ihnen hörte, wie die Bürotür aufging und Kit ins Zimmer trat. Die Augen auf Gerrys Arsch geheftet, der sich an- und entspannte, während sein Schwanz in Carolines Nässe vor- und zurückglitt, legte Kit seinen anthrazitfarbenen Nadelstreifenanzug, sein blassblaues Seidenhemd und die Internatskrawatte ab. Er streifte sich die schwarzen, handgenähten Schuhe und edlen grauen Seidensocken von den Füßen.

Kit war größer, blonder und muskulöser gebaut als Gerry; sein Schwanz war schlanker, aber länger. Er blieb einen Augenblick stehen und beobachtete die beiden, ehe er seinen Penis zu reiben begann, der sich stolz aufrichtete.

Kit trat an die entfernte Seite des Schreibtisches, hob Carolines Kopf bei den Haaren und stopfte ihr seinen Schwanz in den Mund.

«Einen in deiner Muschi, einen in deinen Mund, Miststück», sagte er. «Lutsch jetzt. Mach's genau so, wie ich's gernhab. So, wie ich's dir beigebracht habe.»

Caroline öffnete ihren Mund, schmiegte die Lippen um seine Vorhaut und ließ die Zunge über seine ganze Länge wandern. Gerrys Hände glitten ihren Körper entlang und packten sie bei den Hüften, während Kit ihre Brüste umfasste.

«Ist sie reingekommen und hat dir ihre Muschi gezeigt?», wandte sich Kit an Gerry, während sein Schwanz fortfuhr, Carolines Mund zu reiten.

«Ja», antwortete Gerry.

«Was genau hat sie gemacht?»

«Sie stand auf einem Sessel, um im Aktenschrank nach etwas zu suchen, und ihr Rock rutschte hoch.»

«Und du hast ihre Muschi gesehen?»

«Ja.»

«Hat dir eingeheizt, oder?»

«Ja.»

«Dachte ich mir. Sie ist eine kleine Drecksau, oder, Caroline?», sagte Kit, zwirbelte Carolines Nippel und genoss zugleich den Reiz ihrer auf und ab gleitenden Zunge, ihrer prallen, ihn umschmiegenden und walkenden Lippen. Kit liebte es, Caroline schmutzige Sachen zu sagen. Er wusste, dass es sie erregte.

Caroline lächelte in sich hinein. Sie dachte an ihre Unterhaltung mit Kit zurück, als er sie morgens angerufen hatte.

«Ehrlich, Kit, Gerry sieht aus, als hätte er einen guten Fick nötig», hatte sie zu ihm gesagt. «Ich glaube, seine beknackte Ehefrau bringt es nicht.»

Caroline konnte Auralie nicht leiden. Unwillkürlich hatte sie einen Widerwillen gegen sie entwickelt. Etwas Hartes und Leidenschaftsloses war an der Französin, bei dem sich Caroline entschieden unbehaglich fühlte. Einmal hatte sie Auralie dabei ertappt, ihre Brüste anzustarren, so wie es ein Mann bei einer Frau tut, wenn er sie begehrt. Sollte Gerrys Frau bisexuell sein? Gar eine Lesbierin? Falls ja, könnte dies ihre Abneigung, von einem Mann angefasst zu werden, und Gerrys ständige

Leidensmiene erklären. Sollte das aber der Fall sein, hätte er sich inzwischen doch gewiss von ihr scheiden lassen. Heutzutage gab es keinen Grund für einen Mann oder eine Frau, sich mit einer schlechten Ehe abzufinden.

«Caro», hatte Kit sie gewarnt, «geh ja nicht Gerry vögeln. Du bist meine Frau, und deine Pflichten erstrecken sich nicht darauf, ihm den Schwanz zu schmieren.»

«Der Gedanke ist mir nie gekommen», hatte Caroline geäußert.

Doch Kit hatte sich von Carolines Antwort nicht täuschen lassen. Er hatte sich wiederholt von Gerry bedroht gefühlt. Kit war in Caroline verliebt, glaubte aber, sie habe sich Reste ihrer Zuneigung zu Gerry bewahrt, der sie sofort verlassen hatte, nachdem ihm Auralie begegnet war. Kit konnte sich nicht erklären, weshalb Gerry Auralie geheiratet hatte, aber ihre Attraktivität verstand er. Auralie war Französin. Sie war anders. Ein Rätsel. Vielleicht lag darin ihr Reiz. Kit selbst glaubte, Männer würden stets auf denselben körperlichen Typus ansprechen. Er tat das bestimmt. Ihm gefielen langbeinige Blondinen. Alle seine Freundinnen waren so gewesen, und Caroline war ein Teil dieses Musters. Auralie war kein Teil von Kits Muster, sie war zierlich und dunkel. Andererseits, fiel ihm ein, galt das auch für Sally. Sally war die neue Frau in Kits Leben, von der Caroline nichts wusste. Kit war damit beschäftigt, beide zu entdecken. Er konnte sich nicht entscheiden, welche der beiden er bevorzugte. Caroline war eine langjährige Freundin ebenso wie eine Geliebte. Sally war neu und so etwas wie eine Herausforderung. Kit war beiden gegenüber auf seine Weise treu. Er ließ keine von beiden wissen, dass es die andere gab. Zwar war er noch nicht in Sallys Höschen gewesen, versuchte aber herauszufinden, ob Sally ein überhitzter Sexkessel war, der dem Druck standhielt, oder höllisch frigide. Caroline zu vögeln blieb vorerst sein Sicherheitsventil.

«Nein, Gerry vögeln stand nicht auf meiner Tagesordnung. Nicht bevor du es gerade gesagt hast», sagte Caroline und fügte hinzu: «Früher war er ein ausgezeichneter Fick.»

«Bin ich auch», entgegnete Kit. «Dass du's nicht vergisst.»

«Kit, hast du irgendwas über Auralie gehört? Ich meine, ob sie irgendwo rumbumst, und Gerry weiß davon nichts?»

«Nicht dass ich wüsste», sagte Kit. «Keine Neuigkeiten aus der Gerüchteküche. Ich weiß nur, dass sie sehr hart arbeitet.»

«Nun, offensichtlich arbeitet sie nicht allzu hart an Gerry. Das war natürlich schon mal anders», sagte Caroline wehmütig.

«Wann denn?»

«Als sie ihn dazu brachte, sie zu heiraten. Damals war sie handzahm wie sonst was.»

«Ist sie ihm schon immer hinterhergelaufen?», fragte Kit.

«Nein, ganz im Gegenteil», erwiderte Caroline. «Sie gab sich ganz unerreichbar, und ich frage mich langsam wirklich, warum. Glaubst du, dass sie ihn wirklich liebt?»

«Ich weiß es nicht», sagte Kit aufrichtig.

«Na, du siehst sie doch ständig», sagte Caroline herausfordernd.

«Nun, ja und nein. Ich besuche sie zu Hause, aber oft sind nicht beide zusammen da. Sie arbeitet und ...»

«Irgendwas stimmt da nicht», sagte Caroline. «Weißt du was? Ich wette, ich könnte ihn verführen.»

«Nein.»

«Hör zu, Kit, mir hat er gesagt, die Ehe sei was für alle Zeiten, Untreue gibt's nicht. Wenn ich jetzt meinen Rock nur ein klein wenig anheben würde, nur um ihn auf Trab zu bringen, und er drauf anspricht, dann wüsste ich, dass ich mit meiner Ahnung richtigliege. Fällt er nicht drauf rein, irre ich mich.»

Von Kit kam nur ein Schweigen.

Caroline wurde sorgenvoll zumute. War sie zu weit gegangen? Die Vorstellung, Gerry noch einmal zu haben, gefiel ihr. Ihre Beine gingen ein wenig auseinander. Sie fühlte Anspannung im Bauch und eine Entspannung im Schoß.

«Kit?», fragte sie.

Kit überlegte. Er fragte sich, was er empfinden würde, wenn Gerry Caroline vögeln würde. Dann kam ihm ein Gedanke. Wäre er selbst dabei, würde er schon merken, was er dabei empfände.

«Schön und gut, aber nur unter einer Bedingung», sagte er. «Dass du es mit uns beiden treibst.»

«Mit euch beiden? Du meinst gemeinsam?» Caroline war von Kits Vorschlag verblüfft.

«Ja.»

Ein lüsterner Schauder durchfuhr Caroline. Gleichzeitig von zwei Männern gevögelt zu werden war eine ihrer Phantasien, aber sie hatte nicht geglaubt, es jemals ernsthaft in Betracht zu ziehen. Sie konnte sich nicht vorstellen, zwei Männern genügend zu vertrauen, um diese eine Phantasie wahr werden zu lassen. Auf einmal merkte sie, dass ihre Säfte flossen und ihr Höschen feucht war.

«Caro?», fragte Kit, um das Schweigen zu durchbrechen. «Du bist so still geworden.»

«Ja, ich habe nachgedacht.»

«Ein Gedanke war das nicht, der dir die Sprache verschlagen hat. Ich wette hundert zu eins, dass du gekommen bist und jetzt einen nassen Schlüpfer hast.»

«Du hast recht», räumte sie ein.

«Du hättest also gern mal zwei Schwänze, stimmt's?»

«Ja, aber wie wollen wir das anstellen?»

«Ich schlage vor, du trägst das hübsche rosa Kostüm mit dem kurzen Rock und kein Höschen drunter. Gibst vor, etwas in seinem Büro liegengelassen zu haben. Alles Übrige liegt bei dir.»

«Und wenn er nicht drauf eingeht?»

«Lade ich dich zum Abendessen ein.»

«Und wenn doch?»

«Lade ich dich immer noch zum Abendessen ein, aber später.»

«Aber woher willst du wissen, ob die Sache läuft?», erkundigte sich Caroline.

«Sag ihm, ich sei unterwegs, um dich abzuholen. Wenn ich dann klingele, hustest du, damit ich weiß, dass er dich vögelt.»

«Und?»

«Dann werde ich zu euch stoßen.»

«Aber wie wirst du das tun?»

«Das überlass mir», sagte Kit zuversichtlich.

Caroline wurde jäh in die Gegenwart zurückgeholt, als Kit anfing, sie zu entkleiden. Sie fuhr fort, ihm den Schwanz zu lutschen, während Gerry ihre Möse ausfüllte. Vorsichtig entfernte Kit ihr Jackett, um es quer durch den Raum zu Gerrys abgelegtem Hemd zu werfen. Darauf streifte er ihr die Bluse und den Büstenhalter ab.

«Ich will dich nackt haben», sagte er und wandte sich dann an Gerry. «Mach den Reißverschluss an ihrem Rock auf und zieh ihn ihr aus.»

Gerry gehorchte. Alles folgte einem bestimmten Ablauf, und da Caroline Kits Mädchen war, hatte Gerry das Gefühl, gehorchen zu müssen. Das bedeutete aber, seinen Schwanz aus Carolines Muschi zu ziehen, was er sehr ungern tat.

«Hast du's ihr jemals in den Arsch besorgt?», fragte Kit, als Gerry von der gebückten Frau wegtrat.

«Nein», entgegnete Gerry.

«Sie mag das, nicht wahr, du Miststück? Du magst es, wenn ich dir meinen Schwanz in deinen kleinen Hintern stecke.»

Caroline, Kits Glied noch immer im Mund, nickte.

«Tauschen wir die Plätze, Gerry, und ich werd's dir zeigen.»

Kit ging um den Schreibtisch herum, stellte sich neben Caroline und fuhr mit beiden Händen besitzergreifend über ihren Körper. Seine Hände kribbelten, als er ihr nacktes Fleisch berührte. Er küsste sie auf den Mund, rieb seinen Schwanz an ihren Schenkeln, ließ die Hände ihren Hals hinuntergleiten und auf ihren Brüsten verharren.

«Aber sie lässt sich auch gern lecken», sagte Kit. Er zog sie rückwärts an sich, sodass sein praller Schwanz an ihren strammen Hinterbacken pochte. Eifersüchtig lutschte er ihre Ohrläppchen und spielte mit ihren Brüsten, während er Gerry anstarrte und dessen Penis bewunderte. «Während ich meinen Schwanz darauf vorbereite, sie von hinten zu nehmen, leck du ihr doch die Muschi.»

Gerry wurde sich auf einmal Kits Eifersucht bewusst. Doch er war zutiefst erregt, wollte unbedingt Carolines weiches Geschlecht an seiner Zunge spüren und kniete sich vor sie hin. Sie drückte die Hüften nach vorne, um seiner Zunge zu begegnen, während Kit sie sanft nach hinten zog.

Gerry führte seine Zunge an ihrem hellbraunen Pelz vorbei und fand rasch ihre angeschwollenen rosafarbenen Falten. Sie keuchte laut auf, als seine Zunge an ihre Klitoris stieß. Erneut keuchte sie auf und kam beinahe, als er den harten kleinen Knoten umschlürfte, der unter seiner Vormundschaft anwuchs. Gerry war erstaunt. Es waren die ersten Lustlaute, die er je von Caroline vernommen hatte. Sie ließen ihn wagemutiger werden. Er hob die Hände und begann, die sich entfaltenden inneren Schamlippen und die weiche Haut der äußeren zu liebkosen, und zwar mit derart sanftem und doch festem Druck, dass ihr eine herrliche Erregung durch den Bauch fuhr. Sie wanderte hinauf zu ihren Nippeln, versteifte sie und schoss dann beinahe schmerzhaft scharf zerstiebend abwärts.

Während Gerry an ihrer Vorderseite beschäftigt war, führte Kit eine Hand nach unten, um ihre Pobacken zu streicheln und seinen Finger allmählich in ihren Anus zu treiben.

«Hast du deine Spielzeuge mitgebracht?», flüsterte ihr Kit zu.

«Ja», antwortete sie.

«Wo sind sie?»

«In der Tasche, aber eines ist noch in der obersten linken Schreibtischschublade.»

Während er Carolines Hände auf Gerrys Schultern legte, wandte sich Kit von ihr ab. Er fand die Tasche und entnahm ihr eine Tube Gleitgel. Damit rieb er sich seinen Schwanz und seine Hände ein. Hinter ihr kniend, sein eingeölter Penis ihre Waden und Knöchel streifend, begann Kit, ihre Pobacken zu kneten, und bewegte sich langsam auf ihre hintere Pforte zu. Er spreizte ihren Po auseinander und ließ seinen Zeigefinger in immer engeren Zirkeln kreisen, bis er ihre Öffnung berührte. Darauf führte er sich behutsam ein und weitete sie schrittweise. Caroline keuchte auf. Wieder und wieder keuchte sie, als erst ein Finger und dann ein weiterer hineinglitt, sie dehnte und mit Sehnsucht nach dem Augenblick erfüllte, da sein Glied in ihr verbotenes Loch eindringen würde.

Caroline stöhnte wollüstig. Die herrlichsten, berauschendsten Empfindungen verschlangen sie, während die beiden Männer an verschiedenen Stellen ihres erregten Körpers spielten.

Ihr Geschlecht stand offen, prickelte, war geschwollen und wollte mehr, viel mehr. Sie war an dem Punkt angelangt, da sie alles nehmen würde, wer immer ihr es geben wollte. Sie schwelgte in den sinnlichen Wonnen, die jede Pore und jeden Nerv ihres Körpers durchfluteten.

«Wenn du dich auf den Schreibtisch legst», sagte Kit zu Gerry, «kann dir dieses dreckige Miststück den Schwanz lutschen, während ich sie in den Arsch ficke.»

Gehorsam verlagerte sich Gerry, sodass sein Körper auf der Tischplatte lag und die Beine seitlich über die Ränder baumelten. Kit ergriff Carolines Hände und hielt sie auf ihrem Rücken fest. Er schob seine Frau zwischen Gerrys Beine, drückte sie dann mit einem Ruck nach vorn, sodass ihr Mund über Gerrys strammem, aufgerichtetem Schwanz schwebte.

«Lutsch ihn, Dreckstück», sagte Kit. Er war von einem doppelten Gefühl gefangen, sie den Schwanz seines Freundes in den Mund nehmen, ihre Lippen ihn umschmiegen zu sehen und sie just dafür durchzurammeln, bis ihr Hören und Sehen verginge.

Carolines Lippen öffneten sich, und ihr Mund schluckte Gerrys Prügel hinunter. Kit ließ ihre Hände los. Sofort umfasste sie Gerrys Eier, um sie sanft zwischen den Fingern zu kneten, während ihr Mund mit seinem Schaft beschäftigt war.

Kit spreizte ihre Hinterbacken, nahm festen Stand zwischen ihren Schenkeln, unternahm zwei, drei kurze Anläufe auf ihren gut geschmierten Arsch und stieß dann mit aller Macht in sie hinein. Sie wurde heftig nach vorn gestoßen und schluckte Gerrys Schwanz bis tief in den Rachen. Gerry nahm das Spiel an ihren Brüsten und ihren steifen, dunkelbraunen Nippeln auf. Als Kit die Hände von Gerry wahrnahm, wie sie Carolines herabhängende, schaukelnde Titten kneteten, und ihren am Schwanz des Freundes auf und ab pumpenden Kopf, packte er sie fester bei den Hüften und stieß wie ein Besessener in sie hinein.

Mehr konnte Caroline nicht verkraften. Sie hob den Kopf von Gerrys Schwanz und ließ sich der Länge nach auf Gerrys Körper fallen. Aber die beiden Männer waren noch voller Tatendrang. Gerry fasste nach unten und begann, an ihrer Klitoris zu spielen.

«Mach die Tragetasche neben dir auf», sagte Kit zu Gerry. Gerry lehnte sich leicht seitwärts, hob die Tasche auf und schaute hinein. «Hol das kleinste von den Dingern raus.»

Gerry zog einen kleinen Vibrator hervor.

«Schalt ihn ein und halt ihn ihr dann an die Klitoris», sagte Kit.

Der Vibrator hatte kaum ihre empfindsamste Stelle berührt, und Caroline wurde wieder in Bewegung gesetzt. Kits Schwanz stieß weiterhin in ihren Hintern, und der Vibrator zitterte auf ihrer Klitoris, während sie begann, sich heftig zu winden.

«Reib dir die Hände mit dem Gel ein», wies Kit Gerry an.

Da Caroline auf nichts verzichten wollte, während das geschah, nahm sie den Vibrator und hielt ihn sich selbst an ihre Möse, während Gerry erst seine Hände und dann ihren Körper mit einer Schicht Gel überzog. Sie merkte, dass er bewusst ihrer Muschi und ihrem Po fernblieb. Sie fragte sich, warum, und erkannte, dass er gehemmt war. Er könnte versehentlich Kits Schwengel streifen. Das war äußerst schade, dachte sie, da sie die Vorstellung, von zwei Männern genommen zu werden, die sich zugleich gegenseitig anfassten, ungeheuer erregend fand. Caroline beschloss, zur Tat zu schreiten.

Kits Takt verlangsamte sich. Caroline ergriff eine von Gerrys Händen und steckte sie sich zwischen die Beine.

«Fühl mal, wie seine Eier an mich klatschen», sagte sie.

Gerry öffnete die Hand, um Kits Hodensack zu umschließen. Zum ersten Mal in seinem Leben berührte er den Sack eines anderen Mannes. Das war ungewohnt, aber er genoss es. Ebenso Kit. Es lag ein erheblicher Unterschied darin, eine große Hand wie seine eigene zu spüren, die sachkundig war und instinktiv wusste, wie es seine Eier anzufassen galt. Die genau wusste, was mit ihnen zu tun war, wie man sie kneten musste.

«Schließ die Hand um seinen Schwanz und spüre, wie er in mich eindringt», sagte sie.

Gerry erfüllte ihre Bitte. Sein eigener Schwanz drückte steif gegen ihren Bauch. Er spürte, wie ihre saftige, nasse Öffnung an seiner Hand entlangstrich. Kit stieß jetzt heftiger in sie hinein, da Gerrys Hand ihn hielt. Caroline stöhnte und schwankte und reckte sich empor, während sie die festen Männerkörper genoss.

Gerry löste seine Hand von Kit und nahm den Vibrator. Ihn durchfuhren Lustschauer, als er ihn sachte über ihre Klitoris gleiten ließ, während sich Caroline gleichzeitig im Takt mit Kits Schwanz in ihrem Arsch bewegte. Er lehnte sich zurück und schwelgte im Gefühl ihres an ihn geschmiegten Körpers, ihrer weichen, flach an seinen stämmigen Oberkörper gedrückten Brüste. Auf einmal sehnte sich Gerry danach, Carolines Lippen zu küssen, seine Zunge in ihren Mund zu stoßen und zu erforschen. Gerry drehte Carolines Gesicht zu sich, schloss die Augen und senkte seine Lippen auf ihre. Er öffnete seine Augen, als er das schneidende Klatschen einer Hand auf nacktem Fleisch hörte. Kit versohlte Caroline den Hintern.

«Du bist eine geile Schlampe», sagte Kit. «Eine geile Schlampe, die den Arsch voll verdient.»

Das machte Gerry noch schärfer. Viele Male hatte er im Dunkeln neben seiner schlafenden Frau gelegen und ihr auf die hübsch gerundeten Hinterbacken schlagen wollen. Sie sich vor Schmerzen unter ihm winden fühlen wollen. Gerrys Schwanz versteifte sich. Wie gern wollte er Caroline jetzt haben. Er entschied, dass Kit lange genug seinen Spaß mit ihr gehabt hatte. Jetzt war er an der Reihe. Er schob sie zur Seite und wälzte sich vom Tisch.

«Was hast du vor?», fragte Kit.

«Ich will Caroline ficken», entgegnete Gerry.

«Wie, vorn oder hinten?»

«Von vorn», sagte Gerry.

«Was hältst du davon, Schlampe?», fragte Kit Caroline und schlug sie einmal mehr auf ihren blanken Hintern. «Gerry will seinen Schwanz in dich reinstecken.»

«Ich will sie flach am Boden», sagte Gerry. «Missionarsstellung. Ich will sie unter mir fühlen. Ich will, dass sie ihre Beine um mich schlingt.»

«Macht dich das an, Schlampe?», fragte Kit, zog Carolines Kopf zurück und küsste sie auf die Lippen.

Caroline war sich bewusst, dass offenbar ein Machtkampf zwischen den beiden Freunden tobte. Ihretwegen sollte keiner von beiden das Gesicht verlieren oder seinen Steifen.

«Kit», flüsterte sie und fuhr mit beiden Händen seinen Körper entlang, «warum legst du dich nicht auf den Boden mit mir obendrauf?»

Kit war dabei, sich zurückzuziehen, aber Caroline hielt ihn auf. «Nein, lass deinen Schwanz in meinem Arsch, während wir uns hinlegen.»

Kit legte sich flach hin, mit Caroline auf sich, ihr Rücken auf seiner Brust und sein Schwanz weiterhin tief in ihren Anus gerammt.

«Gerry, wenn du jetzt mit den Knien zwischen Kits und meine Beine gehst, müsstest du in mich hineinkönnen.»

«Wir beide zusammen?», rief Gerry aus.

«Genau», sagte sie.

Caroline nahm beide Hände zwischen ihre Beine und fing an, sich zu reiben. Sie war sehr nass, sehr erregt, und unter der Bewegung von Kits Schwanz in ihrem Anus spannten sich ihre Muskeln abwechselnd an und lockerten sich.

«Als Erstes gibst du mir den Vibrator zurück.»

Gerry reichte ihn ihr. Sie fuhr damit erst an ihren Schamlippen und dann Kits Schenkel entlang, um schließlich in seiner Poritze anzuhalten. Im selben Augenblick stieß Kit erneut zu, härter und tiefer.

Gerry kniete vor den beiden und verfolgte Kits schwer arbeitenden Penis, wie er in Caroline hin- und herglitt, die auf seinem Brustkorb lag und im Zustand völliger Selbstaufgabe schweißnass und vor Begierde erstrahlte. Kits Hände kneteten ihre Brüste. Caroline ließ den Vibrator fallen, schob sich beide Hände zwischen die Beine, drückte ihre Schenkel auseinander und lud Gerry wortlos ein, in ihre geschwollene, rosafarbene, unausgefüllte Öffnung einzudringen.

Gerry kniete zwischen den beiden, senkte den Kopf und fing an, Caroline entfesselt zu lecken. Er leckte ihre Schenkel, leckte ihren Bauch und leckte dann ihre Klitoris. Er fühlte, wie sich ihre Muskeln unter seiner Berührung anspannten, versteiften und dann wieder entspannten. Sie stöhnte auf. Gerry richtete seinen Penis auf ihren saftigen, nassen Eingang.

«Ich will es», sagte sie und keuchte zwischen Kits Stößen in ihrem Hintern. «Gerry, ich will deinen Schwanz. Ich will, dass du mich nimmst. Ich will es tief in mir, und ich will es gründlich.»

Ihre Pomuskeln zogen sich um Kits Schaft zusammen. Sie

war nicht bereit, von einem, dem anderen zuliebe, abzulassen. Sie wollte beide nehmen. Beide Männer gleichzeitig haben. Einen Schwanz derb in ihrer Muschi, den anderen in ihrem Arsch und den Vibrator an ihrer Klitoris.

Jeder Traum, den Caroline je gehabt hatte, jede sexuelle Wunschvorstellung, die ihr je vorgeschwebt war, konnte heute in Gerrys Büro ausgelebt werden, und sie war fest entschlossen, jeden Augenblick davon zu genießen. Jede einzelne himmlische Minute würde ausgekostet werden. Sie zitterte am ganzen Körper, winzige Beben erschütterten sie bis in jede Faser, während sie die Krönung erwartete – Gerrys Eindringen in ihre reife, geschwollene, prickelnde und gierige Möse.

Langsam schob er sich in sie hinein. Caroline stieß ein langgezogenes Stöhnen aus, als sie das Drängen seiner Schwanzspitze durch ihre bebenden, saftigen Falten spürte. Nie hatte er sie so laut erlebt. Vielleicht war es das, was sie schon immer hatte haben wollen – zwei Männer. Gemächlich bahnte er sich seinen Weg in sie hinein, während sich ihre Möse immer weiter öffnete, um seinen heißen, prall geschwollenen Penis in sich aufzunehmen.

Wie es einem Gentleman geziemt, verlagerte Gerry das Gewicht auf seine Hände und behielt die Arme ausgestreckt, während er sich in Carolines sahnige Nässe versenkte. Kits Hände hatten Carolines Nippel bearbeitet, bis sie steif waren. Er bot sie dem Mund seines Freundes dar, und Gerry schloss seine Lippen darum, während sein Penis tiefer in sie vorstieß. Gerrys Schwanz fühlte jetzt Kits Schwengel in ihrem Hintern. Die Empfindung erregte sie beide. Dann ließ Kit von Carolines Brüsten ab und überließ ihre Nippel ganz der Obhut von Gerrys Lippen, während er ihre Hüften packte, sie seinen von Schweiß schlüpfrigen und erregten Körper entlangschob und pumpend auf seinem unermüdlich drängenden Schwanz hob und senkte.

Die beiden Männer kamen in Fahrt. Kit fing an, Caroline in den Nacken zu beißen. Gerry küsste sie auf die Lippen, und beide stießen in sie hinein, füllten alle Körperöffnungen, über die sie verfügte. In einem Meer wogender Bewegung wanden sich ihre Körper in vollkommener Übereinstimmung, und bald wusste keiner mehr, wo der andere begann; jeder verspürte atemberaubende Erregung im Bauch und den Sog jenes Zaubers, von dem jeder träumt und den niemand festhalten kann. Dann explodierten sie in einer Woge von Erregung.

Erschöpft lagen die drei auf dem Teppich. Caroline regte sich als Erste wieder. Sie küsste beide und schlenderte dann ins Badezimmer, um sich zu duschen.

Beide Männer blieben reglos liegen und warfen dem Körper des jeweils anderen Seitenblicke zu.

«Du hast ja einen höllischen Bohrer», sagte Kit.

«Könnte dasselbe über deinen sagen», entgegnete Gerry.

Sie lachten unbeholfen und stützten sich auf ihre Ellbogen. Schweigend sahen sie Caroline zurück in den Raum kommen und sich abtrocknen.

«Das war ein großartiger Fick», sagte sie und kämmte sich das nasse kurze Haar. «Ich hätte nie geglaubt, es mit zwei Schwänzen aufnehmen zu können.»

«Wir ebenso wenig», sagte Kit.

«Das machen wir mal wieder», sagte sie zu beider Überraschung.

«Willst du das wirklich?», fragte einer der Männer.

«Warum nicht? Macht 'nen Heidenspaß. Wir könnten zu dir nach Hause, Gerry. Vielleicht würde deine Frau ja auch gern mitmachen.»

«Nein», sagte Gerry mit einem Anflug von Verstörung in der Stimme. Er wollte nicht an Auralie erinnert werden.

«Warum nicht? Mag sie keinen Sex?», fragte Caroline.

«Treib's nicht zu weit», sagte Gerry.

Für Kit war offensichtlich, dass Caroline einen wunden Punkt getroffen hatte. Ihr Gefühl hatte sie nicht getrogen. Es *gab* Schwierigkeiten in Gerrys Ehe.

«Ich bin dran mit Duschen», rief Kit, schnellte in die Höhe und ging rasch hinüber.

Kit und Caroline brauchten nicht lange, um sich anzuziehen und den Raum wieder in Ordnung zu bringen. Niemand hätte bemerkt, welch ausnehmende Bumsorgie sich gerade abgespielt hatte.

Caroline und Kit verabschiedeten sich von Gerry und brachen ins Restaurant auf. Gerry sann darüber nach, was gerade passiert war und wann er wohl von seinem Vater hören würde. Er entspannte sich und schaute auf die funkelnden Lichter von London. Sein Zustand war fast zwiespältig, müde zwar, aber auch erfrischt. Belebt, ja fast gereinigt durch den Fick mit Caroline, aber müde von der körperlichen Anstrengung und dem unterdrückten Zorn. Dem Zorn, der ihn mit Haut und Haaren verschlang, wenn er daran dachte, dass er Sex mit seiner Frau hätte haben sollen, hätte haben können. Was hatte er falsch gemacht? Er wusste, dass er kein schlechter Liebhaber war, lag es also an ihr?

Plötzlich summte das Faxgerät. Er hielt sofort inne und las die verschlüsselte Nachricht, noch während der Apparat sie ausdruckte. Sir Henry hatte das Geschäft abgeschlossen. Das Flugzeug gehörte ihm. Jetzt konnte er die nächste Phase einleiten. Sein Vater hängte einen Zusatz an. Er kehre nicht sofort nach England zurück. Er habe seine Pläne geändert. Er mache Zwischenlandung in Rom.

Gerry blickte zum Fenster hinaus. Auch er hatte einen Plan. Er wusch sich, zog seinen Hosenschlitz zu, griff dann nach dem Telefon und wählte die Nummer seiner Frau.

«Oh, 'allo chérie», begrüßte ihn Auralie. Gerry nahm eine Spur Erleichterung in ihrer Stimme wahr.

«Liebling», schnurrte er. «Ich möchte dich heute Abend zum Essen ausführen.»

«Oh, wie reizend», sagte Auralie. «Wohin denn?»

Gerry nannte ihren Lieblingsitaliener in Knightsbridge. Auralie war begeistert und stimmte zu. Während ihm ein Adrenalinstoß durch den Kopf fuhr, legte Gerry den Hörer auf und ordnete seine Kleidung. Mit der Ausstrahlung des Mannes, der noch viele weitere Gelegenheiten im Leben beim Schopf ergreifen wird, verließ er sein Büro, trat aus dem Gebäude und winkte sich ein Taxi heran.

Drittes Kapitel

«Wenn ihr diese Uniformen tragt, könnt ihr ganz leicht im Stehen ficken», sagte Auralie munter zu den beiden hübschen, langbeinigen jungen Frauen und dem wunderschönen Mann, die vor ihr saßen.

Es war Mittagszeit bei Petolg Holdings – Auralies Büro im Herzen von Mayfair. Auf ihrem Schreibtisch lagen diverse Tüten und Schachteln, dazu zwei Mustertrachten für Dienstmädchen sowie eine Kellneruniform. Auralie hielt eine private Zusammenkunft hinter verschlossenen Türen ab. Sie hatte nichts mit ihrem Beruf als Raumgestalterin zu tun, sondern galt ganz dem neuen Hotel ihrer Cousine Jeanine.

«Die habe ich entworfen.» Sie hielt eine Hose in die Höhe. «Schaut, kein Hosenschlitz. Eher ein Matrosenlatz. Und die hier – süße kleine Röckchen, nicht wahr?»

Die beiden jungen Frauen nickten zustimmend.

«Und die Blusen sind vorn geknöpft. Die kleine Schürze verbirgt gar nichts, ist aber sehr kleidsam. Ihr könnt eure Titten raushängen lassen.» Auralie zeigte die kurzen, schräg geschnittenen Röcke, die Blusen mit Peter-Pan-Kragen und die winzigen, spitzengesäumten Schürzen mit Lätzchen. «Zieht sie mal an und seht selbst.»

Die beiden Mädchen zogen ihre Jeans und Sweatshirts aus und entblößten sich bis hinunter zu ihren rasierten Schamhügeln. Der wunderschöne Mann bekam auf der Stelle eine Erektion.

«Sieht so aus, als könnte er kaum erwarten, euch zu vögeln», sagte Auralie. Sie ging hinüber und befühlte die Schwellung des jungen Mannes. «Vielleicht sollte ich mir vorher anschauen, was ihr draufhabt, ehe ich euch drei zum Einsatz bringe. Terry, zieh mal diese Hose an und vergiss nicht, sie zuzuknöpfen.»

Der junge Mann legte seine Jeans ab und stieg in die Kellnerhose.

«Ihr müsst Strümpfe tragen», wies Auralie die jungen Frauen an, «aber ohne Höschen. Hier ...» Sie warf ihnen zwei schwarze, in Zellophan eingeschlagene Strumpfbandgürtel aus Spitze zu. «Und diese Schuhe.»

Sie nahm zwei Paar hochhackige Schnürschuhe aus ihren Schachteln. Im Nu standen alle drei fertig ausstaffiert da.

«Also, Jill», sagte Auralie zum größeren der beiden Mädchen. «Knöpf Terry die Hose auf, hol seinen Schwanz raus und spiel damit.»

Auralie sah zu, wie sich Terrys großer Riemen unter Jills sachkundiger Handhabung zu voller Länge versteifte.

«Und du, Mary», wandte sich Auralie an die andere, «du lehnst dich an die Wand.» Die junge Frau stellte die Beine auseinander und lehnte sich mit den Schultern an die Wand. Auralie fuhr fort: «Okay, machen wir einen Versuch. Jill, du trittst zurück und lässt Terry Mary ficken. Mary, halt den Rock hoch, damit man alles sieht.»

Mary hielt ihren Rock hoch. Terry winkelte die Knie etwas an, richtete seinen Schwanz auf Marys rasierten Hügel und trieb sich dann mit einem Stoß geradewegs in ihre nasse Muschi.

«Ausgezeichnet», sagte Auralie genussvoll beim Anblick seines großen Schwengels, der zügig und geschmeidig in Marys Muschi ein und aus fuhr. «Jill, mach deine Knöpfe auf, damit wir deine Brüste sehen, und spiel an dir. Ja, ja, gut so. Heb den Rock höher, zeig uns deine Muschi. So ist's besser. Ich hab's gern rasiert. Sieht gut aus. Sehr einladend. Gefällt dir das, Mary?» Mary nickte seufzend und stöhnend. «Okay, Jill, ob du wohl eine Hand zwischen Terry und Mary bekommst, um an ihrer Klitoris zu spielen?»

«Werd's versuchen.» Mary bemühte sich, fand es aber zu schwierig.

«Schon gut», sagte Auralie, «dann lass es, mach einfach weiter an dir rum. Das ist sexy, echt sexy. Lehn dich neben Mary an die Wand. Terry, wenn du an einer von Jills Titten saugen kannst, dann mach das, okay?»

Auralie war überaus angetan von ihrer Choreographie. Alle drei waren jung, fest und wunderschön, und was sie sah, erregte sie außerordentlich. Sie war nass und verspürte ein ganz schmerzliches Begehren zwischen den Beinen. Sie wollte, dass eine Hand an ihren Schenkeln entlangfuhr und Finger in ihr Geschlecht eindrangen. Die Vorstellung, mit Terry Sex zu haben, sich seinen Schwanz reinrammen zu lassen, gefiel ihr, aber sie widerstand dem Wunsch, sich einzumischen. Sie wollte auf Messers Schneide verharren. Einfach geil bleiben. Auralie lehnte sich in ihrem Sessel zurück und verfolgte, wie Terrys kraftvoller Schwanz in Mary rein- und rausglitt. Die beiden wanden sich und stöhnten gemeinsam. Sie beobachtete, wie Jills Finger an sich spielten, sah ihre Hüften vorspringen und ihre Beine zittern.

«Das, *mes amis*, sollt ihr bei Jeanine tun», sagte Auralie. «Seht zu, dass ihr auf einem oberen Treppenabsatz zu ficken anfangt, sobald sich ein Gast den Stufen nähert.»

«Der beste Auftrag, den ich je hatte», sagte Terry begeistert.

«Aber ihr müsst sichergehen, dass Jeanine euch nicht erwischt», fügte Auralie hinzu. «Sie darf nicht erfahren, was vor sich geht. Habt ihr das verstanden?»

«Klar», sagte Terry und darauf: «Kann ich jetzt kommen?»

«Jill», wandte sich Auralie an die junge Frau, die weiterhin an sich spielte, «besorgst du's dir selbst, oder willst du auch von Terry gefickt werden?»

«Warum sollte ich drauf verzichten?», gab Jill zurück.

Terry führte eine Hand nach unten, spielte an Mary und vögelte sie anschließend, bis sie kam. Er zog sich heraus, stieß seinen Schwanz in einem Zug in Jill hinein und nahm sie ebenfalls. Auralie war von der Show entzückt. Sie wusste, dass die drei für Jeanines Geschäft verheerend sein würden. Die Gäste ihres ehrbaren Hotels würden scharenweise Reiß-aus nehmen, und die dumme Zicke würde nie den Grund dafür erfahren. Auralie war in Hochstimmung. Jeanine und ihrer Mutter Penelope würde gerechte Abstrafung zuteil. Und das, dachte Auralie, würde der rehäugigen Zicke eine Lehre sein, Laurence geheiratet zu haben.

Auralie war in Laurence verliebt gewesen. Sie und Laurence waren väterlicherseits Cousine und Vetter ersten Grades. Sie waren ein Liebespaar gewesen. Laurence hatte gesagt, dass sie niemals heiraten könnten. Das hatte sie hingenommen, doch als Jeanine auf den Plan getreten war und ihren Platz einge-nommen hatte, war Auralie außer sich vor Wut gewesen. Sie war viel zu gerissen, irgendwen ihre Wut merken zu lassen, hatte aber insgeheim Rache geschworen. Die Gelegenheit dazu hatte Jahre auf sich warten lassen, aber jetzt, mit der Eröffnung des Hotels, war Auralie gewiss, ihren Plan verwirk-lichen zu können: den Sturz Jeanines. Die zickige Madame würde scheitern. Und das würde sich auf ihre halsstarrige Mutter auswirken.

Jeanines Mutter und Auralie lagen ständig miteinander im Streit. Das war nicht immer so gewesen. Die meiste Zeit ihrer Jugend hatte Penelope für Auralie gesorgt, sie wie die eigene Tochter großgezogen. Doch an ihrem achtzehnten Geburts-tag hatte sich alles geändert. Als Auralie noch ein Säugling war, waren ihre Eltern, Amelia und Boris Wladelsky, bei einem Autounfall in den Alpen ums Leben gekommen. Die junge Auralie hatte im Fond des Wagens gelegen, war aber ins Freie geschleudert worden. Penelope, Amelias Zwillingsschwester, war sofort an die Unglückstelle geeilt und hatte Auralie nach England zurückgeholt. Jahre später lernte Penelope Boris' Bruder Stefan kennen, heiratete ihn und zog nach Paris. Stefan war der Grund für den Bruch zwischen Auralie und Penelope.

Penelope hatte für Auralie ein großes Fest in ihrem vornehmen Pariser Appartement gegeben. Einige Jahre jünger als Auralie, besuchte Jeanine damals noch ein englisches Internat. Zum ersten Mal in ihrem Leben war Auralie betrunken. Als sie sehr beschwipst war, hatte sie das nächstbeste Zimmer aufgesucht, um sich hinzulegen. Auralie wusste kaum noch, wo sie war, als sie sich in die seidene Überdecke von Penelopes gewaltigem Doppelbett aus Rosenholz gewickelt hatte und weggedämmert war. Als sie aufwachte, fand sie Stefan fest eingeschlafen und splitternackt neben sich.

Mit seinen tiefliegenden grünen Augen und ihn seinem schwarzen Haarschopf war Stefan ein außerordentlich gutaussehender Mann und, anders als seine Brüder Boris und Petrow, schlank und sportlich gewesen. Auralie hatte sich aufgesetzt und ihn betrachtet. Ihr war, als liege er in tiefstem Schlaf. Sie hatte sich seinen Körper angesehen und ihn bewundert. Insbesondere seinen Penis. Er hatte auf der Seite gelegen, reglos, aber wunderschön. Auralie spürte den heißen Wunsch, ihn zu berühren. Ihn zu fühlen. Zu sehen, was geschähe, würde sie es tun. Zaghaft, vorsichtig und furchtsam hatte sie eine Hand ausgestreckt und ihn sanft wie eine Feder gestreichelt. Stefan war nicht aufgewacht, doch sein Schwanz zuckte schwach. Auralie streichelte ihn ein zweites Mal. Seine gerundete Spitze schob sich unter der in Ziehharmonikafalten gelegten Haut hervor. Gebannt berührte sie ihn erneut entlang der Wulst seiner hervortretenden Eichel. Stefans Penis schwoll zuckend weiter an. Auralie beobachtete atemlos, wie er dicker wurde und sich ausdehnte. Als er stolz aufrecht stand, packte sie ihn fest am Schaft und führte die Eichel in ihren Mund ein. Stefan lag reglos da und atmete unverändert. Achtsam, ihn sonst nirgends zu berühren, kniete sich Auralie neben ihn. Für alles andere völlig blind geworden, hielt sie seinen Schwengel in Händen und leckte ihm den Knauf. Sie war so vollends im Genuss an seinem Penis vertieft, dass sie überhört hatte, wie sich die Tür öffnete und Penelope eintrat. Sie bemerkte Penelopes Gegenwart nicht, bis die ältere Frau aufschrie.

Penelope hatte Auralie aus dem Haus geworfen und ihre Koffer gleich hinterher. Sie wolle nie mehr mit Auralie sprechen. Penelope hielt Wort und blieb ihrer Haltung eisern treu, blieb unversöhnlich feindselig, doch gab es familiäre Anlässe, bei denen die beiden aufeinandertreffen mussten. Zur ersten solchen Gelegenheit sollte es nicht lange nach dem Vorfall kommen, nämlich bei Stefans eigenem Begräbnis. Penelope begegnete Auralie mit eisigem Schweigen, was damals einige Verwunderung auslöste. Wenige wussten von ihrem Zerwürfnis, niemand aber ahnte den Grund dafür. Auralie erzählte keinem davon. Penelope ebenso wenig, und das hatte Auralie immer verwundert. Nach einer Weile sagte sich Auralie, dass Penelope geschwiegen hatte, um niemanden wissen zu lassen, was ihr verstorbener Gatte an jenem Tag getan hatte. Nun erkannte Auralie, dass Stefan etwas gemerkt und ihre Berührungen genossen haben musste. Penelope musste das auch erkannt und aus Stolz geschwiegen haben. Stefan hatte den Ruf eines aufrechten, ein untadeliges Leben führenden Mannes gehabt, und Auralie wusste, dass ihr keinerlei Glauben geschenkt würde, sollte sie es wagen, das Andenken ihres Onkels zu beflecken. Also schwieg auch sie. Doch beide Frauen kannten die Wahrheit, und Penelope hasste Auralie dafür. Auralie war sich darüber im Klaren, dass Penelope alles bedenkenlos ausnützen würde, was sich ihr zur Demütigung der Jüngeren bieten mochte. Auralie hatte stets darauf geachtet, von den anderen Familienmitgliedern beschützt zu werden, und einen großen Bogen um Penelope gemacht. Egal, was Auralie tat, um Jeanine zu schaden, es würde zweifellos auch Penelope treffen, die ihr einziges Kind abgöttisch liebte. Das hatte Auralies Drang nach Rache zusätzlichen Auftrieb verliehen.

Dennoch fragte sie sich, wo sie heute wäre und was sie täte, hätte Penelope sie nicht an jenem Tag hinausgeworfen. Der kurze Augenblick, in dem sie mit Stefans Penis spielte, hatte ihr Leben verändert. Während sie jetzt Terry, Jill und Mary beim Liebesspiel beobachtete, kehrten Auralies Gedanken zu den Ereignissen zurück, die sich nach dem Aufprall ihrer Habseligkeiten auf den Gehsteig der Rue Jean Gourjon zugetragen hatten.

Noch immer in ihrem Festkleid, hatte Auralie ihre verstreuten Koffer eingesammelt. Ganz benommen war sie über die Pont des Invalides und dann den Quai d'Orsay entlanggegangen. Wie ferngesteuert war sie rechts und links und wieder rechts und links abgebogen, bis sie in eine kleine Straße hinter der Rue de Bourgogne gelangt war. Dort hatte ihre Tante Olga eine prachtvolle, zweistöckige Wohnung.

Olga war zu einem Einkaufsbummel nach Hongkong geflogen und hatte deshalb Auralies Geburtstagsfeier nicht besuchen können. Doch Auralie wusste, dass sie dort willkommen wäre, ob Olga nun da war oder nicht.

Auralie trat vor das hohe, schmiedeeiserne Tor und zog an

der uralten, in den Putz eingelassenen Glocke. Sie sah, wie die dicke, dünnlippige, schütter behaarte Concierge über das Kopfsteinpflaster watschelte. Als sie Auralie erkannte, sperrte sie das rasselnde Schloss auf und ließ sie auf den Hof.

Auralie trat durch den Torbogen am Ende der exklusiven Enklave und nahm den engen, ruckenden Aufzug ins zweite Stockwerk. Dort stieg sie aus und klingelte.

Die Tür wurde von Nin geöffnet, der jüngeren und hübscheren der beiden vietnamesischen Dienstmädchen Olgas.

«*Mon Dieu!* Sie sehen furchtbar aus, Mam'selle», sagte Nin.

«Kann ich hier bleiben?», fragte Auralie und versuchte, die aufquellenden Tränen fortzuwischen.

«Natürlich», entgegnete Nin, nahm Auralie die Koffer ab und führte sie ins elegante Wohnzimmer mit seiner hohen Decke. «Aber Madame ist in Hongkong.»

«Ich weiß», sagte Auralie.

«Wie lange wollen Sie bleiben?», erkundigte sich Nin.

«Ich weiß es nicht», erwiderte Auralie, die eine Mischung aus Erleichterung und Trost empfand und sich im prächtigen und vertrauten Salon niederließ.

«Womöglich wird Madame heute Abend anrufen», sagte Nin, «dann können wir sie fragen. Jetzt darf ich Ihnen Ihr Bett zeigen.»

Nin, in ein schickes Dienstmädchenkostüm gekleidet, führte Auralie durch ein Labyrinth von Räumen zu den Gästezimmern am Ende der unteren Wohnungsetage. Die obere Etage war davon abgeteilt und ganz Olga vorbehalten. Nin verstaute Auralies Habseligkeiten in einem wunderschönen Kleiderschrank.

Auralie, die noch nie in diesem Teil der Wohnung gewesen war, überflog beifällig das Dekor. Es beruhte auf einem Dreiklang aus Cremeweiß, Gold und Rosarot. Schwere, cremefarbene, mit Rosenzweigen verzierte Seidenvorhänge waren über und rings der hohen französischen Fenster drapiert. Die getäfelten Wände waren hell- und dunkelrosa gestrichen, der Stuck goldfarben hervorgehoben; die Fußleisten und hohen Flügeltüren schimmerten cremeweiß. Sämtliches Mobiliar einschließlich des riesigen Bettes war echtes Empire.

«Ich glaube, dass Sie Schlaf nötig haben, Mam'selle, was immer Ihnen zugestoßen ist», sagte Nin. «Aber vorher noch ein schönes heißes Bad und etwas zu essen.» Sie ging über den Seidenteppich und das auf Hochglanz gebohnerte Parkett ins angrenzende Badezimmer, wo sie ein Bad für Auralie einlaufen ließ.

Einige Zeit später, erholt und in ein blassgrünes Seidennegligé gekleidet, war Auralie auf dem Weg in die Küche. Dort bereiteten Nin und Rea, das andere, zierliche vietnamesische Dienstmädchen, das Essen zu.

«Wir machen Ihnen ein leichtes Abendessen», begrüßte Rea Auralie mit einem Lächeln und sagte etwas in schnellem Vietnamesisch zu Nin.

«Sie hat gesagt, dass Sie sehr hübsch sind», meinte Nin zu Auralie.

«Danke schön», gab Auralie zurück und setzte sich an den großen, blankgeputzten Küchentisch.

Auralie sah den beiden zu, wie sie Salat und Sojasprossen wuschen, Zwiebeln und anderes Gemüse hackten, Schweinefleisch in dünne Streifen schnitten, dann Reis abmaßen und in einen Elektrokocher schütteten.

«Wir machen Ihnen ein besonderes Gericht aus unserer Heimat», erklärten sie, während sie Gewürze aus einem Regal holten.

«Wie reizend», sagte Auralie. Sie wollte ihnen ungern verraten, dass sie nicht wirklich hungrig war.

«Aber vorher ein kleiner Sake, finde ich», meinte Nin. «Mögen Sie Sake?»

«Ich habe noch nie welchen probiert», entgegnete Auralie.

«Das ist Reiswein. Man muss ihn heiß trinken.»

Nin erhitzte den Sake und goss ihn dann in ein niedliches Schälchen aus blau-weißem Knochenporzellan.

«Trinken Sie», sagte Nin.

«In einem Zug?», fragte Auralie.

«Warum nicht?», sagten beide. «Es ist reichlich da, und er tut sehr gut, besonders, wenn man durcheinander ist.»

Auralie nahm einen Schluck. Dann rasch noch einen. Eine behagliche Wärme durchflutete sie, und nur Augenblicke später streckte sie die Schale nach mehr aus. Nin stellte den Sake und Auralies Schälchen auf ein Tablett.

«Wir bringen Ihnen dann das Essen auf Ihr Zimmer», sagte Nin und reichte ihr das Tablett. «Aber nehmen Sie das mit, es ist ein guter Aperitif.»

In ihrem Schlafzimmer, allein mit ihren Gedanken, kam Auralie das Bild von Stefans Penis in den Sinn. Sie legte sich aufs Bett und spürte nach, wie er sich zwischen ihren Händen angefühlt, in ihrem Mund geschmeckt hatte. Hatte er wirklich geschlafen? Hatte er wirklich nicht gemerkt, was sie tat? Sie wollte jemandem erzählen, was ihr passiert war. Aber wer würde ihr zuhören? Wer würde ihr glauben?

Da sie den ganzen Krug Sake getrunken hatte, war Auralie mehr als beschwipst, als Nin und Rea ihr das Abendessen aufs Zimmer brachten. Geschickt deckten sie einen Tisch nahe beim Fenster. Auralie taumelte aus dem Bett, und Rea half ihr auf einen Stuhl, während Nin die Vorhänge zuzog. Auralie nahm zwei Bissen Fleisch, Sojasprossen und Reis zu sich.

«Köstlich», lobte sie. Die beiden lächelten und schickten sich an, das Zimmer zu verlassen.

«Geht noch nicht», sagte Auralie. «Bleibt doch bitte bei mir. Wisst ihr, ich muss mich aussprechen. Ich muss jemandem erzählen, was passiert ist. Nur müsst ihr mir versprechen, dass es ein Geheimnis bleibt. Versprecht ihr mir das?»

Die beiden jungen Dienstmädchen nickten.

«Dann holt den Rest Sake, und wir trinken ihn gemeinsam.»

Als die beiden schlanken jungen Frauen zurückkehrten, deutete Auralie auf die Chaiselongue. Die beiden setzten sich, stellten die Füße brav nebeneinander, zogen ihre Kittel sittsam über die Knie und lauschten dann, an ihren Schälchen nippend, der Geschichte von Auralies Begegnung mit Stefan. Als sie ihre Erzählung in groben Zügen beendet hatte, wurden ihr eingehendere Fragen gestellt.

«Hatte er einen großen Penis?»

Auralie war zu jung und zu unerfahren, um Stefans Schwanzgröße beurteilen zu können. Sie zeigte ihnen mit den Händen die ungefähren Ausmaße.

«Und hat er sich in der Hand angenehm angefühlt?», fragte Nin, während sie sich weiteren Reiswein einschenkte.

«Ja.»

«Wie groß war er, bevor er steif wurde?», erkundigte sich Rea und leerte ihr Schälchen.

Auralie zeigte ihnen auch das. «Habt ihr noch nie einen gesehen?», wollte sie wissen.

«Nein», antworteten die beiden kichernd.

«Wie alt seid ihr?», fragte Auralie überrascht von diesem Eingeständnis.

«Ich bin vierundzwanzig, und Rea fünfundzwanzig», sagte Nin.

«Und keine von euch beiden hat je Sex gehabt?»

«Das haben wir nicht gesagt», gab Rea zurück.

«Aber ihr habt noch nie ein Männerdings gesehen! Noch nie damit gespielt oder es in euch gehabt?», rief Auralie aus.

«Nein, und das brauchen wir auch nicht», sagte Nin.

«Wie kann man Sex ohne einen Mann haben?», fragte Auralie neugierig.

«Eines Tages werden wir es Ihnen zeigen», sagte Rea geheimnisvoll.

Mittlerweile hatte der Sake ganze Arbeit geleistet, und Auralie schwirrte der Kopf. Sie versuchte, sich vom Tisch zu erheben, aber ihre Beine fühlten sich wie Wackelpudding an. Rea und Nin kamen ihr zu Hilfe und beförderten sie ins Bett. Dort machten sie es ihr bequem.

Auralie schloss die Augen und spürte, wie sie in ein herrliches Nichts wegdämmerte. Sie hatte einen Traum, der sich um die beiden Dienstmädchen drehte. Nackt, parfümiert und eingeölt, stiegen die beiden Frauen zu ihr ins Bett. Sie zogen ihr das Nachthemd aus und liebkosten dann träge ihren Körper.

Im Traum küsste Rea sie auf die Lippen, während Nin nach einer Schüssel mit Öl griff, die sie neben das Bett gestellt hatte, und ohne Hast begann, Auralies Brüste zu massieren. Rea rieb sich auch die Hände ein und ließ sie Auralies reglosen Körper hinunter, über ihren Bauch bis zu ihren Hüften wandern. Sanft zog Rea ihr die Beine auseinander, und ihre Hände glitten an den Innenseiten von Auralies Schenkeln auf und ab, bis sie einen winzigen Punkt ihres kleinen schwarzen Hügels berührte. Durch diesen plötzlichen, unerwarteten Druck auf eine völlig unbekannte Stelle kam schlagartig Leben in Auralies Körper. Sie begann, sich aufzubäumen und hin und her zu wälzen, während die sinnlichen Bewegungen der beiden Dienstmädchen Stellen erregten, die ihr nicht einmal als erregbar bekannt gewesen waren. Dann schlängelte sich Rea an ihr entlang, vergrub den Kopf zwischen Auralies Schenkeln und setzte die Zunge auf den kleinen Scheitelpunkt ihres schwarz gelockten Hügels. Die Empfindung war derart überwältigend, dass Auralie aufgeschrien und gestöhnt hatte. Und weiter lang, freudig, befriedigt gestöhnt hatte. Dann fand die forschende Zunge eine weitere, tiefe Stelle, doch Rea wollte dem kleinen Punkt die Lust erhalten und hatte einen eingeölten Finger auf die winzige Ausstülpung gelegt. Da nun Reas Zunge und Finger über ihre Nässe schlüpften und Nins Lippen ihre Nippel liebkosten, wussten Auralie nichts mit ihren Händen anzufangen, bis sie sie ausstreckte und die Brüste und Hügel der beiden entdeckte. So lagen die drei bald ineinander verschlungen, sich krümmend und stöhnend, erschauernd und bebend, bis der Moment reiner Erregung eintrat. Danach war Auralie von ihren erotischen Phantasien in tiefen Schlaf gesunken.

Am nächsten Morgen war sie zu verlegen, um Nin und Rea unter die Augen zu treten. Derart eingeschüchtert war sie durch den Traum, dass sie sich kaum selbst begegnen mochte. Sie war im Begriff, ihr Tutorium an der Sorbonne aufzusuchen, als Nin sie ansprach.

«Madame hat heute früh angerufen», sagte Nin.

«Oh!», entfuhr es Auralie, ohne dass sie dem Dienstmädchen ins Gesicht schauen konnte.

«Sie sagte, Sie sind hier von Herzen willkommen und können bleiben, solange Sie wollen.»

Auralie war ungeheuer erleichtert und eilte beschwingt und im frohen Wissen, eine Unterkunft zu haben, zur Hochschule. Olga kehrte mit einem Tross aus weiteren Dienstmädchen und einem gutaussehenden schwarzen Chauffeur namens Drenga eine Woche später zurück, befand sich aber schon bald erneut auf Reisen. Unterdessen traf Auralies Vetter Laurence per Flugzeug aus Brasilien ein, und sie war frohgemut und fühlte sich wunderbar verliebt.

Am Tag seiner Ankunft begegneten sie sich zufällig in einer Bibliothek in der Rue des Ecoles. Beide hatten die Hände nach demselben Buch über Pflanzen ausgestreckt: Laurence als aufstrebender Botaniker, Auralie aus gestalterischem Interesse an den Formen und Farben des Umschlags. Sofort fühlten sie sich einander vertraut und stellten dann bei einer Tasse Kaffee in einem nahe gelegenen Café fest, miteinander verwandt zu sein. In den folgenden Monaten blieben sie unzertrennlich.

Ihr gemeinsamer Großvater war dermaßen entzückt, seinen einzigen Enkel in Paris zu haben, dass er ihm ein kleines Appartement in der Rue des Fosses St. Bernard kaufte. Und so kam es eines Herbstnachmittags in einem Zimmer mit Blick auf die naturwissenschaftliche Fakultät, dass Auralie ihre Jungfräulichkeit verlor.

Auralie hatte an einem Fenster im Wohnzimmer gestanden und auf die noch grünen Bäume und knallroten Schmierereien auf dem grauen Gebäude gegenüber gestarrt, als Laurence leise eingetreten war. Er hatte sich hinter sie gestellt, ihr die Arme um die Taille gelegt und zärtlich den Hals geküsst. Das war etwas, wonach Auralie sich schon seit Wochen gesehnt hatte. Jedes Mal, wenn sie in seiner Wohnung aufgetaucht war, hatte sie sich verzweifelt gewünscht, er werde ihr seine Zuneigung zeigen, doch er tat es nie. Auralie schien es, als behandele Laurence sie wie eine Schwester. Er sah sie nicht als junge Frau mit einem Liebesleben oder nahm Notiz davon, dass sich dieser Wunsch ganz besonders auf ihn richtete.

So tief war sie in Gedanken versunken, dass seine Annäherung sie vollkommen überrascht hatte. Sie hatte ganz instinktiv darauf reagiert, ihm die Arme um den Hals geschlungen und ihn liebevoll geküsst. Binnen Sekunden war ihre Zärtlichkeit in Leidenschaft umgeschlagen, als sich das monatelang aufgestaute Sehnen wie ein Feuer entlud. Ihre Körper standen auf der Stelle in Flammen. Jeder Muskel, jede Sehne, jede Faser sandte die gleiche Botschaft an ihre Herzen und Gedanken. Fickt euch. Und zwar schnell.

Sie rissen sich hastig die Kleider vom Leib und warfen sie achtlos von sich, ganz gleich, ob ein Hemd oder ein Büstenhalter aus dem Fenster flog. Es war nicht die Zeit für Vorsicht oder Behutsamkeit. Im Stehen hob Laurence Auralie hoch und ließ sie auf seinen Schwanz herabsinken. Sie schlang die Beine fest um seine Taille. Ihre Körper und Münder aufeinandergepresst, vögelten beide ungestüm, bis sie in einem gewaltigen Ausbruch zum gemeinsamen Orgasmus kamen. Hinterher lagen sie erschöpft auf den Sitzkissen am Boden.

«Du hast mir meine Unschuld geraubt», sagte sie und streichelte träge seine Brust.

«Was!», rief er aufgeschreckt aus und warf ihren Arm zur Seite. «Heißt das, du hast nie zuvor Sex gehabt?»

«Nein.»

«Ach wirklich?», äußerte er höhnisch.

«Glaubst du mir denn nicht?», fragte sie, von seinem Tonfall verletzt.

«Klar», meinte er. «Wenn du's sagst.»

«Du glaubst mir nicht», sagte Auralie und fing zu weinen an.

«Herrgott auch!», rief er, von ihren Tränen genervt. «Wenn du noch Jungfrau warst, warum hast du mir dann so einfach nachgegeben?»

«Weil ich es wollte. Weil mein ganzer Körper mir sagte, dass es richtig ist.»

«Du hättest mich warten lassen sollen.»

«Warum?», fragte sie.

«So müssen sich Frauen verhalten», erwiderte er.

Auralie traute ihren Ohren nicht. Monatelang war sie mit zu ihm nach Hause gegangen und hatte sich jeden Tag gewünscht, er werde mit ihr schlafen. Bis zum heutigen Tag hatte sie dieses Verlangen unterdrückt, und nun schalt er sie dafür, etwas getan zu haben im Glauben, sie beide hätten es gewollt. Sie verstand ihn nicht.

«War es denn nicht schön für dich?», fragte sie.

«Sicher, es war klasse», entgegnete er nüchtern.

Auralie rollte sich von ihm fort. Sie hatte es genossen, doch das hier war kein Genuss. Jetzt, da sie sich hätte glücklich fühlen sollen, weinte sie.

«Wohin gehst du?», fragte er, als sie sich anzog.

«Nach Hause.»

«Ich dachte, du müsstest arbeiten», sagte er und wies auf ihren Zeichenblock.

«Mach ich bei Olga.»

«Dann halt bis morgen», gab er leichthin von sich.

Auralie war vollkommen perplex. Sie konnte kaum glauben, wie er ihr begegnet war. Lieblos, ablehnend, ohne zarten Kuss.

«Vielleicht», sagte sie, griff nach ihrer Tasche und ging zur Tür.

Ganz und gar ernüchtert, beschloss sie, nicht den Aufzug, sondern die schmale, gewundene Treppe zu nehmen. Es würde ihr Zeit geben, sich zu sammeln, ehe sie auf die Straße trat und womöglich Freunde oder Bekannte träfe. Draußen würde sie dann sofort ein Taxi nehmen. Eilig verließ sie das Studentenviertel in Richtung Boulevard St. Germain, wo sich der nächste Taxistand befand. Als sie in Olgas Wohnung eintraf, summte es wie in einem Bienenstock.

«Madame kehrt heute Abend heim», sagte Nin. Olga war sechs Wochen lang in Afrika gewesen.

«Um wie viel Uhr?»

«Um sechs», sagte Rea.

«Oh! Kann ich irgendwie helfen?», fragte Auralie mit dem Hintergedanken, körperliche Arbeit könnte sie vom Grübeln über Laurence abbringen.

«Non», antworteten Nin und Rea einstimmig.

Auralie ging auf ihr Zimmer und legte sich schlafen, während über ihrem Kopf, in Olgas Schlafzimmer, der Staubsauger wütete.

«Auralie. *Mon enfant. Mon petit chou*», tönte ihr Olgas gebieterische Stimme im Ohr. Auralie schlug die Augen auf. Olga stand neben ihrem Bett. Sie sah aus wie immer, fabelhaft, selbstsicher und vornehm.

«Nin und Rea erzählen mir, dass du schon wieder unglücklich bist, *chérie*», sagte Olga, die wie immer gleich zur Sache kam. «Was ist es diesmal? Hat diese *putain* Penelope dich geärgert?»

«Nein», sagte Auralie lächelnd. Es war ziemlich erfrischend, dass ihre hinreißend schöne, aber strenge und prüde Tante als *putain* bezeichnet wurde. Beide Frauen wussten, dass kein Ausdruck hätte unpassender sein können.

«Was ist es dann, *chérie*?», fragte Olga, setzte sich auf Auralies Bett und gab ihr einen zärtlichen Kuss auf die Wange.

Ob sie es ohnehin beabsichtigt hatte, es ihrer Tante zu verraten, wusste Auralie hinterher nicht mehr, Olgas unvermittelte Geste der Liebenswürdigkeit und Zuneigung veranlasste sie jedenfalls dazu, aufrichtig zu sein.

«Laurence», sagte sie.

«Laurence!», rief Olga aus. «Dein Vetter Laurence?»

«Ja.»

«Nun, er sieht sehr gut aus. Was hast du mit ihm angestellt?»

«Wir haben miteinander geschlafen», sagte Auralie schlicht.

«Ihr habt was? Du Närrin!», kreischte Olga. Sie mäßigte ihren Zorn, als sie die Tränen in Auralies Augen sah. «*Ma petite*, das war sehr dumm.»

«Das weiß ich jetzt. Aber ich liebe ihn.»

«Oje», sagte Olga, nahm Auralies Hand und streichelte sie zärtlich. «*Chérie*, erzähl mir, was passiert ist.»

«Ich ging zu ihm in die Wohnung, wie schon oft, und wir waren beide am Arbeiten. Dann küssten wir uns, und gleich darauf haben wir ... haben wir ...»

«... gevögelt», beendete Olga den Satz.

«Ja.»

«Und es hat dir nicht gefallen? Es war überhaupt nicht schön?»

«Es war wunderbar», sagte Auralie. «Es war traumhaft. Aber hinterher ... es war hinterher. Als ich ihm sagte, dass ich noch Jungfrau war, und er mir nicht glaubte ... Dann wurde es schrecklich.»

Olga schlang die weinende Auralie in die Arme und schaukelte sie.

«*Chérie, chérie*», sagte Olga tröstend. «Na komm, nicht weinen. Du liebst ihn, ja, aber auf dieser Welt kann man viele Menschen lieben. Schließ nicht alle anderen aus. Und, *chérie*, es muss kein Mann sein.»

«Kein Mann? Ich verstehe nicht», sagte Auralie.

«Meinst du nicht, dass Nin und Rea sehr glücklich sind?»

«Doch.»

«Sie haben keinen Mann für die Liebe. Sie wollen keinen Mann für die Liebe.»

«Ach?», sagte Auralie noch immer ratlos.

«*Chérie*, sie haben einander. Sie lieben einander und schlafen miteinander.»

«Das ist unmöglich!», rief Auralie aus. Dann erinnerte sie sich an ihren Traum.

«Aber ja doch», sagte Olga. «So, wir beide gehen heute Abend aus. Zuerst trinken wir einen Aperitif. Ich werde ein Bad nehmen, und dann führe ich dich in mein Lieblingsrestaurant aus. Wir werden feiern.»

«Was feiern wir denn?», fragte Auralie.

«Irgendwas», sagte Olga. «Meine Rückkehr nach Paris. Unser Leben. Das Leben ist ein guter Grund. Reichsein ein noch besserer. Wir werden also Champagner trinken, und dann ... Nun, wir werden schon sehen, was danach geschieht. Jetzt zieh dir etwas Hübsches an.»

Kaum dass Olga sie verlassen hatte, sprang Auralie in die Höhe, badete rasch und durchstöberte ihre dürftige Garderobe. Sie verwarf ein Kleid nach dem anderen. Nichts schien ihr Olgas strengen Anforderungen zu genügen. Sie stand nackt da, als Nin mit einem Tablett in Händen eintrat.

«Madame sagte, Sie sollten jetzt etwas trinken», sagte Nin und reichte ihr ein sehr großes Glas. «Um Sie aufzuheitern.»

«Was ist es?»

«Ein Champagnercocktail.» Nin lächelte und zog sich zurück.

Auralie nahm einen Schluck. Das Getränk war köstlich, stieg ihr aber umgehend zu Kopf und beschwipste sie. Ganz gewiss half es ihr nicht, zu entscheiden, was sie heute Abend tragen sollte. Auralie entschied, dass weitergehende Beratung erforderlich sei. Sie wollte nachsehen, ob Olga irgendetwas in ihrem Kleiderschrank hatte, das sie sich borgen könnte. Auralie streifte sich ihr seidenes Negligé über, nahm ihr Champagnerglas und ging hinauf zu Olgas Schlafzimmer. Von drinnen hörte sie Geräusche und klopfte zaudernd an, ehe sie eintrat.

«Oh, du bist es, Auralie», sagte Olga. «Komm rein und setz dich.»

Auralie hatte schon die Tür geschlossen, ehe sie begriff, was dort vor sich ging. Olga saß auf einem Stuhl, trank Champagner und sah Nin und Rea zu, die sich auf dem Bett liebten.

«Sind sie nicht wunderschön?», fragte Olga. «Sieh sie dir an, ist es nicht zu schön für Worte?»

Auralie war sprachlos. Splitternackt, die Körper eingeölt, wanden sich Nin und Rea auf Olgas riesigem Bett in alle Richtungen.

Auralie setzte sich zur Tür in Gang.

«Nein, geh nicht, *chérie*», sagte Olga und goss Auralie eine Champagnerflöte ein. «Du wirst kaum je etwas Schöneres zu sehen bekommen.»

Auralie setzte sich hin. Sie sah Nin und Rea sich einander streicheln und liebkosen. Sie berührten sich an ihren Brüsten, ließen dann ihre Hände über Bauch und Hüften wandern, spielten mit dem Geschlecht der anderen. Dann schauten sie auf und sahen Auralie.

«Wir hatten ja versprochen, dass wir Ihnen eines Tages zeigen würden, weshalb wir keinen Mann brauchen», sagte Rea.

Auralie lächelte. Sie war verlegen gewesen, inzwischen aber ziemlich angetrunken und wirklich neugierig.

«Leg dich zu ihnen aufs Bett, *chérie*», schlug Olga vor. «Ich verspreche dir, du wirst es genießen.»

Alles wirkte so heiter und entspannt, dass Auralie es als kleinlich empfand, abzulehnen. Rea streckte eine Hand nach ihr aus. Zögernd griff sie danach, und Rea zog sie hinunter zu sich.

«Ich möchte, dass Sie mich genau hier reiben», sagte Rea und führte Auralies Finger zwischen ihre Beine. Auralie fühlte die rauen schwarzen Haarlocken und das weiche Fleisch der Frau, als es sich unter ihrer Berührung öffnete. Es erregte sie. Auralie spürte Feuchtigkeit zwischen ihren eigenen Beinen aufsteigen. «Reiben Sie mich weiter», forderte Rea sie auf, nahm Auralies andere Hand und legte sie Nin auf die kleinen Brüste. «Spielen Sie mit ihnen. Nehmen Sie die Nippel und zwirbeln Sie sie zwischen den Fingern.»

Von Auralies Fingern erregt, versteiften sich Nins Nippel. Es erregte auch Auralie. Sie fühlte, dass sie selbst anschwoll, und spürte ein Kribbeln. Lüstern öffnete sie ihre Beine; auch sie wollte berührt werden. Der wachsende Druck auf ihrem Schamhügel sagte Rea, dass sich Auralie danach sehnte, selbst gestreichelt zu werden.

«Jetzt, Mam'selle, müssen Sie die Augen schließen und geschlossen halten», sagte Rea.

Auralie schloss ihre Augen. Ihr Negligé wurde abgestreift, sie wurde zurechtgerückt, bis ihr Kopf auf jemandes Schoß lag. Sanft und zärtlich begannen ein Paar Hände, ihre Brüste zu kneten. Andere Hände wanderten behutsam ihre Beine hoch. Auralie fühlte Brüste und steife Nippel an ihren Schenkeln emporgleiten. Im nächsten Augenblick spürte sie etwas Dralles, Nasses zwischen ihren Beinen. Sie schlug die Augen auf und sah Rea vor sich knien, deren Zunge die Stelle aus ihrem Traum fand. Reas Berührung war derart sanft und das Gefühl so herrlich, dass es Auralie umgehend in eine andere Welt verschlug. In eine Welt der Sinnlichkeit, Erotik und Phantasie. Und dann fiel ihr die erste Nacht in Olgas Wohnung und der Traum von den zwei Dienstmädchen wieder ein. Ein _Déjà vu_. Was jetzt geschah, war im Grunde die Wiederholung dieses Traums.

Auralie kam ein Gedanke. Hatten die beiden Frauen sich vielleicht wirklich an ihr vergnügt, während sie in jenem betrunkenen Zustand dagelegen hatte? Vielleicht hatten *sie* ihr ja die Unschuld genommen? In diesem Fall hätte Laurence recht gehabt, ihre behauptete Jungfräulichkeit anzuzweifeln. Auralie hatte nie an sich gespielt und konnte daher nicht sagen, ob sie intakt war oder nicht. Bis vor kurzem hatte ihr Liebesleben noch geschlummert. Ihr erstes Begehren hatte sie beim Anblick von Stefans halb aufgerichtetem Penis verspürt. Aber auch die Neugier, ihn zu berühren, war ein Auslöser gewesen.

«Schau, *chérie*, du wirst es nie nötig haben, dich *triste* zu fühlen», sagte Olga. «Sieh nur, wie sie sich um dich kümmern, wie sich dich lieben. Jetzt komm her zu mir.»

Auralie glitt vom Bett herunter und stellte sich nackt, schwer atmend und vor Erregung zitternd vor Olga. Schweigend bewunderte Olga den straffen, schlanken, beinahe jungenhaften Körper des Mädchens. Sie verengte die Augen, leckte sich gierig die Lippen und streckte dann eine Hand aus, um eine von Auralies kecken, knospenden Brüsten darin zu bergen.

«Was würdest du jetzt gern tun, *chérie*?», fragte Olga, zog Auralie näher heran und streichelte ihr den Bauch. «Würdest du gern hierbleiben und weiterspielen oder lieber ausgehen? Wir könnten vielleicht einen Mann für dich finden. Würdest du gern gevögelt werden, *chérie*?»

Auralie schwankte, von Lust überwältigt, vor und zurück. Sie konnte Olga nicht antworten. Sie konnte sich nicht entscheiden. Olgas Hand schweifte über Auralies Körper und fing an, sie zwischen den Beinen zu necken. Plötzlich legte sie einen Arm um die Taille der bebenden jungen Frau, zog sie noch näher an sich heran und rammte mit einem einzigen raschen Stoß einen Finger in Auralies willige, wollüstige und geschwollene Vulva.

«O *chérie*, du hast aber auch eine nasse Muschi», sagte Olga und fuhr mit ihrem Finger ruckartig auf und ab.

Auralie versteifte sich am ganzen Leib, reckte die Brüste vor und lud damit Olga ein, die Lippen fest um ihre dunkelbraunen Nippel zu schließen und daran zu saugen. Olga saß gebieterisch da, so, als spielte sie mit einer gehorsamen Sklavin. Sich windend und in den Hüften wiegend, sah sich Auralie um, was Nin und Rea taten. Die beiden lagen Seite an Seite in umgekehrter Richtung und bezüngelten sich gegenseitig ihre gierigen Öffnungen. Dieser Anblick fuhr Auralie lebhaft durch den Bauch und ließ sie ihre Muskeln anspannen.

«Ich finde, wir sollten jetzt essen gehen», sagte Olga und ließ ihre Hand grausam unvermittelt fallen.

Ein Gefühl brennender Enttäuschung überkam Auralie. «Ich habe nichts zum Anziehen finden können», sagte sie.

«Überhaupt kein Problem. Wir werden dich einkleiden», antwortete Olga und führte sie in den angrenzenden begehbaren Kleiderschrank. Sie suchten, bis sie ein Kostüm aus schwarzem Leder fanden.

«Probier das mal an», sagte Olga.

Das Kleid war zweiteilig. Das fischbeinverstärkte Oberteil hatte einen tiefen Ausschnitt, lange Ärmel und sich kreuzende Lederschnüre auf ganzer Länge des Mieders, das zu einem auf den Bauchnabel weisenden V auslief. Olga half Auralie hinein und zog dann den Reißverschluss am Rücken zu. Es war hauteng geschnitten.

«*Magnifique*», sagte Olga und zog die Lederschnüre unter Auralies Brüsten stramm, damit diese gerundet und verführerisch hochgestemmt wurden.

«Jetzt steig in den Rock», forderte Olga sie auf.

Der Lederrock schmiegte sich um Auralies schmale Taille und Hüften und fiel dann in breiten, schräg geschnittenen Streifen bis hinunter an ihre Fußknöchel.

«Kein Höschen, chérie», sagte Olga, fuhr mit einer Hand Auralies Beine hinauf, befühlte den schwarzen Hügel und prüfte, ob sie immer noch feucht war. «Heute Nacht nicht. Ich will dich leicht zugänglich haben.»

Olga stöberte in ihrer Kommode herum und nahm ein Paar Feinstrümpfe aus schwarzer Seide heraus. «Zieh die an. Ein Strumpfhalter ist nicht nötig, sie halten von selbst. Außerdem wirst du dich schminken und diese hochhackigen Schuhe tragen.»

Auralie zog sich die schwarze Seide über ihre wohlgeformten Beine und stieg in die schwarzen, hochhackigen Schuhe. Nin und Rea setzten sich auf, um Auralie zu betrachten.

«Oh, ist sie schön», sagten sie.

«Kommt, ihr zwei. Während ich mich umziehe, könnt ihr sie schminken und ihr das Haar richten. Wir sollten es hochstecken, das sieht anspruchsvoller aus», sagte Olga. «Und achtet besonders auf die Augen. Sie sind von wunderschönem Grün, das unbedingt hervorgehoben werden muss.»

Eine Stunde später standen zwei atemberaubende Erscheinungen, festlich geschminkt und frisiert, im Hof und warteten auf Olgas weiße Pullman-Limousine. Olga trug ein schwarzes, schräggeschnittenes und fließend fallendes Abendkleid aus Chiffon, das ihre unterschwellige Sexualität betonte, jedoch das Lüsterne an ihr dämpfte. Auralie sah hinreißend und ausgesprochen sexy aus. Auf Olgas Beharren hin trugen sie beide lange Diamantgehänge an den Ohren, sonst aber keinen Schmuck.

«Ich nehme dich an einen ganz besonderen Ort mit», sagte

Olga zu Auralie, als die Limousine vorfuhr und der Chauffeur Drenga heraussprang, um ihnen die Wagentür zu öffnen.

«Wohin denn?», fragte Auralie und glitt auf den Rücksitz.

«Zu Jaqueline», wies Olga ihren Fahrer an, als sie neben Auralie einstieg. Auralie war entzückt. Comtesse Jaqueline Helitzer war eine allseits bekannte Gastgeberin der guten Gesellschaft, die fabelhafte Partys veranstaltete. Ihr Name tauchte ständig in den Klatschspalten auf, aber nur die ganz Reichen und wirklich Beneidenswerten wurden in ihren Salon geladen.

Auralie saß schweigend neben Olga. Ihr lag so manche brennende Frage auf der Zunge, doch ihr war, wie gewöhnlich, etwas zu ehrfürchtig zumute, und so behielt sie ihre Gedanken für sich.

«Chérie», sagte Olga. «Setz dich gerade und schlag die Beine auseinander.»

Auralie tat wie geheißen. Die Lederstreifen des Rocks rutschten ihr links und rechts von den bestrumpften Beinen. Olga fing an, ihre Knie zu streicheln, und bewegte die Hand dann gemächlich ihre Schenkel entlang.

«Jetzt leg die Hände artig in den Schoß. So lassen, nicht bewegen. So wirst du sitzen, solange dir nichts anderes gesagt wird. Und wenn wir bei Jaqueline sind, achte darauf, dass nichts zwischen deinen nackten Pobacken und dem Sitz ist.»

Auralie spürte, wie sie errötete, doch der Gedanke war erregend. Olga drückte Auralies Beine weiter auseinander und rieb mit einem Finger sachte an ihren weichen Schamlippen entlang. Auralie atmete in kurzen, scharfen Stößen, während sie sich zur Melodie, die Olga auf ihrem Körper spielte, krümmte und wand.

«Es klingt, als ob du es genießt, *chérie*», bemerkte Olga.

«Ja», keuchte Auralie, keuchte, wollte mehr, wollte den streunenden Finger tiefer in sich eintauchen fühlen.

«Kannst du dir etwas Besseres vorstellen, um den Abend zu verbringen?»

«Nein.» Auralie schluckte, während Olga fortfuhr, an ihr zu spielen. Sie schaute zum Fenster hinaus. Der Chauffeur kannte offensichtlich den Weg. Er fuhr ruhig und zügig über die Seine und durch das sechzehnte Arrondissement auf den Bois de Boulogne zu. Im Dunkel verlor Auralie die Orientierung, doch schließlich bog der Wagen in die Auffahrt eines beeindruckend herrschaftlichen Wohnsitzes ein.

Olga und Auralie gingen die ausladenden Stufen zu den hohen, säulengeschmückten Eingangstüren hinauf. Olga holte ein Plastikkärtchen aus ihrer Handtasche und schob es in einen Schlitz neben der altmodischen Türglocke. Die schweren schwarzen Türen öffneten sich. In der hohen Marmorhalle verbeugte sich ein riesiger blonder Mann, der wie ein preisgekrönter Bodybuilder gebaut, aber wie ein Butler gekleidet war, vor Olga.

«Prinzessin», begrüßte er sie.

«Guten Abend, Kurt», sagte sie. «Abendessen.»

Auralie folgte Olga und dem Butler durch die hellerleuchtete, geräumige Halle in einen riesigen, in gedämpftes Licht getauchten Speisesaal, in dem förmlich gekleidete und fröhlich plaudernde Gäste saßen.

Der Oberkellner führte sie an einen Tisch in der Mitte des Saales. Dieser hatte, wie alle anderen Tische auch, einen höchst ungewöhnlichen Tafelschmuck. Statt Blumen waren verschiedenfarbige Federn in einer Vase drapiert. Während Olga und Auralie vorbeigingen, winkten ihnen wiederholt einzelne Männer und Frauen zu.

«Vergiss nicht, was ich dir gesagt habe. Nackte Pobacken»,

ermahnte Olga, während sie sich ihrem Tisch näherten. «Und ganz gleich, was passiert, solange du nicht wirklich isst oder trinkst, müssen deine Hände züchtig im Schoß liegen.»

Der Ober zog Auralies Stuhl zurück, damit sie Platz nehmen konnte. Sie trat davor und schob – anstelle der üblichen Geste, den Rock unterm Hintern glattzustreichen – das Leder rasch beiseite, was den anderen Gästen einen flüchtigen Blick auf ihren straffen, blanken Po und ihre schwarzen Strumpfbänder gestattete.

Überrascht stellte Auralie fest, dass der plüschige Samt sich an ihrer nackten Haut rau anfühlte und juckte. Außerdem verlief eine längliche Wulst über die Sitzfläche und machte es schwierig, die Schenkel zu schließen. Dann entdeckte sie, dass sie, wenn sie, wie Olga es angeordnet hatte, aufrecht und mit gespannten Muskeln saß, durch die längliche Wulst erregt und gezwungen wurde, ihre offenen, feuchten Lippen noch weiter zu öffnen.

«Bequem?», fragte Olga schmunzelnd, die wusste, was Auralie gerade empfand.

«Ja, danke», erwiderte Auralie und fragte sich, ob Olga ebenso saß wie sie. Der Ober brachte Champagner in einem Eiskübel und ging daran, das perlende Nass einzuschenken.

«Das war früher mal der Ballsaal», sagte Olga und beobachtete, wie Auralie die Ausschmückung musterte. «Reichlich viel Jugendstil, chérie, findest du nicht auch?»

Auralie bewunderte die funkelnden Kronleuchter aus Kristallglas und die beschwingten Formen, die überall auf Spiegeln, Decken und Wänden prangten. «Er ist wunderschön.»

«Jaqueline hat ein paar Veränderungen vornehmen lassen», sagte Olga und deutete auf die Bühne am entfernten Ende des Saals, auf der Musiker eine Auswahl klassischer Repertoirestücke spielten. Dann wies sie auf die beiden Balkone, die zu beiden Seiten des Hauptsaals verliefen. Sechs überaus attraktiv aussehende Paare saßen dort an Tischen, doch einige Tische waren leer und boten Platz für weitere Gäste. Die Paare speisten und unterhielten sich angeregt und trugen wie alle anderen im Saal förmliche Abendgarderobe, die Frauen trägerlose Abendkleider in leuchtenden Farben, die von jedem Winkel des Saals aus ins Auge stachen. Auralie konnte ihre unteren Körperpartien nicht sehen, die durch einen Vorhang auf Tischhöhe, am Handlauf des Balkons, verhüllt wurden. Der Vorhang reichte fast bis zu ihren Füßen, und Auralie konnte hochhackige Damenschuhe erkennen.

Der Ober brachte ihnen Räucherlachs.

«Keine Speisekarte?», fragte Auralie.

«Nein», entgegnete Olga. «Der Küchenchef bestimmt die Speisenfolge.»

Auralie hatte zwei Bissen zu sich genommen, als mehrere kleinwüchsige Männer, die in Helitzer-Livreen aus dem achtzehnten Jahrhundert in einer Reihe unter den Balkonen entlangmarschierten und dabei emporblickten, ihre Aufmerksamkeit fesselten. Auralie war nicht bloß von der Größe der Männer verblüfft, die sämtlich unter ein Meter zwanzig maßen, sondern auch davon, wie beinahe unglaublich hässlich sie waren. Sie schaute ihnen eine Weile zu und fuhr dann, als nichts weiter geschah, fort zu essen und zu trinken.

Olga bestellte eine weitere Flasche Champagner. «Ist Pierre heute im Dienst?», fragte sie den Ober.

«Ja, Eure Hoheit», antwortete er. «Aber wir haben einen neuen Mann. Carlo. Ich glaube, dass Sie ihn sich ansehen sollten.»

«Wie ist er denn so?»

«Ich werde nach ihm schicken», sagte er.

Der Ober verneigte sich, und kurze Zeit später stand ein hässlicher kleiner Mann in langem Gehrock grinsend neben

Olga. Er dehnte seine Schultern und stierte Auralie lüstern an, die unwillkürlich erschauerte. Muskulös, mit buschigen Brauen über kleinen Knopfaugen, einer plattgedrückten Nase und dicken Lippen, war Carlo ein ungeschlachter Gnom, der beinahe barst vor Manneskraft und derber Geschlechtlichkeit. Dermaßen fehl am Platz schien er inmitten all der Schönheit ringsum, dass Auralie rätselte, was er hier zu suchen hatte.

«So, du also bist Carlo», sagte Olga.

«Ja, Eure Hoheit. Zu Diensten, Hoheit», erwiderte der Mann mit tiefer, brummender Stimme.

«Das hoffe ich», sagte Olga streng und knöpfte ihm den Gehrock auf. Dann drehte Olga den kleinen Mann zu Auralie hin, die ihre Augen weit aufriss. Carlos riesiges, halb erigiertes Gemächt hing aus seiner Kniebundhose. Auralie stellte außerdem verblüfft fest, dass sein Penis selbst in diesem Zustand fast bis an seine Knie reichte. Olga wandte sich auf ihrem Stuhl um, barg in der einen Hand seine Eier, umschloss mit der anderen seinen massigen Riemen und begann, diesen langsam zu reiben. Auralie schluckte, wand sich und wurde zusehends erregter, während Carlos Schwanz unter Olgas sachkundiger Behandlung immer weiter anwuchs.

«Hat Jaqueline dich ausgewählt?», fragte Olga ihn.

«Ja, Eure Hoheit.»

«Sie hat gut gewählt. Ich bin zufrieden», sagte sie.

Olga schaute lächelnd zum Balkon hinauf. Ihre Augen fanden eine atemberaubend schöne, großgewachsene, schlanke junge Farbige, die ein trägerloses silbernes Oberteil trug. Aus der Vase zog sie eine lange, silberne Feder und reichte sie Carlo, der sie entgegennahm, sich verbeugte und hinüber zum Balkon ging. Als sei nichts geschehen, griff Olga wieder nach Messer und Gabel und setzte ihre Mahlzeit fort.

Auralies Neugier war geweckt. Sie sah Carlo hinterher, wie

er unter der farbigen Frau stehen blieb, die Hand mit der silbernen Feder hob und dann, so schien es, die Unterseite des Balkons abstaubte.

«Was macht er da?», fragte Auralie ratlos.

«Er kitzelt ihre Muschi», entgegnete Olga.

Auralie prickelte es bei dieser Vorstellung, sie malte sich aus, selbst von einer Feder berührt zu werden. Sie leckte sich die Lippen und ruckelte sachte mit den Hüften, sodass die Wulst des Stuhls einmal mehr ein erregendes Kitzeln auslöste. Olga zog eine schwarze Feder heraus und reichte sie Auralie.

«Steck sie dir zwischen die Beine», befahl Olga. «Nicht damit spielen. Lass dich einfach an Ort und Stelle reizen.»

Auralie gehorchte und richtete die Feder so aus, dass deren Spitze ihre Klitoris berührte. Auralie lächelte Olga zu und sah sich dann erneut im Saal um. Sie nahm verschiedene Männer und Frauen an den Tischen wahr, die verschiedenfarbige Federn an andere Kleinwüchsige weiterreichten. Binnen kurzem hatte jede der Frauen auf dem Balkon einen Mann unter sich stehen, der eine Feder in der gleichen Farbe wie ihr Abendkleid hielt und ihr damit die Muschi kitzelte.

«Aber wie machen sie das?», erkundigte sich Auralie.

«Die Stühle haben alle ein Loch», sagte Olga.

«Aber ...» Auralie wollte mehr erfahren.

«Schau zu», unterbrach Olga sie zischelnd.

Der Oberkellner erschien, zog an einer Kordel und ließ die Vorhänge vor den Balkongeländern fallen. Nun konnte Auralie sehen, dass sämtliche Paare auf den Balkonen unterhalb der Taille vollkommen nackt waren. Sie saßen auf einem Glasboden, sodass alles für jeden im Raum sichtbar war. Auralie bemerkte, dass die meisten Männer Erektionen hatten und manche ihrer Damen den Fuß benutzten, um mit ihren Schwänzen zu spielen.

Der Oberkellner gab ein Zeichen, und zwei weitere Ober erschienen. Die Musiker ließen eine Fanfare erschallen, und langsam, wie bei einer Tanznummer, schritten die Ober die Reihe Kleinwüchsiger entlang, knöpften ihnen die Gehröcke auf und streiften sie ihnen von den Leibern. Mit schwungvoller Geste gaben sie die großen Eier und kräftigen Schwänze der kleinen Männer den erregten Blicken der Zuschauer preis. Während die Liliputaner mit einer Hand mit dem Muschikitzeln fortfuhren, nahmen die Ober sie bei der anderen, um ihnen diese unter dem geflüsterten Befehl «Wichsen» auf ihre Riemen zu legen.

Beim Anblick dieser kleinen, sich die gewaltigen Schwänze reibenden Männer bewegte Auralie unwillkürlich ihre Hüften in kleinen Kreisen. Lüstern schob sie sich über den flachen Grat zwischen ihren Schenkeln, nahm sie immer weiter auseinander, wurde stetig feuchter und wollte sich berühren. Vorsichtig und in der Hoffnung, Olga werde es nicht bemerken, ließ sie ihre Hände zwischen die Beine rutschen.

«Nein, lass das», rief Olga bestimmt, als sie merkte, was Auralie tun wollte.

Auralie sah zu den Frauen auf dem Balkon hinauf. Ihr fiel auf, dass sie fortfuhren, zu essen und zu plaudern als ob nichts geschehen wäre. Angesichts ihrer eigenen Empfindungen beim Spiel mit ihrer Muschi war Auralie ziemlich erstaunt und sprach Olga darauf an.

«Sie sind geschult», teilte Olga ihr geheimnisvoll mit.

Auralie hätte gern nachgehakt, doch ein Ober servierte die Steaks, die Musiker räumten die Bühne, und die Lichter wurden gelöscht.

Als die Beleuchtung wieder aufflammte, saß eine statuenhafte Rothaarige im Spagat auf der Bühne. Ihr Hals, ihre Brüste und Arme waren hauteng in ein leuchtend rotes Gewebe gehüllt. Ihr Faltenrock war an den Hüften umgeschlagen. Ein langer schwarzer Gegenstand klemmte zwischen ihren Beinen, und als sie in die Höhe schnellte, erkannte Auralie ein Mikrophon. Mit tiefer, rauchiger Stimme begann die junge Frau zu singen.

«Das Varietéprogramm?», fragte Auralie.

«Nur der Anfang», entgegnete Olga.

Als sie die erste Strophe beendet hatte, stieg die junge Frau von der Bühne herunter und trat zwischen die Gäste. Zuweilen beugte sie sich über die Männer und küsste sie auf den Kopf, setzte sich ihnen auch manchmal auf den Schoß, wurde aber zusehends wagemutiger, je weiter sie im Saal vorankam. Auralie sah, wie sie ein Bein hob und ihren hochhackigen Schuh auf das Knie eines Mannes setzte, ihm einen Bissen vom Teller nahm, diesen dann ihre feuchten Schamlippen entlangzog und ihm in den Mund schob. Olga sah, wie Auralie sich unruhig die Lippen leckte und wusste, dass sie zugleich erregt und frustriert war. Sie winkte das Mädchen an ihren Tisch.

«Heidi», sagte sie. «Ich möchte dich mit Mam'selle Auralie bekannt machen.»

Zur Begrüßung schlang Heidi ein Bein um Auralies Hals, sodass sich ihre Muschi an Auralies Schulter schmiegte, senkte den Kopf und küsste Auralie auf die Lippen.

Olga streckte eine Hand aus und öffnete den Knopf, der den Rock des Mädchens festhielt. Der Rock fiel zu Boden und enthüllte ihre blanke, rasierte Muschi und ihre vollen, gerundeten Pobacken. Die anderen Gäste klatschten. Olga nahm den Beifall lächelnd zur Kenntnis, drehte sich auf ihrem Stuhl und schloss eine Hand um den Hügel der Sängerin. Als sie dies tat, stöhnte die junge Frau jäh auf, und Auralie verspürte Eifersucht, als Olgas Finger in der Chanteuse hin und her glitten.

«Worauf hat Eure Hoheit heute Lust?», fragte das Mädchen höflich und wiegte sich dabei, Olgas forschenden Finger reitend, in den Hüften.

«Zuschauen, wie du gevögelt wirst», sagte Olga.

Olga beugte sich über den Tisch zu Auralie, die ihren eiskalten Champagner trank.

«Würde dir das gefallen, *chérie*? Wollen wir zuschauen, wie sich einer dieser Schwänze in ihre hübsche pralle Muschi schiebt?», wandte sich Olga an Auralie. Dann gab sie dem Ober ein Zeichen. «Räum den Tisch ab und sag Carlo, dass er benötigt wird.»

Auralie zwirbelte den Stiel ihres Glases zwischen den Fingern und verfolgte, wie Carlo durch den Raum zu Olga stolzierte, während sein massiger Schwanz dabei hin- und herschaukelte.

«Wir haben Lust, zu beobachten, wie du deinen herrlich großen Ständer in Heidis Muschi steckst», sagte Olga und schloss eine Hand um sein angeschwollenes Glied. «Vorher möchte ich aber gern sehen, was meine Begleiterin damit anstellen kann. Auralie, ich erteile dir jetzt die Erlaubnis, ihn anzufassen. Das hier ist ein echter Schwanz. Ein steifer. Carlo, lass dich von ihr anfassen.»

Auralie stellte ihre Champagnerflöte ab und legte zögerlich ihre kalte Hand auf seine Eichel.

«Du bist doch keine Jungfrau, die am Schwengel eines Bauarbeiters spielt», spöttelte Olga. «Reib ihn.»

Auralie wurde sich schlagartig bewusst, dass sie von allen im Raum beobachtet wurde. Die Kälte ihrer Finger hatte Carlos Glied weiter versteift und noch höher aufgerichtet. Auralie entschied sich, Olga nicht sofort zu gehorchen. Vielmehr hob sie ihr Champagnerglas und tauchte Carlos Schwanz hinein. Dann begann sie ihn zu reiben. Als er zu seufzen anfing,

umfasste sie mit der anderen Hand die ganze satte Nachgiebigkeit seiner riesigen Hoden. Sie hob den Blick von seinem
Schwanz zu den halb geschlossenen, aber sinnlichen Augen
des hässlichen Kleinwüchsigen, presste ihre nasse Muschi
um die Feder und den Wulst des Stuhls und wand sich.

«Mir scheint, deine Möse ist sehr feucht», sagte Carlo und
legte seine große, kräftige Hand auf Auralies kecke, hoch-
gestemmte und gerundete Brüste. Das Gefühl seines riesigen Glieds in ihren Händen und der Berührung ihrer Titten
erregte Auralie so sehr, dass sie sich immer schneller auf dem
flachen Grat zwischen ihren Schenkeln bewegte.

«Sie hat eine Feder zwischen den Beinen», sagte Olga zu
Heidi. «Zeig ihr, wie es ist, sich die Muschi kitzeln zu lassen.»

Heidi beugte sich über den Tisch, griff nach der Feder
zwischen Auralies Schenkeln und zog sie durch ihr wollüstiges Geschlecht. Auralie sank erlöst zurück, drückte die
Brüste gegen Carlos knetende Hände, stemmte die Hüften
vor, spannte die Pobacken an, rieb Carlos Schwanz und Eier
und wurde, während die Feder ihre Erregung noch weiter
verstärkte, mit echter und vollkommener Lust vertraut
gemacht.

«Hör jetzt damit auf und bück dich», sagte Olga, zog den
großgewachsenen Rotschopf von Auralie fort und beugte die
junge Frau über den Tisch. Jetzt erst nahm Auralie wahr, dass
die Ober nicht nur ihren Tisch abgeräumt, sondern auch alle
anderen aus ihrer Nähe entfernt hatten. Olga, Auralie, Heidi
und Carlo waren nun allein in der Mitte des Saals. Sie gaben
ein reizvolles Quartett ab, wobei Olga Heidis Muschi befin-
gerte und Auralie an Carlos massigem, prallem und pochen-
dem Penis spielte. Und alle im Raum schauten ihnen zu. Heidi
bückte sich, sodass sich ihre vollen, rundlichen blanken Pobacken dem erregt abwartenden Publikum zukehrten.

«Mach deine Beine breit», trug Olga ihr auf. Das Mädchen spreizte die Beine und stellte ihre geschwollene rosa Muschi zur Schau.

«Carlo, als Erstes möchte ich, dass du ihr die Muschi leckst», befahl Olga.

Während er sich Heidi näherte, legte Carlo selbst Hand an sein massiges Glied und drehte sich zu den Anwesenden im Saal. Er war außerordentlich stolz auf sein riesiges Werkzeug und wollte, dass ihn alle bewunderten. Manche der Frauen keuchten ob seiner Größe auf. Das erregte Carlo noch mehr, und er rieb sich heftiger, machte ihn noch dicker und härter. Dann trat er zwischen die Schenkel der jungen Frau, wo er ihre wartende, nasse Möse auf Mundhöhe vor sich hatte. Er stand direkt hinter ihr, streckte seine große, kräftige Zunge aus und begann, geräuschvoll an ihrer sehr geschwollenen, lüsternen Öffnung zu lecken und zu schlürfen. Auralie kribbelte es nun im ganzen Körper. Ihr Geschlecht war klitschnass. Auch sie wollte angefasst und bespielt werden.

«Du behältst die Hände artig im Schoß», trug Olga Auralie mit strenger Stimme auf.

Auralie gehorchte, aber Olgas Anordnung machte sie nur noch lüsterner. Verstohlen blickte sie sich um. Sie bemerkte, dass die leeren Tische auf dem Balkon inzwischen von einigen Gästen besetzt waren, die sich des Großteils ihrer Kleidung entledigt hatten und einander vögelten. Ringsum sah sie Männer, die sich die Schwänze aus den Hosen gezogen hatten und von ihren hingeknieten, barbusigen Frauen blasen ließen. Andere spielten mit den Brüsten ihrer Gespielinnen oder hatten deren Ballkleider gelüftet, um sie gemächlich zwischen Schamlippen und Pobacken zu streicheln.

Mitten durch diese sexuelle Orgie kam Comtesse Jaqueline Helitzer an Olgas und Auralies Tisch geschlendert, stellte sich hinter Olgas Stuhl, legte die Arme auf ihren Busen und schob beide Hände unter Olgas Kleidung, um sich an ihren Nippeln festzuhalten und sie zu kneten. Olga hob eine Hand, zog Jaquelines Gesicht zu sich hinunter und gab ihr einen langen, leidenschaftlichen Kuss auf die vollen, roten Lippen. Als sie die beiden Frauen beobachtete, war Auralie von der Schönheit der Comtesse tief beeindruckt und verstand nun, wie sie das Herz des alten Grafen Helitzer binnen weniger Tage nach ihrem Eintreffen in Paris hatte erobern können. Er hatte sie eilig geheiratet, war dann günstigerweise drei Monate nach der Hochzeit gestorben und hatte Jaqueline viele Millionen Pfund reicher hinterlassen.

Es wurde gemunkelt, sie sei Ungarin, doch niemand wusste Genaueres. Niemand kannte ihr wirkliches Alter; sie wurde zwischen fünfundzwanzig und fünfunddreißig geschätzt. Sie hatte eine faltenlose Pfirsichsahnehaut, die nichts verriet. Ihr hellblondes Haar trug sie sanft gelockt und aufgetürmt, wobei einzelne Strähnchen ihren Hals hinunterfielen und ihr ein verletzliches Aussehen verliehen. Sie war groß und schlank und trug eine märchenhafte Abendrobe im Empire-stil aus fließendem, türkisfarbenem Seidenchiffon, die ihre großen Brüste betonte, obwohl der Stoff kaum die Nippel bedeckte. Die Falten des Kleids und sein langer Mittelschlitz wurden von einer Rose im Spalt ihres Dekolletés zusammengehalten.

«Jaqueline, *chérie*, lass dich anschauen», sagte Olga und zog langsam die Seidenbahnen auseinander, um zuerst die weißen Strümpfe und dann Jaquelines nackten, herrlichen Körper zu enthüllen. Olga fuhr mit beiden Händen über Jaquelines Bauch und begann, sie zwischen den Beinen zu liebkosen. Dann senkte sie den Kopf und leckte an Jaquelines Klitoris. Die Comtesse seufzte lustvoll auf.

«Darling», flüsterte sie mit französischem Akzent und schaute zu Auralie, «sie ist einfach göttlich. Jeder will sie haben.»

«Das können sie nicht», erwiderte Olga herrisch.

Auralie verspürte einen scharfen Stich der Enttäuschung. Sie sehnte sich verzweifelt nach Erlösung. Ihre Lustknospe wollte befriedigt werden. Sie wandte ihre Aufmerksamkeit der Bühne zu. Der Vorhang war zurückgezogen und ein riesiges, schräg abfallendes Bett in die Mitte gestellt worden. Bedeckt wurde es von einem weißen, glänzenden Satinlaken und vielen Kissen.

«Ich habe eine Programmänderung beschlossen», sagte Olga.

«Und was, Darling, hast du beschlossen?», fragte Jaqueline und küsste Olga voll auf die Lippen, während Olga fortfuhr, Jaquelines Schenkel zu streicheln.

«Warte es ab», erwiderte Olga.

Im selben Augenblick vernahm Auralie laute Schreie und Stöhnen von einem der Balkone. Sie blickte auf und sah zu ihrem Entsetzen ihren Vetter Laurence. Er hatte die wunderschöne, großgewachsene Farbige über das Geländer gebeugt, hielt sie an den Brüsten und fickte sie von hinten. Auralie saß wie erstarrt da. Eifersucht und Wut durchfluteten sie. Olga nahm Auralies gequälte Miene wahr und folgte ihrem Blick zum Balkon hinauf. Laurence tat das, was er seit seiner Ankunft in Paris getan hatte – Petrows Schoßsklavin Leyisha vögeln. Olgas Blick schweifte zu dem Mann hinüber, der neben Laurence' Tisch saß. Ihr geschiedener Gatte Petrow war so nackt wie am Tag seiner Geburt. Er hatte eine Frau zwischen den Beinen, deren Kopf eifrig an seinem Schwanz auf und nieder ging. Olga winkte ihm zu, und er erwiderte ihren Gruß. Auralie bemerkte Petrow und sah Olga sich über die Lippen lecken, während Jaqueline ihr besitzergreifend an die Brüste ging. Olga lächelte Auralie zu.

«Diese Familie hat eindeutig Freude am Sex», gab Olga gedehnt von sich und drückte dazu Jaquelines Hinterbacken.

Jaqueline lächelte sinnlich.

«Ich will gefickt werden», verkündete Auralie.

«Ach, sag bloß, wirklich?», sprach Olga. «Dann sollst du's auch.»

«Wird das Los über sie entscheiden?», fragte Jaqueline.

«Nein», sagte Olga. «Jaqueline, bring Auralie zum Bett.»

Auralie erhob sich willig und folgte Jaqueline auf die Bühne. Kaum war sie oben, versank der Raum im Dunkeln, und ein Punktstrahler richtete sich auf die beiden Frauen. Das Licht war so stark, dass Auralie mit einer Hand ihre Augen beschirmen musste.

«Das ist nicht nötig», sagte die Comtesse und nahm eine Augenbinde, um sie Auralie umzulegen. Dann führte sie Auralie zum Bett. Jaqueline bedeutete ihr, sich hinzusetzen, und löste die Lederschnüre ihres Mieders. Sie zog ihr die Hände über den Kopf und knotete sie an einen Bettpfosten. Anschließend spreizte sie Auralies Beine weit auseinander und fesselte ihre Fußknöchel stramm mit einem Seil, das an Ringen zu beiden Seiten des Betts hing. Dann schob sie Kissen unter Auralies Pobacken, sodass sich ihr vorlaut angeschwollenes Geschlecht deutlich sichtbar darbot. Jaquelines Suche unter einem weiteren Kissen förderte einen kleinen Vibrator zutage. Sie schaltete ihn ein, hielt ihn an Auralies Klitoris und ließ ihn durch ihre Nässe gleiten. Als Auralie begann, die Hüften anzuheben und die Beine auffordernd nach außen zu drehen, nickte Jaqueline Olga zu. Der Punktstrahler erlosch.

Als er wieder aufleuchtete, hatte Carlo Jaquelines Platz eingenommen. Mit einer Hand führte er den Vibrator über

Auralies Klitoris, mit der anderen rieb er sich den massigen, aufgerichteten Schwanz. Dann veränderte er seine Stellung, und das Bett drehte sich gleichzeitig um die eigene Achse und neigte sich, bis Auralies Kopf zum Bühnenrand wies.

Der Anblick der ans Bett gefesselten schlanken jungen Frau zusammen mit einem hässlichen Kleinwüchsigen, der wie ein Kobold aussah, wie ein Esel bestückt war und zum Eindringen bereit zwischen ihren Beinen stand, trieb eine Welle der Wollust durch Jaquelines wartende Gäste.

«Fick sie! Fick sie!», brüllten sie einstimmig.

Der Wechsel war so rasch erfolgt, dass Auralie nicht wusste, wem dieser Ruf galt. War ein Mann bei ihr auf dem Bett? Wenn ja, wer? Olga wusste, dass Auralie Laurence im Saal gesehen hatte. Sie hoffte, Olga habe ihn hergeschickt, um sie zu nehmen.

«Fick sie, fick sie», erschallte es weiter.

Vom Punktstrahler angeleuchtet, zog Carlo die Spitze seines Riesenständers durch Auralies saftige Muschilippen, ohne dabei irgendeinen anderen Teil ihres Körpers zu berühren. Sie spannte die Muskeln an, spreizte die Beine noch weiter auseinander und stemmte ihm die Hüften entgegen. Langsam, damit alle im Raum ihn dabei sehen konnten, glitt Carlo in Auralies wartende Muschi. Bei jedem leichten Stoß gab Auralie einen tiefen Seufzer von sich und flehte, dass es mehr und heftiger werde. Plötzlich machte er einen Satz nach vorn und fing an, sie wie ein Besessener zu reiten. Im Saal brach lauter Jubel aus. Auralie wusste nicht, wer in sie eingedrungen war, nahm ihn jedoch bis zum letzten Zentimeter in sich auf. Ihre Hüften hoben sich immer weiter in die Höhe und begegneten jedem Stoß seines Schwanzes, bis sie sich wand und krümmte, stöhnte und seufzte, mal hierhin, mal dorthin wälzte und nicht mehr wusste, wo ihr der Kopf stand.

Aus dem Dunkeln heraus griffen Hände nach ihren Brüsten, es erschien ein Schwanz, der ihr in den Mund gestopft wurde. Lippen lutschten an ihren Zehen. Dann wurde es auf der ganzen Bühne hell, und alle konnten die kleinen Männer auf dem Bett sehen, die Auralie benutzten und sich auf sie herab ergossen. Und Auralie sprach hemmungslos darauf an, sie genoss jeden Augenblick.

Wieder ging das Licht aus. Als es wieder hell wurde, saß Auralie allein und ohne Augenbinde auf dem Bett. Sie bekam tosenden Beifall. Sie lächelte befriedigt. Dann trabten die hässlichen kleinen Männer auf die Bühne und verneigten sich. Sofort verschwand das Lächeln aus Auralies Gesicht. War sie etwa von ihnen angefasst worden? Hatten sich diese hässlichen kleinen Männer mit ihrem Körper vergnügt? Und welcher von ihnen war in sie eingedrungen? Ihr kam der Verdacht, dass es der Länge und Dicke seines Schwanzes nach Carlo gewesen sein könnte. Als die Scheinwerfer erloschen, glitt sie vom Bett und machte sich zu Olga und Jaqueline auf.

«Wer war es? Welcher von diesen scheußlichen kleinen Männern hat mich gevögelt?», fragte Auralie, den Tränen nahe.

«Spielt das eine Rolle?», gab Olga zurück.

«Ja», sagte Auralie. «Du wusstest, dass Laurence mich haben sollte.»

«Laurence!», rief Olga aus. «Aber chérie, du hattest ihn heute schon einmal. Es war Zeit für dich, einen anderen Schwanz kennenzulernen. Und es schien mir, als hättest du es genossen. Du hast es doch genossen, oder? Gib ehrlich Antwort, Auralie. Hast du es genossen?»

«Ja.» Auralie musste die schreckliche Wahrheit eingestehen.

«Gut», sagte Olga. «Und jetzt ist es Zeit für uns, nach Hause zu gehen.»

Auralie bemerkte, dass die meisten Gäste bereits aufgebrochen waren.

«Wir freuen uns darauf, dich hier erneut zu begrüßen», sagte die Comtesse und küsste Auralie auf beide Wangen.

Auralie lächelte matt.

«Sie wird erschöpft sein», sagte Olga.

«Das sollte sie auch», entgegnete Jaqueline. «Du hattest einen wunderbaren Auftritt, Darling. Vergiss nicht, dass du, nachdem du hier eingeführt bist, wiederkommen und ficken kannst, wen immer du willst. Ob Mann oder Frau, das kümmert uns nicht. Wir haben nur die eine Regel, dass alles offen und ehrlich ist. Aber wir tragen nichts davon nach draußen, nicht wahr, Darling?»

«Niemals», sagte Olga. «Ebenso wenig haben wir Geheimnisse voreinander.»

Jaqueline gab Olga einen Abschiedskuss, und der Butler geleitete sie zur Tür. Draußen wartete Olgas Limousine.

«Ein erfolgreicher Abend, Ma'am?», fragte Drenga, der Chauffeur, während er die Türen öffnete.

«Überaus», erwiderte Olga, grinste wie eine Katze, wandte sich dann an Auralie und fügte hinzu: «Übrigens, Drenga ist mein persönliches Eigentum. Bei den seltenen Gelegenheiten, bei denen ich einen Mann haben will, habe ich ihn. Niemandem sonst ist gestattet, ihn anzufassen. Verstehen wir uns?»

Zwei Wochen später, nachdem Olga und Auralie zu Bettgespielinnen geworden waren, verriet ihr Olga, dass Carlo sie an jenem ersten Abend gevögelt hatte. Eine wutentbrannte Auralie, die außerdem regelmäßig Laurence und weitere männliche Besucher von Jaquelines Salon bumste, zahlte es Olga heim, indem sie hinter ihrem Rücken Drenga bei jeder sich bietenden Gelegenheit fickte.

Auralie kehrte von ihren Erinnerungen zurück in ihr Londoner Büro und zu dem Trio vor sich. Ja, dachte sie, hätte Penelope sie an jenem Tag nicht hinausgeworfen, hätte sie nie Sex in all seiner Vielfalt entdeckt. Nie wäre sie Olgas Liebhaberin geworden, regelmäßige Besucherin von Jaquelines Salon, Mitglied von Olgas und Petrows Sekte oder, dank ihrer Teilhabe an Olgas Firma, eine sehr reiche Frau. Doch nichts davon verminderte Auralies Verlangen nach Rache.

Terry gab einen lauten Aufschrei von sich, als er kam, und ging in die Knie. Die beiden Mädchen sahen sehr zufrieden mit sich aus.

«Sehr gut», sagte Auralie begeistert, «und ihr müsst mir zustimmen, ganz einfach in diesen Kleidern.» Sie nickten. «Okay, zieht euch alle um.» Jill und Mary legten wieder ihre eigenen Sachen an. «Sie führt am Montag das Bewerbungsgespräch mit euch, habt ihr gesagt?» Wieder nickten ihre Köpfe. «Schön, entscheidend ist, dass ihr drei eingestellt werdet. Sie ist sehr prüde, seid also die Tugend selbst. Lasst keinen Verdacht aufkommen. Dann fangt ihr ganz allmählich an, aber wartet erst ab, bis sich ihre gepflegten, bürgerlichen Gäste dauerhaft eingefunden haben.»

«Was ist, falls Terry mal fehlt? Sollen wir beide dann miteinander rummachen?», fragte Mary.

«Ja, aber sorgt dafür, dass euch immer jemand sieht. Je früher das Hotel schließt, umso größer ist euer Bonus», entgegnete Auralie.

«Weiß Petrow Bescheid?», erkundigte sich Terry.

«Petrow weiß bei jedem Mitglied seines Ordens stets über alles Bescheid», sagte Auralie geheimnisvoll und dachte bei sich, dass sie bei Terry auf der Hut sein müsse. Sollte Petrow tatsächlich herausfinden, was sie im Schilde führte, würde das ihre Stellung in seinem Orden gefährden. «Ruft mich am

Montag an und teilt mir mit, wie es gelaufen ist», fügte sie hinzu und sah auf die Uhr. Es war beinahe zwei. Sie sperrte die Tür auf und entließ Mary, Jill und Terry auf die im strahlenden Sonnenlicht daliegende Straße. Auralie hörte, wie ihre Angestellten zurückkehrten, und verschwand wieder in ihrem Büro, wo sie erst den Schreibtisch aufräumte und dann den Hörer abhob, um ihren Ehemann anzurufen.

Sein Apparat war besetzt. Sie legte wieder auf, ließ den Blick über ihr sparsam eingerichtetes Büro schweifen und lächelte. Einst war Petolg Holdings ein Traum gewesen. Mit Petrows finanzieller Hilfe hatten sie und Olga, Petrows geschiedene Frau, ihn wahr gemacht.

Auralie und Olga führten Petolg in mildtätiger Alleinherrschaft, was angesichts ihrer russischen Herkunft nicht sonderlich überraschte. Sie hatten klar umrissene Vorstellungen gehabt, als sie die Firma gründeten, und waren diesen treu geblieben. Es war eine vergleichsweise junge Firma und bislang eine sehr erfolgreiche. Das beruhte nicht nur auf Auralies guten Entwürfen, sondern auch auf der Art ihrer Betriebsführung. Sie leiteten ein sehr schlankes Unternehmen. Jede Vergeudung – von Zeit, Telefonaten oder Briefpapier – blieb auf das unbedingt Notwendige beschränkt.

In ihren französischen Textilfabriken beschäftigten sie ausschließlich verheiratete Mütter und stellten ihnen Kindermädchen, einen Arzt und eine Krippe zur Verfügung. In ihrem Pariser Stammhaus und in Auralies Londoner Werkstatt bestand der kleine Angestelltenstab aus ledigen Frauen unter dreißig. Auralie und Olga zahlten weit überdurchschnittliche Gehälter und boten darüber hinaus eine hervorragende Betriebsrente an, schütteten aber niemals Weihnachtsgeld aus oder verschenkten Autos und dergleichen an ihre Mitarbeiterinnen. Die Dauer von Telefongesprächen wurde aufgezeichnet; private Anrufe mussten am Ende jeder Woche aus eigener Tasche beglichen werden. Zu viele private Gespräche, und die Angestellte wurde abgemahnt. Bei der zweiten Abmahnung erfolgte die Kündigung. Über jedes Blatt Papier, Umschläge, Kugelschreiber, Bleistifte und Fotokopien musste Rechenschaft abgelegt werden, und noch der geringfügigste Diebstahl wurde durch fristlose Kündigung geahndet. Die Angestellten wurden für die Zeit von neun bis achtzehn Uhr bezahlt, und jede Mitarbeiterin hatte Punkt neun Uhr zur Stelle zu sein. Unter keinen Umständen war ihnen gestattet, sich nach achtzehn Uhr im Gebäude aufzuhalten. Kamen sie das erste Mal zu spät zur Arbeit, wurde ihr Gehalt um die entsprechende Zahl von Minuten gekürzt. Beim zweiten Mal wurden sie gefeuert. Olga und Auralie arbeiteten nach dem Grundsatz, dass, wer zu spät zur Arbeit kommt, zutiefst von seiner Aufgabe angeödet sein müsse und daher besser gehen sollte. Alle Angestellten hatten zwei Stunden Mittagspause. So hatten sie Zeit, anständig zu essen und notwendige Einkäufe zu erledigen. Die Büros und Fabriken wurden zwischen zwölf und vierzehn Uhr vollständig geschlossen. Die einzigen Menschen, die sich dann dort aufhalten durften, waren Olga und Auralie selbst.

Erneut wählte Auralie die Nummer von Gerry. Noch immer war der Anschluss besetzt. Auralie legte wieder auf, trat an einen Aktenschrank und entnahm ihm einige Bögen Papier und verschiedene Stoffmuster. Sie nahm einen Bleistift in die Hand und fing zu zeichnen an. Sie dachte über das streng geheime Vorhaben nach, an dem sie arbeitete. Sollte sie imstande sein, es erfolgreich durchzuführen, würden sie, Olga und Petolg Holdings eine Menge Geld verdienen. Es war ein Vorhaben, das ihren Mann einschloss, der davon aber keine Ahnung hatte. Es war der Grund, weshalb sie ihn geheiratet hatte.

Auralie hatte Gerry bei einer Après-Ski-Party in Verbiers kennengelernt. Sie und Olga waren hingefahren, um ihren Kummer über den Tod von Krakos zu betäuben, einem griechischen Millionär, der eine Flotte luxuriöser Kreuzfahrtschiffe besaß. Petolg Holdings waren bei ihm unter Vertrag gewesen, sie hatten die Inneneinrichtungen verantwortet. Krakos Tochter hatte die Flotte umgehend verkauft und Petolgs Vertrag gekündigt. Nun suchten Olga und Auralie verzweifelt nach einem Ersatz. Es war keine leichte Aufgabe; die Leute gaben eher eine Firma auf, als dass sie eine neue gründeten.

Gerry hatte Gefallen an Auralie gefunden und sich nach ihrer Rückkehr nach London unverzüglich mit ihr in Verbindung gesetzt. Ihr war an seiner Bekanntschaft sehr gelegen, da in der Stadt das Gerücht umging, sein Vater, Sir Henry de Bouys, würde eine neue Fluggesellschaft gründen.

«Das könnte die Lösung sein», hatte Olga eines Abends zu Auralie gemeint, als sie beide im Bett in Auralies kleiner Wohnung mit Blick auf den Regent's Park lagen. «Du musst herausfinden, ob es stimmt, chérie», fügte sie hinzu, während sie träge Auralies nackten Körper streichelte. Mittlerweile waren sie schon seit zwei Jahren ein Paar.

«Wie?», hatte Auralie gefragt.

«Lass dich von ihm ausführen», hatte Olga angeraten und ihr den Nacken geküsst. «Dann wird dir schon ein Weg einfallen.»

Genau das hatte Auralie getan. Es war ihr gelungen, die Stehlampen in Gerrys Wohnung mit Mikrophonen zu verwanzen. Sie hatte sämtliche Gespräche zwischen ihm und seinem Vater belauscht und festgestellt, dass die Gerüchte zutrafen.

«Und wie mache ich jetzt weiter?», hatte Auralie Olga bei einem darauffolgenden gemeinsamen Parisbesuch gefragt.

«Du musst Gerry de Bouys heiraten», hatte Olga geantwortet.

«Das kann ich nicht.»

«Fürs Geschäft kannst du alles», hatte Olga scharf erwidert. «Und als Sir Henrys Schwiegertochter kannst du einfach nicht scheitern. *Chérie*, das ist ein Glückstreffer. Eine Riesenchance.»

Der Gewinn, auf den sie aus waren, war der Auftrag für die Sitzmöbel und Teppiche seiner Flugzeuge und VIP-Lounges in den verschiedenen Flughäfen, auf denen er Landerechte haben würde.

«*Mon Dieu!*», hatte Auralie ausgerufen. «Olga, vögeln ist das eine, aber heiraten etwas ganz anderes. Ich will doch gar nicht heiraten. Ich bin sehr glücklich mit dir. Ich bin sehr glücklich als Mitglied des Ordens. Dort kann ich Sex haben, wann und mit wem ich will, und wieder gehen. Wie sollte ich es überhaupt anstellen, ihn zu heiraten? Ich weiß, dass viele Frauen hinter ihm her sind.»

«*Chérie*», hatte die stolze, vornehme, stilvolle Olga entgegnet, «das ist leicht. Zuerst musst du die Männer begreifen. Du wirst ihn nicht vögeln müssen, zumindest längere Zeit nicht. Männer jagen gern. Je verbissener sie jagen müssen, umso mehr wollen sie. Wenn du ihn nicht vögelst, wird Gerry denken, dass du überhaupt nicht vögelst. Du bist rein. Alle Männer wollen eine reine und unschuldige Braut. Du musst nichts weiter tun, als ihn zu ködern, und dann behältst du die Beine zusammen. Ganz fest zusammen. Und er wird dich heiraten. Dann bekommen wir den Auftrag. Du bist eine sehr gute Designerin, aber wenn du erst Sir Henrys Schwiegertochter bist, wird Petolg allen anderen voraus sein.»

Auralie hatte sich an Olga gekuschelt und über ihre Ausführungen nachgedacht.

«Stimmt das wirklich, Olga?», hatte sie gefragt. «Männer wollen immer noch Jungfrauen haben?»

«O ja. Lächerlich, nicht wahr? Die haben doch keine Ahnung, was sie kriegen!»

«Nein», pflichtete Auralie bei. «Sie kaufen den Sack ohne Katze.» Sie hatte gelacht. Und sie hatte Gerry geheiratet.

«Du wirst immer einen Grund finden, dich von ihm scheiden zu lassen, sobald wir unter Vertag genommen sind», hatte Olga ihr versichert.

Und genau das war es, was Auralie zu tun gedachte. Sie setzte die nächste Phase ihres Plans in Gang. Vorher aber musste sie den Vertrag abschließen. Sie würde schlagkräftige Konkurrenten haben und wusste, dass Sir Henry rasch zu handeln pflegte. Außerdem war ihr bekannt, dass manche Designbüros bereits fertige Konzepte griffbereit hielten. Sie hatte viele Stunden mit der Planung ihrer Entwürfe und der Präsentation verbracht. Sie wartete nur noch darauf, dass die Nachricht offiziell würde. Das Einzige, was ihre Stimmung trübte, war Gerrys seltsames Verhalten an jenem Morgen. Es machte ihr Sorgen. In dieser Phase durfte nichts schiefgehen. Sie nahm den Hörer ab und wählte erneut seine Nummer. Seine neue Sekretärin teilte ihr mit, er sei in einer Sitzung und dürfe nicht gestört werden. Es war das dritte Mal an diesem Tag, dass er die Annahme ihres Anrufs verweigert hatte. Sonst ging Gerry bei ihr immer an den Apparat. Sie dachte an den seltsamen Vorfall heute Morgen zurück. Er war aufgewacht, hatte ihr mit aller Kraft auf den Hintern geklatscht und dann wortlos das Haus verlassen. Kein «Guten Morgen». Nicht einmal ein Kuss. Nichts.

Auralie rief Caroline an, die Sekretärin seines Vaters, und fragte sie, was los sei. Sie achtete stets darauf, mit Caroline auf gutem Fuß zu stehen, obgleich sie ihr stolz berichtet hatte, Gerry noch kurz vor ihrer Hochzeit gefickt zu haben. Falls Caroline Auralie hatte eifersüchtig machen wollen, so hatte sie sich allerdings verrechnet. Nichts hätte Auralie weniger gekümmert. Stattdessen hatte sie Carolines Freundschaft gepflegt. Hatte sie zu ihrer Vertrauten gemacht. Das glaubte Auralie wenigstens.

Caroline teilte Auralie mit, von nichts Ungewöhnlichem zu wissen. Gerry habe seit Tagen eine Reihe von Gesprächen geführt, sei aber, soweit sie wisse, nun allein in seinem Büro. Sehr beunruhigt lehnte sich Auralie zurück und versuchte, sich sein seltsames Verhalten zu erklären.

Am vorherigen Abend war Gerry ziemlich gut gelaunt heimgekehrt. Er hatte Sex gewollt, sie aber nicht. Er hatte sich bemüht, sie durch die Schilderung seiner Phantasien zu erregen. Es hatte ihr nichts bedeutet. Warum sollte sie ihm auch zuhören, hatte sie doch ihre eigenen Phantasien tagsüber schon ausgelebt. Außerdem war sie erschöpft gewesen. Petrows neueste Novizin zu vögeln und auch noch an ihrer Präsentation zu arbeiten, hatte sie all ihrer Kräfte beraubt.

Jetzt hingegen, in ihrem Büro, war Auralie misstrauisch geworden. Sie wusste, dass sie das Missfallen ihres Gatten erregt hatte. Und sosehr sie sich auch mit ihm langweilte, es war der falsche Zeitpunkt, ihm Anlass zum Misstrauen zu geben. Sie begriff, dass sie rasch etwas unternehmen musste, andernfalls würde ihr ganzer Plan vergebens gewesen sein. Sie würde ihre weiblichen Reize einsetzen müssen, um die Dinge wieder ins Lot zu bringen. Gerry erzählte ihr ständig von seiner Vorstellung, eine weitere Frau läge mit ihnen im Bett. Um ihr eigenes Verlangen nach Frauen zu verbergen, hatte sie jedes Mal, wenn er damit anfing, entsetzt getan. Doch nicht nur deshalb verstellte sie sich; Gerry sollte nicht herausfinden, dass sie der Sekte ihres Onkels Petrow angehörte. Außerdem hatte Gerry den Wunsch geäußert, dabei zu sein, wenn sie von einem anderen Mann genommen wurde. Vielleicht sollte sie sich darauf einlassen. Es von sich aus vorschlagen. Plötzlich schrillte das Telefon. Sie hob nicht ab. Augenblicke später teilte ihre Sekretärin ihr mit, dass ihre Cousine Jeanine in der Leitung sei.

«Nehmen Sie die Nachricht entgegen und sagen Sie ihr, ich sei außer Haus», sagte Auralie.

Jeanine! Das machte sie nachdenklich. Sie argwöhnte, dass Jeanine sich etwas aus Gerry machte. Wäre es nicht reizvoll, die beiden zusammen ins Bett zu bekommen? Sobald sie den Auftrag hätte, könnte sie sich dann von Gerry aufgrund seines Ehebruchs mit Miss Jungfräulich scheiden lassen. Dieser Einfall war durchaus erwägenswert. Verschiedene sexuelle Ideen zogen an Auralies geistigem Auge vorüber. Doch es war die Vorstellung, wie Gerry Jeanine fickte, die Auralies Stimmung hob. Sie richtete sich auf einen arbeitsamen Nachmittag ein, der nicht länger von Gerrys merkwürdigem Verhalten beeinträchtigt sein würde. Sie legte sich einen alternativen Plan zurecht.

Die Belegschaft war schon lange nach Hause gegangen, und sie war noch immer bei der Arbeit, als ihr privater Anschluss klingelte und Gerry sie zum Abendessen einlud.

Auralie streifte sich ihre Arbeitskleidung, Jeans und Sweatshirt, ab, badete und zog ihre neueste Pariser Erwerbung an, einen großartig geschnittenen, chartreusegrünen Anzug aus genoppter Seide. Er hob ihren Teint und ihre Figur vollendet hervor. Sie bürstete sich das Haar und schminkte sich sorgfältig. Auralie zog in den Kampf und überließ nichts dem Zufall.

Viertes Kapitel

«Gerry, Darling», sagte Auralie, als der Kellner gegangen und zwei köstlich scharfe weiße Liköre serviert hatte, «ich möchte mit einer Frau schlafen.»

Gerry sog pfeifend den Atem ein. Auralie wusste, dass ihn die berechnete Schamlosigkeit ihrer Äußerung erregen würde. Sie ließ eine Hand unter den Schutz der Tischdecke gleiten, löste verstohlen zwei Knöpfe an seiner Hose und streichelte ihn. Sie befanden sich an einem öffentlichen Ort, was ihn sicher erregte. Durch halb geschlossene Lider warf sie einen langen Blick auf Gerry und flüsterte dann in sein Ohr.

«Du weißt, dass ich das noch nie gemacht habe. Wir könnten sie gemeinsam haben», sagte Auralie, sich bewusst, dass sie gut aussah, mit rauchiger, sexy Stimme.

«Nein», widersprach ihr Gerry. Gerry starrte seine schicke, zierliche französische Gattin an. Du verlogenes Miststück, dachte er.

«Nein? Warum nicht?», fragte Auralie.

«Du würdest eifersüchtig werden und mir eine Szene machen.»

«Würde ich nicht. Fest versprochen», beharrte Auralie. «Du würdest doch gern zuschauen, non? Und sie selbst gern nehmen, non?»

Gerry dachte sorgfältig darüber nach. Abgesehen von seiner Gattin war Jeanine die einzige Frau, die er wirklich begehrte, und er war felsenfest davon überzeugt, dass Auralie sie gewiss nicht vorschlagen würde. Noch wollte er es sein, der den Vorschlag machte. Er rätselte, an wen sie wohl dachte – wer von ihr vorgesehen war, ihr gemeinsames Ehebett zu teilen.

Er rief sich die Bilder ihrer verschiedenen Freundinnen und weiblichen Bekannten vor Augen. Dachte an die dralle junge Frau, Margaret, die er neulich gesehen hatte. Ob sie es war? Etwas sagte ihm, womöglich nicht. Gerry beschloss, seine Taktik zu ändern.

«Warum jetzt?», fragte er.

«Weil wir uns lieben», antwortete sie schlicht. Zwei Tage zuvor hätte Gerry ihr geglaubt, sie beim Wort genommen, aber nun war alles anders. «Jede Phantasie sollte ausgelebt und wertgeschätzt werden», fuhr Auralie fort.

«Ach wirklich? Wen schlägst du also vor?», fragte er.

«Nun, da wäre Caroline», sagte Auralie heiter.

«Nein. Die gefällt mir nicht», log Gerry und dachte an die Begegnung mit der Sekretärin seines Vaters am frühen Abend zurück.

«Valerie?», schlug Auralie vor. Valerie war Carolines Schwester.

«Keinesfalls», erwiderte Gerry. «Die ist zu mager.»

«Kit hat eine Neue», sagte Auralie.

«Oh, woher weißt du?»

«Sie heißt Sally. Er kam neulich mit ihr vorbei, aber du warst gerade unterwegs.»

«Wie ist sie so?»

«Okay. Große Möpse. Sie würde dir gefallen.»

«Dir auch?», fragte Gerry.

Auralie gab keine Antwort. Stattdessen leerte sie ihr Glas und bestellte sich einen weiteren Likör. Während sie auf die Rückkehr des Kellners wartete, ließ Auralie ihre kalten Finger in Gerrys Hose spielen. Gerrys Gedanken schweiften erneut zu Auralie und dem an den Bettpfosten gefesselten Mädchen ab. Gegen seinen Willen begann sein Penis, zu zucken und zu wachsen.

«Damit bliebe nur sie übrig», durchschnitt Auralies Stimme seine zusehends sexuelle Tagträumerei.

«Wer?», fragte Gerry.

«Jeanine.»

«Jeanine!», rief Gerry aus. Er traute seinen Ohren nicht. Die Frau, die er am meisten begehrte. Die Frau, die er für streng verboten hielt. Und nun schlug seine Gattin vor, sie sollten mit ihr schlafen. Hatte sich Auralie in seine Seele eingeklinkt? Jeanine hatte seit dem Tod ihres Mannes beinahe leidenschaftslos gewirkt, Gerry hatte jedoch seit kurzem eine Veränderung bei ihr verspürt. Als sei ein Teil von ihr aufgeschlossen worden und ihre unterdrückte Sexualität an die Oberfläche getreten. Hatte Auralie dasselbe wahrgenommen? Hatte auch sie den Wandel bei Jeanine mitbekommen?

«Nein, nicht Jeanine, Liebling», sagte er mit Nachdruck.

«Warum nicht?», verlangte seine Gattin zu wissen. «Sie ist hübsch.»

«Ist sie das?» Er verstellte sich weiter. Er ergriff Auralies Hand und küsste sie. «Mein Liebling», fügte er hinzu, «du weißt, dass ich meine Frauen dunkel, derb und lebhaft mag.»

«Nun, mir gefällt sie ziemlich gut.»

Ihre kecke Äußerung machte Gerry sprachlos. Er war bestürzt. Außerdem war er erregt, wollte aber Auralie nicht merken lassen, wie sehr. Jetzt kam alles zusammen, das einen hohen Einsatz lohnte, und er war fest entschlossen, jeden Augenblick davon auszukosten.

«Fällt dir den niemand anderes mehr ein?», fragte Gerry und dachte, sein mangelndes Interesse allein würde an sich schon die Begierde seiner Frau entfachen.

«Gerry», sagte Auralie in ihrem gelungensten «Sei vernünftig»-Tonfall, «Jeanine hat eine wunderschöne Figur.»

«Ach ja?»

«Ja. Und sie steht auf dich.»

«Woher weißt du das?», fragte Gerry ernsthaft neugierig.

«Das sehe ich.»

«Mach dich nicht lächerlich.»

«Ich mach mich gar nicht lächerlich», beharrte sie. «Ich habe sie nach dir schauen sehen. Manchmal macht sie schmale Augen und leckt sich die Lippen.»

«Und das bedeutet, sie steht auf mich! Nein, das ist mir zu albern.»

«Sie weiß nicht, dass sie es tut. Hör zu, Gerry, ich wette, du könntest sie verführen.»

«Will ich gar nicht», log er.

«Aber ich wette, du könntest. Gerry, Darling, lass uns doch etwas Spaß haben. Du verführst sie und lässt mich dann mit ihr spielen und ...»

«Ja, Liebling, und ...?»

«Dann lass ich dich auch einen Mann suchen, der mich fickt», fügte sie schelmisch hinzu.

Seine zweite Wunschvorstellung. Das war zu viel. War seine Frau eine Hexe? Sie saß neben ihm und enthüllte unverfroren sämtliche seiner Phantasien. Warum? Immer wieder, sobald er seinen Wunsch erwähnt hatte zuzusehen, wie ein anderer Mann sie beschliefe, in sie eindränge, auf ihr läge, sie küssen und lecken würde, war Auralie entsetzt gewesen. Hatte er jedenfalls gedacht. Was hatte sich geändert? Hatte sie den kräftigen Hieb genossen, den er ihr am Morgen auf den Hintern versetzt hatte? War sie besorgt, weil er ihre Anrufe verweigert hatte? Liebte sie ihn wirklich, und er hatte sie missverstanden?

Auralie beobachtete entzückt, wie ein verdutzter Ausdruck über Gerrys Gesicht huschte. Sie verwirrte ihn. Außerdem fühlte sie, wie sein Penis anschwoll. Sie erregte ihn. Sie dachte daran, wie sie vortäuschen musste, dass seine Phantasien sie entsetzten; und dann Petrow besucht hatte, wo Gerrys Phantasien Realität geworden waren. Vielleicht würde sie ihm eines Tages alles erzählen. Aber Männer hatten ein seltsames Verhältnis zu ihren Frauen. Insbesondere jene Männer, die Wert auf voreheliche Unbeflecktheit legten. Wunschvorstellungen waren das eine. Die Wirklichkeit etwas anderes. Unter keinen Umständen würde sie Gerry ermöglichen, sich von ihr scheiden zu lassen. Sie würde sich von ihm trennen, sobald der Vertrag unter Dach und Fach wäre. Ja, sie würde sich von ihm scheiden lassen, weil er mit Jeanine gevögelt hätte, und gut daran verdienen. Jetzt aber würde sie ihm weismachen, dass er, wenn er es wollte, zusehen könnte, wie sie gebumst wurde. Aber erst dann, wenn er mit Jeanine ins Bett gegangen wäre.

«Ein Mann meiner Wahl?», fragte Gerry.

«Genau», sagte sie. «Solange du Jeanine verführst.»

«Und ganz gleich, was dieser Mann mit dir anstellen wird, du lässt es ihn tun?»

«Wie meinst du das?» Ein schwaches Beben lag in Auralies Stimme.

«Genau wie ich es sage, mein Liebling.» Gerry schwebte das Bild seiner an einen Bettpfosten gefesselten Frau vor, die von einem Unbekannten den hübschen kleinen Hintern ausgepeitscht bekam und dann gefickt wurde.

«Denkst du an irgendwen Bestimmtes?», fragte sie.

«Noch nicht», erwiderte er. «Immer der Reihe nach. Erst versprichst du es mir, und dann werde ich versuchen, Jeanine zu verführen.»

«Ich verspreche es dir, Gerry.»

«Wenn das so ist, schmieden wir wohl am besten einen Schlachtplan.»

«Was du heute kannst besorgen ...», sagte Auralie.

«Heute Nacht?», rief Gerry aus.

«Ja, warum nicht?», entgegnete Auralie. «Zufällig weiß ich, dass heute ihr letzter Arbeitstag war. Nächste Woche eröffnet sie ihr Hotel.»

«Aber es ist schon spät, und sie ist vielleicht schon zu Bett gegangen.»

«Dann werden wir sie wecken.»

«Und wenn sie uns nicht öffnet?»

«Muss sie auch nicht», sagte Auralie. «Ich hab einen Schlüssel.»

«Du hast einen Schlüssel! Wieso?»

«Ich hab ihre Innenräume gestaltet, schon vergessen? So konnte ich bei ihr ein und aus gehen, wenn sie zur Arbeit war.»

«Natürlich», sagte Gerry, «aber es könnte sie verärgern, wenn wir sie aufwecken und bei ihr reinplatzen. Sie könnte wenig entgegenkommend sein.»

«Darling, bringen wir ihr zwei Flaschen Schampus mit und sagen einfach, wir wären ihre ersten Gäste.»

«Wieso sollten wir das tun, wo wir doch unser eigenes gemütliches Zuhause haben?», mäkelte Gerry.

«Wir sagen, es hat ein Unglück gegeben, einen Wasserschaden, und wir könnten unser Bett nicht benutzen.»

«Manchmal, meine Liebe, bist du äußerst erfinderisch», sagte Gerry höhnisch, wenn auch sein Hohn seiner Frau verborgen blieb. Er lächelte Auralie nachsichtig an. Ergriff ihre Hand und drückte sie liebevoll. Ja, er würde es genießen, Jeanine zu verführen. Es würde ihm gefallen, dachte er, wie sie von Auralie angefasst werden würde. Er versuchte, es sich bildlich vorzustellen, doch es fiel ihm schwer. Hauptsächlich dachte er daran, wie er Jeanine nehmen wollte. Jeanine küssen und Jeanine lecken. Noch immer war er verblüfft vom zweiten

Vorschlag seiner Frau – dass er einen Mann aussuchen könne, der sie vor seinen Augen vögeln würde. Das war eine Offenbarung. Zwei Tage zuvor noch hatte er seine Frau für nahezu frigide gehalten, und nun saß sie in einem der angesagtesten Londoner Restaurants neben ihm und machte gewagte Angebote. Er schmunzelte. Der Zicke die kalte Schulter zu zeigen hatte sich ausgezahlt. Das sollte er öfter tun. Nur, wen sollte er finden, der mit ihr vögelte? Kit?

Sie mochte Kit. Das wusste Gerry. Kit fand an ihr Gefallen, auch das wusste er. Gerry würde Auralie die Augen verbinden und sie dann zu Kit mitnehmen. Dorthin hatte er in der Vergangenheit schon verschiedene Frauen gebracht. Er würde Kit zusehen, wie er sie anfasste, auslotete, fesselte und fickte. Dann würde Gerry ihr mit größtem Genuss den Arsch versohlen. Er würde ein Holzpaddel auf ihren blanken Hintern hauen und sie für ihre Lügen, für ihren Ungehorsam und ihre Unehrlichkeit verdreschen. Die kommenden Wochen könnten sich als interessant erweisen, sogar als abenteuerlich. Er fragte sich allerdings, ob Jeanine wirklich auf ihn stand oder dies bloß eine Ausgeburt von Auralies blühender Phantasie war. Er war entschlossen, es herauszufinden. Sein Schwanz war hellwach. Er war unglaublich scharf, und der Gedanke, Jeanine zu verführen, gefiel ihm über alle Maßen.

«Du hast wie immer recht, mein Liebling», sagte Gerry. «Nur nichts auf morgen verschieben. Lassen wir uns zwei Flaschen Schampus und die Rechnung kommen.»

Mit zwei Flaschen Moët bewaffnet, verließen sie das Restaurant und winkten sich ein Taxi heran.

Als das Taxi bei Jeanines Haus vorfuhr, meinte Auralie zu Gerry, dass es vielleicht besser wäre, wenn er Jeanine allein verführte.

«Sag irgendwas zu meiner Entschuldigung. Dass ich Wasser aufwische oder so. Ich komme dann später nach und finde euch im Bett vor. Dann stoße ich dazu», sagte Auralie und küsste ihn. «Siehst du, welch vollkommenes Vertrauen ich in dich als Verführer setze, *mon amour?*»

Gerry bat den Fahrer zu warten, während Auralie ihn in Jeanines Haus einließ. Dann stieg Auralie zurück in das Taxi und fuhr davon.

Das Haus wirkte leer, als er in den Flur trat. Ein schwaches Geräusch vom oberen Treppenabsatz ließ ihn aufblicken. Von seiner Warte aus verfolgte Gerry unbemerkt, wie Jeanine in Schößchenjacke, Nahtstrümpfen, knöchelhohen Stiefeln und einem langen, wallenden Lederumhang langsam die Stufen herabstieg. Nie zuvor hatte sich ihm ein derart entzückender, reizvoller und unverhoffter Anblick geboten. Dann sah Jeanine Gerry, wie er im Flur stand, und fiel beinahe in Ohnmacht. Ebenjenes Antlitz, das Gegenstand sämtlicher ihrer Wunschvorstellungen gewesen war, schaute zu ihr herauf. Sie schlug sich den Umhang eng um den Körper und rang um Fassung. Auralies Ehemann, so groß und gutaussehend, so gebräunt und muskulös, so unglaublich sexy. Jeanine schämte sich, Gerry so attraktiv zu finden, fragte sich aber, ob dieses Verbot ihre Sehnsucht nicht noch verstärkt hatte.

«Jeanine», sagte Gerry und streckte die Arme aus, um sie wie stets auf die Wangen zu küssen. «Einen Augenblick lang habe ich dich nicht erkannt.» Das, dachte er, war eine Untertreibung.

«Was machst du hier?», fragte sie verstört und entzog sich seiner Umarmung. «Wie bist du reingekommen?»

«Auralie hat einen Schlüssel. Ich hab zwei Flaschen mitgebracht», antwortete er und schwenkte den Champagner. «Um dich zu besuchen, dir Glück zu wünschen und zu fragen, ob wir deine ersten Gäste sein dürfen.»

«Oh, warum?», fragte Jeanine misstrauisch.

«Wir hatten einen schlimmen Rohrbruch. Wir können nicht zu Hause bleiben. Müssen ja irgendwohin, dachten also, warum nicht hierher?» Gerry hielt die beiden Flaschen ausgestreckt, und Jeanine vermied dabei sorgfältig jeglichen Körperkontakt mit ihm.

«Wo ist Auralie?»

«Zu Hause beim Aufwischen. Sie kommt später nach», entgegnete Gerry. «Geht das in Ordnung? Ich meine, können wir bleiben?»

Es war nicht, was sich Jeanine vorgestellt hatte. In ihrer Vorstellung waren ihre ersten Gäste immer mittelmäßig gebildete Amerikaner mittleren Alters aus dem mittleren Westen gewesen. Nie hatte sie daran gedacht, dass dieser Mann, der sie erschauern ließ, dessen sexuelle Ausstrahlung sie überwältigte, der sie durch seine bloße Anwesenheit auf der Stelle offen und nass machte, kam und unter ihrem Dach bleiben wollte.

«Ja, sicher doch», sagte Jeanine, schaute in seine ausdrucksstarken blauen Augen und wandte dann schnell den Kopf, damit er nicht die Einladung in ihrem Gesicht las. «Ihr könnt euch das Zimmer aussuchen. Ich werde sie dir alle zeigen.»

«Einen Augenblick noch», sagte Gerry. «Lass uns doch erst mal einen Schluck trinken.»

Trinken! Sie hatte schon eine ganze Flasche Champagner getrunken und war etwas unsicher auf den Beinen. Konnte sie noch mehr verkraften? Sie schaute Gerry an. Er lächelte. Es würde ihr nichts anderes übrigbleiben; sie konnte ihn unmöglich wissen lassen, wie viel sie schon getrunken hatte. Das war ein Geheimnis, eine Vertraulichkeit, und die eine Vertraulichkeit konnte leicht zur nächsten führen.

«Komm mit und sieh dir an, was ich im Haus gemacht habe.

Meine eigenen Zimmer habe ich ins Parterre gelegt. Folge mir», sagte sie und sprach jedes Wort deutlich aus, damit er am Ende nicht noch dachte, sie sei leicht beschwipst.

Jeanine wickelte sich den Umhang noch fester um den Leib und ging voraus zu ihrer ebenerdigen Wohnung. Gerry ging hinter ihr her und bemerkte ihre aufrechte Haltung und wie ihr üppiges blondes Haar auf ihre Schultern herabfiel. Es war immer als steifer Knoten hochgesteckt gewesen. Dieser neue Stil, dachte er, war entschieden besser. Der Ledergeruch ihres Umhangs stieg ihm in die Nase und erregte ihn. War das nur Leder oder noch ein anderer Duft? Er war sich nicht sicher, aber was es auch war, es regte ihn an, und er fühlte sich nicht bloß irgendwie angezogen, sondern vom verzweifelten Wunsch erfüllt, sie zu verführen. Und noch immer konnte er kaum glauben, was er da sah. Jeanine, die niedliche, scheue Jeanine in schwarzen Seidenstrümpfen, hochhackigen, knöchellangen Stiefeln und dem sinnlichsten schwarzen Lederumhang, den er je zu Gesicht bekommen hatte. Dies war nicht die Jeanine, die er kannte. Schlagartig kam ihm der Gedanke, ob sie vielleicht einen Liebhaber hatte? Einen geheimen Liebhaber, der vielleicht noch oben war?

«Habe ich dich gestört?», fragte er.

«Nein», sagte Jeanine bestimmt und dachte: Ja. Ja, Gerry, du störst mich immer. Du störst meinen Seelenfrieden. Du bringst mich auf wüste sexuelle Ideen. Den ganzen Abend lang hast du mich schon auf wüste Sexgedanken gebracht. Du bringst mich dazu, dass ich diese Gedanken beichten muss.

«Wohin jetzt», fragte Gerry, als sie zum Fuß der Treppe gelangten.

«Scharf rechts.»

«Was ist das für ein Zimmer?», erkundigte er sich.

«Mein Schlafzimmer.»

«Und dieses?»

«Das ist noch nicht klar. Es ist zu groß für ein Arbeitszimmer, und zwei Schlafzimmer brauche ich nicht, also ist es leer bis auf den Teppich. Hier ist mein Wohnzimmer.»

Jeanine öffnete die großen Flügeltüren zu einem Raum, der erlesen gestaltet war. Seide bespannte die Wände, und die Beleuchtung hob große Barockspiegel und aufwendig gerahmte Gemälde hervor. Sie ließen sich in tiefen Sesseln zu beiden Seiten des weißen Marmorkamins nieder. Befangenes Schweigen breitete sich zwischen ihnen aus. Jeanine bemühte sich, nicht zu zittern. Sie war sich bewusst, dass sie kein Höschen trug und feucht war, und bemühte sich, ihre Schenkel geschlossen zu halten. Leider hatte der Dildo, den sie den ganzen Abend über benutzt hatte, ihre Öffnung gedehnt und geweitet, sodass ihr Körper jetzt mehr wollte. Sie fragte sich, wie Gerrys Penis beschaffen sein mochte. War er groß und dick oder lang und dünn? War er kurz oder ...? Sie schloss die Augen und stellte sich ihre Hand in seiner Hose vor. Herrje, wo hatte sie eigentlich den Dildo gelassen? Sie versuchte, sich zu erinnern, bis ihr einfiel, dass sie ihn auf der Treppe hatte fallen lassen, als sie Gerry erblickte. Sie musste sich einen Vorwand überlegen, um ihn fortzuschaffen, ehe er ihn sähe. Gerry betrachtete sie mit einem Blick, der ihr Unbehagen bereitete. War es nur ihr Verlangen, oder knisterte es wirklich zwischen ihnen? Sie würde sich hüten, ihm zu nahe zu kommen. Er durfte sie nicht berühren, sonst würden all ihre Vorsätze zunichtegemacht. Sie betrachtete gedankenverloren seine Lippen und fragte sich, wie sie sich wohl anfühlen würden. Nein. Sie durfte sich keinerlei Schwäche erlauben. Niemals durfte er ihr Geheimnis erfahren, niemals ihren größten Wunsch erraten.

«Champagner?», fragte er.

Beim Klang seiner Stimme schreckte Jeanine hoch. Um ihre Verlegenheit rasch zu überspielen, stand sie auf, öffnete einen Wandschrank und holte drei Sektflöten hervor.

«Eine für Auralie, wenn sie kommt», sagte sie.

Gerry entkorkte die Flasche. Er fragte sich, wie er vorgehen sollte. Sanfte Verführung oder Frontalangriff? Es schien ihm, als ob sie sexuell erregt war. Vielleicht könnte er ja eine Hand ausstrecken und ihr Haar berühren. Wieder betrachtete er sie. Als sie sich bewegte, klaffte ein Spalt im Umhang auf, und er erhaschte einen flüchtigen Blick auf Leder und Spitze.

«Jeanine», sagte er und stellte sich neben sie, während sie zwei der Flöten in Händen hielt, «es ist heiß hier drin. Soll ich dir aus deinem Umhang helfen?»

«Nein», sagte sie, aber es war schon zu spät, er zog bereits an ihrem Cape. Jeanine stand halbnackt und vor Scham wie angewurzelt vor ihm. Sie fühlte, wie sich ihre Hände um die gewundenen Stiele der bläulich getönten Kristallglaskelche krampften. Sie wurde rot, als er sie anstarrte.

Jeanines flachsblondes Haar floss über ihre Schultern, ihre hohen, blassen Brüste quollen über das Leder und die Spitze ihrer Schößchenjacke, und er bemerkte das leise Beben ihrer Knie, als sein Blick hinunter bis zu ihren Strumpfbändern wanderte. Kein Höschen und derart blasses und feines Haar, dass es aussah wie rasiert.

«Gott, was bist du schön», sagte er. Er streckte eine Hand aus und berührte ihr Gesicht. Zum ersten Mal seit Minuten bekam sie sich wieder in ihre Gewalt und wollte sich ihm entziehen.

«Nein, tu das nicht», sagte er so befehlend, dass sie auf der Stelle gehorchte. Er hielt ihren Blick fest und sagte: «Ich glaubte, du willst gevögelt werden.»

Jeanines Mund öffnete sich, ihre Zunge trat hervor, und sie

leckte sich die Lippen. Doch ehe sie antworten, ehe sie widersprechen oder einwilligen konnte, hatte Gerry einen Arm um ihre Taille gelegt, sie leicht zurückgebeugt und den Mittelfinger ins Innere ihrer geschwollenen geheimen Öffnung geführt, während sein Zeige- und Ringfinger ihre äußeren Schamlippen zusammendrückten. Jeanine keuchte auf. Sein Griff um ihre Taille wurde fester, als er seinen Mund auf ihren schmiegte und sie küsste. Das plötzlich in ihrem Körper ausgelöste Kribbeln drohte sie zu überwältigen. Langsam und gemächlich sank Gerrys Mittelfinger tiefer ein, er spürte ihre Weichheit und die Riefen und Säfte und Muskeln, die ihn aufnahmen und umschlossen. Er schob seine Zunge zwischen ihre Zähne und kostete ihren lieblichen Geschmack. Während er den Druck zwischen ihren Beinen beibehielt, suchte er nach ihrer Zunge.

Jeanine wähnte sich in einem Traum. Einem Traum, der schöner als ihre Phantasie war, denn dieser Mann tat Dinge mit ihr, die sie in ihrer Phantasie nie erlebt hatte. Sie öffnete den Mund, um seine Zunge zu empfangen, und schlang die Arme um seinen Hals. Seine Hände glitten von ihrer Taille, packten sie bei den Pobacken und drückten kräftig zu. Sie konnte fühlen, wie sein Penis in der Hose steif wurde. Sie richtete sich etwas auf, und sein Finger schlüpfte mit einem Ruck tief in ihre Vagina und badete in ihrer Feuchtigkeit. Das Gefühl seiner Hände auf ihrem nackten Arsch und seines sich tief in ihr bewegenden Fingers entflammte sie. Ihr Mund öffnete sich weiter, um mehr von seiner Zunge aufzunehmen, und ihre Beine glitten zitternd auseinander. Er ließ einen zweiten Finger in sie hineingleiten, und sein Daumen begann, behutsam ihre Klitoris zu reiben, während ein weiterer Finger auf der Suche nach der Stelle zwischen ihren Schamlippen und ihrem Anus umherwanderte. Er zog sie enger an sich,

119

sodass seine Finger ihre feuchte jungfräuliche Möse massieren konnten. Langsam, mit unendlicher Vorsicht, drang er in ihren Anus ein. Als ihr ganzer Körper auf seinen Fingern tanzte, öffnete er seine Hose und streifte seinen Schwanz an ihren Schenkeln zwischen den Strumpfbändern und ihrem entblößten Fleisch entlang. Ihre Lippen küssend, zog er an Spitze und Leder ihrer Schößchenjacke und legte ihre Brüste frei. Mit der Erfahrung vieler Jahre liebkoste er dann ihre aufgerichteten Nippel. Er drehte Jeanine so, dass sich sein Schwanz zwischen ihren Beinen rieb, am Scheitelpunkt ihrer Schenkel, und sie sich vor Verlangen krümmte.

Jeanine verlor völlig die Beherrschung. Ihr ganzer Leib erschauerte. Bewusst war sie sich nur noch des Gefühls von Gerrys Händen auf ihren Brüsten, seiner Lippen auf ihrem Mund, seiner sich windenden, nach der ihren suchenden Zunge und seiner Schwanzspitze, die neben seiner Hand zwischen ihren Beinen auf und ab glitt und an ihre äußeren Schamlippen stieß. Sie atmete immer rascher, in kurzen, scharfen Zügen. Ihre Beine, ihre Hüften, ihr ganzer Körper wollten ihn mit Haut und Haaren ergreifen, ihn aufnehmen, aber Gerry war fest entschlossen, diesen Augenblick intensivster Lust hinauszuzögern. Sie wollte sich mit hochgestemmten Hüften und gespreizten Beinen hinlegen und spüren, wie sein Schwanz in sie eindrang, seine Steifheit, seine pochende Härte sich durch ihre weiche, saftig feuchte Öffnung schob und jede prickelnde, bebende Faser, jede Wulst, jeden Spalt reizen und noch den letzten Winkel ihres Körpers ausfüllen würde.

«Ich werde dich nehmen», sagte er, und schon beim Klang seiner Stimme wäre sie fast gekommen, «aber jetzt noch nicht.» Und damit zwang er ihr die Hände auf den Rücken und schob sie in den Sessel. Er legte Hemd und Hose ab und liebkoste ihren Körper. Zwischen ihre Beine gekniet, vergewisserte er sich, dass ihre Hände unter ihren Pobacken waren und ihre Hüften angehoben blieben. Dann senkte er den Kopf und begann, ihre Schenkel zu lecken.

Jeanine sog den Atem in kurzen, scharfen, lustvollen Zügen ein, während seine steife Zunge ihre Weichheit erforschte. Sie schloss verzückt die Augen und genoss die körperliche Verschmelzung. Nie zuvor gekannte Empfindungen strömten durch ihren Körper. Dann, ohne Vorwarnung, ohne auch nur das geringste Zeichen zu geben, nahm er sie. Sein Schwanz trieb sich durch ihr glutheißes, lieblich duftendes, verführerisches Fleisch, und ihr ganzer Leib bäumte sich auf. Starr vor Verlangen, schloss sie die Hände um seinen Hals, umklammerte mit den Beinen seine Hüften und hob sich in die Höhe. Sie begegnete ihm, bis sich ihre Körper ganz getroffen hatten. Sie waren eins, ineinander verschlungen, wo immer sie sich begegneten, und jede ihrer Poren, jedes zitternde Teilchen flammte gleichzeitig auf.

Wie auch das Blitzlicht. Beide waren sie derart in ihrer Erregung, in vollkommener Einheit versunken, dass sie den Fremden nicht hatten eindringen sehen. In Tarnkleidung, das Gesicht von einer Skimütze verhüllt, fotografierte der Mann, bis Gerry begriff, was vor sich ging, und hochfuhr. Jeanine fiel wie ein nacktes Häuflein Elend zur Seite. Der Mann stürzte mitsamt seiner Kamera aus dem Zimmer, die Treppe hoch und zur Haustür hinaus, die offen stand.

«Huch!», rief Gerry aus. Dann bemerkte er, dass Jeanine weinte. Er eilte zu ihr und nahm sie in die Arme. Während er ihr die Augen abwischte, stellte er fest, wie wunderschön sie waren und dass die Tränen ihr leuchtendes Blau noch vertieften.

«Mein Gott», sagte sie. «O Gerry, es tut mir so leid, so furchtbar leid.»

«Wirklich?», fragte er. «Warum? Mir nicht. Ich hätte das um

nichts in der Welt versäumen wollen. Was tut dir daran leid, Jeanine? Dass wir uns geliebt haben oder dass wir dabei entdeckt wurden?»

Jeanine dachte bei sich, dass er recht hatte. Es tat ihr nicht leid, dass er sie angefasst, gestreichelt, geleckt hatte und in sie eingedrungen war. Sie hatte jeden einzelnen Moment davon genossen, sie hatte gestöhnt und sich gewunden. Und obwohl ihr der Schreck in die Glieder gefahren war, sehnte sich ein Teil von ihr nach mehr.

Gerry stand auf und schenkte Champagner nach. Ein Glas reichte er Jeanine. «Trink», sagte er.

Behutsam, mit zitternder Hand, nippte sie, während Gerry ihr übers Haar strich. «Was soll ich meinem Beichtvater sagen?», fragte sie.

«Deinem Beichtvater!» Er hätte nicht gedacht, dass sie religiös war.

«Ja.»

«Dir wird schon was einfallen», sagte Gerry.

Gerry hatte keine Ahnung, dass sie sich auf Petrow bezog. Andernfalls hätte er ihr womöglich einen anderen Rat gegeben.

Jeanine kehrte ihm fröstelnd ihr verweintes Gesicht zu. «Leider wird das nicht ausreichen. Es muss die Wahrheit sein. Ich muss ihm die Wahrheit sagen.»

Gerry sollte nicht erfahren, dass sie nicht vor Kälte zitterte, sondern vor Angst. Er hüllte sie in den schwarzen Umhang und küsste sie auf die Lippen.

«Was hatte dieser Mann hier zu suchen?», fragte sie. «Und wieso hat er uns fotografiert? Aus welchem Grund?»

«Das weiß ich nicht», erwiderte Gerry, «aber wir sollten uns wohl besser rasch anziehen. Und, Jeanine, steig in etwas weniger Erotisches.»

Jeanine ging in ihr Schlafzimmer, wusch sich und streifte ihren dunkelgelben Bademantel aus reiner Seide über.

In düsterer Stimmung zog Gerry sich an. Er fand das gesamte Geschehen ausgesprochen eigenartig. Unzählige Gedanken jagten ihm durch den Kopf. Der erste war der, dass Auralie den Fotografen bestellt haben könnte. Aber warum? Darüber grübelte er noch, als er seine Frau seinen Namen rufen hörte.

Gerry wandte sich um, als sei nichts geschehen, begrüßte sie mit einem Kuss und bot ihr ein Glas Champagner an. «Ich fürchte, ich habe Jeanine geweckt», sagte er mehrdeutig.

Gerry war wütend. Er hatte das deutliche Gefühl, überlistet worden zu sein. Er wusste, wie, aber nicht, warum. Er war fest entschlossen, es herauszufinden. Auralie führte etwas im Schilde. Es schien ihm, als habe er fürs Erste seine günstige Verhandlungsposition eingebüßt. Jetzt war er mehr denn je darauf aus, zu sehen, wie sie gefickt wurde. Und er würde ihr den Hintern versohlen und nicht nur weil sie sich mit der drallen jungen Nonne abgegeben hatte oder weil sie ihn der Freude beraubt hatte, sie beim Liebesspiel mit Jeanine zu beobachten, sondern dafür, dass der Fotograf so rüde und gemein zu Jeanine und ihm hereinplatzt war. Aber als Erstes würde er gleich morgen früh eine Privatdetektei anrufen, die sein Vater häufig in Anspruch nahm. Er würde Auralie Tag und Nacht überwachen lassen. Er würde schon herausfinden, was sie plante. Jeanine kam ins Wohnzimmer spaziert.

«Ah, Jeanine, ich sagte gerade zu Auralie, dass wir nicht bleiben könnten», sagte Gerry und stürzte seinen Champagner hinunter.

Eine erstaunte Auralie wollte schon widersprechen, als sie den entschlossenen Zug um Gerrys Mund wahrnahm. Sie hielt es für klüger, nicht zu widersprechen.

«Ist schon gut», sagte Auralie, «denn es ist alles wieder in Ordnung. Der ganze dumme Mist ist aufgeräumt worden, und wir können heimgehen.»

Gerry nahm seine Frau am Arm und führte sie aus dem Zimmer. Er versuchte nicht, Jeanine einen Abschiedskuss zu geben. Auralie winkte ihr zu, als sie aufbrachen. Jeanine schenkte sich den übriggebliebenen Champagner ein. Sie leerte ihn rasch und brach dann wieder in Tränen aus.

Fünftes Kapitel

Jeanine brauchte fast vierzehn Tage, um sich von den Ereignissen jener Nacht zu erholen, in der Gerry so unverhofft aufgetaucht war und sie geliebt hatte. Jeanine sah es als ein Liebhaben an; es schien ihr so viel mehr gewesen zu sein als ein schneller Fick oder die Befriedigung dringender Lust. Das Einschneidende jenes Abends beschäftigte sie ständig. Unversehens erwischte es sie tagsüber, nachts kuschelte sie sich in ihrem einsamen Bett zusammen, schob sich die Hände zwischen die Beine, legte sie auf ihren goldblonden Hügel und träumte. Immer wieder spürte sie die Berührung von Gerrys Händen. Wie sich sein Mund angefühlt hatte. Den erlesenen Kitzel seines zwischen ihren Schenkeln emporwandernden Penis, ehe er unvermittelt in ihr geschwollenes, kribbelndes, lusterfülltes Geschlecht eingedrungen war. Sie ließ ihre Finger behutsam in ihre Vulva gleiten, spielte sich sanft in den Schlaf und verdrängte dabei jeden Gedanken an den Fotografen, der ihr Vergnügen so rüde unterbrochen hatte.

Zwar hatte sie alle Hände voll mit der Führung des Hotels zu tun gehabt, doch fragte sie sich häufig, was geschähe, würden die Fotos plötzlich auftauchen und von Leuten gesehen werden, die sie kannte oder denen sie bekannt war. Das war ihre ständige Sorge. Die Vorstellung, ihr Beichtvater könnte sie jemals zu Gesicht bekommen, bereitete ihr große Angst. «Bleib in der Welt und stelle dich ihren Versuchungen», hatte er gesagt. Und sie war schon an der ersten Hürde gescheitert. Die Erfahrung hatte sie im Zwiespalt zurückgelassen; ein Teil von ihr war freudig erregt, ein anderer zutiefst beschämt.

Gerry hatte zwei, drei Mal angerufen, aber sie hatte sich stets damit entschuldigt, keine Zeit für ein Gespräch zu haben. Mehr denn je sehnte sie sich nach ihm, jetzt, da sie von ihm genommen worden war. Doch sie wusste, dass es Sünde war. Viel schlimmer, als des Nachbarn Weib zu begehren. Sie begehrte den Gatten der eigenen Cousine. Und sie fürchtete sich davor, es Petrow zu erzählen.

Gekleidet in einen weichen, dunkel aprikosenfarbenen Leinenanzug, das Haar zu einem Knoten gesteckt, stand Jeanine am Empfang und überprüfte die Buchungen. Sie strahlte vornehme Gelassenheit aus. Niemand hätte ihr die Leidenschaft, Sinnlichkeit oder Angst angesehen, die in ihr wüteten. Sie lächelte. Sie war sehr zufrieden. Das Hotel hatte erst vor drei Wochen geöffnet und war schon beinahe voll belegt. Sie sah den drei ledigen Damen aus Nebraska nach, die Sehenswürdigkeiten besichtigen gingen. Ihnen folgten Mr. und Mrs. Harry Kreitz aus Brooklyn, die vom Buckingham Palace und dem Londoner Tower sprachen, und ein ziemlich hochnäsiges, einen Einkaufsbummel in Knightsbridge erörterndes englisches Pärchen.

Sie bemerkte Terry, den attraktiven Zimmerkellner, der im Augenblick als Portier fungierte. Er trug Koffer und ging vor einer birnenförmigen Frau mit lautem amerikanischen Tonfall. Terry geleitete sie zum Tresen. Ein befriedigtes Lächeln huschte über Jeanines Gesicht. Ihr Hotel war wunderhübsch geworden, und es war ihr gelungen, überaus qualifizierte Angestellte zu finden. Das galt insbesondere für Terry und die beiden jungen Zimmermädchen Jill und Mary. Sie hatte die drei für zwei Wochen auf Probe eingestellt, und sie hatten sich als sehr tüchtig erwiesen. Die Zimmer waren überaus gründlich gereinigt und exakt so auf Hochglanz gebracht, wie sie es gewünscht hatte. Unter all ihren Angestellten hatte sie mit diesen dreien wahre Perlen gefunden, befand Jeanine. Sie nahm sich vor, die Agentur herauszufinden, die sie geschickt hatte, und ihr ein Dankschreiben zu schicken. Vorrangig jedoch war für sie sie, ein Ehepaar als Köchin und Portier zu finden. Noch behalf sie sich mit einem befristet eingestellten Küchenchef, der brauchbar war, aber sie nicht eben begeisterte.

Die Amerikanerin mit den breiten Hüften und dem lockig dauergewellten, blaugrau gefärbten Haar näherte sich dem Tresen. «Ich bin Mrs. Maclean», wandte sie sich an Jeanine und lächelte dabei Terry zu.

Es war für Jeanine offensichtlich, dass Mrs. Maclean Gefallen an Terry fand. Er sah gut aus, war liebenswürdig und trat weder untertänig noch großspurig auf. Mrs. Maclean war regelrecht gefesselt. Terry taugte fürs Geschäft.

Jeanine erledigte die Formalitäten, dann nahm Terry Mrs. Macleans Gepäck und geleitete sie zu ihrem Zimmer. Jeanine bat Terry, umgehend zurückzukehren und für sie am Empfang einzuspringen. Dann zog sie sich in ihr Büro zurück, doch es fiel ihr schwer, zur Ruhe zu kommen. Sie hatte dringende Anrufe zu führen, erledigte sie aber aus eher vorgeschobenen Gründen nicht. Sie ging hin und her, vom Aktenschrank zum Schreibtisch, ohne irgendetwas Bestimmtes zu tun. Sie war durstig, und sie machte sich eine Tasse Kaffee. Als sie ihn getrunken hatte, war sie immer noch unbefriedigt; ein unbestimmtes Verlangen, so etwas wie enttäuschter Erwartung Verwandtes blieb bestehen. Sie war hungrig, konnte sich aber nicht entscheiden, was sie gern essen würde. Es klopfte an die Tür. Terry trat ein.

«Draußen steht ein Herr, ein Mr. Sawyer», sagte Terry. «Er hat nicht gebucht, sagt er, möchte aber das Zimmer nach vorn im ersten Stock. Sie haben eine Vormerkung dafür im Buch stehen, deshalb dachte ich, ich frage besser nach.»

Jeanine sah auf die Uhr. Es war beinahe eins. Sie war gebeten worden, das Zimmer bis Mittag für einen von Petrows Kunden freizuhalten. Er hatte es weder bestätigt, noch war er eingetroffen. Jeanine spähte nach draußen, um den Gast mit eigenen Augen einzuschätzen, und sah einen großgewachsenen, ausgezeichnet gekleideten, vornehm wirkenden Mann.

«Genau die richtige Kundschaft für uns», sagte Jeanine zu Terry. «Gib ihm das Zimmer», fügte sie hinzu und bemerkte gleichzeitig, wie gut Terrys Uniform saß sowie eine leichte Wölbung in seinem Schritt. Als er sich umdrehte und das Büro verließ, nahm sie noch seinen schönen Hintern wahr. Jeanine schalt sich dafür. Gewöhnlich schaute sie bei Männern weder auf den Schritt noch auf den Hintern, was also hatte ihre Aufmerksamkeit dorthin gelenkt? Sie schien überall Sex zu sehen. Dann spürte sie, dass es zwischen ihren Beinen prickelte. Ihr unbestimmtes Gefühl war unterdrückte Lust gewesen. Und damit das Letzte, was sie bei der Arbeit brauchen konnte. Hatte Terry sie sexuell stimuliert, oder war es lediglich eine Erinnerung an die letzte Nacht und den Traum von Gerry? Sie setzte sich und presste die Beinmuskeln zusammen. Doch es half nicht, das Prickeln zu mindern. Es verstärkte es. Wenn sie ihren Rock heben und sich kurz streicheln würde, könnte das vielleicht ihr Verlangen stillen. Oder sollte sie nach unten in ihre Wohnung gehen, ihren Dildo suchen und sich ausgiebig selbst befriedigen? Nein, dafür hatte sie nicht genug Zeit, aber sie nahm sich vor, in Zukunft einen Vibrator in der Schreibtischschublade zu haben, um bei Bedarf an sich spielen zu können.

Jeanine hob ihren Rock und schob die Finger unter das Gummiband ihres weißen Seidenhöschens. Ihre Muschi war geschwollen und schmerzte vor Lust. Die Kühle ihrer Finger auf ihrem kribbelnden Geschlecht war genau das, was sie jetzt nötig hatte. Gedanken tauchten auf. Glückliche Gedanken. Sexuelle Gedanken. Gerry mit dem Kopf zwischen ihren Beinen, wie er dort leckte, wo sie sich jetzt rieb. Sie sah seinen aufgerichteten Schaft neben sich. Sie sah, wie sie ihn in den Mund nahm. Sie sah seine Hände ihre Brüste anfassen und die Nippel zwirbeln.

Sie war kurz vor dem Orgasmus, als neben ihr das Telefon klingelte. Sie hob den Hörer ab.

«Ja», sagte sie in einem Ton, der so förmlich wie möglich war.

«Jeanine.»

Es war Petrows Stimme. Die Hände noch immer in ihrem Höschen, erstarrte Jeanine.

«Ja», antwortete sie atemlos.

«Jeanine, ich betrachte soeben mehrere Fotografien, auf denen du gevögelt wirst.»

Jeanine rutschte das Herz in die Hose. Petrow schaute sich die Fotos an. Und er nahm kein Blatt vor den Mund. Petrow, sonst die Höflichkeit selbst, gebrauchte Umgangssprache. Und sie fand es erregend.

«Ich kann einen großen Schwanz erkennen, der in deine sehr nasse Muschi stößt», sagte er. «Ich sehe, dass du eine sehr gewagte Garderobe trägst: hochhackige Stiefel, schwarze Strümpfe und eine Schößchenjacke aus Leder und Spitze, die deine Brüste unbedeckt lässt. Deine nackten Brüste, Jeanine, quellen über den Rand und werden gesaugt. Deine Nippel stecken im Mund eines Mannes, Jeanine. Sein Schwanz ist in deine Muschi gerammt, Jeanine ...» Petrow hielt für einen Augenblick inne.

Jeanine war sprachlos. Sie hatte entsetzliche Angst gehabt,

Petrow könnte diese Fotos entdecken, doch jetzt, während er sprach, fand sie seine Worte aufreizend. Weit entfernt davon, zu erstarren, liebkoste sie sich erneut, während er weitersprach. Sie ließ die Fingerspitzen behutsam ihre Schamlippen entlanggleiten und streichelte ihre Klitoris.

«Ich hatte dir befohlen, mir alles zu berichten», fuhr Petrow fort. «Du solltest es bekennen, wenn du fleischliche Gelüste verspürst. Warum hast du es nicht getan?»

«Ich weiß es nicht», sagte Jeanine.

«Das ist keine Antwort, Jeanine. Du dürftest es sehr wohl gewusst haben. Du trägst höchst erotische Sachen. Eigentlich sieht es so aus, als warst du darauf vorbereitet, gefickt zu werden. Als hättest du darauf gewartet. Mich beunruhigt nur, warum du mir nichts davon gesagt hast.»

«Ich weiß es nicht. Oh, es tut mir so leid, Petrow. Es tut mir leid.»

«Leid. Es tut dir leid. Das genügt nicht, Jeanine. Ich sagte dir doch, dass ich es erkennen würde, solltest du jemals solche Begierden haben. Und ich argwöhnte, dass sie sich in dir zu entfalten begannen. Ich musste es herausfinden. Und ich sagte dir auch, dass ich es merken würde, solltest du diesen Begierden nachgeben. Und ich sagte dir, dass du bestraft werden müsstest.»

«Bestraft?», flüsterte Jeanine heiser.

«Ja. Bestraft dafür, einen Schwanz in dir zu haben, in dich gerammt, der dich fickt, und dafür, dass du mir nicht gesagt hast, wie sehr du es wolltest.»

«Welche Art Bestrafung?», fragte sie.

«Das werde ich nach deiner Beichte entscheiden», sagte Petrow. «Da aber deine Sünde sexueller Natur war, wird es auch deine Bestrafung sein.»

Jeanines Mund war ausgetrocknet, anders als ihr Geschlecht. Es war triefnass. Sie wand sich, spannte und entspannte die Muskeln in ihren Pobacken, während ihre Finger kreisten. Wieder sprach Petrow, formte in seinem tiefen, einschläfernden Tonfall deutlich die Worte, mit denen er die Fotos beschrieb. Es machte Jeanine sinnlicher, lebendiger, verlangender. Sie stieß eine Reihe kurzer, scharfer, erregter Keuchlaute aus.

«Was treibst du da, Jeanine?», fragte er.

Jeanine hielt inne. Sie musste sich schnell etwas einfallen lassen.

«Heißen Kaffee trinken», log sie.

«Wirklich? Es hört sich nicht so an», sagte er.

Jeanine nahm geräuschvoll ihre Kaffeetasse auf und setzte sie wieder ab.

«Doch, das tue ich», bekräftigte sie.

«Nun gut. Schämst du dich denn nicht?», fragte er.

«Ja», erwiderte sie und schob sich ihre Finger tiefer in ihre Öffnung.

«Ich wünsche dich zu sehen», sagte Petrow. «Du musst zur Beichte kommen.»

«Ich bin sehr beschäftigt», entgegnete sie. Sie wollte ihm nicht unter die Augen treten. Noch nicht.

«Jeanine, willst du zu meinem Orden gehören oder nicht?»

«Ja.»

«Dann musst du mir gehorchen. Du musst heute ins Kloster kommen. Deine Lage ist ernst, Jeanine. Ich habe den Mann auf den Fotos erkannt. Es ist Auralies Ehemann Gerry. Das ist er doch, oder?»

«Ja», flüsterte sie.

«Sünde! Und Sünde muss bestraft werden.»

«Petrow, ich kann heute nicht kommen. Ich kann einfach nicht.»

«Warum nicht?»

«Ich muss Einstellungsgespräche führen. Mehr Leute einstellen. Ich muss immer noch eine Köchin und einen Portier finden.»

«Mach dir darüber keine Sorgen. Ich werde dir zwei Leute von hier schicken.»

«Danke, Petrow.»

«Danksagungen sind unnötig. Du vergisst, dass ich an deinem Geschäft beteiligt bin. Ich will seinen Erfolg. Du kommst also heute zur Beichte?»

«Nein, ich kann erst Ende der Woche. Am Wochenende, versprochen.»

«Na schön. Und du kannst im Lauf des Abends mit Leslie und Pierre rechnen.»

Petrow legte auf. Leslie und Pierre? Wer waren die beiden? Sie kannte sie nicht. Wie lange waren sie schon bei Petrow? Sie hatte sich so sehr eine nette, rundliche Köchin und einen großen, stämmigen Mann als Portier gewünscht. Nun bekam sie zwei Männer. Immerhin hatte er nicht beschlossen, ihr seinen Diener Jackson oder seine Haushälterin Mrs. Klowski zu schicken. Beide jagten ihr Angst ein. Jackson, weil er so groß, schneidig, schwarz und einschüchternd war. Mrs. Klowski mit ihrer mürrischen, barschen, durchgreifenden Art.

Sie war sehr erleichtert, dass sie Petrow heute nicht gegenübertreten musste. Was könnte sie ihm jetzt noch sagen, da er bereits alles wusste? Sie konnte keine Ausreden mehr erfinden. Er hielt die Beweise in seinen Händen. Was hatte er mit Bestrafung gemeint? Sexueller Bestrafung? Ihr Verstand beschwor eine Reihe absonderlicher Vorstellungen. Sie erinnerte sich an die Strafen in der Schule. Das hatte bedeutet, sich zu bücken und einen Rohrstock quer über den nackten Hintern. Das konnte er doch nicht ernsthaft gemeint haben.

Sie empfand einen merkwürdigen Kitzel beim Gedanken daran, sich vor Petrow zu bücken. Sie malte sich aus, nackt und auf dem Bauch über seinen großen Tisch im Speisesaal gebeugt zu liegen: wie er sie anfasste, seine großen Hände über ihren nackten Arsch breitete und ihn streichelte. Er hielt etwas in der Hand. Was war es? Das Bild verblasste. Jeanine versuchte verzweifelt, es festzuhalten und wieder einzufangen, was sie in seiner Hand gesehen hatte. Was lag in seiner Hand? Es schien ein Dildo aus Leder zu sein. Irgendwas hing daran. Streifen aus Leder. Lederriemen. Da begriff sie, dass Petrow eine Peitsche hielt. Er streichelte ihren nackten Hintern und murmelte: «Bestrafung ... Bestrafung.»

Er streichelte sie mit dem Leder. Er zog es ihren Körper entlang. Er fing bei ihren Füßen an, über ihre Knöchel, Waden, Knie, Schenkel; die Ledersträhnen strichen federleicht über die empfindsame Haut zwischen ihren Knien und ihrem ... sie zauderte. Selbst im Geiste zauderte sie ... *ihrem Schamhügel.*

Petrow zog ihre Pobacken auseinander und ließ sie das geschmeidige Leder auf ihrem weichen, verborgenen Fleisch spüren. Er strich zwischen ihren Beinen entlang. Ihr Geschlecht sprach auf die Berührung an. Sie versuchte, den schmalen Lederstreifen mit ihren Muskeln zu fassen. Und dann flutete sengender, köstlicher Schmerz über ihre runden Pobacken. Quer über ihren hochgewölbten blanken Hintern. Er streichelte sie und leckte mit der Zunge über die Wunde, die er gemacht hatte. Wieder versengte er ihre Haut. Sie lag offen da, erregt, und wollte mehr.

War das die Gefahr, die von ihm ausging? War es seine Ausstrahlung, die sie stets verwirrt zurückließ? War es die Drohung körperlicher Strafe und die Angst, sie könnte sie genießen? Sie fragte sich, ob Auralie von ihrem Schäferstündchen mit Gerry wusste. Hoffentlich nicht. Lieber würde sie sich alles von Petrow gefallen lassen, ehe sie Auralie wissen ließe, was sie mit ihrem Ehemann angestellt hatte. Aber wie war Petrow an die Fotografien gekommen? Jeanine durchfuhr ein schrecklicher Gedanke. Hatte Gerry das alles eingefädelt? Steckte er insgeheim mit Petrow unter einer Decke?

Wieder klopfte es an ihrer Bürotür. Jeanine zog hastig den Rocksaum nach unten. Es war Terry. Der schmucke, stramme Terry lächelte ihr zu, seine Augen halb von trägen Lidern bedeckt. Er war, urteilte sie, zweifellos sexy. Und er lächelte sie so an, als würde er durch ihre Kleider hindurchschauen, ihre Nacktheit sehen und ihre Erregung spüren, vielleicht sogar riechen. Terry fragte, ob sie den Empfang übernehmen könne, da weitere Gäste eingetroffen seien und er Gepäck nach oben tragen müsse.

Jeanine hatte nicht wissen können, dass Auralie während des Telefonats neben Petrow gestanden hatte. In ihr hautenges schwarzes Lederkostüm gehüllt, lehnte Auralie an der großen Speisetafel im Hauptsaal von Petrows prächtigem Herrensitz aus der Tudorzeit. Sie war über alle Maßen zufrieden mit sich. Auralie schaute Petrow an, als dieser den Hörer auflegte, welcher sich jedoch nicht anmerken ließ, wie ihm zumute war.

Er war ein bulliger Mann, gebieterisch und beeindruckend, mit breitem, gewölbtem Brustkorb und ausgeprägten Zügen in einem unbewegten Gesicht. Sein schwarzes, an den Schläfen ergrautes Haar war perfekt geschnitten. Seine langen Finger waren frisch maniküt. Petrow stand dem Orden vor, dessen Gründungsvater er gleichzeitig war. Der Herrensitz war ebenso sein Ordenshaus wie sein Zuhause. Er trug eine dunkelgrüne wallende Kutte und war darunter, wie jedes Mitglied seines Ordens, nackt.

Auralie war es, die Petrow die Fotos gezeigt hatte. Sie hatte die erste Gelegenheit dazu genutzt, da sie die letzte Zeit zumeist damit verbracht hatte, ihren Ehemann zu beschwichtigen und die Präsentation für Sir Henry fertigzustellen. Die Ankündigung seiner neuen Fluggesellschaft und Ausschreibung des Designauftrags waren einen Tag nach der Verführung Jeanines durch Gerry erfolgt. Der Vertrag war ihr wichtigstes Anliegen, alles Übrige wurde dafür auf Eis gelegt. Übermorgen würde sie Sir Henry ihre Entwürfe vorstellen. Dann hatte Auralie wieder Zeit, sich anderen Dingen zu widmen.

Auralie breitete alle vierundzwanzig Farbabzüge auf dem Tisch aus, an dem Petrow und acht seiner Gefolgsleute, vier Männer und vier Frauen, saßen. Jeder der Männer, mit Ausnahme Petrows, war an Händen und Füssen mit Lederriemen an seinen Stuhl gefesselt, während die Frauen völlig frei waren. Alle trugen Kapuzen und saßen kerzengerade. Um die Fotos gut sehen zu können, mussten sie sich vorbeugen. Den Frauen fiel das leichter als den Männern. Nacheinander fragte sie Petrow nach ihrer Meinung. Nacheinander äußerten sie sich zur Schönheit von Jeanines Brüsten, der Schwanzgröße von Auralies Gatten und der Leichtigkeit, mit der er in Jeanines Muschi einzudringen schien.

Wider Willen fühlte sich Auralie erregt. Es waren sehr gute Aufnahmen. Ihr Mann und ihre Cousine hatten ansehnliche Leistungen vollbracht, und es war offensichtlich, dass sie vollkommen auf den anderen eingingen. In solchem Maß, dass Terry eine ganze Rolle Film hatte verschießen können, ehe seine Anwesenheit überhaupt bemerkt wurde. Terry war ein überaus schlauer junger Mann. Auralie schmunzelte boshaft. Ihr gefiel der Gedanke, dass Terry nun als Jeanines Zimmerkellner arbeitete. Wann immer er Jeanine anschaute, die nette, liebenswürdige, zimperliche Jeanine, würde er sie so wie in jener Nacht sehen, als er die Fotos gemacht hatte.

Hemmungslos erotisch, die Beine breit, das Geschlecht zur Schau gestellt, einen saugenden Mund an den Brüsten. Für Auralies Zwecke hatten sich die Aufnahmen als zehnmal nützlicher erwiesen als erwartet. Ihre niedliche, jungfräuliche Cousine war angezogen wie eine hochklassige Hure. Leder und Spitze, Strümpfe und Stiefel. Auralie rätselte, welcher Teufel Jeanine da geritten hatte. Wie lange mochte sie diese Sachen schon besessen haben? Und für wen besorgt? Hatte Jeanine einen heimlichen Liebhaber, von dem Auralie nichts wusste? Auralie hielt es für unwahrscheinlich; ihre Cousine wirkte viel zu geradlinig, als dass ihr etwas derart Abwegiges in den Sinn gekommen wäre. Andererseits drückte sich Jeanine schon seit Wochen vor einer Beichte bei Petrow. Hatte sie diese Kleidungsstücke nur für sich gekauft? Bestimmt nicht.

Auralie erforschte Petrows Miene, während er die Fotografien betrachtete. Sie versuchte, irgendein Gefühl darin zu entdecken – Lust, Zorn, Enttäuschung. Auralie wusste, dass Petrow an Jeanine sehr interessiert war, aber sie wusste nicht, wie weit dieses Interesse reichte.

Petrows Gesicht blieb unbewegt. Er hatte keinerlei Absicht, Auralie oder sonst jemandem zu verraten, dass er die jungfräuliche Witwe mit den Freuden seiner Liebeskunst hatte bekannt machen wollen. Daher war er alles andere als erfreut, zu sehen, wie Jeanine von Auralies Gatten gevögelt wurde. Freilich hatte es ihm auf der Stelle einen Ständer verschafft. Petrow streckte eine Hand nach der nächstbesten Anhängerin aus und bedeutete ihr, sich neben ihn zu stellen. Er schob eine Hand unter ihr dunkelgrünes Gewand und griff nach ihrer nackten Muschi.

«Hat dich nass gemacht, was, Schwester Chloe, der Anblick dieser Fotos?»

«Ja», sagte seine junge Novizin.

«Gut. Knie dich hin und lutsch mir den Schwanz», befahl er.

Er saß im Thronsessel am Kopfende der Tafel. Er spreizte die Beine. Schwester Cloe setzte ihre Kapuze ab und enthüllte einen Schopf weich fallenden, sanft gelockten roten Haars. Dann stieg sie aus ihrem Gewand. Petrow fuhr mit einer Hand über ihre niedlichen, knospenden Brüste, die schmale Taille, die schlanken, jungenhaften Hüften, und verweilte auf ihrem tizianroten Schambein. Die Augen auf den anderen Gefolgsleuten, nicht jedoch auf ihr, ließ er einen Finger in ihre Vulva gleiten und spielte an ihrer Klitoris. Die Novizin wiegte sich in den Hüften, die Arme schlaff an den Seiten. Ihre Brüste waren vorgereckt, und der Anflug eines triumphierenden Lächelns lag auf ihren vollen, aufgeworfenen und bemalten Lippen.

Heute war sie die Erwählte. Alle sollten zusehen, wie Petrow an ihr spielte. Sie leckte sich die Lippen, während die anderen sie anstarrten. Sie wusste, dass sie erregt waren, konnte es daran sehen, wie sie begannen, sich zu winden. Nie drang Petrows Finger ganz in sie ein, sondern lockte ihr Geschlecht nur unaufhörlich, sich immer weiter zu öffnen. Schwester Chloe ließ die Hüften leicht kreisen, während ihre inneren Lippen sich entfalteten. Sie war sehr erregt. Petrow ließ die Hand sinken. Wortlos kniete sie sich zwischen seine Knie, duckte sich unter seine Kutte und nahm seinen großen, prallen, steifen Schaft in den Mund.

Petrow wandte seine Aufmerksamkeit wieder den Fotos zu und kümmerte sich nicht weiter um Chloe, nur sein Schwanz zuckte ab und zu in ihrem Mund.

«Was hat Jeanine gesagt?», erkundigte sich Auralie bei Petrow.

«Dass sie Ende der Woche kommen wird», entgegnete er. «Doch werde ich dafür sorgen, dass sie eher kommt.»

«Wie willst du das anstellen?», fragte Auralie.

«Ich bin mir noch nicht sicher. Aber zuerst werde ich Pierre und Leslie zu ihr schicken.» Petrow drückte auf die Taste der Gegensprechanlage neben sich und wies das Paar an, zu ihm zu kommen, sobald sie mit ihrer augenblicklichen Beschäftigung fertig wären.

«Das wird ihnen missfallen», sagte Auralie.

«Ich möchte dich daran erinnern, Auralie», wandte sich Petrow mit einem vernichtenden Blick an sie, «dass mein Wort hier Gesetz ist. Pierre und Leslie werden so lange guter Dinge sein, wie ich sie nicht voneinander trenne.»

Petrow war erzürnt. Gerry und Jeanine. Das war keine Möglichkeit, die er bedacht hatte. So felsenfest überzeugt war er gewesen, Jeanine als Erster zu nehmen, dass die Fotos ihm den Atem verschlagen hatten.

Lange Zeit hatte Petrow darauf gewartet, Jeanines Beichte zu hören. Aus ihrem Mund zu hören, dass ihr Körper sich öffnete. Dass sie Lust verspüren würde und ihre Sexualität wiederentdeckt hätte. Er hatte eine Veränderung bei ihr wahrgenommen. Er erkannte, dass sie sich selbst befriedigt hatte. Er wollte, dass sie es ihm gestand. Er wollte hören, wie ihre entzückende sanfte Stimme es ihm selbst schilderte. Er wollte, dass sie derbe Worte gebrauchte. Er wollte sie sagen hören: «Ich habe gewichst. Ich habe einen Finger in meine Muschi gesteckt und an mir gespielt.» Beim bloßen Gedanken daran wurde er steifer und versetzte der jungen Frau, die ihn lutschte, einen kräftigen Stoß mit seinem Schwanz. Seine ganze Planung war von Auralies Eifersucht zunichtegemacht worden. Er war verärgert und würde sich auch für sie eine Bestrafung überlegen müssen.

Das Mädchen zwischen seinen Beinen streichelte ihm sanft die Schenkel, so wie er es ihr beigebracht hatte. Er rückte etwas nach vorn, dass ihre Finger seinen Anus erreichen konnten. Wieder dachte er an Jeanine. Er hatte sie einladen wollen, die Bedürfnisse des Körpers zu verstehen. Ihres Körpers und seines Körpers. Er würde Jeanine dazu bringen, seinen Schwanz zu fühlen. Ihn in den Mund zu nehmen und zu lutschen.

Die junge Frau unter dem Tisch küsste ihm nun die Eier. Sie hielt seinen großen, entspannten Sack in Händen und knetete seine Hoden. Es war eine Wonne. Ihre Zunge leckte seinen prallen Schaft entlang, so, wie es Jeanine für ihn hätte tun sollen. Er presste dem verborgenen Mädchen eine Hand auf den Hinterkopf, sodass sein Schwanz plötzlich ganz in ihren Mund gerammt wurde. Er winkelte die Knie an, um ihre nackten Brüste auf seiner Haut zu spüren.

Er hatte sich vorgenommen, Jeanines Beine zu spreizen, mit der Zunge ihre Schenkel entlangzufahren, ihr zwischen die Schamlippen zu stoßen und dann ihre Klitoris zu lecken. Das wollte er immer noch. Er würde sie lecken, ficken, dann fesseln und auspeitschen. Er würde es genießen, Jeanine züchtigen zu lassen.

«Ist hier jemand, den du vögeln willst, wo du schon da bist?», fragte Petrow Auralie.

Auralies Blick wanderte an der Reihe der Gefolgsmänner entlang.

«Wer ist das?», fragte sie mit Auge auf einen großgewachsenen jungen Mann mit hellen Wimpern, der in eine Nahaufnahme von Jeanine vertieft war.

«Bruder Geoffrey», sagte Petrow. «Wunderschön, nicht wahr? Rätselhaft schön. Ich habe ihn neulich auf einer Russlandreise entdeckt. Hier nimmt er den Platz von Bruder Terry ein.»

Auralie schwieg. Terry war einer von Petrows bevorzugten Gefolgsleuten gewesen, hatte aber auf ihr Betreiben hin eine längere Auszeit vom Orden genommen. Petrows Regeln stellten es jedem frei, nach Belieben zu kommen und zu gehen, aber Petrows Wort blieb oberstes Gesetz. Petrow hatte keine Ahnung von Auralies Schachzug, durch den sie Terry für ihre hinterhältigen Zwecke benutzen konnte. Wäre sich Petrow darüber im Klaren gewesen, hätte er es nicht gebilligt. Auralie zahlte Terry, Jill und Mary gutes Geld, um Jeanines Sturz zu bewerkstelligen.

«Ich nehme ihn», sagte Auralie. Sie rückte Geoffreys Stuhl ein Stück vom Tisch weg. Da er selbst gefesselt war, zog ihm Auralie die Kapuze vom Kopf, und ein Wust hellbrauner Haare fiel über seine hellblauen Augen und seine schmale Adlernase. Sie hob seine Kutte an und sah, dass sein Penis kurz, dick und ziemlich aufgerichtet war. Dann raffte sie ihren kurzen Lederrock und entblößte ihren nackten Körper und das dunkle Dreieck, das ihr Geschlecht bedeckte.

Petrow betrachtete Auralie und überlegte, was ihre Strafe sein würde. Sie würde sich den Schamhügel rasieren müssen. Sie hatte ihm verraten, dass es Gerry missfiel, wie sich eine kratzige Muschi anfühlte. Doch Petrow beschloss, darauf zu bestehen, dass ihr nur ein schmaler, kurzgeschorener Streifen entlang der Schamlippen bliebe. Die Stoppeln würde sie Gerry erklären müssen. Es wäre ein kleiner Beitrag zu seiner eigenen Besänftigung, dachte Petrow zornig. Er wusste, wie verschlagen Auralie sein konnte. Schon lange verdächtigte er sie, eifersüchtig auf Jeanine zu sein. Die Fotos bewiesen es. Trotz ihrer Unschuldsbeteuerungen argwöhnte Petrow, dass Auralie die Verführung Jeanines eingefädelt hatte. Sie hatte das Ganze veranlasst und einen Fotografen beauftragt, mitten in das Liebespiel der beiden hineinzuplatzen. Er glaubte nicht, dass Auralie die Fotos selbst gemacht hatte. Als Innenarchitektin war sie brillant, doch wenn man ihr eine Kamera in die Hand gab, ging entweder der Blitz nicht, oder alles wurde unscharf. Nein, die Fotos vor ihm waren professionelle Arbeit. Er fragte sich, wer sie aufgenommen hatte. Früher oder später würde er es herausfinden. Auralie war eine zwanghafte Lügnerin, die jedoch ihre jeweilige Lüge vergaß, sobald sie ihr Ziel erreicht hatte. Und dann würde er auch die Wahrheit erfahren.

Petrow schaute zu, wie Auralie sich rittlings auf Geoffrey kniete. Den Novizen im Rücken, richtete sie seinen Schwanz auf ihr Geschlecht aus. Sie verharrte über seinem Schwengel und bemerkte Margaret gegenüber.

«Komm hierher, Schwester Margaret», sagte Auralie. Das füllige Mädchen erhob sich von seinem Stuhl. «Stell dich hinter ihn!»

Margaret leistete Folge.

«Leg die Hände über seine Schultern und spiel an meinen Brüsten, während ich ihn vögele», sagte Auralie.

Noch immer in der Hocke, sodass Geoffreys Schwanz nicht weiter als zwei, drei Zentimeter eindringen konnte, knöpfte Auralie ihre Lederjacke auf. Margaret ergriff ihre entblößten Brüste und klemmte sich Auralies Nippel zwischen die Finger. Da seine Handgelenke und Fußknöchel am Stuhl festgebunden blieben, war Bruder Geoffrey Auralie ausgeliefert, sein steifes Glied wurde von ihren sich hin und her gleitenden Schamlippen getriezt. Auralie fasste mit beiden Händen an die Innenseiten ihrer gespreizten Schenkel und knetete gleichzeitig mit ihren Handrücken Geoffreys Eier. Die Gesäßmuskeln an- und wieder entspannend, senkte sich Auralie ein klein wenig ab. Sie drückte Geoffreys pochenden Schwengel und spürte, dass er in sie hineinstoßen wollte. Mit einem plötzlichen, gewaltsamen Stoß nahm sie ihn bis ans Heft in sich auf und fickte ihn wie besessen.

Petrow beugte sich vor und packte die Brüste der jungen Frau, die seinen Schwanz lutschte.

«Komm hoch», sagte er, «und setz dich auf mich.»

Schwester Chloe gehorchte. Sie kehrte Petrow den Rücken und ließ sich auf ihm nieder. Er zeigte auf die übrigen Mädchen, bedeutete ihnen, zu welchem Mann sie sich begeben sollten, und wies sie an, die gleiche Stellung einzunehmen. Dann nahm er die Hände hoch und liebkoste Chloes kecke kleine Brüste. Bald hatte jeder der gefesselten Männer an der Tafel eine Frau auf seinem Schoß. Jede Frau ritt ihren Mann wie ein Pferd. Auf und ab. Auf und ab.

Eine halbe Stunde später brach Auralie in ihrem deutschen Sportwagen auf. Sie klappte die Blende hoch, schob eine Kassette in den Schlitz und drehte die Musik auf. Sie war verstimmt. Petrow hatte endlich seine Gefühle gezeigt. Sie hatte gespürt, dass ihm die Fotos von Jeanine und Gerry missfallen hatten. Nicht, dass er ihr irgendetwas offen gesagt hätte. Aber er hatte ihr befohlen, ihre Muschi zu rasieren, obwohl er genau wusste, dass Gerry das nicht ausstehen konnte. Genauso wie er wusste, dass jetzt die falsche Zeit war, Gerry zu verärgern. Petrows Befehl, sich die Muschi zu rasieren, machte Auralie klar, dass er sich über sie ärgerte. Noch hatte sie den Auftrag nicht. Doch Petrow war Oberhaupt des Ordens, und was er sagte, wurde getan. Sie wusste, dass sie es tun musste, aber es konnte noch einen Tag oder zwei warten. Olga würde morgen eintreffen, und Olga mochte rasierte Mösen. Würde sie aber auch einen schmalen Streifen dicht am Lippenspalt mögen? Wahrscheinlich nicht. Aber zur Hölle mit Petrow. Zur Hölle auch mit Gerry. Morgen würde

sie in Olgas Armen liegen. Und morgen würden sie beide ihre
Entwürfe vorstellen.

Bruder Leslie stand im Hauptsaal und wartete auf Petrow. Er
war ein blasser, schwächlicher Mann mit schütterem Haar
und einem Gewand am Leib, das viel zu groß für ihn war. Es
ließ eine Nietenmanschette rings um seinen Hals frei, verhüllte aber die Ketten, die von einem Halsband über seine
Brust liefen, um seine Eier herum und wieder hinauf zum
Hals. Die vielen Tätowierungen von Bruder Leslie blieben
sichtbar. Früher war er Matrose und Schiffskoch bei der Han-
delsmarine gewesen.

Beiläufig betrachtete er die Fotos, die noch auf dem Tisch
lagen.

«Hübsch», sagte er, als Petrow erschien.

«Steck sie in den großen schwarzen Umschlag dort drüben»,
sagte Petrow.

«Sieht aus wie Jeanine», meinte Bruder Leslie und klirrte
leise, während er sich bewegte.

«Ist sie auch.»

«Oh!», rief Bruder Leslie aus. «Dabei hielt ich sie immer für
so … wie sagt man? Rein.»

«Sie ist deine neue Arbeitgeberin», teilte ihm Petrow mit.

«Was!», entfuhr es Bruder Leslie.

In diesem Augenblick kam eine stämmig gebaute Farbige
mit kurzgeschorenem Haar in den Saal geschlendert. Sie trug
eine Kette mit Schlüsselbund an ihrem Gewand.

«Was sieht er sich da an?», fragte sie Petrow.

Schwester Pierre kam aus Martinique. Ihre laute Stimme
besaß den singenden Tonfall dieser Insel. «Wenn es das Bild
einer nackten Frau ist, kriegt er's gründlich mit der Peitsche.»

Bruder Leslie ließ das Foto hastig fallen. «Nein, Madam, nein, ist es nicht», sagte er rasch.

Schwester Pierre hob das anstößige Foto auf.

«Du weißt, was das bedeutet, Bruder Leslie, oder?», sagte Schwester Pierre.

Bruder Leslie wich geduckt zurück.

«Schwester Pierre», sagte Petrow. «Bruder Leslie wird noch auf seine Bestrafung warten müssen. Er hat sich ein Foto eurer neuen Arbeitgeberin angesehen.»

«Warum? Was haben wir getan?», fragte Schwester Pierre.

«Ihr habt nichts getan. Es geht darum, was ihr für mich tun sollt», gab Petrow zurück. «Sieh dir das an.»

Er zeigte ihr einige Fotos mehr.

«Sieht aus wie Jeanine», sagte die kräftige Frau.

«Es ist Jeanine», erwiderte Petrow. «Und ich bin sehr wütend auf sie. Ich möchte, dass ihr zu ihrem Hotel geht. Sie braucht einen Koch und einen Portier. Du, Bruder Leslie, wirst ihr Koch sein ...»

«Aber Petrow ...», widersprach Bruder Leslie, «du weißt doch, dass ich der schlechteste Koch der Welt bin.»

«Eben», bestätigte Petrow. «Ich sagte ja, ich sei wütend auf sie. Und du, Schwester Pierre, wirst ihr Portier. Sie wird bekommen, was sie haben will, aber nicht, was sie erwartet. Natürlich wird sie Einwände erheben. Dass ihr ungeeignet wäret, doch ihr müsst sie umstimmen. Sollte sie Schwierigkeiten machen, womit ich rechne, werdet ihr diese Fotos zeigen. Dann hat sie keine Wahl, als euch einzustellen.»

«Was hat sie getan?», fragte Schwester Pierre.

«Das hat sie getan», sagte Petrow und wies auf die Schnappschüsse. «Gefickt. Auralies Ehemann gefickt. Mir sollte sie es sagen, wenn sie scharf wird. Es beichten. Hat sie aber nicht. Damit nicht genug, macht sie jetzt Ausflüchte, um nicht beichten zu kommen. Sie will am Wochenende kommen, aber ich will sie eher hier haben. Ihr werdet ein Werkzeug sein, um sie dazu zu bringen. Ich schlage vor, du vertreibst dir die Zeit damit, Bruder Leslie in der Küche von Jeanines Hotel angemessen zu züchtigen.»

Schwester Pierre lächelte lüstern. Bruder Leslie senkte den Kopf. Ihm war klar, dass es heute Nacht keine Gnade geben würde. Petrow gab den beiden weitere Anweisungen, dann tauschten sie ihre Gewänder gegen gewöhnliche Kleidung ein. Bruder Leslie trug nun einen Rollkragenpulli und einen schnittigen schwarzen Anzug, der an ihm allerdings nicht allzu schnittig aussah. Er war zu weit. Das war nötig, um die Ketten unterzubringen. Auch Schwester Pierre trug einen Anzug. Auf den ersten Blick wirkte er ziemlich herkömmlich und hätte sich bestens als Dienstbekleidung eines Portiers geeignet. Er bestand aus einem langen Gehrock, der ihr kurzes weißes Hemd und Hosen, die eher eine Art langer Anglerstiefel waren, größtenteils bedeckte. Sie endeten im Schritt und wurde von langen elastischen Hosenträgern gehalten. Unter dem Gehrock war Schwester Pierre von der Taille abwärts bis zu den Oberschenkeln splitternackt. Ihre mächtigen dunkelbraunen Hinterbacken schaukelten ungehindert. Ihr schwarzes, kraushaariges Geschlecht lag frei. Wann immer sie es wünschte, erhielt Bruder Leslie Zugang zu ihrer Muschi. Sie wünschte es häufig und an den exotischsten Orten. Wenn Bruder Leslie aus irgendeinem Grund ihren Befehlen nicht gehorchte, erhielt sein rotgestriemter Hintern bei nächster Gelegenheit weitere Hiebe. Petrow fuhr die beiden zum Bahnhof und setzte sie in den Zug nach London. Schwester Pierre freute sich auf die gemeinsame Eisenbahnfahrt.

Eine Stunde später trafen sie in Jeanines Hotel ein. Jeanine saß am Empfang. Terry war nicht im Dienst, als die beiden eintraten, was vielleicht ganz gut war, da Leslie und Pierre keine Ahnung hatten, dass er auch hier arbeitete. Sie glaubten, wie auch Petrow, er sei auf Urlaub in Paris.

«Petrow schickt uns. Wir sind Leslie und Pierre», verkündeten sie Jeanine, die unverhohlenes Entsetzen zeigte. Sie starrte beide an und rätselte, wer denn nun wer sei. Jedenfalls entsprachen sie schwerlich ihrer Vorstellung von einem soliden Ehepaar. Eher wie Jack Lemmon und Walter Matthau als Pärchen. Oder Laurel und Hardy. Woanders hätte Jeanine sie vielleicht amüsant gefunden, nicht aber angesichts der drohenden Gefahr für ihr Geschäft. Die Frau ähnelte mehr einer Sklavenaufseherin als einer Köchin, und der Mann machte einen gänzlich unfähigen Eindruck, da war an Kofferschleppen schon gar nicht zu denken. Was hatte Petrow ihr da bloß geschickt?

Schwester Pierre sah Jeanine an, was sie dachte. Sie hielt sie für ungeeignet. Genau wie Petrow es vorhergesagt hatte. Zwei schick gekleidete Gäste gingen vorbei. Sie sahen sich misstrauisch nach dem eigenartigen Pärchen um, das neben Jeanine stand. Jeanine schien es ratsam, mit den beiden in ihr Büro zu gehen. Dort könnte sie ihnen in freundlichen Worten mitteilen, dass sie beide nicht das wären, wonach sie suchte.

«Folgen Sie mir», sagte Jeanine.

«Ich bin Pierre», verkündete Schwester Pierre mit ihrer dröhnenden und singenden Stimme, als alle in Jeanines Büro Platz genommen hatten.

«Und ich bin Leslie», piepste der andere.

Jeanine hätte am liebsten geschrien. Wie zufrieden war sie heute Morgen gewesen, als sie an ihre Angestellten gedacht hatte. Diese zwei aber waren ein schlechter Witz. Unter gar keinen Umständen würde sie die beiden einstellen. Sie sahen seltsam aus. Sie fühlten sich seltsam an. Sie hatten etwas ausgesprochen Merkwürdiges an sich. Jeanine wusste nicht genau, was es war, spürte es aber bis ins Mark.

«Wir sind wegen der Stelle hier. Koch und Portier», sagte Schwester Pierre. «Ich bin der Portier. Er ist der Koch.»

Jeanine starrte sie an. Warum hatte Petrow sie geschickt, wenn sie so offenbar ungeeignet waren? Er war am Unternehmen beteiligt. Er wollte seinen Erfolg. Das waren seine Worte. Und nun schickte er ihr diese beiden Clowns vorbei. Vielleicht war es ihm ja nicht klar, doch sie spürte, dass es eine Katastrophe bedeuten würde, wenn sie auch nur einen der beiden einstellte.

«Es tut mir leid», sagte Jeanine, «aber ...»

Schwester Pierre ließ ihr keine Zeit, den Satz zu beenden. Sie erhob sich und legte einen schwarzen Umschlag auf Jeanines Schreibtisch.

«Petrow meinte, Sie müssten vielleicht noch überzeugt werden», sagte die große Frau. Sie öffnete den Umschlag und legte die Fotos von Jeanines und Gerrys Liebesspiel, eines nach dem anderen, auf die Tischplatte.

«Sie sind sehr gut geworden, nicht wahr?», bemerkte Bruder Leslie mit Unschuldsmiene.

Jeanine wollte sich unsichtbar machen. Nur zu gern hätte sie sich in Luft aufgelöst. Ihr verborgenes Ich war entdeckt. Ihre geheimen Wünsche waren für jedermann sichtbar auf Film gebannt worden. Ja, die Aufnahmen waren gelungen. Jede Einzelheit ihre Körpers, ihres Geschlechts, von Gerrys Schwanz war wiedergegeben. Gestochen scharf.

«Petrow meinte, Sie hätten es nicht gern, wenn Auralie sie sehen würde», sagte Schwester Pierre drohend.

«Nein», gab Jeanine mit mehr Beherrschung zurück, als sie tatsächlich empfand.

«Dann können wir ja sofort anfangen», stellte Schwester

Pierre fest. «Ich habe einen schwarzen Anzug, was fürs Erste reichen wird. Haben Sie eine Mütze in meiner Größe?»

«Könnte sein», sagte Jeanine. Sie wusste, sie war geschlagen. Sie würde die beiden nehmen müssen, ob sie nun wollte oder nicht. Sie schloss einen Schrank auf und nahm eine Auswahl Portiersmützen heraus. Auralie hatte sie in unterschiedlichen Größen anfertigen lassen. «Am besten probieren Sie mal an. Suchen Sie sich eine aus, die Ihnen passt.»

«Ich brauche eigentlich keine Uniform», sagte Bruder Leslie heiter. «Schürze und gewöhnliche Kochmütze reichen mir schon.»

Schwester Pierre fand eine Mütze, die annähernd auf ihren großen Kopf passte. «Die ist gut», urteilte sie.

«Sie zeigen mir dann die Küche», sagte Bruder Leslie.

«Ja», gab Jeanine zurück. Sie versuchte zu lächeln. Sie musste gute Miene machen. Vielleicht trog ihr Gefühl ja auch. Die zwei könnten sich noch als sehr tüchtig erweisen. Eine leise Stimme in ihrem Hinterkopf bezweifelte es zwar, aber sie hatte kaum eine andere Wahl, als die beiden einzustellen.

Schwester Pierre trat hinaus in den Flur und nahm ihre Stellung an der Tür ein. Jeanine führte Bruder Leslie in die Küche. Er begutachtete die gesamte Ausstattung und äußerte sich begeistert. Jeanine sah ihn nur an und wünschte, sie wäre woanders. Für eine Nacht der Lust nahm sie eine reichlich harte Strafe auf sich. Strafe. War es das, was Petrow gemeint hatte? Ganz sicher nicht, nein. Er hatte gesagt, es wäre etwas Sexuelles. Auf einmal fühlte sich Jeanine allein und ausgegrenzt. Mit Auralie konnte sie nicht darüber reden. Mit Gerry oder Petrow auch nicht. Und ihre Mutter war noch immer auf Kreuzfahrt im Mittelmeer. Wenigstens lief das Hotel gut. Sie würde schlafen gehen, und morgen früh sähe alles ganz anders aus.

Sechstes Kapitel

Auralie stellte drei Flaschen Krug in den Kühlschrank. Es war ihr bevorzugter Champagner, und heute würde es etwas zu feiern geben. Als das erledigt war, schaute sie auf die Uhr, streifte die Jeans, Pullover, BH und Höschen ab, die sie immer in der Werkstatt trug, und stellte sich rasch unter die Dusche. Sie hatte das Badezimmer einbauen lassen, um sich schnell frisch machen und umziehen zu können.

Im Wandschrank hing ihr neues, exorbitant teures, weißes Kaschmirkostüm. Sie hatte es eigens für den heutigen Anlass gekauft. Heute war der Tag, an dem sie und Olga ihre Entwürfe für De Bouys Airlines vorstellen würden. Heute würde der Tag sein, an dem sie den Auftrag bekäme. Sie konnte gar nicht scheitern. Ihre Formsprache war die beste, mit Abstand die beste, die sie je entwickelt hatte. Sie war klar, neuartig, und außerdem hielt sie noch einen weiteren Trumpf in der Hand: Sie war Sir Henrys Schwiegertochter. Das Telefon klingelte. Sie ließ es klingeln. Augenblicke später klopfte es an die Tür.

«Mrs. de Bouys. Mrs. de Bouys.» Die Stimme ihrer Sekretärin. Sie klang äußerst erregt.

«Ja?», erkundigte sich Auralie.

«Madame Olga ist in der Leitung. Es ist sehr wichtig.»

Gelassen hob Auralie ihren Hörer ab.

«Auralie, der Termin heute ist verschoben worden», sagte Olga mit einem rätselhaften Anflug von Bosheit in der Stimme.

«Was!», rief Auralie aus.

«Ich habe es eben von Sir Henrys Sekretärin erfahren.

Anscheinend wurde er in Rom aufgehalten. Irgendwelche dringenden Geschäfte.»

«Aber ...», sagte Auralie.

«Sie sagte, er werde sie später anrufen. Sie erwartet ihn heute Abend in England zurück, also geht es eventuell heute Abend oder morgen früh. Wir müssen es einfach abwarten.»

«Das sind schlechte Neuigkeiten», sagte Auralie.

«Nicht wirklich, *chérie*», schnurrte Olga. «Ich komme dich in zehn Minuten abholen, dann können wir in die Wohnung gehen. Ich habe Sir Henrys Sekretärin die Nummer gegeben. Sie kann uns dort anrufen.»

Umgehend entledigte sich Auralie ihres Höschens, des Büstenhalters und des weißen Kaschmirkostüms. Sie legte einen anderen Satz Kleider heraus und zog eine schwere, durchsichtige Noppenseidenbluse über ihre bloßen, kecken, aufgerichteten Brüste. Dann legte sie einen schwarzen Lederrock an, der sich um ihre Hüften schmiegte und in anmutigen schräg geschnittenen Falten über ihre schlanken, sonnengebräunten Schenkel fiel. Sie setzte sich, um ihren Lippenstift nachzuziehen, und genoss dabei das Gefühl des Leders an ihrem nackten Hintern. Sie zog sich ihre hochhackigsten Schuhe an. Auralie hatte hübsche schmale Fußknöchel, und die hohen Schuhe hoben ihre schlanke Form hervor. Sie wusste, was Olga wollte. Sie wusste, was Olga gefiel. Sie wusste auch, was *ihr selbst* gefiel und was *sie* haben wollte. Auralie fragte sich, ob Olga ihr gesamtes Gefolge mitgebracht hatte oder nur ihren Chauffeur. Falls es nur der Chauffeur war, würde es wohl derselbe wie beim letzen Mal sein?

Auralie griff nach Handtasche und Laptop, verabschiedete sich von ihrer Sekretärin, ermahnte sie, die Alarmanlage einzuschalten, und trat hinaus auf die noble Straße in Mayfair, als Olgas weiße Limousine an den Bordstein fuhr.

Auralie bemerkte, dass der Fahrer neu, jung und sehr attraktiv war. Außerdem war er sehr dunkelhäutig. Er hielt ihr die Tür auf. Sie lächelte in sich hinein. Lüstern. Ein gewisses vertrautes Gefühl, eine freudige Erwartung, etwas Unverhofftes, Willkommenes durchströmte ihre Lenden. Sie spürte das wachsende Kribbeln in ihrem Bauch, die köstliche Feuchte, das erwartungsvolle Öffnen ihres Geschlechts.

Olga, vornehm und attraktiv, war makellos frisiert und geschminkt. Ihr Gesicht besaß durch ihre lange, gebogene Nase und ihre schräg geschnittenen Augen fast etwas Wildes und Exotisches. Ihren geraden Mund umspielte verhaltene Geringschätzung. Großgewachsen, Ende dreißig und stilvoll in wallendes Chiffon gehüllt, lümmelte sich Olga mit der Lässigkeit und Selbstgefälligkeit der ganz Reichen und wartete, dass Auralie in den Wagen stieg. Olga streckte eine juwelengeschmückte Hand aus. Die beiden Frauen lächelten einander zu – ein geheimes, verschwörerisches Lächeln. Der Fahrer schloss die Tür. Ehe Auralie sich setzen konnte, fuhr Olga mit der Hand ihre Schenkel hoch. Sie drückte ihre nackten Pobacken.

«Braves Mädchen», sagte sie. «Ohne Umwege zugänglich. Hoffentlich bist du feucht, *chérie*.»

Unverschämt und ohne Vorspiel stieß Olga ihren langen, schlanken Zeigefinger in Auralies feuchte, wollüstige Muschi. Auralie keuchte ob der jähen Lust hörbar auf. Ihren Finger rasch vor und zurückbewegend, fand Olga schnell den Eingang zu Auralies Anus und drang dort mit ihrem Ringfinger ein. Erregt und bereitwillig auf die Finger ihrer Gespielin gespießt, wand sich Auralie. Olga schloss ihre ganze Hand um ihren schwarzen Hügel, drückte Auralie zurück ins Lederpolster und küsste sie auf den Mund. Auralie stöhnte selig, als jede ihrer Öffnungen heimgesucht wurde. Das war es, was sie gernhatte, worauf sie gewartet hatte. Olgas Berührung. Olga, die genau wusste, was und wie es zu tun war. Olga, die sie fühlen ließ, wie sexy sie war, wie erotisch und sinnlich, und sie völlig hemmungslos machte.

«Hab ich dir gefehlt?», fragte Olga.

Auralie wandte sich halb um und lächelte. Olgas Finger machten sie mit jedem Augenblick feuchter. Auralie nahm die Schultern zurück, damit Olga sehen konnte, wie sich ihre aufgerichteten Nippel gegen den Blusenstoff stemmten.

«Ja», erwiderte Auralie.

«Dann zeig es», sagte Olga.

Auralie kniete sich zwischen Olgas Beine, schlug ihren Chiffonrock auseinander und enthüllte erst ihre Strumpfbänder aus Spitze und dann Olgas völlige Nacktheit bis hinauf zur Taille. Olga schob beide Hände zwischen ihre Beine, stellte sich zur Schau und erlaubte Auralie, ihre Begierde zu sehen. Sie bewegte ihre Hüften hin und her. Auralie rieb mit einem Finger Olgas geschwollene Schamlippen entlang und rührte oben sachte an der sich versteifenden Knospe. Olga spannte die Muskeln an, bat wortlos um mehr Druck auf ihre Klitoris. Auralie gehorchte, und Olga stieß ein leises, verzücktes Keuchen aus und begann, ihre eigenen Brüste zu kneten. Beim Anblick von Olga, wie sie lüstern auf dem Ledersitz lag, die Beine gespreizt, Hüften angehoben und das Geschlecht bespielt, fand Auralie, dass sie einer Edelnutte ähnlicher war als der Chefin eines Multimillionen-Dollar-Unternehmens. Auralie begann, ihre Finger hineinzuschieben, und empfand die Wonnen weicher und saftiger Zartheit von Olgas wunderschönem Hügel.

Olga knöpfte Auralies Bluse auf. Auralie schob ihre flache kleine Zunge zwischen ihre perlweißen Zahnreihen und ließ sie vielsagend schnalzen. Olga bekam schmale Augen und grinste katzenhaft. Die beiden Frauen starrten einander an, es gehörte mit zu ihrem gemeinsamen Spiel. Olga streckte eine Hand aus und griff nach einem von Auralies steifen Nippeln. Auralie senkte den Kopf. Olga stemmte die Hüften in die Höhe, aber Auralie tat nicht, was sie von ihr erwartete. Sie streckte die Zunge nicht nach Olgas voll erblühter Öffnung aus; stattdessen packte sie ihre Beine, spreizte sie unvermittelt und grob auseinander und streichelte und knetete das empfindsame Fleisch in Olgas Schritt.

Japsend hob Olga ihre Hüften noch weiter in die Höhe und bot sich Auralie dar, die schließlich ihre Zunge in Olgas lieblich duftendem, rosigem Fleisch vergrub. Sie leckte sie. Sie neckte sie. Olga rieb an sich, ließ Auralie sehen, wie nass und offen sie war, wie sehr sie die andere begehrte. Sie schob ihre Hüften hin und her und fuhr mit den Fingern an ihrer geschwollenen Vulva entlang. Auralie bewegte die Zunge in Olgas Muschi und schwelgte in ihrem Geruch. Dann biss sie sanft in die geschwollene Klitoris. Olga warf sich zurück, beide Hände noch an Auralies Brüsten, und stöhnte hemmungslos. Auralie legte ihre Finger neben ihre Zunge an Olgas intimer Öffnung und wartete. Sie spürte, wie Olgas Muskeln sich erwartungsvoll regten. Sie fühlte ihr Beben und Zittern. Plötzlich stieß Auralie hart mit dem Zeigefinger in Olgas Geschlecht hinein und drang zugleich mit dem anderen Zeigefinger in ihren Anus vor. Zu den Verkehrsgeräuschen, unter gedämpftem Motorendröhnen und Hupen fuhr Auralie fort, an Olgas Klitoris zu lecken und zugleich ihre beiden Körperöffnungen zu bearbeiten. Dann wälzten sich beide auf den Boden und spielten miteinander, sich gegenseitig berührend, erspürend, saugend, im weichen, sahnigen, empfindsamen, nassen, nachgiebigen Geschlecht der anderen schwelgend, bis der Wagen zum Halten kam.

«Madame, wir sind da», drang die Stimme des Fahrers durch die Gegensprechanlage.

«Augenblick noch», erwiderte Olga und verschaffte ihnen Zeit, ihre Kleider zu richten, ehe sie in Olgas Wohnung gingen.

Olga unterhielt keinen eigenen Haushalt in London. War sie in England, kam sie gewöhnlich in Petrows Landsitz unter, doch wenn sie mehr als zwei Tage in der Stadt verbrachte, suchte sie sich eine Unterkunft zur Kurzmiete. Der Besitzer ihrer gegenwärtigen Wohnung war ein langjähriger Freund. Er überließ sie Olga ziemlich regelmäßig zu einem entsprechenden Preis. Das kam ihr mehr entgegen als ein in die Länge gezogener Hotelaufenthalt, wo ihr Kommen und Gehen überwacht und ausgespäht werden konnte.

«Lass nichts im Auto zurück», trug Olga dem Chauffeur gebieterisch auf, ehe sie und Auralie in einer der besten Wohnlagen Kensingtons durch die Eingangshalle gingen und den wartenden Aufzug bestiegen.

«Wie neu ist er?», fragte Auralie und meinte den Chauffeur.

«Kensit? Ganz neu», sagte Olga.

«Ist er schon ...?»

«Nein, *chérie*. Noch nicht», sagte Olga boshaft, als der Aufzug ihr Stockwerk erreichte. Nicole, das Dienstmädchen, öffnete die Tür, ehe Olga klingeln konnte. Sie muss Bescheid gewusst haben, muss unsere Ankunft beobachtet haben, dachte Auralie, andererseits war sie schon zwei Jahre bei Olga. Olga dürfte ihr die Uhrzeit genannt haben. Nicole hätte also genau gewusst, wann sie die Tür zu öffnen hatte.

Das hübsche Dienstmädchen machte einen Knicks in ihrer knappen Tracht, einem schwarzen Kittelkleid mit weißer Rüschenschürze und Häubchen. Ein breiter Gürtel schnürte ihr Kleid zur Wespentaille ein. Sie trug hochhackige Schnür-

schuhe, die ihre Powölbungen und ihre vollen Brüste betonten.

«Jemand wartet auf Sie, Madame», sagte Nicole, als die
beiden Frauen den terrakottafarbenen Flur betraten und ihre
Schritte auf dem Parkettfußboden widerhallten. Olga und
Auralie wechselten einen Blick. Auralie ging absichtlich hin-
ter dem Dienstmädchen her und musterte ihren Gang, ihre
Figur und ihren Kittel. Durch einen Schlitz zwischen Taille
und Saum konnte sie ein locker sitzendes Höschen aus rosa
Satin erkennen. Auralie hatte das starke Bedürfnis, mit einer
Hand die Beine der jungen Frau hochzufahren und ihren Hin-
tern unter dem rosa Satin zu befummeln.

Auf einmal umrundete Olga ihr Dienstmädchen und prüfte
nach, ob ihr Kittel überall fest zugeknöpft war. «Hoffentlich
bleibt das auch so, Nicole», fügte sie unheilvoll hinzu.

«Ja, Madame», sagte die junge Frau, während Olga ihre
Hand spreizte und ihre Finger sich sanft um die Brüste des
Dienstmädchens schmiegten. Nicole holte rasch und erfreut
Luft, schluckte dann und wandte ihren Blick schüchtern und
tief errötend ab.

«Aber warum trägt sie ein Höschen?», fragte Auralie nieder-
trächtig.

«Du trägst ein Höschen, Nicole!», rief Olga aus.

«Sorry, Madame», sagte das Dienstmädchen zerknirscht.

«‹Sorry› genügt nicht. Lass mich mal sehen. Bück dich und
zeig sofort her», befahl Olga.

Nicole bückte sich gehorsam. Ihr Kittel teilte sich und legte
das rosa Satinhöschen frei.

«Du weißt, dass das gegen die Regeln verstößt», sagte Olga,
«und du bestraft werden musst. Auralie, zieh ihr das Höschen
runter.»

Mit leicht grausamer Befriedigung zog Auralie der jungen Frau das Höschen bis über die Knöchel und entblößte ihren wunderschön geformten Hintern. In diesem Augenblick betrat der neue Fahrer die Wohnung. Er hielt verdutzt inne und versuchte dann schnell, die jäh aufgetretene Wölbung in seiner Hose mit dem Gepäck zu verdecken. Er war etwas zu langsam. Olga, wie auch Auralie, hatten es bereits bemerkt.

«Bring die Taschen nach hinten in die Küche», befahl Olga und zeigte den Flur entlang. Der Chauffeur gehorchte, und Olgas Aufmerksamkeit wandte sich wieder Nicole zu.

«Ein blanker Po, Nicole», sagte Olga und verpasste dem Dienstmädchen einen schwungvollen Hieb, als wolle sie ihrer Äußerung Nachdruck verleihen. Die Hinterbacken der jungen Frau röteten sich umgehend. «Jederzeit ein blanker Po.»

«Ja, Madame», sagte das Dienstmädchen und rührte sich nicht vom Fleck.

«Miss Auralie wird dich sogleich bestrafen. Vorher wünsche ich einen Cocktail. Einen Bellini. Was darf es für dich sein, chérie?»

«Dasselbe», erwiderte Auralie und leckte sich erwartungsvoll die Lippen, aber nicht wegen des Cocktails. Sie wollte nichts lieber als den Körper der jungen Frau anfassen, ihre Brüste, ihre Schenkel, die Stelle dazwischen und ihren nackten Hintern. Sie wusste, dass sie sehr bald zu ihrer Befriedigung kommen würde.

«Geh», sagte Olga.

«Aber Madame», sagte Nicole, «Sie vergessen, dass jemand da ist und auf Sie wartet. Ihr Name ist Margaret. Sie wurde von Monsieur Petrow geschickt. Ich habe sie ins Arbeitszimmer gebeten.»

«Margaret? Von Petrow?», erkundigte sich Auralie. «Wie sieht sie aus, Nicole?»

«Nicht sehr groß», erwiderte das Dienstmädchen, «drall, recht hübsch.»

Ihre Erinnerung zauberte ein Lächeln auf Auralies Lippen.

«Du kennst sie?», fragte Olga Auralie und wedelte das Dienstmädchen hinaus.

«Ja», sagte Auralie.

«Du hast sie gehabt?»

«O ja», gab Auralie lächelnd zurück und erinnerte sich lustvoll an einen Abend neulich bei sich zu Hause.

«Und ...?», bohrte Olga nach.

«Sie ist wirklich begabt», entgegnete Auralie.

Olga und Auralie traten ins Wohnzimmer. Es war prachtvoll eingerichtet mit außergewöhnlich hohen Fenstern, die auf einen Balkon gingen und den Park überblickten. Auralie setzte sich auf eine Chaiselongue aus salbeigrünem Samt. Olga stand mit dem Rücken zum schwarzen Marmorkamin und spielte gedankenverloren an einem Gesteck aus leuchtend bunten exotischen Blumen und Bambusrohren.

«Deine Entwürfe sind wunderschön», sagte Olga beifällig. «Très chic, chérie, très chic. Bestimmt werden wir den Auftrag bekommen. Die Formgebung, die Farben, die Stoffe, alles. Wir werden gewinnen. Einfach ausgeschlossen, dass wir scheitern. Und wir dürfen nicht scheitern, chérie. Die Folgen wären dir ja klar! Der Vertrag mit de Bouys muss die Lücke füllen, die Krakos gerissen hat. Warum musste er auch sterben? Der Narr! Umso mehr ein Narr, alles seiner verzogenen Tochter zu hinterlassen. Was hat sie sich bloß dabei gedacht, einfach das Lebenswerk ihres Vaters zu verkaufen. Alle Schiffe zu verkaufen. Du weißt ja, nicht eines hat sie behalten. Nicht eines. Nicht eines, damit wir es neu gestalten, neu ausschmücken, neu ausstatten können. Also müssen wir Sir Henrys Auftrag haben. Ohne ihn sind Petolg Holdings, die Fabrik, die Firma, ist alles *passé. Finito.* Erledigt.»

«Ich weiß», sagte Auralie.

«Dieses Mädchen braucht lange für zwei Cocktails!», bemerkte Olga.

«Nicht wahr!», erwiderte Auralie geheimnisvoll.

«Alsdann, *chérie.* Erzähl mir, wie es deiner kleinen Cousine geht.»

«Gut», sagte Auralie. Sie wollte weder an Jeanine denken, noch von ihr sprechen.

«Und das Hotel, wie läuft es da?»

«Ich glaube, ganz gut», sagte Auralie. Sie hatte Olga nie das Ausmaß ihres Hasses auf Jeanine wissen lassen. Niemand ahnte, dass sie zwei ihrer ehemaligen Gespielinnen als Zimmermädchen bei Jeanine untergebracht hatte. Und niemand wusste, welchen Auftrag die beiden hatten. «Ja, Olga, bei Jeanine läuft alles bestens.» Sie fühlte, dass es notwendig war, Olga zu beruhigen.

«Petrow erzählte mir, sie habe sich in letzter Zeit nicht mehr mit ihm getroffen. Weißt du, warum?»

«Nein.»

«Ach ja, die Geschäfte vermutlich. Vielleicht sollten wir ihr mal einen Besuch abstatten ...» Olga unterbrach sich unvermittelt und zog am Klingelzug. Einen Augenblick später erschien das Dienstmädchen mir ihren beiden Cocktails. «Was hast du getan, Nicole?»

«Die Cocktails mixen, Madame.»

«Wohl eher Schwänze wichsen», sagte Olga.

«O nein, Madame. Nein», sagte die junge Frau zitternd. Mit gesenktem Blick stellte sie die beiden Gläser auf den Tisch.

«Nicole, ich habe dir eine Frage gestellt. Was hast du getan?»

«Nichts, Madame. Nichts.»

«Erwartest du, dass ich dir das glaube? Wo ist mein neuer Fahrer?»

«Er ist im Badezimmer, Madame.»

«Im Badezimmer! Und was treibt er im Badezimmer?»

«Ich weiß es nicht, Madame.»

«Du weißt es nicht! Komm her.»

Mit leichtem Schlottern in den Knien stellte sich Nicole vor Olga.

«Du weißt es nicht! Ich glaube, du lügst, Nicole. Ich glaube, dass er im Badezimmer darauf wartet, dich zu vögeln.»

«Nein, Madame, nein.»

«Nicole, ich glaube, dass du meinem Chauffeur deinen hübschen prallen Arsch gezeigt hast. Ich glaube ...» Olga zog ein Bambusrohr aus der Vase neben sich und hob damit, den Blick auf Nicoles große blaue Augen geheftet, den Saum ihres Dienstmädchenkittels an. «Ich glaube, du hast ihn deinen Rocksaum heben lassen.»

«Nein, Madame, o nein», entgegnete die junge Frau ernsthaft und fragte sich, was ihre Herrin mit dem Rohrstock noch tun würde.

«O ja, ich glaube, du hast ihn deinen Rock heben lassen, und ...», sagte Olga. «Ich glaube, du hast ihn an deiner Muschi spielen lassen.» Sehr langsam und mit großer Selbstsicherheit zog Olga den Rohrstock die Schamlippen ihres Dienstmädchens entlang, neckte und drückte auf ihre willige Nässe, drang jedoch nicht ein.

«Nein, Madame, nein, das würde ich nie», sagte Nicole atemlos und sachte in den Hüften kreisend. Sie versuchte, die harte, bleistiftdünne Rute wie zufällig in ihre seidige warme Öffnung schlüpfen zu lassen.

«Und ich vermute, er durfte deinen Kittel aufknöpfen und deine Titten befummeln.»

«Nein, Madame, nein.»

Olga fuhr mit einem Finger den Kittel des Mädchens hinunter und zählte zugleich ab. Sie stoppte beim dritten Knopfloch und fand es geöffnet.

«Nein?»

«Nein, Madame», flüsterte die junge Frau zitternd.

Olga fuhr fort zu zählen und fand auch die Nummern vier und fünf geöffnet vor.

«Und was ist das dann?», herrschte Olga zornig.

«O nein ... nein ...» Die Hände des Dienstmädchens fuhren über ihre Brüste im vergeblichen Bemühen, den anstößigen Spalt in ihrer Kleidung zu verbergen.

«Eines, Nicole. Ein Knopfloch hätte ich dir verzeihen können, aber drei!»

Ehe sich die junge Frau versah, stieß Olga Nicoles Hände fort und zwängte die eigenen Hände in ihren Kittel. Sie drückte Nicoles steife, erregte Nippel. «Auralie, schau her, der Spalt ist so groß, dass meine Hände hindurchpassen. Und wenn meine Hände das können, können seine es auch. Nicole, schämst du dich nicht?»

Während sie die erotische Bestimmtheit genoss, mit der ihre Herrin sie anfasste, senkte Nicole den Kopf, so, als gestehe sie ihr schändliches Verhalten ein. Wieder kniff Olga in ihre Nippel. Auralie nippte an ihrem Bellini. Mit jeder Minute, die Olga ihr Dienstmädchen strafte, es demütigte, anfasste, befummelte und an seinen verborgenen Stellen spielte, wurde Auralie geiler. Immer noch wartete sie darauf, den drallen Hintern der jungen Frau zu streicheln. Sie wollte sein sattes Wippen in ihrer Hand spüren. Und sie wollte draufhauen. Draufklatschen. Außerdem wollte sie zwischen die Beine des Mädchens greifen. Die nasse, saftige Öffnung zwischen ihren Schenkeln berühren.

«Auralie», sagte Olga, packte das Dienstmädchen bei den Handgelenken und zwang ihr die Arme auf den Rücken, «ich hab doch bei unserer Ankunft nachgeprüft, ob alle ihre Knöpfe zu waren, oder nicht?»

«Hast du», bestätigte Auralie.

«Und wir sollen ihr glauben, der Chauffeur habe sie nicht angerührt. *Chérie*, heb ihren Rock an. Fühl bei ihr nach. Fühl an ihrer Muschi. Ich glaube, sie ist sehr nass.»

Während Olga die Hände der jungen Frau hinter ihrem Rücken festhielt, kam Auralie durch den Raum und hob den Kittel des Dienstmädchens. Nicole stöhnte lustvoll, als Auralies Finger allzu leicht in ihr äußerst feuchtes Geschlecht einsanken.

«Wirklich sehr nass», verkündete Auralie, schob die Finger hin und her und brachte Nicole dazu, sich zu winden.

«*Chérie*», sagte Olga, «würdest du sagen, dass diese Schlampe von meinem neuen Fahrer befummelt und gefickt wurde, während wir hier durstig saßen und auf unsere Drinks warteten?»

«Ich würde sagen, dass das sehr gut möglich ist», entgegnete Auralie und merkte zugleich, wie dankbar das weiche Fleisch des Dienstmädchens auf die Bewegung ihrer Finger ansprach.

«Nein, Madame, das stimmt nicht», widersprach das Dienstmädchen.

«Du kennst meine Regeln. Du fasst keinen Mann an, noch gestattest du einem, dich anzufassen, es sei denn mit unserer Erlaubnis.»

«Aber das hab ich nicht, Madame, das hab ich nicht.»

«Wir glauben, doch, und du weißt, was geschieht, wenn du die Regeln brichst, nicht wahr, Nicole?»

«Ja, Madame.»

Olga löste die übrigen Knöpfe an Nicoles Kittel und ließ ihre vollen Brüste hervorquellen. Dann beugte sie sich hinunter und ließ ihre Zunge über die weichen braunen Nippel schnalzen.

«Du musst gezüchtigt werden», sagte Olga geziert. «Auralie, steck ihr den Rocksaum unter den Gürtel.»

Widerwillig zog Auralie ihre Finger aus dem Geschlecht der jungen Frau und gehorchte. Olga fasste in das Blumengesteck und suchte einen anderen Bambusstock aus. Dieser war besonders dünn und lang.

«Dein Vergnügen, chérie», sagte Olga, prüfte den Rohrstock und reichte ihn dann Auralie, die boshaft und lüstern lächelte.

«Bück dich, Nicole», befahl Olga.

«Nein, Madame, ich hab's nicht getan. Ich hab ihn nicht berührt. Bitte nicht, nicht den Rohrstock, bitte.»

«Bück dich und empfange deine Züchtigung!», sagte Olga, ohne auf das Flehen des Mädchens zu achten, und zeigte auf das erhöhte Ende der Chaiselongue. Nicole beugte sich darüber. Auralie schob ein Kissen zwischen die Armlehne und Nicoles Bauch, um den Hintern der jungen Frau anzuheben. Auralie lächelte. Nun hatte sie das Dienstmädchen genau so, wie sie es haben wollte. Sie knetete ihren runden, erwartungsvollen Po. Dann zog sie dem Mädchen die Arme nach vorn und stellte sicher, dass ihre üppigen Brüste frei pendelten. Auralie machte Nicole für ihre Züchtigung bereit, aber Nicole wusste, was ihre Herrin wirklich erregte. Sie gab einen leisen Seufzer von sich und entspannte dann ihre runden, blassen Hinterbacken. Hinterher bekäme sie dafür ihre Belohnung. Sie würde zwischen die Beine ihrer Herrin kriechen und ihr die Muschi lecken dürfen. Und sie wusste, je länger Olga Genuss an diesem Schauspiel fände, umso länger könnte ihre kräftige kleine Zunge die Säfte ihrer Herrin schlürfen. Manchmal sehnte sie sich direkt danach, die harsche, schneidende Wonne der dünnen, federnden Rute dabei zu spüren, die ihr die weißen Pobacken striemig versengte.

Olga lächelte rätselhaft, als die junge Frau sich vorbeugte; so nass, so willig und so bereit, die Rute auf ihrem bloßen Hintern zu spüren. Auralie zog den dünnen Rohrstock zwischen den Beinen des Mädchens empor. Dann kreiste sie mit winzigen Bewegungen erst um ihren Po, dann um ihr weiches, geöffnetes Geschlecht. Das Dienstmädchen erschauerte vor Erregung, als die dünne Härte des Stocks ihr verborgenes, rosiges, sahnig feuchtes Fleisch berührte.

«Sechs, Auralie», sagte Olga streng.

Nicole hielt den Atem an, als Auralie den Rohrstock auf ihre Hinterbacken sausen ließ. Zwischen jedem einzelnen Streich rammte Auralie ihre Finger in das Geschlecht des Mädchens. Diese erlesene Mischung aus Schmerz und Lust trieb Nicole beinahe bis zum Höhepunkt. Sie versuchte, an sich zu halten und Auralie nicht merken zu lassen, wie sehr sie ihre Züchtigung genoss. Bei jedem Schlag der Rute schrie Nicole auf und flehte Auralie an, einzuhalten, doch es war zwecklos. Auralie wusste ganz genau, was sie tat. Sie liebte dieses Gefühl der Macht und den Anblick der tiefroten Striemen auf Nicoles zartem Hintern. Nach dem sechsten Streich warf Auralie den Stock fort und setzte sich in einen Sessel. Feuchter und erregter als zuvor, hob Auralie das schwarze Leder ihres eigenen Rocks und rieb sich mit den Fingern das Geschlecht. Olga warf einen Blick auf sie. Sie wusste, dass Auralies Finger den Quell ihrer Lust gefunden hatten. Olga lächelte, als Auralie tief zufrieden aufseufzte. Dann untersuchte Olga das Geflecht der roten Striemen auf Nicoles Hintern. Zärtlich küsste und liebkoste sie die vom Rohrstock hinterlassenen Male.

«Und was sagst du nun, Nicole?», fragte Olga, und ging zum anderen Ende des Raumes, um sich dort hinzusetzen.

«Danke, Madame, danke.»

«Und wie wirst du deine Dankbarkeit zeigen, deine echte Dankbarkeit?»

Auralie, die ihre eigenen Beine jetzt weit gespreizt hielt und den Daumen auf ihrer Klitoris und zwei Finger in sich stecken hatte, sah neidisch zu, wie Nicole auf Olga zukroch.

Nicole kniete sich zwischen Olgas ausgestreckte Beine. Sie zog Olga die Schuhe aus, dann ihre Strümpfe und streichelte im selben Zug die weichen erogenen Zonen an den Innenseiten von Olgas Schenkeln. Nicole senkte den Kopf, zog Olgas Chiffonrock auseinander und versenkte ihre dicke kleine Zunge mit angemessener Ehrfurcht in der Muschi ihrer Herrin.

«Danke, Madame», sagte Nicole, die auf den Knien blieb und gierig zwischen den Beinen ihrer Arbeitgeberin leckte und schlürfte.

Olga lehnte sich zurück, sie hatte ihre Arme auf die Stuhlkante gelegt und ihre Beine weit gespreizt. Sie tat nichts weiter, als sich an ihrer eigenen Hemmungslosigkeit und der zielsicheren Berührung durch die geübte Zunge ihres Dienstmädchens zu ergötzen. Ab und zu warf sie einen Blick auf Auralie, die weiterhin seufzend an sich spielte und ihre Klitoris zärtlich streichelte, sich aber verbot zu kommen.

«Du darfst aufstehen, Nicole», sagte Olga nach einer Weile, «Aber dein Kittel bleibt, wie er ist. Wir wollen diese entzückenden Pobacken sehen können. Du wirst die Regeln nicht noch einmal brechen, oder?»

«Nein, Madame.»

«Alsdann, du wolltest also meinen Chauffeur vögeln?»

«Nein, Madame.»

«Aber ist er denn nicht schön? Ist er nicht begehrenswert?»

«Ja, Madame. Aber ich will ihn nicht vögeln, Madame.»

«Dann wirst du etwas tun müssen, was du nicht tun willst.»

«Nein, Madame, bitte. Nein.»

Das Dienstmädchen ließ sich zu Boden fallen und kroch erneut auf Olga zu. Olga betrachtete es ungerührt.

«Nicole, wünschst du mein Dienstmädchen zu bleiben?»

«Ja, Madame.»

«Nun, dann muss dir klar sein, was das bedeutet, nicht wahr? Du tust alles zu meinem Vergnügen», sagte Olga, legte die junge Frau übers Knie und kreiste mit ihren Händen zärtlich über ihrem gezeichneten nackten Hintern. «Es bereitet mir Vergnügen, zuzusehen, wie du gefickt wirst. Ich will sehen, wie du auf ihm sitzt. Ich will sehen, wie sein großer schwarzer Schwanz dich nimmt und dich zum Stöhnen bringt. Und ich hoffe, dass es ein großer schwarzer Schwanz ist», sann Olga beinahe abwesend vor sich hin.

«Ist er, Madame, ist er.» Die Worte waren heraus, ehe Nicole begriff, was sie gesagt hatte.

«Was!» Olga schlug eine Hand mit scharfem, widerhallendem Klatschen auf das Hinterteil des Mädchens, während sich die Finger ihrer anderen Hand gleichzeitig sachkundig in ihr Geschlecht und ihren Anus trieben und sie aufspießten.

«Du hast mich belogen. Ich wusste doch, dass du mit ihm gespielt hast», sagte Olga. «Ich wusste es. Also, wo ist er jetzt?»

Nicole schwieg. Olga neckte die Klitoris ihres Dienstmädchens. Nicoles Hüften regten sich kaum merklich, aber genussvoll.

«Komm schon, sag's mir.» Olga rammte ihre Finger derb in die wollüstige Muschi ihres Dienstmädchens.

«Ich hab ihn im Badezimmer gelassen, nackt», gab Nicole schließlich zu.

«Völlig nackt?», fragte Auralie, die herüberkam und Olgas Brüste streichelte, während Olga weiter an dem Dienstmädchen spielte. «Nichts an?»

«Nichts als eine Augenbinde», antwortete Nicole.

«Eine Augenbinde?», fragte Auralie.

«Ja.»

«Du bist ein böses Mädchen», sagte Olga. «Ein ganz böses Mädchen, mir solche Lügen aufzutischen.»

«Ich wollte ihn wichsen sehen.»

«Wichsen! Wichsen!»

«Mit sich spielen.»

«Du verdienst gehörig die Peitsche», sagte Olga und fühlte, wie die Muskeln der jungen Frau erwartungsvoll zuckten. «Aber zunächst wirst du meinen Chauffeur ficken. Du wirst Kensit ficken.»

Olga schob das Mädchen von ihrem Schoß. Auralie zog sie in die Höhe und packte sie an der Hand.

«Jetzt mach schon, und wage es nicht, mir zu trotzen», sagte Olga, zog ein Paar ellbogenlange schwarze Lederhandschuhe aus ihrer Handtasche und streifte sie sich über. Dann folgte sie Auralie, die das widerwillige Dienstmädchen aus dem Zimmer zerrte.

Sie fanden Kensit im Badezimmer, gegenüber der Tür, auf dem Klodeckel aus Ebenholz. Er sah hinreißend aus, und Auralies Augen wurden schmal, während sie gierig grinste. In dem Bad aus den 30er Jahren glänzte sein schwarzer Leib im Einklang mit den ursprünglichen schwarz-weißen Kacheln und weißen Porzellanbecken. Mit dem geschulten Auge einer Innenarchitektin erkannte Auralie, dass er vollkommen aussah. Tatsächlich verschlug es ihr den Atem. Er war nackt bis auf ein Halstuch um seine Augen. Auralie holte tief Luft. Er besaß eine sehnige Schönheit, und seine Muskeln strafften sich, während er mit seinem aufgerichteten Penis spielte. Auralie wollte ihn. Sie wollte seinen Schaft in sich spüren. Er war hart und aufrecht, ein Penis in all seiner Pracht. Er war weder zu groß noch zu klein. Er war, dachte Auralie, von vollendeter Form und Größe. Sie streckte die Zunge heraus und schnalzte lüstern. Kensit hörte die Bewegung an der Tür.

«Bist du das, Nicole?»

Olga schubste das Dienstmädchen grob ins Zimmer und bedeutete ihr, sich rittlings auf Kensit zu setzen. Nicole schenkte ihrer Arbeitgeberin einen «Muss ich wirklich»-Blick und gehorchte.

«Ja, ich bin's», flüsterte Nicole in Kensits Ohr.

«Hast lange gebraucht», sagte er, rieb sich dabei mit einer Hand den Schwanz und barg in der anderen seine Eier.

«Ja, ich hatte viel für sie zu erledigen», erwiderte Nicole vielsagend.

Kensit fasste hoch und tastete nach Nicoles baumelnden Brüsten. Nicole schloss Kensits Beine und stellte sich vor ihn. Sie sah sich nach Olga um, die auffordernd nickte.

Auf Kensits Schultern gestützt, schwebte Nicole über seinem steifen Schwanz und ließ seine geschwollene Eichel ganz langsam einen leisen Hauch ihres nassen Geschlechts spüren. Kensit stöhnte auf. Er wollte direkt in sie und sie reiten, aber Nicole hatte anderes im Sinn. Während sie an seinem Ohr knabberte, kam sie in die Höhe und löste sich von ihm.

«Nein, noch nicht», flüsterte sie. Nicole war entschlossen, mehrere Freuden auszukosten. Sie würde ihre Herrin und Auralie so lange wie irgend möglich warten lassen, ehe sie den Anblick seines schwarzen, in sie eindringenden Schwengels genießen durften. Sie wusste um den Kitzel, den sie beim

Zuschauen hatten, würde erst sein Schwanz in sie hineingleiten, der harte Knauf sie aufstemmen und sein schwarzer Schaft sich dann immer weiter, Zentimeter für Zentimeter in ihr nachgiebiges, rosafarbenes, geschwollenes Fleisch bohren. Sie wusste auch, was diese beiden Miststücke miteinander anstellen würden, sobald sich Kensits Schwanz hart in sie hineingerammt hätte. Sie würden sich gegenseitig an ihren Titten und Muschis befummeln. Nun, sie sollten warten. Diesmal hatte sie die Oberhand. Und außerdem wollte sie den vollen Anprall von Kensits Lust fühlen, wie er sie dehnte und fickte. Sie schnell und heftig fickte und sein Begehren sie schließlich erfüllte.

Ihr ganzes Gewicht auf seine Schultern gestemmt, ließ Nicole seinen Schwanz ganz langsam in ihr lüsternes Geschlecht hinein. Kensit keuchte und drückte mit beiden Händen ihre Brüste. Dann, als er sich gerade an ihren gleitenden Takt gewöhnt hatte, stieß sie plötzlich mit einer einzigen raschen, jähen Bewegung hinab und nahm seinen Steifen bis zum Heft in sich auf. Sie verschlang ihn bis auf den letzten Zentimeter, bis keine Lücke mehr zwischen ihrem und seinem Bauch, zwischen ihrem und seinem Körper blieb. Mit einem heftigen Ruck hatte sie ihn vollständig genommen. Sie ritt ihn wie ein Pferd.

Er war sich immer noch nicht Olgas und Auralies Gegenwart bewusst. Aufgegeilt verfolgten sie vom Türrahmen aus, wie sich Nicoles geröteter Hintern hob und senkte. Sie hatten ihr Vergnügen daran, Kensits stolzen Schwanz in Nicoles üppige nasse Öffnung eindringen zu sehen. Nicoles Lust, als Kensits aufgerichteter schwarzer Penis stetig tiefer in das gierige Geschlecht des Dienstmädchens hineinglitt, entging ihnen nicht. Olga, die Hände von weichem schwarzem Leder umhüllt, knöpfte Auralies Seidenbluse auf. An den Türpfosten gelehnt, raffte Auralie Olgas Chiffonrock und rieb ihr sanft die Klitoris, während Olga Auralies Brüste knetete. Mit zitternden Knien erwartete Auralie Olgas Hände auf ihrem Körper. Sie spannte die Hinterbacken an, als die lederumhüllte Hand langsam ihre Beine hinaufglitt. Auralie wiegte sich hin und her, als die Nähte der Handschuhe ihr zartes, nachgiebiges Fleisch an ihrem Schambein streiften. Sich bewusst, dass sie schweigen musste, unterdrückte Auralie ein entzücktes Aufkeuchen, als Olga ihre lederumhüllten Finger derb in sie hineinrammte. Während sich die beiden Frauen gegenseitig befriedigten, verfolgten sie weiterhin Kensits immer härter werdende Stöße. Erregt sahen sie, wie sein Schwanz ihre Möse dehnte und seine schwarzen Hände ihren Hintern festhielten. Sobald Nicole hochkam, drückte er sie gleich wieder nach unten. Auralie streichelte die Innenseiten von Olgas Schenkeln, während Olgas behandschuhte Finger immer tiefer eindrangen und sie auf einem beweglichen Schaft aus schwarzem Leder aufspießten. Auch Kensit bewegte sich immer schneller. Auf und ab. Schnell und wild. Auralie wünschte sich jetzt diesen Schwanz. Sie wollte Kensits Schwanz in sich haben. Sie wollte diesen wunderschönen Schwanz in sich aufnehmen und ihre weiche Möse um seine Härte schmiegen. Kensit war kurz vor dem Höhepunkt, als Nicole sich umwandte, Auralies gierige Miene sah und abrupt innehielt.

«Nein», rief Kensit.

«Augenblick», flüsterte Nicole. Und ehe der Mann begriff, was geschah, hatte Nicole sich zurückgezogen und Auralie ihren Platz eingenommen. Olga und Nicole verließen den Raum. Auralie saß auf Kensits Penis, ließ ihre Muskeln spielen, um ihn erneut steinhart zu pressen, und entfernte dann seine Augenbinde.

«Himmel!», rief er aus, «ich dachte, Sie sind das Dienstmädchen. Sie hat mich hier zurückgelassen und gesagt, sie werde wiederkommen, um mich zu vögeln. Ich sollte an mir spielen und die Augenbinde umlegen, das wäre erotischer.»

«So ist es», sagte Auralie und begann, den leicht verwirrten Mann zu reiten. «Vögelst du gern?»

«Na klar», sagte Kensit.

«Dann hast du Glück», sprach sie und verwirrte Kensit noch mehr, indem sie sich von seinem Steifen löste.

«Aber ...»

«Kein Aber. Folge mir», sagte Auralie und führte den nackten Mann über den Flur zum Arbeitszimmer.

Auralie öffnete die Tür zum Arbeitszimmer. Dahinter befand sich Margaret, das von Petrow geschickte Mädchen, in schwarzer Tracht, das Gesicht unter der Kapuze verborgen. Sie kniete in demütiger Bittstellung auf dem Boden.

«Dieses Mädchen», sagte Auralie zu Kensit und zeigte auf die Gestalt, deren bedeckter Hintern angehoben und ihnen zugekehrt war, «hat geheime Phantasien. Unziemliche Phantasien. Sie hat ihrem Beichtvater erzählt, von Sex geträumt zu haben. Sex mit Männern, Sex mit Frauen, Sex mit Fremden. Ungezogene Träume, Kensit, meinst du nicht auch? Weißt du, warum sie so kniet? Ich werde es dir sagen. Sie will gefickt werden. Sie wartet darauf. Und wir hätten gern, dass du sie nimmst.»

Auralie stellte sich breitbeinig über die junge Frau, Kensit zugewandt, und starrte wollüstig auf seinen Schwanz. Den Blick auf den Mann geheftet, rollte Auralie das schwarze Gewand des Mädchens hoch und entblößte ihre drallen weißen Beine und ihre angeketteten Füße. Die Kette war mit einem Ring an der Wand verbunden. Eine lange, marineblaue Unterhose aus Serge bedeckte ihren angehobenen Hintern.

«Zieh ihr den Schlüpfer runter», befahl Auralie.

Kensits Schwanz zuckte. Er bückte sich und zog ihr die Unterhose bis über die Knie. Von Kensits Ständer erregt, beugte Auralie sich vor und nahm ihn in den Mund. Sinnliche, dreckige und sehr erotische Gedanken rasten durch Kensits Kopf, als er sah, wie Auralies Lippen sich um seinen steifen Schwanz schlossen. Kensit begann zu zittern. Das Gefühl ihres gierigen Mundes um seinen Schwanz war für ihn kaum noch auszuhalten. Er fühlte seine Säfte ansteigen. Er wollte kommen. Auralie jedoch packte seinen Penis sachkundig an der Wurzel und hielt seinen Orgasmus zurück.

«Schlag ihr auf den Hintern», sagte Auralie. «Fest schlagen.»

Kensit schlug auf das weiche Fleisch der Unbekannten.

«Nochmal und fester», befahl Auralie.

Kensit gehorchte, und seine Hand brannte vom Aufprall.

«Sie gehört einer besonderen Sekte an», erläuterte Auralie. «Sie muss Lust und Schmerz erfahren. Schmerzliche Lust. Und die Lust am Schmerz. Sie muss ihre geheimen Sehnsüchte ausleben. Berühre sie. Berühre ihre Muschi.» Auralie griff nach dem Zeigefinger von Kensit, hakte ihn um den eigenen und führte ihn dann die Beine des Mädchens entlang. «Sie ist nass. Dieses Miststück ist sehr nass. Kensit, bück dich und geh mit deiner Zunge genau dahin, wo ich gerade meinen Finger habe.»

Kensit gehorchte und leckte den äußeren Rand ihrer Schamlippen. Auralie spreizte die fleischigen Falten weiter auseinander, sodass Kensits Zunge sich besser bewegen und Margarets saftige Weichheit ausschlürfen konnte. Über einen Spiegel konnte Kensit von dort, wo er kniete, eine durch Auralie entblöße Muschi sehen. Es verlieh seinem Steifen zusätzliche Härte.

«Madame Olga will, dass du sie fickst. Ja, deine Herrin hat

die Erlaubnis erteilt», versicherte ihm Auralie, «und dieses Dreckstück will gefickt werden. Davon hat sie geträumt, stimmt's, Schlampe?»

Die junge Frau nickte schwach.

«Siehst du, Kensit, deshalb kniet sie so ruhig, so offen und nass. Sie will von einem Fremden genommen werden, und du und ich werden ihr diesen Herzenswunsch erfüllen. Nimm sie. Nimm sie schnell.»

Kensit erhob sich und stellte sich in Position. Auralie nahm seinen Schwanz in die Hand, beugte sich über das Mädchen und flüsterte in sein Ohr: «Nimm sie. Nimm sie jetzt, aber nimm sie in den Arsch. Sie ist hier, um besser zu werden. Um die Lust an jeder einzelnen Körperöffnung kennenzulernen. Bis auf ihren Mund. Heute ist ihr Mund geknebelt. Heute wird sie diese Lust nicht genießen. Heute muss sie die Lust an einem Schwanz, einem wunderschönen steifen Schwanz in ihrem Anus entdecken. Außerdem muss ihr Anus gedehnt werden.»

Die junge Frau am Boden sagte nichts und blieb vollkommen reglos. Auralie spielte an ihrer feuchten Muschi und nutzte ihre Feuchtigkeit, um ihre andere Öffnung zu schmieren. Die Hüften des Mädchens begannen sich erwartungsvoll zu bewegen. Sie bot sich Kensit dar. Ihr Körper erklärte sich stillschweigend damit einverstanden. Kensit trat zwischen ihre Beine.

«Dieser Mann wird dich jetzt ficken», teilte Auralie der jungen Frau mit. «Er nimmt dich jetzt geradewegs in deinen hübschen kleinen Arsch.»

Kensit legte beide Hände auf die Hüften des Mädchens, zielte und drang ein. Sein begeisterter Schwung stieß sie nach vorn. Das Gewand über ihrem Oberkörper verrutschte, und Kensit sah nicht nur den Knebel in ihrem Mund, sondern auch die lange Kette, an die ihre zusammengebundenen Hände gefesselt waren. Sie schwang sich auf seinem Penis zurück und schnellte ruckartig nach vorn. Er zog ihre Hüften derb an sich, drang tiefer in sie ein und klatschte ihr dann auf die prallen, fleischigen Pobacken. Auralie lächelte, raffte den eigenen Rock und fing an, sich unerträglich sanft zu streicheln. Kensit rammte sich immer wieder tief in das Mädchen und schlug immer wieder klatschend auf sie ein. Die junge Frau schwankte, wand sich und wiegte sich in den Hüften und nahm ihn bis auf den letzten Zentimeter.

«Kensit, was treibst du da?», donnerte Olga, die ins Arbeitszimmer gekommen war.

Kensit traute seinen Ohren nicht. Er war vom Dienstmädchen verführt und von der Nichte genommen worden und hatte erzählt bekommen, seine Arbeitgeberin wolle, dass er die angekettete Frau fickte, es für einen Teil seiner Pflichten gehalten und war mit Genuss bei der Sache. Aber nun wurde er gefragt, was er da treibe. Na ja, *ficken*, denn jetzt wollte er nichts weiter, als zu kommen. Zwei Mal schon war er unterbrochen worden, und dieses Mal würde er es hinbekommen. Ganz gleich, wenn er deswegen seinen Job verlor. Er wollte seinen Orgasmus.

«Diese junge Dame in den Arsch ficken, Madame», entgegnete er kühn und fuhr fort, das Hinterteil zu stoßen, zu nageln, festzuhalten und zu verhauen, während das Mädchen leise gedämpfte Freudenlaute von sich gab.

Mit belustigtem Lächeln sah Olga zu Auralie hinüber.

«Unverschämtheit», sagte Olga. Sie ging hinüber und umfasste seine Schwanzwurzel, während Auralie seine Eier anfasste.

«Nicht, dass wir dein Vergnügen verkürzen wollten ...», sagte Auralie.

«Oder unser eigenes», fügte Olga hinzu. «Aber ...»

Kensit hielt den Atem an. Auralie knetete seine Eier zwischen den Fingern, und sein Mund war völlig ausgetrocknet.

«Sieh ihr nicht ins Gesicht», ordnete Olga an, «und wenn du fertig bist, komm ins Wohnzimmer. Wir haben dir einen Vorschlag zu machen.»

Auralie und Olga verließen das Arbeitszimmer, schlossen die Tür hinter sich und ließen Kensit mit dem angeketteten Mädchen allein.

Kensit rubbelte sich den Schwanz, machte ihn so steif wie möglich, und drang dann erneut in den Anus der jungen Frau ein. Er nahm sie hart und genoss ihr entzücktes Stöhnen. Er würde kommen, wie er nie zuvor gekommen war. Er war über jedes ihm bekannte Maß erregt. Das geknebelte und angekettete, nur ihr Geschlecht herzeigende Mädchen öffnete sich, weitete sich unter seinen Stößen. Er erzitterte am ganzen Körper. Er erklomm ungekannte Höhen, Gipfel der Begierde und Lust, die er nicht für möglich gehalten hätte. Und das verhüllte Mädchen zuckte und stöhnte weiter, begrüßte, wollte, begehrte jeden Stoß, den er ihr versetzte, und ihre völlige Hingabe trug ihn immer höher, über sich selbst hinaus in unbekannte Gefilde.

Olga und Auralie kehrten ins Wohnzimmer zurück. Nachdem es seiner Rolle bei der Verführung Kensits vollauf gerecht geworden war, sortierte das Dienstmädchen nun im Schlafzimmer Olgas Kleider und hängte sie in den Wandschrank. Das Telefon klingelte. Nicole hob ab. Es war Sir Henry de Bouy's Sekretärin. Nicole sagte Olga über die Gegensprechanlage Bescheid. Auralie hörte dem Gespräch mit wachsender Unruhe zu. Verdruss breitete sich auf Olgas Gesicht aus, und sie antwortete einsilbig. Ein seltsamer Ton lag in Olgas Stimme. Auralie versuchte, ihn zu deuten. Er klang leicht verärgert und gereizt, aber doch versöhnlich, und hatte nicht das bei Olga gewohnte Gebieterische an sich.

«Ja, ja, natürlich verstehen wir das», sagte Olga. Dann richtete sie das Wort an Auralie. «Es tut Sir Henry leid, aber er schafft es heute nicht nach London. Er ist in Rom geblieben.» Olga wandte sich wieder an die Anruferin. «Ja, natürlich. Natürlich muss er Flitterwochen machen, auch wenn sie kurz sind.»

«Flitterwochen!», rief Auralie. «Wen hat er geheiratet? Olga, wen hat er geheiratet?»

«Und wer ist die Glückliche?», fragte Olga leichthin. Die Antwort beendete schlagartig ihre Unbekümmertheit. «Wer?», kreischte sie. «Wer, sagen Sie? Penelope Wladelsky!»

Auralie erbleichte. Olga fuhr fort zu sprechen. Auralie vermied ihre Blicke. Aus der Ferne hörte sie, wie Olga die üblichen Glückwunschfloskeln murmelte und das Gespräch dann beendete, doch ihre Gedanken waren ganz woanders. Jeanines Mutter, ihre Feindin, hatte jenen Mann geheiratet, der die Firma retten konnte. Der ihnen einen der größten Einrichtungsaufträge weltweit geben konnte. Ihr Schwiegervater hatte ihre Tante geheiratet! Herrgott, welch Inzucht! Und sie hatte erwogen, sich von Gerry scheiden zu lassen. Das ging jetzt nicht mehr. Sie würde mit allem, was sie hatte und tun konnte, an ihm festhalten müssen.

«Nun ...?», sagte Olga.

«Katastrophe», sagte Auralie.

«Katastrophe?», fragte Olga.

«Ja, jetzt bekommen wir den Vertrag bestimmt nicht mehr. Diese Frau hasst mich. Hasst mich wirklich.»

«Ich hab nie verstanden, warum», sagte Olga.

«Du weißt es wirklich nicht? Haben es Nin und Rea dir nie erzählt?»

«Nein», sagte Olga. «Auralie, Sir Henry kommt in vier Tagen nach London und möchte dann unsere Präsentation sehen. Folglich, chérie, sollte ich wohl alles erfahren. Alles. Vorher aber sag mir, dein Verhältnis zu Jeanine ist so weit doch in Ordnung, oder?»

Olga sah Auralie ein langes Gesicht machen.

«Aha», sagte Olga. «Nun, und warum hasst dich Penelope?»

«Sie hat mich dabei erwischt, wie ich Stefans Schwanz gelutscht habe.»

«Was!», kreischte Olga und brach dann in Gelächter aus. «Stefan! Merde! Ihr Ehemann. Dein Onkel ...»

«Das ist Petrow auch», bemerkte Auralie.

«Stimmt, aber Petrow ist Petrow. Stefan. Ausgerechnet Stefan. Wann ist es passiert?»

«Es war an meinem achtzehnten Geburtstag. Er lag auf seinem Bett. Er war nackt, schlief aber, und sein Schwanz sah so hübsch aus, dass ich Lust bekam, ihn zu berühren. Und es auch tat. Er wachte nicht auf, seufzte bloß, also streichelte ich ihn etwas mehr, und er wuchs. Dann fragte ich mich, wie es wäre, würde ich ihn in den Mund nehmen. Und das tat ich. Ich hatte solchen Spaß dran. Er hatte einen sehr großen Schwanz, weißt du. Na ja, das dachte ich damals jedenfalls. Jedenfalls hörte ich Penelope nicht hereinkommen.»

«Was geschah dann?»

«Sie schrie rum und warf mich aus dem Haus. Das war, als ich dann zu dir kam. Wie du weißt, wollte sie nie wieder ein Wort mit mir wechseln, und sie hat es auch nie getan.»

«Hm, diese Sache sollten wir wohl besser mit Petrow besprechen.»

«Petrow?»

«Ja. Vielleicht fällt ihm ja was ein. Siehst du, chérie, es ist ziemlich einfach. Bei der gegenwärtigen Marktlage sind wir ohne den Auftrag als Firma erledigt. Wir müssen ihn bekommen. Da gibt es nur einen Weg. Wir stellen dich als unsere Designerin frei.»

«Was! Das könntest du nicht! Das würdest du doch nicht tun.»

«Chérie, es geht ums Geschäft. Das Geschäft ist ein Dschungel. Beim Geschäft gibt es weder Freunde noch Verwandte, nicht, wenn es bedeutet zu scheitern. Aber das will ich nicht tun. Also gehen wir und treffen uns mit Petrow. Vielleicht fällt ihm ja noch etwas anderes, etwas Besseres ein.»

Olga klingelte nach Kensit, der sogleich in der Tür stand, nackt und erwartungsvoll.

«Unser Plan hat sich völlig verändert», sagte Olga, die jetzt keinen Gedanken mehr an Sex verschwendete. Jetzt galten nur noch Geld und Überleben, und ihre Stimmung drückte sich in ihrer Stimme aus. Kensit spürte es deutlich, stand bei Fuß und salutierte beinahe.

«Zieh dich an. Du fährst uns zum Landhaus meines Gatten», fügte Olga hinzu.

Von den dreien sagte keiner ein Wort, während sie im Aufzug nach unten fuhren und zur draußen geparkten Limousine gingen. Bis sie zusammen bei Petrow waren, herrschte Schweigen. Dann brach die Hölle los.

Siebentes Kapitel

Jeanine erwachte bei Tagesanbruch, schlüpfte aus dem Bett und zog die schweren, goldfarbenen Seidenvorhänge vor den französischen Fenstern auf. Es war ein wunderschöner Morgen. Sie stand am Fenster und schaute hinaus in ihren kleinen ummauerten Garten und erfreute sich am Anblick von Geißblatt und Efeu, den rosafarbenen Begonien und weißen Geranien. Das Licht eines frühen Sommermorgens hatte eine besondere Stimmung, fand sie. Er hatte ein gedämpftes Blau, das es zu keiner anderen Tageszeit gab. Sie räkelte sich faul und lächelte. Dann fielen ihr die beiden schrägen Vögel wieder ein, die Petrow ihr am Abend zuvor geschickt hatte. Ein Schatten flog über ihr Gesicht. Nein, sie wollte nicht schlecht über sie denken. Sie könnten sich schließlich doch noch als Segen erweisen. Sie trat an den Kleiderschrank, suchte sich eine Garderobe heraus, räumte das Zimmer auf, badete anschließend und zog sich an. Ihr Körper fühlte sich lebendig an, gesund und gereinigt. Sie fühlte sich wohl. Sie hatte keine Ahnung, was ihr bevorstand.

Ein Stockwerk höher nahm sie ihre Post und ging in ihr Büro, um den Tagesablauf festzulegen. Schwester Pierre stand an der Tür und wünschte ihr einen guten Morgen. Stimmengemurmel und das leise Klirren von Porzellan drangen aus dem Speisesaal. Offenbar lief alles gut, und ihre Befürchtungen der vergangenen Nacht schienen vollkommen unbegründet. Sie führte ein paar Telefonate und bemerkte, dass eine Fax-Nachricht eingegangen war. Es war vom vorherigen Abend und mit der schwungvollen Handschrift ihrer Mutter geschrieben: «*Darling, habe heute Sir Henry de Bouys in Rom geehe-*

licht. Treffen übermorgen nach kurzen Flitterwochen in London ein. Werde dich anrufen. Herzlichst, Mutter.»

Jeanine traute ihren Augen nicht. Sie war verblüfft. Ihre Mutter hatte wieder geheiratet! Und Sir Henry de Bouys. Sie konnte ihre Mutter nicht erreichen, denn das Fax gab keine Anschrift an. Wahrscheinlich waren sie auf Sir Henrys Yacht, und Jeanine konnte nichts tun, als auf den Anruf ihrer Mutter zu warten. Der Schreck über die Neuigkeit machte Jeanine hungrig. Sie wollte frühstücken. Es wäre ein Test von Leslies Kochkünsten.

Der Speisesaal war ziemlich gefüllt. Rose, die mollige kleine Kellnerin, kam herüber und nahm Jeanines Bestellung, Rührei, Toastbrot und Kaffee, entgegen. Das Paar aus Brooklyn kam an ihrem Tisch vorbei, und Jeanine wünschte ihm einen guten Morgen. Die beiden lächelten und nahmen an ihrem Tisch Platz. Die drei Damen aus Nebraska tranken mit säuerlichen Mienen Kaffee. Jeanine trank einen Schluck von ihrem. Er war leidlich genießbar. Sie hatte schon schlechteren getrunken, aber nahm sich vor, eine Espressomaschine anzuschaffen. Von Mr. Sawyer oder Mrs. Maclean war nichts zu sehen. Sie nickte dem englischen Paar zu, das knapp zurücknickte. Sie wünschte den beiden einen guten Morgen, und das Paar brachte ein mattes Lächeln zuwege. Das beunruhigte sie etwas.

Rose schaute bedauernd drein, als sie die verbrannten Toastscheiben brachte. Sie war den Tränen nahe, als sie Jeanine einen einsamen traurigen Schinkenspeckstreifen neben einem gummiartigen, gelben, in einer grauen Flüssigkeit schwimmenden Rührei-Gemisch vorsetzte. Ein bereits gefährlich überdehnter Geduldsfaden riss mit einem Schlag. Jeanine war sprachlos vor Wut. Sie krallte sich an der Tischplatte fest, um nicht noch mit dem anstößigen Teller nach dem Mädchen zu werfen.

«Darf ich jetzt nach Hause gehen?», fragte Rose.

«Du darfst», erwiderte Jeanine zähneknirschend.

Das Mädchen machte sich aus dem Staub. Jeanine schürzte die Lippen und stürmte in die Küche.

Was sie bei ihrem Eintritt zu Gesicht bekam, brachte sie augenblicklich zum Stehen. Pierre, nur mit ihren schenkelhohen «Anglerstiefeln» bekleidet, die von sich über ihren riesigen Brüsten kreuzenden Hosenträgern gehalten wurden, hockte auf dem Rand des Küchentischs. Zwischen ihren gespreizten Schenkeln kniete Leslie, splitternackt bis auf seine Ketten und die Kochmütze, die auf und ab wippte. Pierre drehte Jeanine den großen Kopf zu.

«Er wird gerade bestraft, Madame», sagte Pierre.

Jeanine sah entsetzt und verblüfft, wie Pierre eine lange schwarze Peitsche hob und Leslie schlug, der sofort unter dem scharfen Hieb der Lederschnur aufbrüllte.

«Und jetzt machst du's gefälligst anständig», sagte Pierre zu ihm.

Im Glauben, Pierre beziehe sich auf Leslies Küche, trat Jeanine näher.

«Es ist nicht nötig, ihn zu peitschen», sagte Jeanine.

«Ich weiß, was ich zu tun habe, Sie kümmern sich besser um Ihren eigenen Kram», gab Pierre bösartig zurück.

Jeanine war wie betäubt von der giftigen Stimme der Frau.

Wieder brachte Pierre die Peitsche nieder, dann verlagerte sie sich und nahm die Beine weit auseinander.

«Anständig!», wiederholte Pierre und warf die Kochmütze in hohem Bogen durch den Raum.

Jeanines Zorn kehrte zurück.

«Was tun Sie da?», schrie sie Pierre an.

Leslie hob den Kopf zwischen Pierres massigen Schenkeln

und schaute zu Jeanine hoch. Jeanine starrte ihn in einer Mischung aus Scheu, Ergriffenheit und Vorsicht an.

«Er leckt mir die Muschi, Schatz, und braucht zu lange, um mich zu befriedigen», sagte Pierre. Die Peitsche in einer Hand, zog sie Leslie an den Haaren auf die Beine. Als er sich erhob, sah Jeanine, dass der kleine Mann über einen ungeheuer großen Schwanz verfügte. Er war aufgerichtet und riesig, und die unter seinen Eiern verlaufenden Ketten hoben das noch hervor.

Pierre fasste an sein steifes Glied. Mit der einen hielt sie es fest, mit der anderen umwickelte sie es mit den dünnen Lederschnüren der Peitsche.

«Und jetzt wird er mir die Titten nuckeln, nicht wahr?», sagte Pierre.

Leslie nickte gehorsam. Pierre wandte sich wieder Jeanine zu.

«Warum hältst du ihm nicht den Schwanz», schlug sie vor. «So einen wirst du nie wieder in der Hand halten.» Sie wandte sich wieder an ihren schwächlichen Liebhaber. «Ich gebe ihr die Erlaubnis, deinen Schwanz zu reiben, Bruder Leslie. Einverstanden?»

Leslie gab nicht schnell genug Antwort. Pierre wickelte rasch die Peitsche auf und ließ sie harsch auf seine Kehrseite schnalzen.

«Danke, Madam», nuschelte Leslie, als Pierre ihm einen Nippel in den Mund stopfte.

Leslie fing an, Pierre die Beine zu streicheln, und seine Finger drangen in ihr geschwollenes Geschlecht ein. Sie schaukelte vor und zurück, während sein eindrucksvoller Schwanz an den Innenseiten ihrer Schenkel auf und ab wanderte.

Jeanine verspürte ein Kribbeln zwischen den Beinen. Trotz ihres Widerwillens wurde sie zusehends erregter. Sie war

Augenzeugin von etwas unglaublich Erotischem und hatte ihren eigentlichen Grund, die Küche aufzusuchen, vorübergehend vergessen. Leslies Schwanz war groß und einladend und schien geradewegs auf Jeanine zu zeigen. Sie musste sich zwingen, nicht einfach danach zu greifen.

Pierre seufzte und stöhnte, während die Finger des Mannes in jede Falte und Spalte ihrer Scham vorstießen.

«Steck jetzt deinen Schwanz rein», befahl Pierre, «und gib's mir feste.»

Sie ließ das Ende der Peitsche auf Leslies Arsch knallen. Dann hob sie die stämmigen Beine und legte sie dem kleinen Mann auf die Schultern.

«Ja, Madam», sagte er gehorsam.

Wie angewurzelt verfolgte Jeanine, wie Leslies riesiger Schwanz in die große, farbige Frau eindrang. Ihr ganzer Körper krümmte und wand sich. Sie bäumte sich auf, hielt sich an ihm fest, umarmte und küsste ihn. Er vögelte sie, als wären alle Dämonen der Unterwelt hinter ihm her. Er besprang sie wie ein Verrückter, seufzte und stöhnte, klammerte sich an ihre Speckwülste und schrie, dass er sie liebe. Plötzlich brachen beide in einen gemeinsamen Orgasmus aus.

«Ihr seid gefeuert», sagte Jeanine, als das seltsame Paar in einem Knäuel auf dem Küchenfußboden zusammensank.

«Keine Chance, Schätzchen», rief Pierre der sich entfernenden Frau hinterher.

Mrs. Maclean, der amerikanische Gast, lag in ihrem Zimmer seit einiger Zeit wach. Sie freute sich sehr, eine Unterkunft in einem so schönen Hotel gefunden zu haben. Sie hatte einen erholsamen Schlaf gehabt. Mrs. Maclean war eine wohlhabende Witwe aus Pepper Pike, Ohio, wo sie ein modernes, von der Firma ihres verstorbenen Gatten im japanischen Stil entworfenes Haus bewohnte. Ihre damaligen Einwände gegen die Entwürfe hatte ihr Gatte mit dem Hinweis entkräftet, sie beide würden sich doch sehr wohl mit allem Japanischen fühlen. Ihr Gatte war geschäftlich nach Japan gegangen, und sie war ihm gefolgt, doch an die japanische Lebensart hatte sie sich nicht gewöhnen können. Sie zog Europa vor. Mrs. Maclean fühlte sich pudelwohl in der europäischen Kultur. Deshalb war sie nach London gekommen. Um die Oper zu besuchen, das Theater und die Galerien. Mrs. Maclean war einsam. Ein Gutteil ihres Lebens hatte sie mit ihrem Gatten verbracht. Seit seinem plötzlichen Tod infolge eines Herzinfarkts hatte Mrs. Maclean keinen Sex mehr gehabt. Nicht dass sie zu seinen Lebzeiten viel Sex gehabt hatte; ihr Gatte hatte sich vorwiegend seinen Geschäften gewidmet.

Mrs. Maclean fühlte sich wunderbar erholt, denn sie hatte den äußert anregenden Traum gehabt, Sex mit dem Zimmerkellner Terry zu haben. Ein solcher Traum war noch viel schöner, sagte sie sich, wenn man ihn im Ausland hatte. Mrs. Maclean schaute auf ihre Armbanduhr. Bald würde ihr morgendlicher Tee kommen. Sie fragte sich, ob es wohl Terry wäre, der ihn ihr brächte. Sie schwang sich aus dem Bett, putzte sich die Zähne, kämmte sich und trug Lipgloss auf. Vielleicht war es ja dumm von ihr gewesen, sich das vorzeitig ergraute Haar bläulich nachzufärben. Anderseits taten das all ihre Nachbarinnen, und zu Schwarz konnte sie in ihrem Alter schwerlich greifen. Mrs. Maclean ging auf die fünfzig zu. Sie hatte eine junge Haut, war aber etwas füllig, wenn sie auch seit dem Tod ihres Gatten nicht mehr viel zugenommen hatte.

Mrs. Maclean sagte sich, dass sie eine gute Ehe geführt hatten, obwohl ihr Gatte ihrem Körper keine große Aufmerksamkeit geschenkt hatte.

«Ich liebe dich, Schatz, ganz gleich, wie du aussiehst», hatte er ihr gesagt. Und das hatte ihr genügt, und sie war den Freunden der Oper beigetreten und weiteren Kulturvereinen, um sich zu beschäftigen und sich von ihrem ungemütlichen Haus abzulenken. Sex bereitete Mrs. Maclean keinerlei Sorgen. Sie dachte einfach nicht daran und hatte es seit Jahren nicht mehr getan. Bis gestern, als der Zimmerkellner sie angelächelt hatte. Herausfordernd. Auf einmal wurde sie sich bewusst, eine Frau mit Sehnsüchten zu sein. Diese Sehnsüchte waren aus jahrelangem Schlaf erwacht und in ihrem erotischen Traum aufgetaucht; der gutaussehende Kellner auf ihr, sein Glied in ihr, seine Hände auf Forschungsreise über ihren Körper. Der Traum hatte Mrs. Maclean ziemlich erregt. Sie betrachtete sich im Ganzkörperspiegel und fragte sich, ob sie ihren hübschen, strapazierfähigen, molligen Pyjama gegen ihr Rüschennachthemd eintauschen solle. Sie entschied sich dazu und hatte gerade genug Zeit, sich wieder zu bedecken, als es an der Tür klopfte. Mrs. Maclean eilte zurück ins Bett.

«Herein», rief sie.

Terry trat ein und trug ein Tablett mit einer silbernen Teekanne, einem Krug Milch und einer hübschen weißen, mit Rosenzweigen verzierten Tasse und einem Teller mit Keksen. Sie bedeutete Terry, das Tablett neben sie aufs Bett zu stellen. Während er das tat, streiften seine Arme über Mrs. Macleans Brüste, aber keiner von beiden ließ sich etwas anmerken.

«Soll ich Ihnen einschenken, Madam?», erkundigte sich Terry.

«Danke», antwortete sie und beugte sich leicht vor, sodass ihre Brüste neuerlich seine Arme berührten. Mrs. Maclean ließ eine Hand nahe an sein Bein sinken. Terry verlagerte sich, bis ihre Hand an seinem Hosenstoff lag.

«Sie sind eine zu hübsche Frau, um so allein zu reisen», sagte Terry.

Mrs. Maclean strahlte. Es war viele Jahre her, dass ihr jemand derart geschmeichelt hatte.

«Ich bin Witwe», sagte sie schlicht.

«Das tut mir leid zu hören, Madam», sagte Terry. «Wie lange liegt er zurück, der Abschied von Ihrem Mann?»

«Drei Jahre.»

«Dann geht ihre Trauerzeit jetzt zu Ende», sagte Terry und reichte ihr die Teetasse.

«Ja», antwortete Mrs. Maclean, nahm einen raschen Schluck Darjeeling und stellte die Tasse zurück auf das Tablett.

«Ist der Tee nicht nach Ihrem Geschmack, Madam?», fragte Terry.

«Nur etwas zu heiß», sagte Mrs. Maclean und schaute dabei nicht in Terrys Gesicht, sondern auf die Wölbung in seiner Hose. Sie hatte das unvernünftige und beinahe unbeherrschbare Bedürfnis, diese Wölbung zu berühren. Sie beherrschte sich und nahm die Hand im selben Moment fort, da Terry nach dem Milchkrug griff.

«Erlauben Sie, Madam», sagte er und goss mehr Milch in ihre Tasse, wobei sich seine Wölbung wie zufällig an ihre Hand schmiegte.

Mrs. Maclean war wie versteinert. Sie wagte nicht, sich zu bewegen. Andernfalls würde sie ihn berühren, noch mehr berühren, als sie es augenblicklich schon tat.

«Bitte schön», sagte Terry. «Trinken Sie doch erst mal, und ich schaue dann in einer Weile nach, ob Sie noch etwas anderes brauchen.»

Terry verließ das Zimmer. Mrs. Maclean trank rasch ihre Tasse aus, um ihre Verwirrung zu verbergen. Sie legte sich zurück auf ihre aufgeschüttelten Kissen. Mrs. Macleans Herz raste, das Blut strömte mit hoher Geschwindigkeit durch ihre Adern. Ihr wurde klar, dass sie eine solche Erregung nicht mehr verspürt hatte, seit sie ihrem verstorbenen Gatten zum ersten Mal auf der Highschool begegnet war.

Wieder klopfte es an die Tür.

Jill, das Zimmermädchen trat ein. Mrs. Macleans Aufregung, die schon merklich größer geworden war, verschwand, als sie das Mädchen sah. Sie hatte so sehr gehofft, es würde Terry sein.

«Guten Morgen, Madam», wünschte Jill. «Terry bittet um Entschuldigung, aber er hat Ihre Morgenzeitungen vergessen.»

Das Zimmermädchen legte sie aufs Bett und zog sich zurück. Lustlos begann Mrs. Maclean zu lesen, konnte sich aber nicht konzentrieren. Mrs. Maclean kam sich töricht vor. Sex, in ihrem Alter! Sie kuschelte sich in die Kissen und dachte über das Geschehene nach. Mrs. Maclean kam zum Schluss, dass Terry gemerkt haben musste, wie sich seine Wölbung an ihre Hand schmiegte. Es war eine große Wölbung und hatte sich ziemlich fest angefühlt. Also begehrte er sie. Natürlich, folgerte sie, konnte er nichts weiter tun. Er war nur ein Angestellter. Es läge an ihr, den ersten Schritt zu tun, aber das war unmöglich. In ihrem Rüschennachthemd aus Baumwolle errötete Mrs. Maclean. Ihr erotischer Traum musste sie wohl beeinflusst haben. Sie war es nicht gewöhnt, von Sex zu träumen.

Sie war im Begriff, aus dem Bett zu steigen, entschied sich dann aber anders. Ihr kam ein Gedanke. Sie würde den Zimmerservice anrufen und sich ihr Frühstück ans Bett bestellen. Sollte die Beule diesmal wieder ihre Hand berühren, würde sie ihre Hand wie zufällig bewegen und abwarten, was dann geschähe.

Mrs. Maclean wählte die Nummer. Terry hob ab.

«Ja, Mrs. Maclean, was kann ich für Sie tun?»

«Ich hätte gern das Frühstück ans Bett», sagte sie, und ihre sonst so laute Stimme war nur noch ein schwach bebendes Flüstern.

«Gern, Madam», sagte Terry und zeigte Jill, die neben ihm stand, seinen emporgereckten Daumen. «Was hätten Sie gern?»

«Ein englisches Frühstück mit Kaffee», erwiderte Mrs. Maclean.

«Wird sofort erledigt, Madam. Haben Sie Ihre Zeitungen denn bekommen?»

«Ja, danke», sagte Mrs. Maclean.

Zwanzig Minuten später trug Terry das Frühstück für Mrs. Maclean herein. Inzwischen war sie sehr ängstlich geworden. Ihre eigene Kühnheit erschreckte sie. Sie war um einiges weniger mutig als bei ihrem Anruf.

Mrs. Maclean saß kerzengerade, als Terry in das Zimmer trat. Er hielt das Tablett hoch, höher als üblich, dachte Mrs. Maclean, während er über den Teppich hinweg an ihr Bett ging. Mrs. Maclean blickte deutlich auf die Wölbung in Terrys Schritt.

«Bitte schön», sagte Terry und stellte das Klapptablett über ihre Beine. Dann nahm er die Serviette und legte sie ihr schwungvoll über den Busen, jedoch ohne sie zu berühren. Mrs. Maclean war schmerzlich enttäuscht. «Ihr englisches Frühstück.» Er hob die silberne Haube des Tellers. Dabei streifte seine Wölbung ihre offene Handfläche. «Kann ich sonst noch irgendetwas für Sie tun, Madam?», fragte Terry. Mrs. Macleans Finger hefteten sich an seine Wölbung und drückten zu.

«Ist es mein Schwanz, den Sie gern hätten?», erkundigte

sich Terry. Er wartete nicht auf ihre Antwort. Sie zog ihre Hand zurück, während er sich die Hose aufknöpfte und seinen großen Penis entblößte. Stolz richtete er sich vor ihr auf. Es war nicht genau das, was sie sich vorgestellt hatte. Sie hatte sich ausgemalt, der Mann würde sie küssen, sie in aller Ruhe verführen, mit ihr schlafen.

«Das erregt Sie, nicht wahr?», fragte Terry. «Und nun wollen Sie meinen Schwanz halten. Dann halten Sie ihn, Mrs. Maclean.»

Mrs. Maclean streckte eine fahrige Hand aus und ergriff Terrys Schwanz. Sie war verunsichert. Nur sehr selten hatte sie den Schwanz eines Mannes in der Hand gehalten. Ihrem Gatten hatte es gefallen, sie im Dunkeln umzudrehen, ihre Beine zu spreizen, ihn reinzuschieben, zu kommen und einzuschlafen. Mrs. Maclean schämte sich, dass sie eigentlich nicht recht wusste, was man mit einem Penis tat.

«Legen Sie ihre Hände drum und reiben Sie ihn. Ordentlich reiben tut ihm gut. Ich mach es selber ständig.» Terry lachte. «Na ja, nicht wirklich *ständig*. Manchmal kriegt er einen guten Fick ab. Würden Sie gern gefickt werden, Mrs. Maclean?»

Die außerordentliche Situation überwältigte Mrs. Maclean. Ihr Mund war ganz trocken geworden. Sie nickte und fuhr gleichzeitig fort, Terrys Schwanz zu reiben.

«Dann sagen Sie es mir, Mrs. Maclean. Sagen Sie es. Sagen Sie: ‹Ich hätte gern, dass du mich fickst, Terry.›»

«Ich hätte gern, dass du mich fickst», flüsterte sie heiser.

«Ich kann Sie nicht richtig verstehen», sagte Terry. «Ich glaube, Sie müssen lauter sprechen. Rufen Sie laut, Mrs. Maclean. Rufen Sie es laut heraus.» Er deckte den unberührten Frühstücksteller zu und stellte das Tablett auf den Boden.

Mrs. Maclean war so erregt wie noch nie zuvor in ihrem

Leben. Tief in ihrem Inneren verspürte sie ein Prickeln, das befriedigt werden musste. Sie wollte jetzt gefickt werden. Sie wollte Terrys steinhartes Werkzeug in sich spüren.

«Rufen Sie es laut heraus, Mrs. Maclean. Ich will es hören können.»

«Ich will, dass du mich fickst, Terry», rief sie.

«Und das werde ich, Mrs. Maclean, das werde ich. Aber vorher will ich, dass Sie meinen Schwanz lutschen.»

«L-l-lutschen ...?», stotterte sie erschüttert. So etwas hatte sie noch nie in ihrem Leben getan.

«Aber nicht mit den Zähnen dran schrammen», warnte Terry, der ihre Furcht spürte. «Es ist meiner; einen anderen krieg ich nicht, und er ist kostbar.»

Mrs. Maclean beugte sich vor und nahm Terrys Ständer in den Mund. Er hatte einen süßen Geschmack, und sie begriff rasch, was sie zu tun hatte.

«Schön, Mrs. Maclean, jetzt wäre ich Ihnen sehr verbunden, wenn Sie sich umdrehen und Ihren entzückend großen Arsch in die Höhe recken würden», sagte Terry nach einigen Augenblicken unerfahrenen Blasens.

«Was wirst du tun?», fragte sie mit bebender Stimme.

«Ich werde Sie ficken», sagte Terry. «Ich werde meinen Schaft in Ihre Muschi stecken und Ihnen ein Gefühl verschaffen, wie Sie es noch nie gehabt haben. Also drehen Sie sich um.»

Mrs. Maclean drehte sich gehorsam um. Terry hob ihr Nachthemd und kniete sich zwischen ihre Beine. Er führte seinen Schwanz oben an ihre Schenkel und rieb ihn an ihr.

«Fühlen Sie meinen Schwanz zwischen Ihren Schenkeln, Mrs. Maclean?»

«Ja», flüsterte sie.

«Und sind Sie nass und willig, Mrs. Maclean? Ich würde es nicht tun, wenn Sie es nicht wollten», sagte er und fuhr fort, sie durch die Berührung ihrer Muschilippen mit seinem Schwanz zu erregen. «Sie müssen mir also sagen, ob Sie nass und willig sind. Sie müssen sagen: ‹Ich bin nass und will deinen Schwanz in meiner Möse.›»

Mrs. Maclean hatte das Wort «Möse» nie zuvor im Leben benutzt und nicht damit gerechnet, es je zu benutzen. Wörter wie dieses hatte ihr Gatte nie gebraucht. Terry packte sie bei den Hüften und begann, sich schneller zwischen ihren Beinen zu bewegen. Er spürte, wie ihre Säfte herausliefen und seinen Steifen schmierten.

«Ich werde Sie erst ficken, wenn Sie es mir sagen, und Sie müssen es laut rufen», sagte Terry.

Mrs. Maclean schluckte heftig. Nie hatte sie ihre Hinterbacken ihrem Gatten entgegengereckt und nie daran gedacht, Sex in der Hundestellung zu haben. Sie hatte geglaubt, Sex nicht zu mögen, und jetzt hatte sie einen Fremden zwischen den Beinen, der seinen Schwanz an ihrer Muschi rieb. Sie war sehr erregt. Er wollte schmutzige Sachen von ihr hören. Mrs. Maclean wackelte mit den Hüften und räusperte sich hüstelnd.

«Ich bin nass und will deinen Schwanz in meiner Möse», rief Mrs. Maclean ohne Zögern.

Terry griff fester nach ihren Hüften, richtete seinen Schaft aus und drang in sie ein. Zuerst ritt er sie behutsam, steigerte allmählich sein Tempo und war bald in einen schnellen Rhythmus gefallen. Ihr großer Hintern wippte willig unter seinen Stößen. Mrs. Maclean war am Keuchen. So etwas hatte sie noch nie erlebt. Sie fragte sich unentwegt, wann er wohl aufhören würde. Ihr Gatte wäre schon lange fertig gewesen, doch Terry nahm sie ohne Ende, machte sie immer nasser, weitete sie immer mehr, und sie wurde immer offener und begieriger.

Dann kam sie. Ihr Körper bäumte sich auf, versteifte und schüttelte sich, und sie hatte den ersten Orgasmus ihres Lebens. Terry kam wenige Augenblicke später.

«Haben Sie sonst noch einen Wunsch, Madam?», fragte Terry und knöpfte seinen Hosenlatz zu.

«Morgen früh wieder dasselbe bitte», sagte Mrs. Maclean kühn. Terry schmunzelte und verließ das Zimmer.

«Hast du es auf Band?», erkundigte sich Terry bei Jill, als er wieder zurück im Anrichtezimmer war.

Jill spielte ihm das Tonband vor. Mrs. Macleans Stimme rief, dass sie gefickt werden und Terrys Schwanz in ihrer Möse haben wolle.

«Armes Luder», sagte Terry und fühlte sich ungewohnt miserabel. «Ich glaube, das war ihr erster anständiger Fick überhaupt. Und ich schwöre bei Gott, dass sie noch nie mit einem Schwanz gespielt hat.»

«Du scherzt wohl», staunte Jill. «Hört sich an, als hätte sie ein paar Nachhilfestunden nötig.»

«Sie will, dass ich morgen wiederkomme», sagte er vergnügt. Terry hob Jills Rock an und forschte mit den Fingern zwischen ihren Beinen. «Du brauchst keine Nachhilfe, so viel ist sicher. Hast du eigentlich einen Kerl zum Vögeln gefunden?»

Jill bejahte. «Diesen Mr. Sawyer.»

«Und wo ist Mary?»

«Die fickt ihn immer noch.»

«Dann seid ihr beide zu ihm rein?»

«Nein, ich zuerst, dann kam Mary dazu. Ich dachte, das könnte ihm gefallen – er sah so nach Schweinigel aus.»

«Vielleicht für Petrows Orden geeignet?», erkundigte sich Terry.

«Es würde mich nicht überraschen, wenn er schon Mitglied

wäre, ohne dass wir es wüssten. Du hättest mal sehen sollen, was der für Zeug in seiner Aktenmappe hatte», sagte Jill und krümmte sich lustvoll unter Terrys Fingern.

«Was denn für Zeug?», fragte Terry.

«Och, das Übliche. Peitschen und Handschellen, Ruten und Knebel, Augenbinden und Ketten. Übrigens, haben die Gäste alle ihr Frühstück serviert bekommen?»

«Mrs. Maclean hat es im Zimmer eingenommen», antwortete Terry hinterlistig. «Die anderen sind in den Speisesaal gegangen.»

«Dann können wir ja anfangen, oder?», fragte Jill.

«Denke schon», erwiderte Terry. «Sie werden jetzt jeden Augenblick heraufkommen. Was ist mit Mary?»

«Wird bald hier sein», sagte Jill.

«Lehn dich an die Wand vom Treppenabsatz und zeig ihnen deine Muschi, Jill», grinste Terry verschmitzt.

Jill stellte sich auf dem Treppenabsatz an eine Stelle, an der sie vom Fuß der Treppe aus nicht sofort zu sehen war, und raffte ihren Rock. Terry trat dazu und begann, sie zu befingern. Sie hörten Schritte auf den Stufen. Terry lehnte sich zurück und schaute nach, wer es war. Jeanine war es nicht, also konnten sie ungefährdet weitermachen.

«Es ist das Paar aus Brooklyn», sagte Terry und knöpfte sich die Hose auf. «Geh in die Hocke. Blas mir einen.»

Jill kniete sich hin und hob ihren Rock hoch, sodass ihr nackter Hintern, ihre Strumpfbänder und ihre entblößte, rasierte Muschi zu sehen waren. Sie nahm Terrys Eier in die Hand und die Spitze seines pochenden Ständers in den Mund. Terry hielt ihn an der Wurzel und begann zu rubbeln.

Plötzlich gab es einen erschrockenen Aufschrei. «Harry! Harry, schau. Schau doch, was sie da tut!», kreischte die Frau aus Brooklyn. Ihr Mann gaffte verdattert.

«O Gott!», rief er aus. «Sieh nicht hin, Schatz, nicht hinsehen.»

«Aber Harry, er holt sich in ihrem Mund einen runter!», ächzte die Frau.

Das Paar musste jedoch an Jill und Terry vorbei, um zu seinem Zimmer zu gelangen. Jill stand auf und behielt ihren Rock oben.

«Fick mich», forderte sie Terry mit lauter Stimme auf. Er stieß sie grob gegen die Wand und rammte seinen Schwanz in sie hinein.

Das entrüstete amerikanische Paar hastete, so schnell es konnte, an ihnen vorbei. Jill und Mary lachten, als Mary die Treppe herunterkam und sich dabei bemühte, ihre Brüste zurück in den Büstenhalter zu stopfen.

«Nicht nötig», rief Jill. «Wir haben schon angefangen.»

Mary schmunzelte beim Anblick von Terrys hart arbeitenden Schwanz.

«Ja, ich hab den Schrei gehört», sagte sie und fragte: «Na, Terry, hab ich die Wette gewonnen?»

«Hast du nicht. Und du schuldest mir einen Riesen.»

«Einen Riesen!», rief Mary aus.

«Na klar», sagte Terry und grapschte nach ihren Brüsten, während er fortfuhr, Jill zu vögeln. «So haben wir gewettet. Fünfhundert dafür, Mrs. Maclean zu vögeln, und fünfhundert dafür, alles auf Band zu bekommen. Ohne die Wette hätte es sich nicht gelohnt. Du hast bezweifelt, dass ich es sonst tun würde, oder?»

«Hat er es wirklich getan?», fragte Mary an Jill gewandt.

«Er hat», antwortete Jill. «Und ich hab es aufgezeichnet.» Sie ahmte Mrs. Macleans Stimme nach: «Ich will, dass du mich fickst, Terry. Ich bin nass und brauch deinen Schwanz in meiner Möse.»

«Meine Güte», sagte Mary, «wer hätte das gedacht! Nie hätte ich so hoch gewettet, wenn ich geglaubt hätte, dass du's wirklich machen würdest.»

«Bei dem, was unsere liebe Hohepriesterin Auralie uns zahlt, um dieses Hotel dichtzumachen, kannst du's dir leisten», sagte Terry.

«Terry glaubt, für die arme Kuh war es der beste Fick ihres Lebens», warf Jill ein.

«Sieht ihm ähnlich», sagte Mary.

«Hat dieser Mr. Sawyer irgendeine seiner Spielsachen mit dir ausprobiert?», fragte Jill.

«Und ob, sieh dir meinen Po an», sagte Mary, hob ihren Rock und zeigte blaue Flecke von einem Paddel und rote Striemen her.

«Nur gut, dass du es gernhast», sagte Terry und streichelte ihr den Hintern.

Sie hörten ein weiteres Paar die Treppe heraufkommen.

«Mary, lass deinen Rock oben», sagte Jill, bückte sich und leckte Marys rasierten, saftigen Hügel. Terry stand daneben und rieb seinen Schwanz. Das englische Paar ging schnell an ihnen vorbei, redete vom Wetter und gab vor, nichts zu sehen. Sie sollten die Ersten sein, die dann mit eilig gepackten Koffern hinunter zum Empfang strebten.

«Was nun?», fragte Terry.

«Ich lege mich hin, und du kannst mich vögeln», schlug Mary vor.

Sie streckte sich auf dem Teppich aus, und Terry machte sich schnurstracks über sie her. Jill nahm seine Eier in ihre Hände und fühlte seinen Schwanz in Mary eindringen.

Damit waren sie beschäftigt, als die drei Fräuleins aus Nebraska die Treppe heraufkamen. Einstimmig kreischten alle drei «Jesus» und flüchteten auf ihre jeweiligen Zimmer.

«Hey, das macht richtig Spaß», sagte Terry. «Was jetzt?»

«Wauwau spielen», rief Jill, bückte sich und reckte den Arsch in die Höhe. Terry wechselte von Mary zu Jill hinüber. Mary lehnte sich an die Wand und fummelte an ihrem Schritt. Einer nach dem anderen hasteten die empörten Gäste mitsamt Koffern an ihnen vorbei.

Mary legte sich auf den Boden und schob ihre Muschi unter Jills Kopf. Jill senkte den Kopf und fing an, Mary zu lecken. Terry fuhr fort, Jill zu vögeln.

Mrs. Maclean öffnete ihre Tür. Sie traute ihren Augen nicht. Sie drückte die Tür schleunigst zu und machte sie dann langsam wieder auf. In ihrem förmlichen Sommerkleid, mit Handtasche und Regenschirm, stand sie da und glotzte.

«Hey, Mrs. Maclean», rief Terry lachend. «Noch 'n Fick gefällig?»

Mrs. Maclean war unfähig, sich zu bewegen. Ihr ganzer Körper war regungslos, auch ihre Stimme. Sie war völlig entsetzt.

Mary drehte den Kopf und sah zu der bestürzten Frau hinauf. «Jemals von einer Frau die Muschi geleckt bekommen? Jemals von einer Frau gestreichelt worden, ihre Hände zwischen die Beine geschoben bekommen, dort angefasst worden?», fragte sie.

Mrs. Maclean war zu erschüttert, um zu antworten. Sie fühlte sich gedemütigt, benutzt und erniedrigt. Sie war so glücklich gewesen, so hochgestimmt. Zum ersten Mal in ihrem Leben hatte sie sich sexuell entdeckt. Nun war nichts als beschämende Herabwürdigung geblieben, und rasende Wut wallte in ihr auf. Ehe sie sich überhaupt darüber klar wurde, versetzte Mrs. Maclean Terrys Hintern einen gepfefferten Hieb mit ihrem Regenschirm.

In der Eingangshalle stand Jeanine auf einmal eine Schar erboster Gäste gegenüber, die alle ihre Koffer bei sich hatten.

Jeanine blickte sie verständnislos an. Das Paar aus Brooklyn, Harry und Linda, machte seinem Zorn Luft.

«Wir reisen alle sofort ab», sagte Harry.

«Warum?», fragte Jeanine.

«Wir hatten nicht damit gerechnet, in einem Bordell abzusteigen!», schimpfte Harry.

«Wovon reden Sie denn bloß?», fragte Jeanine.

«Und das Frühstück war einfach grässlich», sagte seine Frau.

«Ein Bordell», wiederholte ihr Mann.

«Ich verstehe nicht», sagte Jeanine und schaute das englische Paar hilfesuchend an.

«Und keiner von uns zahlt», sprach der Engländer so abgehackt, als hätte er eine heiße Kartoffel im Mund.

«Bitte ... Sie müssen mir das erklären», sagte Jeanine entgeistert. «Das mit dem Frühstück tut mir leid. Der Koch ist gefeuert worden ...»

«Mit dem Frühstück hätten wir ja gerade noch leben können», sagte Harry aus Brooklyn. «Es geht darum, was die da *oben* treiben.» Er zeigte die Treppe hinauf.

«Wer treibt was? Wo?», fragte Jeanine aufgeregt.

«Ihre Zimmermädchen und Ihr Kellner vollziehen gemeinschaftlichen Geschlechtsverkehr auf dem Treppenabsatz im ersten Stock», sagte der Engländer. «Wenn Sie uns nun entschuldigen wollen ...»

Er hob seinen Koffer und marschierte zur Hoteltür hinaus. Gefolgt von dem Paar aus Brooklyn. Dann kamen die drei Fräuleins aus Nebraska die Stufen heruntergetrabt.

«Wir werden Sie beim Tourismusamt anzeigen», sagte eine von ihnen, als sie an Jeanine vorbeihastete, um zu den Übrigen auf der Straße aufzuschließen.

Nunmehr am Ende ihrer Kräfte, eilte Jeanine die Treppe

hinauf. Sie kam an Mr. Sawyer vorbei, der mit allen seinen Koffern auf dem Weg nach unten war.

«Ich komme nicht mehr wieder», sagte er, ohne anzuhalten.

Zuerst hörte sie die Geräusche. Das Grunzen und Stöhnen, Seufzen und Keuchen und die Klatschlaute waren sehr laut. Aufgeschreckt nahm Jeanine im Laufschritt die Stufen und näherte sich dem Obergeschoss. Dann sah sie das Gruppenbild auf dem Treppenabsatz und fiel beinahe rückwärts.

Mary lag auf dem Boden, Jill beugte sich über sie und Terry beugte sich über Jill. Sie vollzogen, wie es der Engländer ausgedrückt hatte, gemeinschaftlichen Geschlechtsverkehr. Und Mrs. Maclean, ihr Hotelgast, schlug mit ihrem Regenschirm kräftig auf Terrys blanken Hintern ein.

Alles, worauf Jeanine hingearbeitet hatte, lag auf einmal in Scherben. Der gute Ruf ihres wunderschönen Hotels war dahin. Sie durfte nicht zulassen, dass diese furchtbaren Dinge passierten, sie musste kämpfen. Jeanine riss Mrs. Macleans Regenschirm an sich.

«Raus!», schrie sie. «Raus!» Und warf den Schirm die Treppe hinunter.

Mrs. Maclean wollte etwas sagen, besann sich aber eines Besseren. Sie ging zurück auf ihr Zimmer und fing an, ihren Koffer zu packen. Jeanine blickte auf das Trio am Boden, das ungeachtet ihrer Gegenwart sein Treiben fortsetzte.

«Aufhören!», rief sie. «Aufhören! Ihr seid ekelhaft. Ihr seid gefeuert. Alle drei seid ihr gefeuert!»

«Das glauben nur Sie», sagte Terry.

«Das glaube ich nicht, das weiß ich», herrschte Jeanine. «Ihr verlasst auf der Stelle dieses Haus.»

«Wir werden gehen, wenn es uns passt, und gerade passt es uns noch nicht», gab Terry zurück.

Schlimmer hätte es nicht kommen können, dachte Jeanine. Aber sie irrte sich, irrte sich beträchtlich. Am liebsten hätte sie geweint, fand aber, es sei der falsche Augenblick, um Schwäche zu zeigen. Stark musste sie sein und durfte keinen sehen lassen, wie weh sie ihr getan, wie sehr sie ihr geschadet hatten. Sie straffte die Schultern, reckte den Kopf und schritt würdevoll die Treppe hinunter. Und ihr letztes bisschen Selbstbeherrschung brauchte es, als sie hinaus in ihre Eingangshalle trat. Ihr Gefühl sagte ihr, schreiend zusammenzubrechen. Stattdessen stand sie ziemlich ruhig da, bewegte nur den Kopf und ließ den Blick über das schweifen, was sich vor ihr ausbreitete.

Dort hingen alle vierundzwanzig Fotos ihres Liebesspiels mit Gerry. In all ihrer Deutlichkeit. In Übergröße. Noch größer als die Abzüge, die Pierre ihr gezeigt hatte. Äußerst anschaulich, ihr Geschlecht in all seinen Feinheiten, nass und offen, auf Film gebannt. Gerrys großer Schwanz dringt in sie ein, sichtbar für jedermann. Sie in ihrer Geheimgarderobe mit Brüsten, die über ihre Schößchenjacke quellen und Gerry Lippen um einen Nippel. Ihre bestrumpften Beine in die Höhe gereckt. Ihr praller, runder, blanker Hintern in Gerrys Händen. Jeder Augenblick ihres Liebesspiels auf Film gebannt. Niedergeschmettert starrte Jeanine auf die Fotografien. Dann hörte sie hinter sich ein Geräusch. Rasch drehte sie sich um. Jill, Mary und Terry standen da.

«Na, das nenn ich einen guten Fick», sagte Terry voll Bewunderung für die Abzüge. «Fand ich damals schon.»

«Du!», rief Jeanine aus. «Du warst der Fotograf!»

«Stets zu Diensten», sagte Terry und machte einen tiefen Diener. «Mrs. Maclean könnte Nachhilfestunden bei Ihnen nehmen.»

Jeanines Kiefer klappte herunter.

«Wir gehen jetzt. Viel Spaß noch», wünschte Terry, hakte sich bei Jill und Mary ein und schritt zur Eingangstür.

«Warum?», rief Jeanine ihnen hinterher. «Warum habt ihr mir das angetan?»

«Da müssten wir petzen», sagte Terry, und die drei verschwanden.

Jeanine fühlte sich gebrochen und verzweifelt. Erneut betrachtete sie die Aufnahmen. Wer mochte solchen Groll gegen sie hegen, um so etwas zu tun? Wer war ihr Feind? Bestimmt doch nicht Gerry. Jener Abend war etwas Besonderes gewesen. Das Besondere ist nicht die Domäne eines Einzelnen. Dazu gehören zwei. Nein, Gerry konnte es nicht gewesen sein.

Jeanine fühlte sich ernüchtert und traurig. Sie saß zutiefst niedergeschlagen an ihrem Schreibtisch. Im ganzen Haus herrschte Stille. Beinahe unheimlich. War denn nicht eine Seele mehr in ihrem schönen Hotel geblieben? Tu was, sagte sie sich. Sieh nach vorn. Geh in die Küche und prüf nach, ob sich die schrägen Vögel verzogen haben. Jeanine konnte kaum glauben, dass sie die beiden beim Ficken gesehen hatte. Und dass es tatsächlich so weit gekommen war, dass sie den Schwanz des Mannes hatte anfassen wollen. Nicht aus Begierde. Sondern aus Neugier.

Jeanine legte den Weg zur Küche zurück. Auch dort lag alles in Schweigen. Niemand war da. Sie kehrte in die Eingangshalle zurück, und nun liefen ihr die ersten Tränen übers Gesicht. Reiß dich zusammen, sagte sie sich. Langsam, eins nach dem anderen, riss sie die anstößigen Bilder von den Wänden.

Sie ging nach oben und sah in jedem Zimmer nach. Alle waren leer. Dass Mrs. Macleans Tür abgeschlossen war, machte sie stutzig. Fast schon besorgt klopfte Jeanine zaghaft. Sie empfand Erleichterung, als Mrs. Maclean die Tür öffnete.

«Tut mir leid», sagte Mrs. Maclean. Sie hatte geweint, ihre Wimperntusche verschmiert, und bot ein Bild der Zerrüttung.

Jeanine starrte sie an und brach in Tränen aus. Es waren die ersten freundlichen und aufrichtigen Worte, die sie an diesem Tag gehört hatte. Die beiden verheulten Frauen blickten einander an.

«Möchten Sie vielleicht eine Tasse Tee?», fragte Jeanine.

«Kaffee wäre mir lieber», sagte Mrs. Maclean.

«Dann machen wir uns Kaffee», sagte Jeanine und bekam auf einmal bessere Laune. Mrs. Maclean und Jeanine gingen zusammen die Treppe hinunter. Jeanine versperrte die Eingangstür und nahm Mrs. Maclean mit in ihre eigene Zimmerflucht. Sie machte ihnen Kaffee, und beide kamen allmählich ins Gespräch. Mrs. Maclean beschloss, Jeanine ihr Geheimnis zu erzählen, wie Terry zu ihr aufs Zimmer gekommen war und Sex mit ihr gehabt hatte. Und wie sie den ersten Orgasmus ihres Lebens bekommen hatte.

«Und als ich dann die drei auf dem Treppenabsatz sah, war ich ... ach, ich weiß nicht. Entsetzt. Gedemütigt. Wütend. Es kam mir wie eine Art Bestrafung vor.»

Bestrafung. Mrs. Macleans Stimme klang in Jeanines Ohren nach. Bestrafung. War dies ihre Bestrafung durch Petrow? War *er* der Verantwortliche? Er hatte ihr dieses seltsame Paar geschickt. Sie erinnerte sich daran, was er ihr am Telefon gesagt hatte: «Da deine Sünde sexueller Natur war, wird es auch deine Bestrafung sein müssen. Beichte. Komm zu mir und beichte.»

«Mrs. Maclean», sagte Jeanine, «würde es Ihnen etwas ausmachen, hierzubleiben und auf das Haus aufzupassen? Ich

200

muss woanders etwas erledigen, und ich komme vielleicht erst spätnachts zurück.»

«Gerne», sagte Mrs. Maclean. «Ich werde die Anrufe entgegennehmen. Dann hab ich etwas zu tun.»

Jeanine bedankte sich. «Oh, und meine Mutter könnte anrufen. Sagen Sie ihr bitte nicht, was hier passiert ist. Sagen Sie einfach, ich hätte noch nicht geöffnet. Und sagen Sie ihr, ihr Fax sei eingegangen und meine Glückwünsche. Sie hat gestern wieder geheiratet.»

«Das ist schön, wirklich schön», freute sich Mrs. Maclean und fragte sich gleich darauf, ob es das tatsächlich war. Sie hatte beschlossen, nie wieder zu heiraten. Sie hatte die Freiheit entdeckt, und heute hatte sie den Sex entdeckt. In ihrem Zimmer hatte sie sich, ehe Jeanine anklopfte, unter Tränen etwas geschworen. Weit entfernt davon, mit eingeklemmtem Schwanz wieder nach Ohio zurückzukehren, würde sie in Europa bleiben und nach Sex suchen. Für Entdeckungen war es nie zu spät. Und heute hatte sie eine ganz große gemacht. Sie mochte Sex. Mrs. Maclean begriff nun, dass Sex nicht bloß ein rasches Gefummel, zweiminütiges Gestoße im Dunkeln war. Es war mehr, viel mehr, und sie hatte die Absicht, herauszufinden, was genau sie bisher versäumt hatte. Und sie würde etwas für sich selbst klarstellen.

Gemeinsam gingen Mrs. Maclean und Jeanine in die Empfangshalle. Mrs. Maclean setzte sich hinter den Tresen. Jeanine hob die abgehängten Fotos auf. Sie waren sehr gut. Sie dachte mit Wohlgefallen an Gerry. Sie würde ihn gern wiedersehen. Sie würde ihn gern wieder ficken. Sie dachte zurück an seine Berührung, und ein Schauder lief ihren Rücken hinunter. Nein, sie durfte nicht an Sex denken. Er war Auralies Ehemann. Er war tabu. Die Tränen fingen wieder an zu fließen. Petrow. Sie musste zu Petrow gehen und beichten. Er wusste ja schon Bescheid, aber nun würde sie es ihm in ihren eigenen Worten erzählen müssen.

Und er würde sie fragen, was sie sich dabei dachte, derart erotische Kleidung zu tragen. Nun, vielleicht sollte sie ihn schockieren, ihm zeigen, wie wunderbar sie darin aussah. Er hatte sie bestraft, aber vielleicht sollte sie sich rächen. Statt süß und einfältig zu sein, sollte sie ihre Frau stehen. Jeanine warf die Fotos auf den nächsten Stuhl und ging hinunter in ihre Wohnung. Sie entkleidete sich und zog ihre Schößchenjacke, Strümpfe und ein Paar sehr hochhackige Schuhe an. Sie ließ ihr Haar herabfallen und schminkte sich perfekt. Sie malte sich ein tiefes, leuchtendes Rot auf die Lippen. Dann bedeckte sie ihre unzüchtige Wäsche mit einem langen, fließenden, durchgeknöpften Kleid aus blauem Crêpe de Chine.

Das Hotel unter Mrs. Macleans Aufsicht wissend, verschloss Jeanine alle Türen und ging die Stufen hinunter zu ihrem Auto. Und dann sah sie Gerry und erschrak heftig.

Nicht jetzt, dachte sie. Nicht du, nicht jetzt. Und sie trat zurück, um ihm auszuweichen.

«Liebling», sagte er und streckte ihr beide Arme entgegen.

«Nicht, Gerry», erwiderte sie aufgeregt.

Er kam die Stufen empor. Ein Nein als Antwort ließ er nicht gelten. Er sagte ihr, dass er sie liebe. Sie stieß ihn fort. Er packte sie und sagte, sie sollten ins Hotel gehen und etwas besprechen. Ihr brach der Schweiß aus. Die Fotos ihres Liebesspiels lagen noch in der Empfangshalle. Er durfte sie nicht sehen. Er sagte, er wolle sie heiraten. War er verrückt geworden? Er war schon verheiratet. Jeanine schrie ihn an, er solle sich nicht lächerlich machen. Sie entwand sich ihm, als er rief, er habe einiges herausgefunden.

«Ich auch», rief sie, über das Pflaster flüchtend, zurück.

Sie musste es zu Petrow schaffen. Dorthin würde Gerry ihr

nie folgen. Er hatte zu viel zu tun. Beim Laufen, mit rasendem Puls und zitternden Händen, stöberte sie in ihrer Handtasche nach ihrem Schlüssel. Sie fand ihn und öffnete ihr Auto.

Sie schwang sich auf den Fahrersitz und drehte den Zündschlüssel. Gerry starrte Jeanine verwirrt nach, als sie ihn und Kensington hinter sich ließ. Sie preschte auf die A40, Richtung Buckinghamshire und Petrows Herrenhaus im Tudorstil.

Achtes Kapitel

«Sie ist ein ganz schönes Früchtchen. Es dürfte Ihnen nicht gefallen, was drinsteht, Sir», sagte Mr. Norris und reichte Gerry ein ausgesprochen amtlich aussehendes Schriftstück.

«Nicht?», fragte Gerry. Er hatte beschlossen, den Bericht des Privatdetektivs selbst entgegenzunehmen.

«Ihre Frau hat was von einem ungezogenen Mädchen», sagte Mr. Norris. Er war ein schlechtgekleideter, unscheinbarer Mann, der mit seiner schäbigen Umgebung – einem schmuddligen Büro in einer heruntergekommenen Nebenstraße in Fulham – nahtlos verschmolz. «Eigentlich, Sir, würde ich sogar noch weiter gehen. Ich würde sagen, sie ist ein sehr ungezogenes Mädchen und wie's aussieht, schon eine ganze Weile.»

«Ungezogen?», hakte Gerry nach.

«Sie werden beim Lesen merken, was ich meine, Sir. Und wenn Sie einen Rat möchten, suchen Sie sich dazu lieber ein ruhiges, gemütliches Fleckchen aus.»

«Ruhig und gemütlich?»

«Ja, Sir. Keine Ablenkung. Sie sollten für sich sein, Sir, wenn Sie das lesen. Irgendwo an der frischen Luft. In hübscher Umgebung mit guter, sauberer Luft.»

«Mr. Norris, was hat sie sich geleistet?»

«Schmutz, Sir. Richtigen Schmutz. Ekelhaft. Ich hab kaum meinen Augen getraut. Sie sind mir fast aus dem Kopf getreten. Ich hab schon manches gesehen im Leben, Sir, aber ich kann ehrlich sagen, so was hätte ich niemandem zugetraut. Sex. Sie ist sexbesessen, Sir.»

«Meine Frau!», rief Gerry aus.

«Ja, Sir, Ihre Frau, Sir. Sexbesessen.»

«Aber ...» Gerry war sprachlos.

«Tat so, als ob sie's nicht gernhätte, Sir? Nun, warten Sie ab, bis Sie alles gelesen haben, mehr kann ich nicht sagen», sprach Mr. Norris salbungsvoll und reichte Gerry ein großes, verknautschtes Päckchen.

«Was ist das?», erkundigte sich Gerry.

«Arbeitskleidung.»

«Arbeitskleidung?»

«Sie werden verstehen, wenn Sie meinen Bericht gelesen haben», sagte Mr. Norris. «Ich musste sie eigens anfertigen lassen.»

Gerry fummelte am Klebeband, mit dem das Päckchen umwickelt war.

«Nicht hier, wenn's recht ist, Sir. Ich schlage vor, Sie öffnen alles auf einmal. Bis auf dies.» Mr. Norris reichte Gerry einen kleinen Umschlag. «Meine Spesen. Das können Sie jetzt öffnen, weil mir sofortige Erstattung lieb wäre. Und hier, Sir, ist die Gesamtsumme. Das hätte ich gern binnen sieben Tagen beglichen, Sir, sonst fallen leider Zinsen an.»

Gerry rechnete mit dem abstoßenden Mr. Norris ab und brach so schnell er konnte auf. Er fuhr nach Hammersmith und dann raus auf die M 4. Er folgte der Autobahn Richtung Windsor und nahm die Ausfahrt nach Bray. Er hatte kein rechtes Ziel, genoss aber die Fahrt am Fluss entlang. Er musste nachdenken. Auralie sexbesessen? Er hatte es schon geahnt, dass sie nicht ganz das sei, was er geglaubt hatte. Aber einmal Sex mit einer Frau machte sie nicht sexbesessen. Sie war falsch, weil sie ihm nichts davon erzählt hatte, aber nicht sexbesessen. Gerry fand eine versteckte Stelle am Flussufer, wo er die Teichhühner, Enten und Schwäne sehen konnte. Einen Augenblick saß er da und beobachtete sie beim Gründeln.

Er öffnete das Päckchen und fand eine Mönchskutte darin. Er hielt sie hoch, betrachtete sie, und ein Schmunzeln spielte um seine Lippen. Er drehte das Kleidungsstück mit einer gewissen Belustigung mal links-, mal rechtsherum. Es schien nichts Außergewöhnliches an sich zu haben außer seiner dunkelgrünen Farbe. Braune, weiße und schwarze Kutten hatte er schon gesehen, eine dunkelgrüne aber noch nie. Ihm war schleierhaft, wozu Mr. Norris sie gebraucht haben sollte.

Dann schlug Gerry den Bericht auf. Es handelte sich um Auralies äußerst detaillierten Tagesablauf. Mr. Norris war ermüdend gründlich. Jeder Tag hatte seine eigene Seite. Wann Auralie das Haus verließ und wohin sie ging. Der Bericht war genau, aber ausufernd mit vielen Abschweifungen. Gerry überflog ihn und kam zum Schluss, dass Mr. Norris einen leichten Sprung in der Schüssel haben müsse. Auralie war von ihrer Arbeit besessen und nicht von Sex. Dann, am zehnten Tag, nahm der Bericht eine entscheidende Wendung. Sie hatte wie üblich ihre Wohnung verlassen, war aber nicht in ihre Werkstatt gefahren. Sondern nach Westen und dann auf der A40 nach Buckinghamshire. Gerry begann, sorgfältiger zu lesen.

«Ich folgte Ihrer Frau auf der A40 bis nach High Wycombe. Sie bog von der Hauptstraße ab, und ich folgte ihr über schmale, kurvige Landstraßen. Nichts auf der Welt gleicht der englischen Landschaft im Sommer. Der Gesang der Vögel, das Grün der Hecken, die Sonnenstrahlen im scheckigen Blätterdach.»

Herrje, dachte Gerry, muss der Mann jetzt tatsächlich Bilder malen. Er war über ihn verärgert. Er wollte, dass er zum Punkt kam.

«Ihre Frau befuhr eine Art Hohlweg, ziemlich belaubt, Richtung Lower Wycombe. Mir fielen eine Menge Amseln und

Drosseln in den Hecken und Löwenzahn (die einen zum Bett-nässer machen, hieß es in meiner Kindheit) an der Böschung auf. Dann bog sie auf einen Privatweg ein mit dem Schild: ‹Kloster. Unbefugtes Betreten verboten›. Die Verfolgung wurde nun recht verzwickt, also stieg ich aus dem Wagen und legte etwa anderthalb Kilometer zu Fuß zurück. Schließlich gelangte ich an ein sehr hohes, elektronisch gesichertes Tor. Ich folgerte, dass Ihre Frau hindurchgefahren sein müsse, da weder sie noch ihr Auto zu sehen waren. Das Tor war fest ver-schlossen, und woanders hätte sie nicht hingehen können. Am Tor musste eine Reihe Tasten gedrückt werden, um Zutritt zu erlangen. Da ich über den Zahlenschlüssel nicht verfügte und mir kein Grund einfiel, ein Kloster zu betreten, sollte ich mir wohl besser etwas anders überlegen, um Einblick zu erlangen. Eine hohe Mauer gab es da, die von reichlich wildem Wein überwuchert war. Es gelang mir, an einer Stelle an einer Rosskastanie hochzuklettern. Ein Baum bietet aus-gezeichnete Deckung bei Überwachungstätigkeiten. Klettern bereitet mir keine großen Schwierigkeiten, da ich Mitglied des örtlichen Sportvereins bin und mich in Form halte.»

Gerry unterdrückte ein Gähnen. Der Mann war ein solcher Langweiler. Gerry las weiter.

«Von meiner Warte auf einem das Tor überragenden Ast aus nahm ich eine gepflegte Auffahrt wahr, die zu einem recht großen Anwesen führte, dem Augenschein nach aus der Tudorzeit, mit schönen Rasenflächen und darauf verteilt stehenden prächtigen Eichen. Westlich des Hauses stand eine Reihe junger Pappeln. Das sah mir sehr fremdländisch aus. Daraus schloss ich zweierlei. Dass es ein ausländischer Orden oder Abt sein müsse und dass der Wind vorwiegend aus Westen weht. Und Westwind kann in den Chilterns sehr ungemütlich sein.

Ich sah den deutschen Sportwagen Ihrer Frau vor dem Haus auf der Auffahrt stehen. Ich blickte mich um und sah Leute im Garten. Sie sahen wie Mönche aus. Alle trugen dunkelgrüne Kutten. Ein Mönch saß auf einem kleinen Gartentraktor. Die anderen jäteten Unkraut.

Plötzlich tauchte aus dem Nichts ein Mann in einer der zuvor erwähnten Mönchskutten auf, der eine Baumschere in der Hand hielt und anfing, an den unteren Ästen meines Baumes herumzuschnippeln. Ich verhielt mich so still wie möglich und konnte einen eingehenden Blick auf seine Kutte werfen. Das stellte sich als recht nützlich heraus. Ich saß mehrere Stunden in diesem Baum und hatte es auch sehr unbequem. Schließlich sah ich Ihre Frau aus dem Haus kommen. Sie stieg zusammen mit einem Mann in ihr Auto. Sie fuhren zum Tor, wo sie anhielten. Ich konnte mithören, was sie sprachen. ‹Zeig mir die neue Geheimzahl, Jackson›, sagte Ihre Frau zu dem Mann, der sehr groß, schwarz und wie ein Butler gekleidet war. Ein Butler in einem Kloster, das fand ich schon komisch. ‹Sie lautet 5991FO›, sagte der Mann namens Jackson. ‹Merk ich mir. Dann sehen wir uns nächsten Mittwoch hier wieder›, entgegnete Ihre Frau im Davonfahren. Infolge der Anwesenheit des Butlers konnte ich nicht zu meinem Wagen zurück und sie verfolgen. Freilich bin ich ein sehr zuversichtlicher Mensch und verbuche nicht die Verluste, sondern den Gewinn. Ich hatte nun erfahren, dass sie in der folgenden Woche ins Kloster zurückkehren werde. Damit hätte ich genug Zeit, mir gleich nach meiner Rückkunft in London eine eigene Mönchskutte anfertigen zu lassen (was ich tat – siehe anliegende Rechnung für besagten Posten). Dann wäre ich in der Lage, ihr ohne lästige Probleme auf das Grundstück zu folgen. Da ich mir außerdem die Geheimzahl notiert hatte, wäre ich auch imstande, das gesicherte Tor zu öffnen.»

Gerry gähnte und streckte die Arme aus. Er fragte sich, wann er endlich etwas Bemerkenswertes zu lesen bekäme. Etwas Erotisches. Er war verleitet worden, zu glauben, seine Frau sei ein Sexjunkie, hatte aber bisher nur erfahren, dass sie hart arbeitete und ein Kloster besuchen gefahren war. Er blätterte die folgenden Seiten über Auralies Tage durch. Arbeit, Arbeit und noch mehr Arbeit. Sie verließ das Haus, ging in ihre Werkstatt, blieb den ganzen Tag dort und fuhr wieder nach Hause. Einmal hatte sie während ihrer Mittagspause Besuch von drei Leuten. Ein junger Mann und zwei junge Frauen. Mr. Norris merkte an, dass dies ungewöhnlich sei, denn «normalerweise ist außer Ihrer Frau zwischen zwölf und vierzehn Uhr niemand im Gebäude.»

Gerry interessierte sich nicht im Geringsten für Auralies Arbeitsleben. Er schlug die Seite für den folgenden Mittwoch auf.

«Ihre Frau verließ zur üblichen Zeit das Haus und nahm dann die A 40 nach Buckinghamshire. Ich beschattete sie auf ganzer Strecke bis zum Kloster. Ich ließ mein Auto nicht an der alten Stelle zurück, sondern parkte weiter die Straße hoch, am Anfang des Privatwegs. Zuvor hatte ich ermittelt, dass ich im Bedarfsfall dort an einer bestimmten Stelle über die Mauer springen, in mein Auto steigen und rasch die Flucht ergreifen könnte. Und dort ließ ich mein Auto stehen. Dann legte ich die grüne Mönchskutte an, die ich vorige Woche hatte anfertigen lassen. Ich kletterte über die Mauer. Das entsprach nicht meiner ursprünglichen Absicht. Ich hatte geplant, durch das Tor zu gehen, es mir aber anderes überlegt. Ich könnte gesehen werden. Ich überwand die Mauer und sah mich um.

Anders als beim vorigen Mal sah ich keine Mönche, die den Rasen mähten oder Unkraut jäteten. Aber der Garten sah sehr gepflegt aus. Ich bin selber Kleingärtner, daher fiel mir das auf. Außerdem bemerkte ich, dass es zwischen den feuerroten Fackellilien in der Kräuterrabatte einige fremdländische Pflanzen von solcher Art gab, wie ich sie bisher nur im Königlichen Botanischen Garten von Kew gesehen hatte.

Es war ein sehr sonniger Tag. Ich hielt mich dicht an der alten Mauer und ging zur Rückseite des Hauses, die nach Norden geht und daher dunkler ist als die Vorderseite.

Ich probierte einige Türen aus. Zwei waren verschlossen, und eine gehörte zu einem gefüllten Kohlenschuppen. Ich probierte eine weitere Tür. Dazu möchte ich betonen, Fachmann im geräuschlosen Öffnen von Türen zu sein. Und diese Tür war keine Ausnahme. Die altmodische Klinke gab meinem sanften Druck nach. Sie öffnete sich. Endlich war ich im Haus und nach meiner Meinung in der Speisekammer; Käse, Schinken und Würste hingen an Haken von der Decke. Es war ziemlich kalt darin. Niemand war zugegen. Der nächste Raum war eine riesige Küche. Auch dort war niemand. Die Küchentür führte auf einen langen Flur. Ich hatte meine besten gummibesohlten Schuhe an und vermochte äußerst leise über die Fliesen zu schleichen. Ich sah und hörte niemanden. Ich ging weiter. Ich gelangte an eine überwölbte Eichentür mit sehr schwerer Klinke. Nun, Sir, ich muss wohl den Dienstbotentrakt durchschritten haben, denn auf einmal änderte sich die Umgebung völlig. Zuerst einmal wurde es warm. Eine sehr gute Zentralheizung, die voll aufgedreht war. Draußen mochte es ja Sommer sein, aber bisher war es drinnen kalt gewesen; man fror sich in dem alten Haus die Eier ab, wie es so schön heißt. Überall Wandvertäfelung und dicke Teppiche, und ich hörte Musik und Stimmen. Sofort dachte ich, dass an der Musik etwas seltsam war, merkte aber nicht gleich, was. Ich war in einem Kloster, aber es waren keinen Kirchenlieder oder Lobgesänge, es war keine religiöse Musik.

Jemand spielte sehr lauten Rock and Roll. Es waren auch keine hübschen Songs wie die von Cliff Richard, sondern dieses lärmende Discozeug.

Noch immer hatte ich niemanden gesehen. Da stoße ich auf eine ganze Reihe Türen. Sie waren alle gleich. Groß und schwer mit Eisenbeschlägen dran. Ich hatte die Wahl. Da ich mich für keine entscheiden konnte, tat ich das, was ich als Kind zu tun pflegte – ene mene mu. Sehr vorsichtig und langsam drückte ich die Klinke und linste durch den Spalt. Ein Anblick bot sich, Sir, bei dem mir die Augen aus den Höhlen traten.

Die Tür öffnete sich in einen riesigen Saal. Und ich begriff, dass es gleich gewesen wäre, welche Tür ich gewählt hätte, da sie sich allesamt auf den Saal hin öffneten. Er hatte eine hohe, von Balken getragene Gewölbedecke und reichlich Wandtäfelung. Und mitten am Vormittag waren die schweren Vorhänge zugezogen. Die Vorhänge waren von höchster Güte, muss ich schon sagen, mit vielen schönen Goldquasten. Der Saal wurde von Kerzen erhellt. Hunderte davon in gusseisernen Ständern. Erhöhte Brandgefahr, hätte ich gesagt, wenn ich ein Feuerwehrmann wäre. Umso mehr, als ich von oben jede Menge Wandteppiche herabhängen sah. Soweit ich es im Kerzenschein ausmachen konnte, bildeten sie allesamt nackte Nymphen ab, die umhertollten. In der Mitte des Saals stand ein langer Tisch von der Art, die für Festessen benutzt wird. Vor einem gewaltigen Kamin standen drei oder vier sehr hübsche uralte Lehnstühle mit reichem Schnitzwerk an den Beinen. Aus den Tagen Jakobs I., würde ich sagen, aber ich bin kein Kenner. Und einige schöne viktorianische Fußschemel. Ich wusste, dass es viktorianische waren, denn eine alte Klientin hat mir einmal zwei genau solche vererbt. Am Ende des Saals befand sich ein Podium. Auf diesem Podium stand, was wie ein Thron aussah, aber ein sehr merkwürdiger. Er hatte Armlehnen, eine breite Sitzfläche und besonders hohe Beine. Ich nenne ihn Thron, aber eigentlich sah er eher wie ein Nachtstuhl auf Stelzen aus. Dieser war der einzige leere Stuhl im Saal. Das alles hat mich nicht schockiert. Nein, Sir, es waren die Leute.

Der ganze Saal wimmelte von Menschen. Und es war das, was sie taten, wovon sich mir die Augen verdrehten. Die meisten trugen die Mönchskutte, einige waren aber auch splitternackt. Ihre Frau trug einen Anzug aus leuchtend rotem PVC. Anzug sage ich mangels eines besseren Ausdrucks dafür. Dieses Kleidungsstück hatte Ausschnitte, sodass ihre Brüste, Hinterbacken und vorderen Geschlechtsteile hervortraten. Sie trug lange Lederhandschuhe und schenkellange Lederstiefel mit sehr hohen Absätzen. Sie peitschte eine nackte, mollige junge Frau aus. Ja, Sir, peitschte. Das gepeitschte Mädchen hatte einen sehr großen weißen Hintern, und Ihre Frau hinterließ einige sehr rote Striemen auf dem Hintern dieses Mädchens. Außerdem fiel mir auf, dass die junge Frau verbundene Augen hatte und in Handschellen lag, die an einen großen Haken im Deckengebälk gekettet waren. Vor ihr hockte eine hagere, schwarzgekleidete ältere Frau mit scharfen Gesichtszügen und einem großen Schlüsselbund, der an einem Ledergürtel an ihrer Hüfte hing. Sie leckte zwischen den Beinen der Jüngeren, sobald Ihre Frau die Peitsche ruhen ließ.

Verschiedene Leute waren auf der langen Tafel zugange. Sie waren alle nackt. Wer unten lag, hatte entweder einen Mann oder eine Frau auf sich sitzen oder liegen. Es schien für niemanden von Bedeutung zu sein, ob nun Frau zu Frau oder Mann zu Mann oder Frau zu Mann stieß. Jeder spielte an den Geschlechtsteilen anderer Menschen.

Ich bemerkte einen gewichtigen weißen Mann mittleren

Alters, der auf dem Tisch lag. Eine junge, schlanke, rothaarige Frau ging auf seinem Becken auf und nieder. Ja, Sir, auf und nieder, als würde sie Hoppereiter spielen, Sir. Ein blasser junger Mann mit hellbraunem Haar stand daneben. Der gewichtige Mann hielt den Kopf dem Jüngeren zugewandt. Sir, ich zögere, meine Eindrücke so detailliert zu beschreiben, aber es liegt im Wesen meiner Arbeit, dass ich alles notieren muss. Das Glied des jungen Mannes steckte im Mund des älteren, und er ruckte damit hin und her, als stehe er vor dem Höhepunkt. Schnell wandte ich den Blick ab.

Ein Mann in einem der Lehnstühle hatte die Beine über die Armlehnen hängen. Eine junge Frau kniete vor ihm und lutschte seine Männlichkeit, zugleich lag ein weiterer Mann unter ihr am Boden und hatte den Penis in sie eingeführt.

Ich spähte durch den Türspalt und war bereit, loszurennen, sollte mich irgendwer erblicken. Die von mir geschilderten Vorgänge sah ich mit eigenen Augen, Sir. Ich sah jede Spielart des Geschlechtsaktes zwischen Männern und Frauen, die ich mir ausmalen konnte, und viele, die mir nie in den Sinn gekommen waren.

Ich sah einen besonders gutaussehenden dunkelhaarigen jungen Mann eine der nackten Frauen zur Wand hinüberführen. Er drückte auf einen Knopf, und ein Teil der Täfelung glitt beiseite, um eine gefliese Nische freizugeben. Er stellte das Mädchen in die Nische und begann, auf sie zu urinieren. Jawohl, Sir, urinieren. Pinkeln, Sir, unter besonderer Berücksichtigung ihrer Vagina.

Rasch wandte ich meine Augen von derartigem Schmutz ab, nur um eine Frau ausgestreckt auf dem Boden zu sehen und eine weitere vor ihr auf den Knien. Sie hatte den Mund zwischen den Beinen der anderen und schien ihr Bauch und Schenkel abzuschlecken. Der schwarze Butler Jackson versohlte, alle seine Vorzüge zur Schau gestellt, der knienden Frau den Hintern.

Ich sah den gewichtigen Mann mittleren Alters einen großen, verzierten Klöppel heben und einen kupfernen Gong schlagen. Sofort hörte Ihre Frau auf, das mollige Mädchen zu peitschen. Wie in einer vorgeschriebenen Zeremonie glitten alle von der langen Tafel zu Boden, während Ihre Frau langsam an den Knienden vorbeischritt. Zwei der Mönche hoben sie dann auf den Tisch und zogen ihre Beine weit auseinander. Sie schien präsentiert zu werden, Sir. Dann reihten sich alle vor ihr auf. Einer nach dem anderen huldigte ihr, indem er sich vor sie hinkniete und ihre Geschlechtsteile lutschte und leckte, Sir. Daraus leitete ich ab, dass sie eine Art Hohepriesterin dieses widerlichen Ordens ist.

Als sie fertig waren, nahmen sie wieder ihre vorherige Beschäftigung auf, mit der sie sich bis zum Ertönen des Gongs abgegeben hatten. Die dicke junge Frau, die von Ihrer Gattin ausgepeitscht worden war, kletterte auf den Tisch, ging in die Hocke und senkte ihre Schamgegend auf den Mund Ihrer Frau ab. Der gutaussehende junge Mann, den ich nur Minuten früher auf ein Mädchen hatte urinieren sehen, stand nun zwischen den gespreizten Beinen Ihrer Frau. Er ergriff sein Glied, rieb es sehr steif und begann, die Geschlechtsteile Ihrer Frau zu erkunden. Kurz danach steckte er es mit kräftigem Ruck, so weit es überhaupt ging, in sie hinein. Die ganze Zeit über waren die Arme Ihrer Frau über die Tischkanten hinaus ausgestreckt. Zwei junge Burschen stellten sich neben sie und legten ihr ihre Mannbarkeiten in die Hände, worauf sie sich um diese aufgerichteten Gaben schlossen. Ihre Frau leckte eine andere, hatte zugleich Verkehr mit einem Mann und masturbierte zudem zwei weitere Männer. Sir, dies war einer der abstoßendsten Anblicke, die mir je vor Augen kamen.

Die Paare wechselten ihre Partner. Niemand schien es zu kümmern, welche Körperöffnung heimgesucht wurde oder wessen Geschlecht die Penetration verübte. Es war Tag der offenen Tür, sozusagen, Sir, und ich muss berichten, dass ihre Frau einer Sexorgie beiwohnte. Eine Sexorgie, Sir, und das mitten am Tag!

Während ich dastand, wurde die Musik immer lauter, und die Teilnehmer schienen immer wagemutiger zu werden. Obstschalen standen bereit und Gemüse lag herum. Ich stellte fest, dass Bananen, Mohrrüben, Gurken und Zucchini zweckentfremdet wurden. Einer der Männer war süchtig nach Pilzen. Immer wieder hob er bei der nächstbesten jungen Frau das Gewand und stippte ihr einen Pilz zwischen die Beine, ehe er ihn verspeiste.

Sir, an diesem Punkt entschied ich, genug gesehen zu haben. Lautlos schloss ich die Tür und schlug rasch den Rückweg ein. Ich kletterte über die Mauer, legte die Kutte ab, stieg in mein Auto und fuhr zur Einmündung des Privatwegs. Dort wartete ich.

Vier Stunden später überholte mich Ihre Frau dann in ihrem Wagen. Ich folgte ihr zurück zu ihrem Büro in London. Dort blieb sie bis zu ihrem üblichen Feierabend.

Seither hat Ihre Frau dem Kloster einen weiteren Besuch abgestattet, der nur anderthalb Stunden dauerte. Diesmal jedoch sah sie bei ihrem Aufbruch ganz und gar nicht erfreut aus. Statt sie erneut nach London zu verfolgen, beschloss ich, im nahe gelegenen Dorf Erkundigungen über das Kloster einzuholen. Mir wurde gesagt, dass es jeder in der Nachbarschaft für eine ‹komische Sache› hält und die Leute dort einer seltsamen Sekte angehörten, die von einem Mann namens Petrow Wladelsky angeführt wird. Gezeichnet M. Norris.»

Gerrys erster Impuls war es, diese Abscheulichkeit in den

Fluss zu schleudern. Sie für immer loszuwerden. Er war entsetzt und wütend. Er fühlte sich befleckt. Alles daran war hassenswert. Der Ort, die Leute, wie es geschrieben war, der grässliche kleine Mann, der es geschrieben hatte, Auralie und er selbst. Allem voran hasste Gerry sich selbst dafür, diesen Schmutz ans Tageslicht gebracht zu haben. Er war es selbst gewesen, der den jämmerlichen Mr. Norris beauftragt hatte, seine Frau zu bespitzeln und auf die Weise herauszufinden, wer die Fotos von seinem Liebesspiel mit Jeanine gemacht hatte. Doch das wurde im Bericht nicht erwähnt. Er war der Wahrheit keinen Deut näher als vor fünf Stunden. Er hatte noch immer keine Ahnung, ob seine Frau für diesen kleinen Vorfall verantwortlich war. Das ganze widerwärtige Schriftstück enthielt nicht einen Hinweis auf einen Fotografen, eine Kamera, Negative oder Abzüge. Die Übung war ein einziger kostspieliger Fehlschlag.

Oder doch nicht? Gerry versuchte, ruhig und vernünftig nachzudenken. Nein, er würde den Bericht nicht in den Fluss werfen, sondern als Beweis für den Ehebruch seiner Frau heranziehen und sich von ihr scheiden lassen. Sorgfältig verstaute Gerry den Bericht im Handschuhfach, drehte den Zündschlüssel, löste die Handbremse und legte einen Gang ein. Mit einer sittlich dermaßen verdorbenen Frau konnte er nicht zusammenleben. Sie würde das gemeinsame Heim auf der Stelle verlassen müssen.

Gerry war verwirrt. Er hatte geglaubt, seine Frau sei frigide und Sex gegenüber abgeneigt. Nun hatte er entdeckt, dass sie Sex in großem Stil genoss. Sie war ihm derart untreu gewesen, dass ihm schwerfiel, es zu glauben. Er fragte sich, warum sie ihn dann überhaupt geheiratet hatte. Sollte es geschäftliche Gründe geben? Sie war ziemlich um den Zuschlag für die neue Fluggesellschaft seines Vaters bemüht. Könnte es das gewesen sein? Gerry verwarf den Gedanken. Alles im Zusammenhang mit der Fluggesellschaft war ein wohlgehütetes Geheimnis gewesen, von dem seine Frau nichts gewusst hatte.

Während er Landstraßen entlangfuhr, wurde Gerry von widerstreitenden Gefühlen geplagt. Jeanines Gesicht erschien vor seinem geistigen Auge. Er bemühte sich, ihr Bild aus seinen Gedanken zu verbannen. Er wollte sich weder an sie erinnern noch an ihren kleinen gemeinsamen Zwischenfall.

Gerry war entrüstet. Woher nahm Auralie die Frechheit, ihn zu heiraten und zugleich einer von ihrem Onkel geleiteten Sexsekte anzugehören? Gerry hatte noch nie viel von Petrow gehalten. Er empfand ihn als schmeichlerisch. Frauen gefiel er. Gerry war sich dessen bewusst. Ihm war aufgefallen, wie sie ihn bei seinem und Auralies Hochzeitsempfang umschwärmt hatten. Doch Olga hatte sich von Petrow scheiden lassen, und das war kein Wunder. Nicht etwa, dass sich Gerry viel aus Olga machte. Sie war zu überheblich, zu hochmütig und … er suchte nach dem richtigen Wort. Zu gebieterisch? Nein, zu männlich.

Wie sein Vater auch, bevorzugte Gerry sanftmütige Frauen. Auralie war nicht sanftmütig. Sie war dunkel, geheimnisvoll, stiftete Unruhe. Warum hatte er sie geheiratet, wenn sie doch nicht sein Typ war? Weil sie unerreichbar und rein erschienen war. Im Licht von Mr. Norris' Bericht schien das wie ein schlechter Scherz. Und er war die Witzfigur. Das schmerzte am meisten. Wie hatte der Privatermittler seine Frau genannt? Sexbesessen? Bei Gerry hatte sie auf frigid gemacht und im sogenannten Kloster ihres Onkels alles in Reichweite gefickt. Und Petrow hatte sie noch ermutigt. Gerry malte sich die von Mr. Norris beschriebenen Szenen aus, und ihm platzte beinahe ein Äderchen. Seine Frau Auralie als Domina in rotem Kunststoffdress gestattete sich, von jedem gefickt und befummelt zu werden. Das war zu viel. Sie musste gehen. Gerry platzte der Kragen. Am liebsten hätte er auf etwas eingeschlagen. Stattdessen trat er in einem Wutanfall das Gaspedal runter. Ein Mann, der ins Unterhaus gewählt werden wollte, der ein angesehenes Mitglied der Gesellschaft war, konnte keine Nymphomanin zur Frau haben. Erst kürzlich hatte er sich für einen sicheren Wahlkreis in den Home Countys beworben und bereits signalisiert bekommen, dass seine Bewerbung wohlwollend in Betracht gezogen werde. Der Hauch eines Skandals, zumal eines Sexskandals, egal, ob heute oder in Zukunft, und seine politischen Ambitionen wären sofort zunichtegemacht.

Auralies Schicksal wurde auf der M 4 außerhalb von Windsor besiegelt. Gerry würde nichts und niemanden dulden, der ihn in seinem Ehrgeiz beschneiden könnte. Bliebe sie seine Frau, würde Auralie nicht mehr ein Vorteil sein, sondern zur Gefahr werden. Er würde sich rasch von ihr scheiden lassen. Eine schnelle Trennung ohne schädliche Nachwirkungen. Nichts in der Presse. Nichts würde durchsickern und seine politische Laufbahn behindern. Sein Privatleben hatte keinen Einfluss auf seine Stellung im väterlichen Unternehmen. Der Alte war seinerzeit selbst ein Schwerenöter gewesen. Seit dem Tod von Gerrys Mutter hatte Sir Henry zwei Scheidungen und zahllose Geliebte gehabt.

Gerry begann, über die Beziehungen seines Vaters nachzudenken, und wurde sich klar, dass in letzter Zeit keine Frau in Sir Henrys Leben aufgetaucht war. Er schlussfolgerte, dass alle Kräfte seines Vaters in die Entwicklung seines jüngsten Vorhabens geflossen sein mussten, was insofern eigenartig war, als nie zuvor etwas seinen sexuellen Tatendrang hatte unterdrücken können. Sir Henry hatte eine Schwäche für schöne Frauen und gab dieser Schwäche nach, sooft er konnte. Gerry dachte, sein Vater müsse sich alt fühlen. Aber er war reich, und Reichtum war ein unerhört starkes Aphrodisiakum, insbesondere für junge Frauen. Gerry hatte dies frühzeitig entdeckt. Es war Auralies abgebrühte Abwehr seiner Annäherungsversuche gewesen, ihr kühles Desinteresse, das sein Begehren nach ihr vergrößert hatte. Sein Vater mochte Auralie, aber Gerry hoffte, dass sein Vater die Notwendigkeit einer Scheidung verstehen würde. Gefühlsirrtümer waren verzeihlich, Irrtümer in Gelddingen nicht. Allerdings gab Gerry zu denken, dass es unvorteilhaft aussah, wenn ein aufstrebendes Unterhausmitglied geschieden war. Er würde eine andere Frau brauchen. Und das lenkte seine Überlegungen unwillkürlich wieder zu Jeanine.

Die entzückende, sanftmütige Jeanine. Er dachte an jenen besonderen Abend zurück, da er sie so sexy gekleidet angetroffen hatte, und rätselte, weshalb er sie jemals hatte scheu finden können. Schon immer hatte es ihn zu ihr hingezogen, und er hatte dieses Gefühl unterdrückt. Jedes Mal, wenn Auralie ihn zurückgewiesen hatte, waren seine Gedanken in Jeanines Richtung abgewichen. Hatten sich damit beschäftigt, wie sich Jeanines volle Brüste anfühlen mochten oder ihr Geschlecht, schöbe er seine Hand zwischen ihre Beine. An jenem besonderen Abend hatte er es herausgefunden. Jeanine hatte ihn entflammt.

Der seidige Fluss ihres üppigen blonden Haarschopfs, die weiche Formbarkeit ihrer Haut, der Anblick ihrer schwarzen Strümpfe, Stiefel und Schößchenjacke. Ihr sinnlicher Duft hatte sich mit dem Ledergeruch ihres Umhangs vermengt. Die Berührung ihres feuchten, schlüpfrig weichen Geschlechts, als er mit den Fingern in seine Tiefen einsank. Die Anmutung ihrer angeschwollenen Klitoris, als er sie leckte, ihre Säfte schlürfte, mit Mund und Zunge über ihre zarte, prickelnde, sich entfaltende innere Öffnung glitt. Sie hatte Muskeln benutzt, von denen er nicht gewusst hatte, dass Frauen sie haben. Im Geiste durchlebte er noch einmal die erlesene Empfindung ihrer kühlen Hände auf seinem Schwanz. Übertroffen wurde dies nur mehr vom erhabenen Augenblick des Eindringens und Gefühl des Heimkehrens, Hingehörens. Das Einssein ihrer beider Körper, die Vereinigung von Härte und Nachgiebigkeit. Gerry stellte fest, dass Sex mit Jeanine zu den aufregendsten Dingen gehörte, die er je erlebt hatte. Und er wollte es wieder erleben. Der Gedanke an sie machte ihn steif. Unvermittelt wurde ihm klar, dass sein Schwanz hart wie ein Rammbock war. Er musste sie einfach nehmen. Sie sich unter ihm winden fühlen. Er wollte sie ganz dringend, verspürte eine Sucht nach ihrem Körper.

Er hatte sie öfters angerufen, sie aber hatte stets Ausreden gefunden, um nicht an den Apparat zu müssen. Er begriff den Grund dafür, es war ihr Schamgefühl. Sie hatte einen verheirateten Mann gevögelt. Nicht nur einen verheirateten, sondern den Mann ihrer Cousine. Bald aber wäre er kein verheirateter Mann mehr. Er wäre frei und könnte Jeanine nach Belieben vögeln. Er würde sie heiraten. Er würde sie besitzen. Da kam ihm plötzlich ein Gedanke, eher eine jähe Eingebung – sie würde die vollendete Gattin abgeben. Sie war formbar, attraktiv und unerreichbar. Das war ganz offensichtlich die Lösung. Er würde sich von diesem sexbesessenen Miststück Auralie scheiden lassen und die sanftmütige, nachgiebige und liebende Jeanine heiraten.

Gerry schlug den Weg zu Jeanines Hotel ein. Er musste sie sehen. Er musste es ihr sagen. Er musste sie in die Arme nehmen, küssen und ihr sagen, dass er sich wie verrückt in sie verliebt habe und alles für sie tun würde. Und sie musste ihn heiraten.

Er konnte kaum an sich halten. Seine Lust, sein Ich, sein Penis waren allesamt scharf, aufgerichtet und tatendurstig. Er verfluchte jede rote Ampel und dankte im Geiste jeder grünen. Er bog in die noble Straße in Kensington ein, in der Jeanines Hotel lag. Und der erste Mensch, den er dort sah, war Jeanine auf der Treppe in einem atemberaubenden graublauen Kleid aus Crêpe de Chine. Das war wirklich Glück. Sie konnte ihm nicht aus dem Weg gehen oder ihm ausrichten lassen, sie sei nicht da. Er brachte sein Auto mit quietschenden Reifen zum Halten und parkte in zweiter Reihe. Er sprang hinaus und lief auf sie zu.

«Jeanine, Jeanine», rief er und dachte dabei, wie wunderschön und verletzlich sie aussah. Wieder trug sie ihr Haar offen, auf diese sexy Art offen. Er wollte mit den Fingern durchfahren. Seine blonde seidene Weichheit spüren.

«Gerry!», keuchte sie.

«Liebling», sagte er und lief mit ausgebreiteten Armen die Stufen hinauf.

«Nicht, Gerry», sagte sie und wich vor ihm zurück.

Sie wirkte erregt. Er wollte sie in Armen halten und ihre Unruhe trösten.

«Ich liebe dich», platzte er heraus.

«Um Himmels willen, Gerry», sagte sie und versuchte, sich an ihm vorbeizuschieben.

Er packte sie.

«Gerry, lass mich los.»

«Liebling. Sieh mich an.»

«Nein», sagte sie, wandte und krümmte sich in seinen Armen. Sie war entschlossen, dass er ihr verheultes Gesicht nicht zu sehen bekäme.

«Lass uns reingehen und reden. Ich habe dir etwas zu sagen.»

«Nein», kreischte sie fast. «Nein, nicht. Geh weg, lass mich allein.»

«Ich will dich heiraten.»

«Gerry, du benimmst dich lächerlich, und ich habe eine Verabredung. Bitte lass mich jetzt gehen.»

«Nein, ich benehme mich nicht lächerlich. Ich habe einiges herausgefunden.»

«Ich ebenso», sagte Jeanine, entwand ihm ihren Arm und floh die Stufen hinunter.

Jeanine lief zu ihrem Auto, öffnete die Tür und stieg ein. Gerry rannte ihr hinterher.

«Jeanine, bitte hör mir zu. Ich meine, was ich sage. Ich will dich heiraten.»

Jeanines Antwort bestand darin, den Gang einzulegen und schnellstens das Weite zu suchen.

Verwirrt, verblüfft, zornig und enttäuscht entschied sich Gerry, ihr zu folgen. Er würde mit ihr reden, ehe sie ihre Verabredung träfe. Er musste ihr verständlich machen, dass er es ernst meinte.

Gerry folgte ihr durch die Straßen von Kensington, dann hinauf nach White City und auf die A40. Wenn er die Fahrt verwirrt und verblüfft angetreten hatte, so war er es umso mehr, als die Kilometer vorbeiflogen und er sich auf dem Weg nach High Wycombe wiederfand. Jeanine fuhr von der Schnellstraße ab und schlug den Weg nach Lower Wycombe ein. Vor dem Dorf bog sie auf einen schmalen Hohlweg ein. Gerry hielt seinen Wagen an einem Hinweisschild an, auf dem «Kloster. Unbefugtes Betreten verboten» stand. Es war, als läse er den Bericht des Privatdetektivs noch einmal. Dies also war das Hauptquartier der Sexsekte von Petrow.

Er war völlig durcheinander. Warum sollte sein Schatz, seine süße Jeanine, hierherkommen an diesen abscheulichen, perversen Ort? Dann fiel es ihm wieder ein. Einmal hatte sie erwähnt, zur Beichte zu müssen. Sie hatte ihren Beichtvater erwähnt. Könnte das Petrow sein? War sie sich nicht bewusst, was dort drinnen vor sich ging? Er konnte nicht glauben, dass Jeanine imstande wäre, ihn zu belügen. Als sie ihren Beichtvater erwähnt hatte, war keine Spur Lüsternheit in ihrer Stimme gewesen. Kein unterschwelliger Sex. Vielmehr hatte er Furcht herausgehört. Sein Gefühl sagte ihm, dass sie nichts mit den Vorgängen dort drin zu tun hatte. Jeanine war nicht abartig. Irgendetwas hatte sie gezwungen, hierherzukommen. Sie war erregt, beinahe verzweifelt gewesen, als er auf der Hoteltreppe mit ihr gesprochen hatte. Etwas Schreckliches musste passiert sein.

Gerrys Stimmung war die eines enttäuschten und geschlagenen Mannes. Sein ganzer Schwung war verflogen. Er ließ den Kopf nach hinten auf die Nackenstütze fallen und schlief ein.

Er wusste nicht, was ihn aufweckte, ein Vogelschrei oder Reifenquietschen. Was es auch war, er kam jäh zur Besinnung. Ihm fiel wieder ein, dass er sich vor dem Herrenhaus Petrows befand und Jeanine sich drinnen aufhielt. Er hatte länger als eine Stunde geschlafen. Sein Blick fiel auf die Mönchskutte auf dem Beifahrersitz. Schlagartig wurde Gerry lebendig. Er zog sich nackt aus und legte das Gewand an. Er holte den Bericht aus dem Handschuhfach und suchte den Zahlenschlüssel für das Tor heraus. Er würde in das Kloster eindringen. Er würde Jeanine finden und vor Petrow und dieser Sekte retten.

Hoffentlich komme ich nicht zu spät, dachte Gerry.

Neuntes Kapitel

«Monsieur Petrow ist in einer Besprechung», sagte Jackson zu Jeanine und dachte, wie wunderbar attraktiv sie aussah, als sie vor der Klostertür stand. So voll entwickelt. Reif zum Pflücken. Er führte sie in ein kleines Vorzimmer nahe dem großen Saal.

Jackson öffnete eine reich mit Schnitzwerk verzierte Anrichte aus der Zeit Jakobs I.

«Monsieur Petrow hat gesagt, Sie möchten es sich bitte bequem machen und etwas trinken. Hier sind Gläser», er zeigte auf das untere Regal, «und hier Schnäpse und Liköre.» Er wies auf das obere Regal. «Und hier drüben steht der Champagner.»

Jackson drückte einen Knopf, und ein Kühlschrank kam zum Vorschein. «Falls Sie etwas essen möchten, klingeln Sie bitte nach Mrs. Klowski.»

«Danke, aber ich bin nicht hungrig», sagte Jeanine, die schon immer ein wenig Angst vor Mrs. Klowski gehabt hatte. «Wird Petrow länger brauchen?»

«Möglicherweise, aber er hat gesagt, es sei wichtig, dass Sie warten. Monsieur hat eine schöne Sammlung von Büchern und Zeitschriften.» Jackson zeigte auf den Bücherschrank.

Er ging und zog die schwere Eichentür hinter sich zu. Jeanine war noch nie in diesem Raum gewesen. An der einen Wand hing ein Ganzkörperspiegel, die anderen zierten Lithographien. Sie war nervös und fragte sich, was Petrow mit ihr vorhatte. Untätig blieb sie einen Augenblick sitzen und öffnete dann den Kühlschrank. Sie sah die hübschen, weiß geblümten Flaschen mit Perrier Jouet Epoque und wusste sogleich, dass sie diesen Geschmack schmecken wollte. Jeanine machte eine Flasche auf, nahm ein Sektglas, füllte es und trank. Dann beschloss sie, dass sie einen Cocktail nötig hätte. Als sie den Spirituosenschrank öffnete, fiel ihr Blick auf eine ungewöhnliche Statuette aus Elfenbein. Sie war lang, glatt und wie ein Penis geformt. Vorsichtig nahm Jeanine sie heraus und streichelte sie. Es fühlte sich gut an.

Während sie das Elfenbein liebkoste, schweiften ihre Augen die Bücherborde entlang. Sie wünschte sich eine leichte Lektüre, die ihr nicht allzu viel Aufmerksamkeit abverlangte. Die großen amerikanischen, europäischen und russischen Romanklassiker waren da, aber Jeanine hatte sie alle schon gelesen und war nicht in der Stimmung, einen erneut zu lesen. Wonach war ihr eigentlich, fragte sie sich. Jenes vertraute Kribbeln zwischen ihren Beinen war zurückgekehrt. Während der Fahrt hatte sie es nicht gespürt, aber jetzt, in Petrows Herrensitz, schien Sex durch die Wände hindurch auf sie einzuwirken. Sie fuhr fort, die Bücherreihen abzusuchen. Da waren einige Reisebücher. Lustlos schaute sie sich eines an und stellte es zurück. Da fiel ihr Auge auf einen Ledereinband mit unbeschriftetem Rücken. Ohne Titel. Ein Geheimnis. Das gefiel Jeanine. Sie zog das Buch aus dem Regal.

Sie stellte das Elfenbein auf einem kleinen Tisch neben dem einzigen Sessel im Zimmer ab, gegenüber dem großen Spiegel. Sie setzte sich, trank einige Schlucke Champagner und schlug aufs Geratewohl eine Seite auf.

«... seine Finger wanderten liebevoll über ihren Bauch, hinunter zur weichen Feuchte zwischen ihren Beinen. Er tauchte ein, nahm sie, beugte sie seinem Willen. Ihr musste verständlich gemacht werden, dass sie zu tun hatte, was immer er wollte. Sie fühlte die Härte, Steifheit seines Geschlechts ihr innerstes Wesen ausbeuten ...»

Schon wieder Sex. Jeanine schlug das Buch zu und stellte es rasch ins Regal zurück. Sie trank von ihrem Champagner und warf dann einen Blick zu den Lithographien an der Wandtäfelung. Die erste bildete einen Mann in Kleidung aus dem achtzehnten Jahrhundert ab, der eine Frau befummelte. Er hatte die Hände unter ihrem Rock. Auf der nächsten Abbildung hatte der Mann die Hose abgelegt und seinen Schwanz im Mund der Frau. Auf der dritten hielt die Frau die Beine in die Höhe, und sein Penis drang in sie ein. Auf der vierten hatte sich ein Freund des Mannes dazugesellt und seinen Schwanz im Mund der Frau. Die Drucke trugen nicht dazu bei, Jeanines Lust zu besänftigen, sondern verstärkten sie nur. Während sie dastand und die Bilder betrachtete, fing sie an, sich zu liebkosen. Sie öffnete einige Knöpfe ihres Kleides, schob die Seide ihres Höschens beiseite und befühlte ihre Muschi. Sie war nass. Sie ließ ihre Finger durch die Nässe gleiten und lockte ihre kleine Knospe hervor. Sie versteifte sich unter ihrer Berührung. Sie fühlte, wie ihre Brüste wuchsen und sich ihre Nippel verhärteten. Das Prickeln zwischen ihren Beinen wurde nun ein Begehren nach etwas Prallerem, Größerem. Sie nahm das penisförmige Elfenbein hoch, öffnete weitere Knöpfe, zog sich das Höschen runter, spreizte die Beine weit auseinander und ließ es gemächlich über ihre schwellenden Schamlippen gleiten.

Von der anderen Seite des Spiegels aus sah ihr Petrow zu.

«Das, mein Freund, ist eine Frau, die darauf wartet, gefickt zu werden», sagte Petrow zu Jackson. Jackson lächelte. Er und Petrow hatten sich schon lange auf diesen Tag gefreut. Die beiden alten Freunde hatten manchen durchzechten Abend ausgeheckt und abgesprochen, was sie mit Jeanine anstellen würden, böte sich ihnen eine Gelegenheit.

«Was meinst du, Vera?», fragte Petrow Mrs. Klowski, die

neben ihnen stand und Jeanines intimes Spiel mit dem Elfenbeindildo verfolgte.

«Ich meine, dass sie gut ausgelutscht werden müsste», antwortete Mrs. Klowski und leckte sich die Lippen.

Mrs. Klowski hatte eine Vorliebe für das Auslutschen von Muschis. Sie besaß eine dicke, fette Zunge, die sich noch in die kleinste Falte und engste Spalte schlängeln konnte.

«Es war ein Geniestreich, diesen japanischen Elfenbeindildo in den Schrank zu stellen», sagte Jackson, befriedigt von seinem eigenen Einfall.

«Ich will ihren Arsch», sagte Mr. Sawyer, der neben Mrs. Klowski saß.

«Und den sollst du haben, Leon», entgegnete Petrow. Es war die mit Leon vereinbarte Belohnung dafür, die Fotos von Jeanine in ihrer Empfangshalle anzubringen.

«Der verpass ich einen guten Pofick», fuhr Leon Sawyer fort und rieb sich voll Vorfreude.

«Und was werden Auralie und Olga mit ihr anstellen?», fragte Mrs. Klowski.

«Was sie wollen», erwiderte Petrow. «Aber du kannst ihnen sagen, dass ich sie in fünf Minuten hier empfangen werde.»

Mrs. Klowski verließ den Raum, während Petrow die Sichtblende vor den Spiegel zog.

Ohne die Besonderheit des Spiegels zu ahnen, saß Jeanine im Vorzimmer zurückgelehnt im Sessel und verführte sich fröhlich selbst. Sie dachte daran, von Gerry gevögelt zu werden, und dann an ihren Beichtvater. Sie fragte sich, ob er sie ficken würde. Wäre das ihre Strafe? Ihr schwebte ein Bild vor, wie Petrow sie festband, langsam leckte und seine Zunge in ihr klaffendes Geschlecht eindrang.

Dann hörte sie eine laute Stimme durch die Tür. Jeanine

spitzte die Ohren und lauschte. Plötzlich wurde ihr klar, dass es sich um Auralie handelte. Jeanine erstarrte.

«Aber das kannst du mir nicht antun», flehte Auralie beinahe schluchzend. «Das kannst du nicht. Ich liebe dich. Du weißt, dass ich dich liebe. Bitte. Küss mich. Sag, dass du mich liebst.»

Der Tonfall und die Tränen waren keinesfalls das, was von Auralie zu erwarten wäre, und Jeanine rätselte, mit wem ihre Cousine da sprach. Konnte es Gerry sein? Sie war sich bewusst, dass er sie verfolgt hatte, glaubte aber, ihn unterwegs abgeschüttelt zu haben. Was würde er jetzt mir Auralie tun?

Die Stimmen jenseits der Tür wurden leiser. Jeanine zog ihr Kleid runter, ging auf Zehenspitzen hinüber und versuchte zu lauschen. Da hörte sie Olgas Stimme.

«Chérie, chérie», sagte Olga, «ich liebe dich auch, aber Geschäft ist Geschäft. Wir müssen diesen Auftrag bekommen. Er ist überlebenswichtig. Sicherlich hast du mitbekommen, dass Petrow in jüngster Zeit beträchtliche Verluste erlitten hat. Dieser Auftrag ist die Sache, die uns retten kann, uns alle.»

Jeanine war verwirrt.

«Du weißt, dass ich dich über alles liebe», hörte sie Auralie sagen. «Ich hab den verfluchten Gerry nur geheiratet, weil du es gewollt hast. Küss mich, Olga. Sag mir, dass du mich liebst.»

Auf einmal wurde sich Jeanine bewusst, mit wem Auralie sprach. Auralie liebte also Olga. Sie hatte ein Verhältnis mit ihr. Diese Möglichkeit war Jeanine nie auch nur in den Sinn gekommen. Sie holte tief Luft, während sie darüber nachdachte. Auralie und Olga waren ein Liebespaar. Aber warum hatte Olga gewollt, dass Auralie Gerry heiratete? Welch sonderbare Wendung, dachte Jeanine.

«Na komm, chérie, wisch die Tränen weg», sagte Olga. «Wir

werden uns gleich mit Petrow treffen. Dann sehen wir ja, was er zu sagen hat. Vielleicht hasst dich dieses verfluchte Miststück Penelope gar nicht so sehr, wie du denkst.»

«Doch, tut sie», sagte Auralie. «Sie hat mir nie verziehen. Sie hat gesagt, dass sie es nie täte, hat es nie getan und wird es nie tun. Und jetzt werden wir nie diesen Auftrag bekommen.»

«Madame Olga», unterbrach Mrs. Klowski Auralie. «Monsieur Petrow sagt, er sei jetzt bereit, Sie zu empfangen.»

Die Stimmen verstummten, und eine neugierige Jeanine öffnete langsam und vorsichtig die Tür und spähte hinaus. Niemand war zu sehen, doch dann vernahm sie dieselben Stimmen, diesmal nebenan in Petrows Büro. Sie stellte sich in eine Nische nahe der Tür und lauschte.

«Was meinst du mit ‹Nein›!?», hörte sie Auralie kreischen.

«Was ich sagte. Nein», entgegnete Petrow.

«Olga, sag was. Du musst ihn umstimmen», flehte Auralie verzweifelt. «Jetzt können wir den Vertrag nur noch bekommen, wenn wir die Fotos von Jeanine und Gerry an Penelope schicken. Wenn sie die sieht, muss sie uns den Auftrag geben, um das Ganze unterm Teppich zu halten.»

«Nein, das ist nicht meine Art, Geschäfte zu machen», sagte Petrow ungerührt.

«Nachdem ich mir die Mühe gemacht habe, diese Fotos schießen zu lassen», sagte Auralie.

«Und das war unzulässig», gab Petrow zurück. «Dass du es überhaupt erwogen hast!»

«Ursprünglich waren sie nicht fürs Geschäft. Sie waren für meine Scheidung», sagte Auralie. «Ich wusste, dass Jeanine auf Gerry stand, konnte es an ihrer Miene ablesen, sobald sie ihn sah. Er umgekehrt auch, das hatte ich schon richtig vermutet. Deshalb hab ich das Ganze gemacht. Hätten wir den Vertrag in der Tasche, würde ich eine Scheidung erster Klasse kriegen. Jeanine ist ein halbnacktes Flittchen, das immer auf unschuldig und rein macht. Diese fette Kuh ließ sich von meinem Mann lecken. Angezogen wie eine *putain*, ließ sie sich von ihm ficken, sich seinen Schwanz in die blonde Muschi stopfen, einen Finger ins enge kleine Arschloch stecken und die dicken Möpse nuckeln.»

«Trotzdem war es unzulässig», wiederholte Petrow unbeeindruckt.

Verblüfft von dem, was sie gehört hatte, stand Jeanine in der Nische und hielt den Atem an. Also wusste Auralie, dass sie Sex mit Gerry gehabt hatte. Alle wussten es. Sie überlegte, ob sie sich aus dem Staub machen sollte. Sie würde sich die Beichte aus dem Kopf schlagen. Auch ihr Hotel und das, was dort geschehen war.

Jeanine wandte sich schon halb zum Gehen, als Auralies hohe, erregte Stimme erneut ihre Aufmerksamkeit auf sich zog.

«Erst heiratet sie Laurence ...»

«Warum stört dich das noch immer?», rief Petrow aus.

«Weil Laurence der einzige Mann war, den ich jemals wirklich geliebt habe», erwiderte Auralie.

Mein Gott, dachte Jeanine, waren Auralie und Laurence ein Liebespaar gewesen? Sie hatte Laurence danach gefragt, er hatte es aber stets bestritten. Hatte er sie angelogen? Dann musste Auralie, indem sie geschwiegen hatte, auch gelogen haben.

«... dann vögelt sie meinen Mann», fuhr Auralie fort, weinend und überspannt. «Und dir hat Jeanine immer so leidgetan. Du hältst sie für so rein. Pah. Und nun hat die Mutter von diesem Miststück Sir Henry geheiratet. Wo stehe ich jetzt mit dem Vertrag? Du weißt, dass Penelope mich hasst und der verdammte Stefan an allem schuld ist. Er hat mich machen lassen. Er wusste, was ich tat, und stellte sich einfach schlafend.»

Jeanine schwirrte der Kopf. Auralie hatte also irgendwas mit Stefan angestellt. Aus diesem Grund war sie ihrer Mutter so zuwider. Aber was? Vielleicht würde sie es jetzt herausfinden.

«Deshalb sage ich, schick die Fotos an Penelope und mach ihr klar, falls sie nicht sicherstellt, dass wir den Auftrag bekommen, gehen die Bilder an die Klatschpresse.»

«Nein», sagte Petrow noch einmal und mit einer Endgültigkeit in der Stimme, die keinen Widerspruch duldete.

Jeanine fröstelte bei der Vorstellung, ihre Mutter würde Bilder von ihr – der ehebrecherisch genommenen Frau – zusammen mit Auralies Gatten und neuem Schwiegersohn Penelopes sehen. Das würde ihr Penelope nie verzeihen. Es wäre nicht die Art von Rückkehr, die ihre Mutter schätzte. Herrje, dachte Jeanine, in was für einem Schlamassel steckte sie da. Wenigstens war Petrow bestrebt, sie vor Auralies Jähzorn in Schutz zu nehmen.

«Wir werden uns etwas anderes einfallen lassen», sagte Petrow. «Jackson teilt mir mit, dass Jeanine eingetroffen ist. Sie ist endlich zur Beichte gekommen. Ich habe ihr gesagt, wenn sie kommt, muss sie mir alles erzählen. Außerdem habe ich ihr gesagt, da ihre Sünde eine sexuelle sei, werde es ihre Buße, ihre Bestrafung auch sein. Ich schlage folglich vor, meine liebe Auralie, dass du dich umziehst. Dieser Nachmittag wird nicht vergeudet sein. Du kannst sie einem Teil ihrer Strafe unterziehen. Olga, wirst du nach London zurückkehren?»

«Ich werde bleiben», sagte Olga. «Kensit und Nicole sind bei mir und sollten Gelegenheit bekommen, sich zu vergnügen.»

Rasch schlüpfte Jeanine zurück ins Vorzimmer, schloss die Tür, griff sich ein Reisebuch und stürzte mehr Champagner hinunter.

Ihr blieb keine Zeit, über das soeben gehörte Gespräch nachzugrübeln. Die Tür ging auf, und Mrs. Klowski trat ein. Sie machte Jeanine mit strenger Hand Zeichen.

«Er wartet im Beichtstuhl auf Sie», sprach Mrs. Klowski, während sie über den Perserteppich des langen Flurs mit seiner schweren Wandtäfelung und den vergoldeten Bilderrahmen vorausging. Zwei junge Novizinnen huschten an ihnen vorbei, ehe sie durch eine seitliche Tür verschwanden. Der massig gebaute Jackson tauchte auf, ein großes Silbertablett in den Händen. In der Regel lächelte er Jeanine immer zu, doch nun beachtete er sie gar nicht. Sein Gesichtsausdruck war teilnahmslos. Jeanine fiel ein, dass die jungen Männer, die im Garten arbeiteten und ihr gewöhnlich zuwinkten, heute sehr beschäftigt taten und ihr Vorbeigehen nicht bemerkt hatten. Jeanine hatte das scheußliche Gefühl, alle wussten, dass sie in Ungnade gefallen war. Sie hatte den Wunsch davonzulaufen, vor der Schande und der Kränkung davonzulaufen. Davonzulaufen, damit keiner von ihnen, einschließlich Mrs. Klowski, die Tränen sehen konnte, die ihr in den Augen standen.

Stattdessen folgte Jeanine Mrs. Klowski gesittet und ohne zu versuchen, mit ihr zu plaudern. Mrs. Klowskis Gebaren lud auch sonst nicht zu gefälliger Plauderei ein. Jeanine musterte die großgewachsene, schmächtige Frau, die vor ihr schritt. Mrs. Klowski trug die althergebrachte Tracht einer Haushälterin, ein strenges schwarzes Kittelkleid mit breitem Ledergürtel um die Taille, an dem ein Schlüsselbund hing, der bei jedem Schritt klirrte. Die dicken schwarzen Strümpfe der Frau saßen faltenfrei. Ihre Füße steckten in festen Schnürschuhen, die zu Jeanines Überraschung recht hohe Absätze hatten. Das kurzgeschnittene braune Haar der Frau war seitlich gescheitelt und wurde von einer großen schwarzen

Klemme gebändigt. Ihre gedrungenen Hände waren peinlich sauber, die Nägel kurz und unlackiert. Im Gegensatz dazu war ihr breiter, fleischiger Mund tiefrot angemalt. Es hätte die Frau milder wirken lassen müssen, jedoch verliehen ihr der Glanz und die dunkle Farbe ein grausames, räuberisches Aussehen. Es gab, dachte Jeanine, nur ein Wort, um Mrs. Klowski zu beschreiben, und das lautete «bedrohlich».

Mrs. Klowski öffnete eine Tür am Ende des Flurs, und sie betraten einen mit Läufern ausgelegten, holzgetäfelten Raum, der mit prächtigen Wandteppichen und schweren Möbeln aus der Zeit Jakobs I. möbliert war. An seinem Ende befand sich eine Galerie mit Stühlen, die wie für die Zuschauer eines Schauspiels aufgestellt waren. Am anderen Ende des Raums erhob sich ein über fünf Stufen zugängliches Podium. Darauf stand ein thronartiger Sessel. Der Hauptteil des Raums wurde von einem langen, wenn auch nicht sehr breiten, schweren Eichentisch beherrscht. Rings um den Raum und vor dem Kamin reihten sich hohe Lehnstühle, jeder mit eigenem Fußschemel sowie zwei mit Kissen bedeckte Chaiselongues. Insgesamt war die Wirkung des Raums eine des Reichtums, größten Aufwands und von Wärme. Verführerischer Wärme.

«Dort hinein», sagte Mrs. Klowski und geleitete Jeanine durch ein Türchen in den Beichtstuhl hinter dem Podium. Innen kniete sich Jeanine hin und hielt den Mund dicht ans Gitter. Nun war der gefürchtete Augenblick endlich gekommen. Auf der anderen Seite des Gitters sah sie undeutlich, wie Petrows Gesicht sich ihr zuneigte.

«Du hast einem Mann erlaubt, dich zu berühren», sprach ihr Beichtvater, doch es war keine Frage, sondern eine Feststellung.

Plötzlich wurde Jeanine kalt. Ihre Knie zitterten auf dem harten Schemel.

«Du hast einem Mann erlaubt, dich zu berühren», sagte er erneut.

«Ja», flüsterte sie.

«Wie ist es dazu gekommen?» Petrows tiefe, gereifte Stimme klang sanft und freundlich. Ihre Furcht ließ ein wenig nach. «Du solltest es mir besser erzählen. Wie bist du in eine Lage geraten, in der du verführt werden konntest?»

Wieder bekam Jeanine Angst. Sie würde ihm erzählen müssen, wie sie an sich gespielt und was sie sich vorgestellt hatte. Wie sie sich einige ausgefallene, sehr erotische Accessoires gekauft hatte. Wie sie in einen Sexshop gegangen war und ihr Geld für einen Dildo und einen Vibrator ausgegeben hatte, um ihre wirren Phantasien leichter ausleben zu können. Jeanine senkte den Kopf und ihren Blick, sagte aber nichts.

«Jeanine», sprach die Stimme aufs Neue. «Wenn du unserem Orden beitreten willst, musst du es mir erzählen. Jeder Gedanke, jede Tat muss offen dargelegt werden. Wir haben hier keine Geheimnisse. Wenn du etwas für dich behalten willst, steht es dir natürlich frei zu gehen. Du kannst jetzt gehen.»

«Nein», sagte sie.

«Also schön, dann musst du mir sagen, was du getan hast.»

Jeanine sog scharf den Atem ein und setzte zu ihrer Aufzählung von Sünden an. «Ich ... ich ...» Ihr versagte die Stimme. «Ich habe an mir gespielt.»

«Lauter, ich kann dich nicht verstehen», sagte Petrow schneidend. «Was hast du gesagt?»

«Ich habe an mir gespielt», sagte Jeanine lauter und mutiger. Es zu wiederholen, befreite sie merklich. War dies der Anfang ihrer Buße?

«Du hast an dir gespielt?», dröhnte seine Stimme im Dunkeln. «Hab ich dich das sagen hören?»

«Ja», sagte sie und wusste, dass ihr Gesicht erhitzt und schamrot war.

«Wie hast du das getan?», fragte er. «Sprich. Wie hast du das getan?»

«Ich zog mich aus. Dann setzte ich mich vor meinen Spiegel und spreizte die Beine und streichelte mich. Und dann legte ich ein paar Sachen an, die ich mir gekauft hatte ...»

«Was für Sachen?»

«Muss ich es Ihnen erzählen?»

«Ja.»

«Sexy Sachen. Eine Schößchenjacke aus Leder und Spitze, schwarze Seidenstrümpfe und ein Satinhöschen mit offenem Schritt. Dann spielte ich wieder an mir, bis ich feucht war.»

«Und dann?», fragte er.

Jeanine ließ beschämt den Kopf hängen.

«Jeanine», seine Stimme war streng. «Was hast du dann getan?»

«Ich holte den Dildo heraus, den ich gekauft hatte ...»

«Einen Dildo!», rief er aus, sodass seine Stimme im Beichtstuhl schallte. «Was für eine Art Dildo? Beschreibe ihn.»

«Er ist aus weichem rosa Leder und etwa fünfzehn Zentimeter lang.»

«Aha. Und du fingst an, mit ihm zu spielen. Hast du ihn eingeführt?»

«Ja. Ich war nass und sehr offen, da ich meine Finger tief in mir stecken gehabt hatte. Ich sah mir also im Spiegel zu, wie ich ihn in mich reinschob, und lauschte den leisen Geräuschen, die er in meinen Säften machte, während er hin- und herglitt.»

«Du klingst, als hättest du es genossen», sagte Petrow.

«Hab ich. Hab ich», antwortete sie begeistert. «Und während er hin- und herglitt, malte ich mir Sachen aus.»

«Was für Sachen hast du dir ausgemalt, Jeanine?», fragte ihr Beichtvater.

«Ich stellte mir vor, ein Mann würde mit mir schlafen.»

«Welcher Mann, Jeanine?» Petrow bemühte sich, echtes Interesse aus seiner Stimme herauszuhalten. Er hoffte, sie würde ihm den Namen nennen.

«Oh, ich schäme mich so», sagte sie und war sich klar, dass sie ihm die furchtbare Wahrheit würde verraten müssen. Bäte sie ihn jetzt um seine Vergebung, würde sie vielleicht den Rest nicht mehr zugeben müssen. «Vergeben Sie mir.»

«Ich kann dir nicht vergeben, solange ich nicht das ganze Ausmaß deiner Sünde kenne. Welcher Mann, Jeanine?»

«Gerry», flüsterte sie.

«Wer?», rief Petrow. Das war nicht, was er hören wollte. Petrow war eifersüchtig. Dafür würde er sie bezahlen lassen. «Ich kann dich nicht verstehen, wenn du flüsterst.»

«Gerry», sagte sie.

«Auralies Ehemann?»

«Ja.»

«Du hast von Auralies Ehemann geschwärmt? Das ist ungezogen», sagte er. «Ungezogenheit darf nicht ungestraft bleiben. Aber du hast ihm auch erlaubt, dich zu verführen? Deine geheiligten Pforten geöffnet?»

Jeanine gab keine Antwort.

«Jeanine», Petrows Stimme hatte einen bedrohlichen Zug. «Warum hast du Gerry erlaubt, dich zu ficken?»

Sie empfand einen seltsamen Kitzel zwischen den Beinen, einen feuchten Schauer, als ihr Beichtvater dieses bestimmte Wort gebrauchte. Dennoch gab sie noch immer nichts zurück.

«Und wie viele Male hat er dich gefickt?», bohrte Petrow weiter.

«Einmal», hauchte sie. «Nur einmal.»

«Nur einmal? Warum das? Hat es dir nicht gefallen? Sag mir die Wahrheit. Hat es dir nicht gefallen?»

«Es hat mir gefallen.»

«Es gefiel dir. Es gefiel dir, den Ehemann deiner besten Freundin zu ficken?»

Wieder verspürte Jeanine diesen Kitzel, wie sich die Muskeln zwischen ihren Beinen erst anspannten und dann zusammenzogen. Sie merkte, dass sie sich bewegte, leicht schaukelte. Ein Teil von ihr begann, eine Art Ersatzbefriedigung bei der Schilderung ihrer Sünden zu empfinden. Ihr Höschen fing an zu haften. Ihr eigener lieblicher Duft stieg zu ihr empor. Sie war sexuell erregt.

«Und was glaubst du, wie sich Auralie dabei fühlt?», erkundigte sich ihr Beichtvater.

«Ich weiß es nicht», log Jeanine.

«Für deine Ungezogenheit wirst du bestraft werden müssen. Wirst du jede Strafe hinnehmen, die ich für dich aussehe?»

Jeanine schwieg.

«Jeanine, ich habe dir eine Frage gestellt. Wirst du jede Strafe hinnehmen, die ich für dich aussehe?»

«Ja», sagte sie leise.

«Sehr schön. Du wirst zwei Mal bestraft werden. Das erste Mal durch mich und das zweite Mal durch Auralie.»

«Auralie!», rief Jeanine aus. «Warum Auralie?»

«Weil es Auralie ist, der du Unrecht tatest, wird es Auralie sein, die dich bestraft», sagte Petrow.

«Nein!», rief Jeanine.

«Doch. Was immer Auralie mit dir tun will, wird getan werden. Bist du einverstanden?»

«Was wird sie mit mir tun?», fragte Jeanine.

«Was immer sie will. Bist du einverstanden? Du hast eine

fleischliche Sünde begangen, eine sexuelle, und folglich muss deine Bestrafung eine sexuelle Bestrafung sein. Sage mir nun, bist du einverstanden?»

«Ja», sagte Jeanine schließlich und verspürte einmal mehr ein Aufflackern von Begierde, eine Lüsternheit, Feuchtigkeit zwischen den Beinen. Wie könnte Auralie sie sexuell bestrafen? Plötzlich schwebten Jeanine ihre eigenen Wunschbilder vor. Wie Gerry sie festband und leckte. Aber das wäre keine Bestrafung. Jeanine hatte seine Berührung liebend gern gehabt und davon geträumt, er werde es wieder tun. Würde Auralie sie anfassen? Nein, das war unmöglich. Jeanine erschauerte.

«Du wirst hierbleiben und über deine Ungezogenheit nachdenken, bis dich jemand holen kommt», sagte ihr Beichtvater, schloss das Gitter und ließ Jeanine im Zwielicht der Kabine zurück.

Überrascht stellte sie fest, dass ihre Angst völlig verflogen war. Zugleich war sie weniger bereit zu büßen als bei ihrem Eintreffen. Sie fragte sich, ob es der Gebrauch des Wortes «ficken» durch ihren Beichtvater war, der ihr die Scham genommen hatte. Es war beinahe so gewesen, als habe er darin geschwelgt, in ihrer Demütigung geschwelgt. Falls ja, so hatte sie es durch Auflehnung beantwortet. Oder hatte er ihre Erregung steigern wollen? Was auch der Grund sein mochte, jetzt hatte sie ein heftiges Verlangen zwischen den Beinen. Sie stand auf, raffte ihren Rock und schob ihre Hand unter den Schlüpfer im Directoire-Stil. Sie wusste nicht, wie lange sie im Beichtstuhl bleiben würde, beschloss aber, sich die Zeit sinnvoll zu vertreiben.

Es war Mrs. Klowski, die den Beichtstuhl öffnete, ehe Jeanine ihre Hände zwischen den Beinen hervorziehen konnte. Jackson kam mit ihr hinein und stellte sich hinter Jeanine.

Mrs. Klowski, schmal, gestreng, mit scharfen Zügen und ohne ein Lächeln, knöpfte Jeanines blaues Kleid aus Crêpe de Chine auf, streifte es ihr vom Leib und legte ihre Schößchenjacke und ihren schwarzseidenen Schlüpfer frei. Mrs. Klowski zog ihr den Schlüpfer runter, hob Jeanines Brüste aus der schützenden Bedeckung aus Spitze und stellte ihre volle Üppigkeit zur Schau. Dann tauchte sie ihre Hände in eine Schale und massierte Jeanines Brüste mit einem wohlriechenden Öl.

Während Mrs. Klowskis Stummelfinger über Jeanines Nippel glitten, streichelten Jacksons frisch eingeölte große schwarze Hände Jeanines Schenkel zwischen ihren Strumpfbändern und ihrer Vagina. Sehr langsam liebkosten diese Hände sie und verstärkten ihren Druck, je näher sie an ihren blonden Hügel herankamen. Nur seine Hände berührten sie, seinen restlichen Körper schien er mit Absicht zurückzuhalten. Jeanine blieb vollkommen reglos aufrecht stehen und ließ die Arme herabhängen. Die Muskeln in ihren Pobacken sprachen an – zogen sich zusammen und entspannten sich, bewegten sich im Takt mit den schlüpfrigen Bewegungen der schwarzen Hände. Jeanine war erregt, fühlte sich aber in ihren hochhackigen Schuhen unsicher auf den Beinen. Sie fürchtete umzukippen, falls sie noch einen anderen Körperteil bewegen würde. Ein vorübergehendes Gefühl der Reizbarkeit überkam sie, da sie sich zum ersten Mal der Schmerzen bewusst wurde, die ihr die Schuhe bereiteten.

Plötzlich ergriff Jackson Jeanines Hände, zerrte sie ihr auf den Rücken und schloss Handschellen um ihre Gelenke. Das unvorhergesehene Geschehen brachte Jeanine dazu, mit den Hinterbacken nach hinten und Brüsten nach vorn zu schnellen. Jackson packte sie an ihren runden Backen und beförderte ihren Arsch nach vorn, sodass sie wieder aufgerichtet dastand.

Als ihre Hüfte einen Ruck auf Mrs. Klowski zu machte, landete Jeanines Hügel auf der wartenden Hand der gestrengen Frau. Umgehend nahm Mrs. Klowski Jeanines äußere Schamlippen zwischen Daumen und Ringfinger gefangen, spürte mit dem Mittelfinger dem weichen, sich entfaltenden Fleisch im Inneren nach und fing an, es zu necken.

Der Kitzel, von Frauenfingern berührt zu werden, brachte Jeanine zum Keuchen. Es war das reine Entzücken, und Jeanine wollte mehr, viel mehr. Ihr gesamter Leib wurde vom Reiz einer sanften elektrischen Strömung durchflossen. Als wäre ihr Geschlecht ein Generator und Mrs. Klowskis Finger hätten einen Schalter umgelegt. Alles an ihr, jede Faser, jedes Nervenende erglühte. Jeanine bewegte einladend die Muskeln, doch Mrs. Klowski schlug die Einladung aus. Sie drang nicht in Jeanines willige Nässe ein. Mrs. Klowski ließ ihren Finger auf Jeanines kleiner, weicher, verborgener Stelle zur Ruhe kommen. Jeanine entfuhr ein jähes Aufkeuchen. Sie zitterte, und ihre gefesselten Hände wollten etwas halten, nach etwas Großem, Warmen und Pulsenden greifen. Mrs. Klowski rieb sanft über Jeanines Klitoris, beruhigend, verlockend. Erregte sie, bis ihre verborgene Spitze auftrumpfend, hart, vergrößert und geschwollen hervortrat.

Jackson kniete sich hinter Jeanine und streichelte ihre Beine. Unwillkürlich nahm Jeanine die Beine auseinander, doch Jackson schob sie mit Nachdruck wieder zusammen. Jeanine bemühte sich, mehr von Mrs. Klowskis beweglicher Hand zu erhaschen. Stattdessen wurde sie sich des Drucks bewusst, den der Männerkörper hinter ihr ausübte. Sie fühlte, wie Jacksons praller, warmer und gut geschmierter Schwanz sich zwischen ihren Waden rieb, während seine Hände ihre Pobacken kneteten; dabei küsste er ihre Rundung, und seine Zunge fand gelegentlich den Weg auf ihren Arsch.

Eigentlich war es genau, was Jeanine wollte, obwohl sie keine Ahnung hatte, so weit unten an ihren Beinen über eine erogene Zone zu verfügen. Sie reagierte durch ein Wiegen ihrer Hüften. Jeanine hatte gehofft, Mrs. Klowskis Finger weiter nach innen und oben führen zu können. Aber Mrs. Klowski wusste genau, was sie tat, und hatte mit Jeanines Bewegung gerechnet. Sie ließ ihre Berührung leichter, federweicher, sogar peinigender werden. Jeanine keuchte erneut. Ihr Mund war völlig ausgetrocknet, aber ihre Liebessäfte sickerten hervor. Ihr ganzes Wesen fühlte sich gesteigert an. Nicht nur die Nervenenden in ihrer lüsternen Muschi waren heftig gereizt. Wartend und erregt schrie jeder Teil ihres Körpers dieselbe Botschaft. Liebkose mich. Liebkose mich mehr.

Dann fühlte Jeanine das schmerzlich süße Schaben scharfer Fingernägel über ihren prall gerundeten, blassen, nackten Hintern. Diese plötzliche Schärfe versetzte sie in heftige Wallung und völlige Hemmungslosigkeit. Jeanine hatte ein unbekanntes Gebiet erreicht, das Land der ekstatischen Verzückung. Mrs. Klowski führte eine Hand hinauf und streichelte Jeanines steife Nippel und Brüste, dann trat sie beiseite, und Jackson erhob sich.

Jeder von ihnen nahm einen von Jeanines Armen. Sie führten sie aus der Kabine in den verdunkelten Saal, wo betörend erotisierende Musik erklang.

Als sie hinaustrat, schaltete jemand einen Punktstrahler ein. Jeanine nahm nichts wahr außer der eigenen Blöße und den zwei schweigenden Gestalten, die sie die steilen Stufen hoch auf das Podium führten. Dort wurde sie auf dem geschnitzten Holzthron platziert. Der Sitz war geformt wie eine Klosettbrille und sehr bequem. Langsam, sorgfältig und bedachtsam wie bei einer Zeremonie, nahmen Mrs. Klowski und Jackson je einen von Jeanines Füßen und stellten sie auf kleine, an den vorderen Beinen des Throns angebrachte Stützen. Dann legten sie Jeanines Fußknöchel in Stahlfesseln.

Duldsam und reglos saß Jeanine da, die Brüste vorgereckt und die Schultern gestrafft. Ihre Hände waren noch immer auf den Rücken gefesselt, und ihre gespreizten Beine enthüllten ihren geschwollenen blonden Hügel. Ihre verborgenen inneren Schamlippen hatten sich aufgefaltet wie Rosenblüten, traten hervor und sehnten sich nach Berührung.

Jackson stand auf. Auch er stand im grellen Licht des Punktstrahlers, und Jeanine wurde sich auf einmal bewusst, dass sein Schwanz auf einer Höhe mit ihrem Mund war. Jackson legte eine Hand auf ihren Kopf, griff mit der Faust in ihr Haar, zog ihren Kopf an seinen Bauch und dann seine Eichel ihre Lippen entlang.

Jeanine war vollauf mit dem großem Ding vor sich beschäftigt und rätselte, ob sie es in den Mund nehmen solle. Sie bemerkte nicht, dass Mrs. Klowski sich hinter ihren Thron bewegt hatte und einen Teil der Sitzfläche öffnete, sodass Jeanines Hinterbacken und Geschlecht plötzlich absackten und sichtbar in der Luft hingen. Ihre Hände auf den Rücken gefesselt, konnte Jeanine sich nicht an den Armlehnen festhalten und sperrte überrascht den Mund auf. Jackson stopfte ihr seinen Schwanz zwischen die Lippen.

«Lutschen», befahl er.

In ihr Haar gekrallt, stieß er sich tief in ihren Schlund.

Jeanine hörte ein Rascheln unter ihrem Thron und spürte dann, wie eine Zunge ihre Schamlippen und Vulva leckte. Es war eine kräftige Zunge, und sie drang in ihre engsten Falten und Spalten ein. Die Zunge öffnete sie, lutschte und schlürfte ihre Säfte.

Die unbekannte Zunge löste etwas in ihrem Kopf aus. Übermütige Gedanken an zügellosen Sex überschwemmten sie. Schrankenlose Lüsternheit überwältigte sie, während ihre Muskeln einen ungestümen Versuch unternahmen, die Zunge tiefer einzusaugen. Doch die Zunge zog sich zurück und leckte an ihrer Klitoris.

Im grellen Schein des Punktstrahlers erahnte Jeanine eine Bewegung weiter hinten im Raum, der von einem alles überlagernden Ledergeruch erfüllt war. Jackson nahm seinen Schwanz aus Jeanines Mund und drehte ihren Kopf herum, bis sie Schemen sah, die sich auf sie zubewegten. Einige von ihnen trugen Kutten mit Kapuzen, andere waren teilweise mit schwarzem Leder bekleidet. Alle waren maskiert. Während sich die unterschiedlich großen Silhouetten näherten, konnte Jeanine erkennen, das es etwa gleich viel Männer und Frauen waren.

Die Männer trugen Halsmanschetten und breite Leibriemen aus schwarzem, genietetem Leder. Dabei blieben ihre Brustkörbe bloß, ihre Bäuche, Hüften und Beine hingegen wurden umhüllt. Ihre Gewänder hatten einen Schnitt, der ihre nackten Eier nach vorn drückte und die aufgerichteten Schwänze deutlich betonte.

Auch die Frauen trugen genietete Halsmanschetten, einige enge Lederkostüme, die Schultern, Arme, Bauch und Beine bedeckten. Ihre Brüste und nackten, schwellenden Pobacken ragten durch Aussparungen im engen Leder hervor. Die meisten Frauen hatten rasierte Schamhügel, was durch die Kostüme noch mehr betont wurde. Andere trugen hoch über den Schenkeln ansetzende Ledershorts mit Hosenträgern, die an ihren nackten Brüsten scheuerten. Die an einem Lederhalsband befestigten Hosenträger spannten am Bund und zogen die Ledershorts stramm nach oben, wodurch sie sich in den Schritt der Frauen eingruben und ihre nackten, fülligen Hintern sichtbar machten. Einige der Frauen hatten schenkellange Stiefel, andere hochhackige Schuhe an. Männer wie Frauen trugen lange, geschnürte schwarze Lederhandschuhe.

Sechs Männer und sechs Frauen wandten sich von ihr ab und verneigten sich in Richtung der Galerie. Dann stiegen sie einer nach dem anderen auf das Podium, stellten sich in einer Reihe vor Jeanine auf und verbeugten sich erneut. Die Männer legten die Hände an ihre Eier und ihre steifen Schwänze und fingen an, sich zu befriedigen. Es sah aus, als würden sie ihr ein Geschenk darbieten. Und sie hätte die Wahl. Dann traten die Frauen in das Licht. Sie spreizten die Beine, legten ihre behandschuhten Finger auf ihre Hügel, und reizten ihre Klitoris. Jeanine fragte sich, ob das ihre Strafe sei, nackt von Unbekannten, die an sich spielten, angestarrt zu werden. Die Berührung durch die anderen wurde ihr verweigert, während sie selbst von einer unbekannten, unsichtbaren Zunge in einen Zustand totaler sexueller Reizung geführt wurde. Sie saß aufrecht und völlig reglos da, die üppigen Brüste blass hervorstehend. Sie fragte sich, wen die Masken verbargen und ob ihr Beichtvater dabei war. Oder saß er oben in der Galerie und beobachtete sie, wie sie sich so offen wand? Sie dachte an ihn, seinen großgewachsenen Körper, seine breite Brust, seine schlanken Hüften, von einem Priestergewand umhüllt. Sie fragte sich, ob er sie nehmen würde. Ob sein Penis ihr die gleiche Lust bereiten würde, wie es Gerrys Schwanz getan hatte.

Die Zunge in ihrer Muschi bewegte sich. Jeanine neigte den Kopf und meinte, unter ihrem Thron Mrs. Klowskis braunes Haar hin und her huschen zu sehen. Im selben Moment wurden ihr eine Augenbinde umgelegt und ein Knebel in den Mund gestopft. Da sie nichts mehr sehen konnte, steigerten sich ihre übrigen Wahrnehmungen. Sie fühlte die ständigen Bewegungen der Zunge, die einmal tief in ihr steckte und gleich darauf an ihrer Klitoris leckte und schnalzte. Gleichzeitig spürte sie, wie sich Leute hinter ihrem Thron aufstellten.

Jeanine fühlte Handschuhe auf ihren Schultern, die nach ihren schlüpfrig eingeölten Brüsten griffen, sie kneteten und an ihren Nippeln spielten. Andere, mit Leder bedeckte Hände, streichelten ihre Schenkel. Als die Zunge sich auf ihren Anus zubewegte, rieben Finger über die frei gewordene Stelle. Die Nähte der Handschuhe stachelten ihre nasse Öffnung zu noch größerer Wollust an. Die Hände, die mit ihren Brüsten spielten, zogen sie nach hinten. Plötzlich wurde die Zunge durch einen forschenden, behandschuhten Finger ersetzt, der in ihren Anus vordrang. Hände schlüpften und glitten über ihre Schenkel, Finger ihre Schamlippen entlang und spielten mit ihrer Klitoris. Jeanine wand sich in grenzenloser Verzückung. Es war ein herrliches Gefühl. Ihr prickelndes, stetig geiler und gieriger werdendes Geschlecht öffnete sich, wie auch ihr Anus, immer weiter.

Jeanine schwelgte in der Ungewissheit, nicht zu wissen, wer sie leckte oder berührte. Lustvoll genoss sie, dass steife Schwänze an ihren Armen, ihren Brüsten, ihren Nippeln geknetet wurden und ihre Schenkel entlangstrichen. Dann fühlte Jeanine, dass sich jemand zwischen ihre gespreizten Beine kniete. Hände zogen sie zurück an die Lehne des Throns. Von unten umschlossen andere Hände ihre Pobacken, Fingernägel gruben sich in ihr Fleisch, schoben sie empor und drückten sie nach oben. Jeanine war weit offen.

Sie wurde geehrt. Sie war die Frau, die ewige Göttin. Einer nach dem anderen kniete sich vor ihre gefesselte Gestalt, und weiche, saftige Lippen und eine Vielzahl verschieden großer Zungen versenkten sich in ihrem erregten, kribbelnden, triefnassen Geschlecht. Ihre Schamlippen, ihr Loch, ihr Schoß, der Mittelpunkt ihres Körpers wurden angebetet und geehrt.

Nach einer Weile fühlte sie, wie ein Penis über ihrer Öffnung schwebte. Die Hände unter ihrem Thron hielten sie noch immer hoch, andere zogen ihre Schenkel auseinander. Der Penis wurde ihre äußeren Schamlippen entlanggezogen und begann dann langsam einzudringen. Ihre Atmung beschleunigte sich stetig. Es war die einzige rasche Bewegung. Alles Übrige wurde mit bedächtiger Langsamkeit getan. Nichts war übereilt. Und die Absicht dieser bedächtigen Bewegungen war es, Jeanine vor unerfülltem Verlangen fast verrückt zu machen.

«Fick mich, fick mich», flehte sie lautlos.

Der vor ihr Kniende nahm sie umstandslos. Plötzlich stieß er seinen Penis in sie hinein, sodass sie durch seinen Stoß ruckartig auf ihn zuschnellte. Er stieß weiter vor, rein und raus. Jeanine schien es, als habe sie nie zuvor so viel Lust erlebt, sich derart vollständig genommen gefühlt oder es so genossen, genossen zu werden. Nicht länger war sie scheu und zurückhaltend, sondern heftig schaudernd und sich windend und verliebt in jeden Augenblick dabei. Erfüllt vom Wunsch, dass es nie wieder aufhöre.

Der Mann kam. Die Hände unter ihr wichen zurück, und sie sackte wieder in die Leere unter dem Thron. Dann spürte sie ohne Vorwarnung einen eiskalten Gegenstand an ihrem Anus. Ihr verbotenes Loch wurde von etwas Kleinem und Harten heimgesucht. Sie fragte sich, ob es der Elfenbeinpenis war, den sie vorhin entdeckt hatte. Es wurde vor und zurück in ihr bewegt, sodass ihr Loch sich öffnete und dem beharrlichen Begehren immer mehr nachgab.

Jeanine lehnte sich zurück und nahm das harte Werkzeug willig an. Hände umschmiegten ihre Brüste, und Finger zwirbelten ihre steifen Nippel und machten sie noch steifer.

Dann wurde ihr der Gegenstand entzogen, und eine Zunge

leckte an ihren Pobacken. Etwas wie ein harter, dünner Stecken widmete sich jetzt ihrem Anus. Ihr Geschlecht blieb unberührt. Alles widmete sich ihrer anderen Öffnung. Erneut keuchte Jeanine auf.

«Befreit sie», wurde die Stimme ihres Beichtvaters laut.

Das versetzte Jeanine einen schmerzhaften, enttäuschenden Stich. Sie war auf die lichten Höhen des Genusses getragen worden, aber nicht gekommen. Verzweifelt wünschte sie sich den Höhepunkt, doch der war ihr verwehrt worden. Jedes Mal, wenn sie kommen wollte, hatten sich die Hände auf ihren Brüsten, ihrem Geschlecht oder ihrem Arsch zurückgezogen, und ihr Orgasmus war verflogen. Darauf trieben sie die Hände, Lippen und Schwänze an denselben Punkt zurück und darüber hinaus, aber gekommen war sie immer noch nicht.

Unsichtbare Hände lösten ihre Fußfesseln. Jeanine wurde auf die Beine geholfen. Die Augen weiterhin verbunden, geknebelt und in Handschellen wurde sie vom Thron fortgeleitet, hochgehoben und über etwas gelegt, was ihr ein Turnpferd zu sein schien. Tatsächlich war es ein Bock. Ihr Bauch lag auf gepolstertem Leder. Ihr Kopf hing herab, ihre Arme wurden nach vorn gezogen und an den Bock gekettet. Ihre Beine wurden gespreizt und an den Knöcheln festgekettet. Ihr Hintern wölbte sich durch zusätzliche Kissen, die ihr unter den Bauch geschoben wurden. Vornübergebeugt lag sie da, den Hintern einladend in die Höhe gereckt.

Die Spitze des rutenartigen Werkzeugs neckte den äußeren Rand ihres Anus, wurde dann fortgenommen und durch einen dicken Lederdildo ersetzt, der in sie eindrang und stetig fester vor- und zurückstieß. Jeanine wand sich vor Lust und zeigte das den unsichtbaren Gestalten, indem sie sich sachte in den Hüften wiegte. Am Dildo angebrachte Lederriemen wurden ihr um Taille und Beine gebunden. Sie fühlte, wie sich das Leder in ihre Muschi grub. Hände passten es so an, dass der Riemen auf ihre Klitoris drückte. Jeanine roch das Öl und fühlte dann die Hände, die es in ihre blanken Pobacken rieben.

Im nächsten Augenblick und gänzlich unversehens bekam sie die Peitsche. Eine dünne Schnur durchschnitt die Luft und landete quer auf ihrem nackten Hintern. Sengender Schmerz durchzuckte sie. Sie biss die Zähne zusammen. Der Knebel hinderte sie am Aufschreien. Hände rieben rasch über den Striemen, dann sauste die Peitsche wieder herab. Sie zog die Muskeln zusammen. Jemand bewegte das Werkzeug in ihrem Anus hin und her. Die Lederriemen zwischen ihren Beinen gruben sich immer tiefer ein. Sie war eine Gefangene. Die Peitsche ging ein drittes Mal nieder. Dazwischen wurde der Dildo fester in sie hineingetrieben und dehnte sie weiter. Die Peitsche ging noch drei Mal nieder. Jeanine erfuhr Lust und Schmerz. Sie bemühte sich, den Augenblick des Schmerzes zu erfassen und in gesteigerte Lust zu verwandeln. Es war eine erlesene Marter.

Eine Zunge leckte ihre Striemen. Das Werkzeug wurde losgebunden und entfernt. Dann drang ein großer Schwanz in ihren Anus ein. Er verschwand geradewegs in ihr und stampfte wütend auf ihr frisch geweitetes verbotenes Loch ein. Ihre Hüften wurden gepackt. Die Striemen auf ihren Hinterbacken wurden gestreichelt. Jeanine wurde ziemlich gründlich in den Arsch gefickt, bis der Mann mit lautem Brüllen kam. Jeanine war noch immer nass und offen.

Als der Mann sich in ihren Arsch gerammt hatte, war es mit der bedächtigen Langsamkeit vorbei. Sie war zerstoben. Verraucht. Selbst die Musik beschleunigte den Takt und schwoll an. Rasch wurden ihre Hände und Füße losgekettet und sie quer durch den Saal getrieben. Die Hände wurden ihr über ihren Kopf gezogen und erneut angekettet. Ihre Beine wurden gespreizt und in Eisen gelegt. Ein Stahlreifen wurde um ihre Taille gelegt und festgeschlossen. Sie stand aufrecht, konnte sich bewegen und krümmen. Ihre nackten Brüste, blanken Pobacken und offene Muschi waren für jeden verfügbar, der Zugang suchte, und sie konnte sich nicht entziehen. Sie war eine Gefangene. Einer der Mönche entfernte die Augenbinde, doch der Knebel blieb ihr umgebunden. Nun sah Jeanine, dass der Saal von unzähligen Kerzen erleuchtet wurde. Außerdem stellte sie fest, dass ihre Hände in einem mit Leder bezogenen Ring steckten, der an einem Querbalken hing, und ihre Beine und der Stahlreifen um ihre Taille an den senkrechten Holzpfosten befestigt waren.

Maskierte Männer und die Frauen bewegten sich um sie herum. Wer eine Kutte trug, raffte sie, damit Jeanine die Geschlechtsteile sehen konnte. Wer Leder trug, stellte sie bereits zur Schau. Die Holzvertäfelung vor ihr glitt beiseite und legte einen riesigen Spiegel frei. Jeanine konnte sich in dem Stahlreifen um ihre Taille drehen und die leuchtend roten Striemen kreuz und quer auf ihrem Hintern betrachten. Männer wie Frauen traten vor und berührten sie. Jeanine musste zusehen, wie sie sich dabei abwechselten, manchmal einzeln, manchmal zu zweit oder dritt ihren angeketteten, gefangenen Körper in Besitz zu nehmen. Nicht länger war Jeanine die gehuldigte Königin. Sie war die Sklavin. Sie war da zu ihrem Gebrauch. Frauen schmiegten den Busen an ihre Brüste, ihren Rücken und leckten sie. Frauen hielten sie an den Schultern fest, während ein Schwanz in ihr Geschlecht gestopft wurde. Ein Mann spielte an ihren Brüsten, während ein anderer in ihren Hintern eindrang. Eine Frau befummelte ihren Hügel, während sie sich in den Arsch ficken ließ. Jeanine stellte fest, dass sie es hinnehmen, annehmen, genießen konnte und mehr wollte.

Sie sah sich im Saal um und erblickte Olga, die den großen, grübchenverzierten Hintern einer jungen Frau in Dienstmädchentracht auspeitschte. Sie sah einen hübschen jungen Schwarzen, der es einer jungen Frau in Novizinnengewand, die vornübergebeugt an die Wand gekettet war, in den Arsch besorgte. Sie sah, wie Auralie, die keine Maske trug, aber einen großen Dildo um ihren hautengen, roten Kunststoffanzug geschnallt hatte, Olga festhielt, vornüberbeugte und penetrierte.

Sie sah Petrow Jackson ficken und gleichzeitig einem jungen, rotblonden Burschen einen blasen, welcher wiederum ein schlankes junges Mädchen leckte, deren präraffaelitische Lockenpracht über ihre nackten Brüste fiel.

Wohin sie auch blickte, sah Jeanine Paare einander begatten, sich gegenseitig ihrer Körper und Körperöffnungen erfreuen. Sie wurde ständig nasser, je länger sie geleckt, penetriert und angefasst wurde. Sie hatte nicht gewusst, dass sie so viel Feuchtigkeit besaß. Ihr Körper wand sich im Sinnentaumel. Sie wiegte sich in den Schultern, in den Hüften, in jedem für Hände zugänglichen Körperteil. Jeder Zentimeter von ihr schien eine erogene Zone zu sein.

Dann sah Jeanine, wie Auralie in ihrem leuchtend roten Anzug auf sie zukam. Sie hielt eine Peitsche. Der Lederriemen lief auf den letzten fünfzehn Zentimetern in fingerdicke Schnüre aus, die auch gut verborgene Stellen aufspüren und geißeln konnten. Außerdem hielt sie eine Reitgerte. Jeanine bekam schlagartig Angst. Richtige Angst. Sie war gefesselt, geknebelt und benutzt worden. Sie hatte bereits die Peitsche gefühlt. Jenen lustvollen Schmerz verspürt. Den sengenden Schmerz quer über ihre Pobacken. Sie hatte rasch gelernt, mit ihm umzugehen und ihn zu genießen, doch ein Gefühl sagte ihr, dass Auralie keine Gnade zeigen würde. Jeanine erinnerte sich an Auralies Gespräch mit Petrow. Sie hatte erfahren, dass ihre Cousine, weit entfernt, sie zu mögen, brennend eifersüchtig auf sie war. Eifersüchtig auf ihre Ehe mit Laurence und weil sie Penelopes Tochter war. Jeanine bekam Angst, da ihr auch noch Petrows Worte einfielen.

«Deine Strafe wirst du erst durch mich und dann durch Auralie empfangen», hatte er im Beichtstuhl zu Jeanine gesagt.

Auralie brachte den Lederriemen kraftvoll auf Jeanines nacktes Fleisch nieder. Das Brennen und der Schmerz waren so heftig, dass sie ohnmächtig zu werden glaubte. Wieder schlug Auralie auf sie ein. Der Schmerz war beinahe unerträglich. Dann trat Auralie auf ihren unglaublich hohen Absätzen langsam zurück in die kopulierende Menge. Sie holte mit der Reitgerte nach zwei Männern aus, die am Boden lagen und sich gegenseitig innig die Schwänze streichelten. Auralie befahl ihnen, sich hinzuknien. Das taten sie, die Hinterteile in die Höhe gereckt. Sie stellte sich hinter sie und brachte die Gerte mit Wucht auf ihre blanken Ärsche nieder. Beide sagten «Danke».

«Zieht ihr jetzt die Jacke aus», durchschnitt Auralies Stimme die Luft.

Sofort gingen die beiden Männer zu Jeanine hinüber und hakten sorgsam und mit aufeinander abgestimmten Bewegungen ihre Schößchenjacke auf, lösten die Strapse von den Strümpfen – die ihr bis zu den Knöcheln rutschten – und streiften ihr diese und ihre Schuhe ab. Dann zogen sie ihr die Schuhe wieder an. Jeanine war nackt bis auf die Handschellen und Fußkettchen. Schutzlos nackt. Kein Teil ihres Körpers konnte nun der Gerte entrinnen. Ihre Brüste, ihr Bauch, ihr Hintern, ihre Schenkel waren ihr vollends ausgeliefert.

Die Männer drehten Jeanine herum, bis ihr blanker Hintern der Galerie zugekehrt war. Sie wurde leicht nach vorn gebeugt. Mrs. Klowski packte ihre Pobacken, zog sie auseinander und zeigte ihren Anus sämtlichen Anwesenden. Sie senkte den Kopf und leckte Jeanines Geschlecht, das vor Angst eng und trocken geworden war. Angst hatte ihre Sexualität abgeschnürt. Angst hatte ihre Löcher geschlossen, die zuvor so offen, benutzt, begehrt und lüstern gewesen waren.

Mrs. Klowski leckte die Ränder ihres Schamhügels und belebte Jeanines beinahe eingeschlafene Lust. Die dralle Zunge wusste den Weg. Leicht fand sie zu jeder Spalte und Falte. Jeanine blühte allmählich wieder auf. Während sie sich öffnete, begann sie, sich zu wiegen. Sachte kreisten ihre Hüften zum anhaltenden Takt von Zunge und Musik, und ihre Säfte fingen wieder an zu fließen. Jeanine merkte, dass es eine vertraute Zunge war, die so kundig leckte, über ihre verhärtete, vorstehende Knospe schnalzte und ihr den Arsch liebkoste. Mrs. Klowskis dicke, kräftige Zunge war es, die sie zuvor so eingehend genossen hatte. Jeanine senkte den Blick, um Mrs. Klowski nicht zu zeigen, wie sehr ihr diese Bestrafung gefiel.

Auralie hatte das Geschen mit ungeheurer Befriedigung verfolgt. Sie hatte es genossen, als Leon Sawyer Jeanine in den Arsch vögelte und Petrow erst in sie eindrang und sie dann auspeitschte, wie die Peitsche dann in andere Hände gelangt war; sie hatte den Anblick genossen, wie Jackson und darauf Kensit ihre Schwänze der jungen Frau mit den verbundenen Augen in den Schritt gerieben hatten, wie Olga das Leder durch Jeanines empfindsames Geschlecht gezogen und über ihre gewölbten Hinterbacken geschnippt hatte. Nun schaute sie hämisch zu, wie die Zunge der Haushälterin Jeanines Vulva heimsuchte und ihre dümmlich lächelnde blonde Cousine auf die Reitgerte vorbereitete. Mrs. Klowski machte Jeanine kontinuierlich feuchter und saftiger.

Auralie beobachtete, wie das gefesselte Mädchen sich zu winden begann. Wie eine Hure zog sie sich den Lederriemen durch den offenen Schritt ihres Anzugs. Sie mochte das Gefühl seiner brettharten Steifigkeit an ihrem Geschlecht. Sie hielt ihn sich an die Klitoris, rieb sich daran und brachte ihren eigenen verborgenen Lustkern in Wallung. Auch sie bereitete sich auf den nächsten Augenblick vor. Den Augenblick, da sie Rache nehmen würde.

Auralie klatschte den Riemen auf ihre lederumhüllte Handfläche und befahl Mrs. Klowski aufzuhören. Sie hob den Riemen hoch in die Luft und ließ ihn pfeifend auf Jeanines nackten Hintern niedergehen. Das Brennen fuhr Jeanine jäh in die Glieder. Sie krümmte und wand sich, als die dünnen Lederschnüre ihr das Fell gerbten. Der Hieb durchdrang sie mit glühender Hitze und zeichnete ihre nackte Haut. Leuchtend rote und blauviolette Striemen erschienen auf ihrem Bauch, ihren Schenkeln und Pobacken. Niemand kam zu ihrer Rettung. Jetzt streichelten keine sanften Hände mehr die schrecklichen Male. Keine Hände wanderten in ihr Weiches. Jeanine erfuhr nichts als den Lederriemen und glaubte, vor Schmerzen die Besinnung zu verlieren. Fang den Schmerz ein, sagte sie sich. Fang ihn ein und halt ihn fest. Stoß ihn oben zum Kopf hinaus. Für den Bruchteil eines Augenblicks erlebte Jeanine die stärkste Lust, danach aber das schiere Feuer. Sie schloss die Augen. Sie ertrug den Anblick nicht. Auralies Hand kannte kein Erbarmen. Sie spürte, wie sie austrocknete, sich alle Sexualität verbrauchte, verflüchtigte. Wieder hob Auralie die Hand. Jeanine sah es und sank in sich zusammen.

Unterdessen hatten sich Petrow und Bruder Geoffrey

zurück auf die Galerie begeben. Sie hatten Champagner getrunken und zugeschaut, wie sich unten die Novizinnen und Gefolgsmänner vergnügten. Schwester Pierre wurde von Bruder Leslie gevögelt, Leon besorgte es Schwester Chloe in den Arsch, und Kensit bumste Olgas Dienstmädchen Nicole. Petrow stellte fest, dass Jill und Mary Olga auf dem Tisch rannahmen. Er gönnte sich ein schiefes Grinsen. Er wusste, dass seine Verflossene ihre Freude daran hatte. Er sah, wie Terry die breithüftige Novizin Margaret vögelte.

Petrow steckte beide Hände unter Bruder Geoffreys Kutte, ergriff den Penis des jungen Mannes und tauchte ihn in sein Sektglas. Da bemerkte er neben sich ein neues Mädchen, dessen Namen ihm nicht einfallen wollte.

«Du heißt?», fragte Petrow etwas undeutlich. Er hatte eine Menge Champagner getrunken.

«Natascha», antwortete die junge Frau.

«Lutsch seinen Schwanz für mich», befahl Petrow. «Leg dich quer über meinen Schoß und nimm seine Eier in den Mund.»

Gehorsam leistete das Mädchen Folge. Petrow hob ihr Gewand und befummelte selenruhig ihren hübschen Hintern, während sie lutschte.

Er schaute über das Geländer der Galerie und sah Jeanine am Prügelring hängen. Auf einmal wurde ihm bewusst, dass die von Auralie ausgeübte Bestrafung keine sexuelle war. Sie war echt. Durch den Alkoholnebel hindurch begriff Petrow, dass Auralie jenseits der von ihm gesetzten Grenzen auf Jeanine einschlug. Petrow war umgehend ernüchtert. Wütend schrie er auf. Er stieß die junge Frau von seinem Schoß und erhob sich.

«Genug!», rief er und lief die Stufen zur Galerie hinunter. Er eilte dorthin, wo Auralie stand, und packte sie beim Arm.

«Du Miststück», sagte er. «Du verdammtes Miststück.»

Er wies Mrs. Klowski an, Jeanine abzuhängen, und rief nach Jackson.

«Festhalten!» Petrow stieß Auralie in Jacksons schraubstockartigen Griff.

Petrow holte eine Gruppe maskierter Gestalten, die Jeanine ins Obergeschoss trugen und auf ein mit weichen Seidenlaken bezogenes Bett legten. Ihre blauen Flecken und roten Striemen wurden mit antiseptischen Mitteln und kaltem Wasser behandelt und anschließend behutsam mit Öl eingerieben. Ihr Knebel wurde entfernt, die Handschellen und Fußketten abgenommen. Dann ließen die Maskenträger Jeanine allein, damit sie schlafen konnte.

Unten im großen Saal befahl Petrow Jackson, eine heftig widersprechende Auralie an Jeanines frei gewordenen Platz zu zerren. Dann brachte er den Lederriemen glutheiß auf Auralies in Kunststoff gehülltes Hinterteil nieder.

«Und du wirst dich bei mir bedanken», sagte er. «Verstanden, Auralie? Du wirst dich bei mir in angemessener Form bedanken.»

«Ja, Meister», presste Auralie hervor, als die Peitsche erneut herabsauste und ihre strammen Pobacken versengte.

«Zieht sie jetzt aus», sagte Petrow. Mehrere Männer versammelten sich um Auralie und schälten sie aus ihrem Anzug.

«Gib die Gerte her», sagte er. Mrs. Klowski reichte sie ihm.

«Und der Knebel?», fragte sie.

«Kein Knebel», erwiderte Petrow.

Er ließ die Gerte schwungvoll auf Auralies Hintern, ihre Schenkel und ihren Bauch sausen. Auralie krümmte und wand sich, versuchte, keinen Ton von sich geben, aber der Schmerz war übermächtig. Sie heulte laut auf.

«Kein Erbarmen», sagte Petrow und schlug erneut auf

sie ein. «Ungehorsam muss bestraft werden. Du hast eine Grundregel meines Ordens verletzt, und dafür gibt es kein Erbarmen.»

Insgesamt erhielt Auralie vierundzwanzig Hiebe. Vierundzwanzig sich deutlich abzeichnende Gertenstriemen auf ihren Pobacken, ihrem Bauch und ihren Schenkeln.

«Erklär das jetzt deinem Ehemann», sagte Petrow befriedigt, warf die Gerte fort und entfernte sich.

Auralie würde es ihrem Ehemann nicht erklären müssen. Gerry war Zeuge ihrer Züchtigung geworden. Er hatte den Eingang zum Saal gefunden und sich im Schutz der Mönchskutte unter die vögelnden Maskierten gemischt. Im Zwielicht der inzwischen funzeligen Kerzen hatte jemand nach seinem Schwanz gegriffen. Aus Furcht, als Eindringling enttarnt zu werden, hatte er sich befummeln lassen. Durch geschickte Handhabung war er steif geworden und hatte, ehe er seinen Weg fortsetzte, das für seine Latte verantwortliche Mädchen gevögelt. Da war ihm eine weibliche, an einem Ring festgebundene Gestalt ins Auge gefallen, die zugleich anal und vaginal gefickt und geleckt wurde. Er achtete nicht weiter auf sie, bis er zu seiner Verblüffung die eigene Gattin mit einer Reitgerte in der einen und Peitsche in der anderen Hand neben der jungen Frau stehen sah. Mit wachsendem Entsetzen sah er zu, wie sie die Werkzeuge auf das schwankende, angekettete Mädchen niederbrachte.

Dann erkannte er, dass es sich bei der Geschlagenen um Jeanine handelte. Er war schon im Begriff gewesen, seine Deckung preiszugeben und nach vorn zu stürmen, als Petrow losgeschrien und Auralie aufgehalten hatte. Gerry war eine der Gestalten gewesen, die die erschöpfte Jeanine ins Obergeschoss getragen hatten. Er war mit Absicht als Letzter gegangen und hatte dafür gesorgt, dass die Tür zu Jeanines Schlafzimmer unverschlossen blieb.

Er war zum selben Zeitpunkt wieder unten eingetroffen, da Petrow Auralie bestrafte. Gerry verfolgte das Schauspiel mit einer gewissen Befriedigung. Es war genau das, was dieses Miststück verdiente, dachte er.

In diesem Augenblick beschloss Gerry, seine bevorstehende Abrechnung mit Auralie zu verschieben. Er würde ihr sagen, dass ihm Petrows Sekte bekannt war. Aber erst, wenn er es genossen hätte, wie sie versuchte, ihm die Striemen zu erklären, die Petrow auf ihrem Körper hinterlassen hatte. Und dann würde er sie sich endgültig vom Hals schaffen. Sie aus dem Haus werfen, sich von ihr scheiden lassen und Jeanine heiraten.

Mit diesen Gedanken verließ Gerry den Saal und ging nach oben, wo Jeanine lag. Er war zu spät gekommen, um sie vor den Ausschweifungen von Petrows Sekte zu bewahren, würde sie aber wieder nach London mitnehmen, solange sich die Hausgemeinschaft noch anderweitig beschäftigte.

Gerry glaubte Jeanine im Schlaf, doch nichts lag der Wahrheit ferner. Jeanines Verstand lief auf Hochtouren. Ihr Körper war schmerzerfüllt, aber ihr Kopf leistete Schwerstarbeit. Sie hatte mit geschlossenen Lidern dagelegen und versucht, sich über ihren nächsten Schritt klarzuwerden.

Jeanine hatte manches Neue an sich entdeckt. Einiges erkannte sie wieder, anderes hatte sie sich geweigert anzuerkennen, manches war ihr nicht einmal bewusst gewesen. Letzteres war nun an die Oberfläche gedrungen und hatte sie gezwungen, über ihre Beweggründe nachzudenken. Sie entschied, dass sie ihr eigenes Leben in den Griff bekommen müsste. Sie musste sich eingestehen, dass ihr Sex gefiel. Wenn sie mehr haben wollte, dann sollte sie sich das auch eingestehen. Sie durfte sich nicht einreden, nicht zu wissen, was sie eigentlich *wollte*. Wenigstens sie selbst sollte sich über ihre eigenen Absichten klar sein. Sie musste schauen, erkennen und begreifen, was für ein Mensch sie wirklich war. Außerdem musste sie lernen, wer ihre Feinde waren und wem sie vertrauen konnte. Sie wusste, dass sie ihrer Mutter vertrauen konnte. Auralie konnte sie nicht vertrauen, höchstens auf ihre Eifersucht und Verschlagenheit bauen. Jeanine lag zwischen den kühlen Seidenlaken, und ihr wunder Körper schmerzte. Sie hatte ein Erlebnis jenseits ihrer kühnsten Träume hinter sich und es zumeist genossen. Das war eine Offenbarung. Sie hatte eine Cousine, von der sie verabscheut wurde. Auch das war eine Offenbarung. Sie war einfältig und töricht gewesen und bestraft worden. Sie würde nicht zulassen, dass ihr so etwas noch einmal zustieße. Trotz allem musste Jeanine sich einen Ausweg aus ihrer gegenwärtigen Notlage überlegen. Das Hotel musste Geld einbringen. Sie musste es zum Erfolg führen. Außerdem war es dringend erforderlich, sich an Auralie zu rächen. Aber wie? Das war die Frage.

Ihre Gedanken wurden jäh unterbrochen, als Gerry ihr sanft die Wange küsste. Sie schlug die Augen auf, als er ihren Körper in die Arme schlang und aus dem Bett zu heben versuchte.

«Was zum Teufel bildest du dir eigentlich ein, Gerry?», fragte Jeanine zornig.

«Mein Auto steht draußen», sagte er.

«Ich kann selbst nach Hause fahren», entgegnete sie schneidend. «Aber ich werde mich nicht wie ein Dieb davonstehlen. Ich werde meine Kleider einsammeln, mich von Petrow verabschieden und aus eigener Kraft heimkehren.»

Gerry hörte es ihrem Tonfall an, dass es dumm wäre, ihr zu widersprechen.

«Ich möchte dich wirklich sehr gerne heiraten», sagte Gerry.

«Das möchtest du?»

«Sehr gerne», gab er zurück.

Jeanine sagte nichts, stand aber auf und wickelte sich das Laken um den nackten, gezeichneten Körper. Gerry fand, dass sie hinreißend aussah, wie Dido oder Boudicca.

Sie wollte nichts weiter als fort von Petrows Anwesen und alleine sein, um ungestört nachzudenken. Und sie musste über vieles nachdenken. Dazu gehörte, wie sie den Rest ihres Lebens verbringen wollte, und sie musste die richtige Entscheidung treffen.

«Ich werde dir zurück nach London folgen, um sicherzugehen, dass du gut nach Hause kommst», sagte Gerry.

«Das wäre nett», sagte Jeanine. «Danke.»

Jeanine ging zur Tür hinaus und die Treppe hinunter. Mit einem Mal wusste sie, was sie tun würde. Sie wusste, wie sie überleben würde. Es war eine plötzliche Eingebung gewesen. Jeanine wusste, wie sie ihre Ziele erreichen würde.

Zehntes Kapitel

Ungeheuer erleichtert schloss Jeanine die Eingangstür zu ihrem Hotel auf. Endlich war sie zu Hause. Sie konnte sich ein schönes heißes Bad einlaufen lassen, um ihre Schmerzen zu lindern. Ihr Hintern tat weh. Er brannte. Das Fahren war ihr schwergefallen. Hin und wieder hatte sie sich gefragt, ob es nicht besser sei, Gerry heranzuwinken, das Auto in einer Seitenstraße abzustellen und sich von ihm heimfahren zu lassen. Je länger sie darüber nachgegrübelt hatte, desto näher war sie nach London gekommen, bis es zuletzt keinen Sinn mehr hatte, ihn noch anzuhalten.

«Hiya», sagte Mrs. Maclean. Jeanine hatte Mrs. Maclean völlig vergessen. «Ihre Mutter hat angerufen. Zwei Mal. Sagte, sie sei in London. Wollte wissen, wo Sie sind.»

«Was haben Sie geantwortet?»

«Bei einer geschäftlichen Sondersitzung», sagte Mrs. Maclean. Jeanine brachte ein schiefes Lächeln zuwege. Nun, dachte sie, so könnte man es auch bezeichnen.

«Sie sehen erschöpft aus», bemerkte Mrs. Maclean.

«Das bin ich», sagte Jeanine.

«Dann lassen Sie mich Ihnen was machen. Was hätten Sie gern, Tee oder Kaffee?»

«Tee», sagte Jeanine. «Einen schönen Kamillentee.»

«Das ist jetzt nicht der gewöhnliche englische Tee, richtig?», fragte Mrs. Maclean.

«Nein. Ich brauche etwas Beruhigendes. Und nichts ist beruhigender als Kamille», sagte Jeanine.

Jeanine nahm ihren Weg die Treppe hinunter.

«Ich werde ein Bad nehmen», rief Jeanine zu Mrs. Maclean hinauf.

«Ich bringe Ihnen dann den Tee», rief sie zurück.

Jeanine dachte, wie freundlich Mrs. Maclean war, und wie glücklich sie selbst dran war, dass sie sich zum Bleiben entschlossen hatte.

In ihren Zimmern warf Jeanine ihre Kleider ab und musterte eine kurze Weile ihren Körper. Die Striemen von Auralies Peitschenhieben waren bläulich angelaufen. Jeanine verspürte heftige Wut und den dringenden Wunsch nach Rache. Keines der beiden Gefühle stimmte sie richtig froh, und sie bemühte sich, sie beim Duschen und Haarewaschen zu vergessen. Anschließend, ohne dass ihre Wut irgend besänftigt war und mit noch heftigeren Rachegefühlen, ließ sie die Wanne vollaufen und gab Badesalz ins Wasser. Jeanine aalte sich im teuren, duftenden Schaum, während sie von verschiedenen Gedanken bestürmt wurde. Jetzt erst wurde ihr Auralies Unterhaltung mit Petrow und Olga voll bewusst. Auralie hatte gesagt, sie und Laurence seien ein Liebespaar. Was bedeutete, dass die beiden sie belogen hatten.

Jeanine hasste Lügen und Lügner. Sie war offen und ehrlich. Vielleicht, dachte sie, war das in dieser Welt ein Fehler. Sie musste aus den jüngsten Ereignissen lernen. Sie musste lernen, verschlagen zu sein. Ein Schauder fuhr Jeanine durch den Leib. Sie beugte sich vor, drehte an den vergoldeten Hähnen und ließ mehr heißes Wasser in ihre mahagoniverkleidete viktorianische Badewanne. Sie prüfte eingehend ihre Lage. Der Ruf ihres Hotels war ruiniert, ihre Chance, Geld zu verdienen und ein gutes Auskommen zu haben, dahin, ihre geliebte Cousine hasste sie in Wirklichkeit und hatte ihren Sturz betrieben, der Mann ihrer Cousine war in sie verliebt und wollte sie heiraten. Wenn er seine Frau betrog, dann könnte er auch ihr untreu werden. Für Jeanines Begriffe war das die Verleugnung eines Gelöbnisses. Denn die Ehe war ein Gelöbnis. Vielleicht, dachte sie, war Treue ja unmöglich. Betrachtete sie die ganze Frage aus diesem Blickwinkel, könnte sie allerdings zu völlig anderen Erkenntnissen gelangen.

Das Nachdenken im Bad war höchst belebend. Jeanine ließ noch mehr heißes Wasser ein. Sie dachte über ihre anderen Beziehungen nach. Ihre Mutter, wiederverheiratet und von ihrem neuen, schwärmerischen Ehemann begeistert. Sie würde später mit ihr telefonieren, hatte aber die Fotos in den Zeitungen gesehen und wusste, dass ihre Mutter richtig glücklich war. Penelope war verliebt, und eine verliebte Frau ist völlig von ihrem Liebhaber eingenommen. Jeanine konnte nicht auf ihre Mutter bauen. Nicht auf lange Sicht. Sie würde erwachsen werden müssen. Sie durfte sich auf niemanden völlig verlassen. Sie musste ihre eigenen Entscheidungen treffen. Doch was sollte sie tun? Sie hatte viel Geld in ihr Hotel investiert. Auch Geld von Petrow. Was könnte sie mit dem Gebäude noch anfangen?

Sie überlegte weiter. Während sie nachdachte, streichelte sie sich mit dem Seifenschaum beiläufig die Brüste. Da erst schoss es ihr wie ein Blitz durch den Kopf. Was hatte Gerry bei Petrow zu suchen gehabt – bei Petrow und in einer Mönchskutte? Er gehörte doch bestimmt nicht zum Orden. Falls doch, hatte er sie dort gefickt? Sie glaubte, sie hätte sich trotz all der anderen Schwänze erinnert, wie seiner sich anfühlte. Ein Teil von ihr konnte kaum glauben, dass sie sich unbekannten Händen hingegeben hatte, die ihr an die Brüste und das Geschlecht gegriffen und vorn und hinten in sie eingedrungen waren. Erotische Erinnerungen verführten ihre eigensinnigen Hände, und schnell hatten sich ihre Nippel versteift. Sie wusch sich zwischen den Beinen und merkte, dass sie sowohl innen wie außen nass war. Sie war wieder erregt. Sie wollte wieder Sex. Sie lehnte sich zurück, schloss die Augen und lächelte matt in sich hinein.

«Sie sehen bildschön aus», sagte Mrs. Maclean. Jeanine öffnete überrascht ihre Augen. «Ich habe angeklopft, aber Sie haben nicht geantwortet.»

«Oh, ich war mit meinen Gedanken ganz woanders, Mrs. Maclean», sagte Jeanine.

«Nennen Sie mich Henrietta.» Mrs. Maclean reichte ihr eine dampfende Tasse Kamillentee, hob dann ihre eigene Tasse und nahm einen Schluck. «Dachte mir, ich nehme meinen mit Ihnen zusammen. Und wo ich mir Ihr Gesicht so ansehe, waren es sicher frohe Gedanken.»

«Waren es, Henrietta, waren es. Ich wurde gerade gefickt.» Jeanine war von ihrem offenen Geständnis verblüfft, aber die Amerikanerin hatte etwas Vertrauenswürdiges an sich.

«Sie Glückliche! Sind Sie deshalb so erschöpft?»

«Ganz offen gesagt, Henrietta, ja. Ich habe einer Sexorgie beigewohnt.»

«Meine Güte», rief die andere Frau aus. «Gibt es so was wirklich? Ich dachte, das gehört ins Reich der Phantasie. Können Sie mir erzählen, was Sie getan haben? Ich meine, hat es Ihnen gefallen?»

«Das meiste hat mir gefallen», erwiderte Jeanine. «Es hat mir gefallen, bis meine Cousine eintraf und mich verprügelte. Sehen Sie nur, was sie getan hat.»

Jeanine stand aus ihrem Badewasser auf und zeigte zu Mrs. Macleans völliger Überraschung ihren prallen, sahnigen, mit magentaroten und dunkelblauen Striemen überzogenen Hintern her.

«Du lieber Himmel! Da muss Nussöl drauf, aber schnell», sagte Mrs. Maclean und war zur Tür hinaus.

Als sie zurückkehrte, war Jeanine aus der Wanne gestiegen und in ihren langen gelben Frotteemantel gewickelt.

«Kannst du es für mich einreiben?», fragte Jeanine, ließ den Mantel zu Boden fallen und stand splitternackt vor Mrs. Maclean.

«Aber sicher», sagte sie. «Und währenddessen kannst du mir erzählen, was man mit dir gemacht hat.»

Jeanine bückte sich über die Wanne, und während Mrs. Macleans weiche Hände ihr die wunden Pobacken mit Nussöl einrieben, erzählte Jeanine ihr, wie sie ihre Sünden hatte beichten müssen. Und wie sie Petrow hatte beichten müssen, dass sie Sex mit dem Mann ihrer Cousine gehabt hatte. Und wie er ihr mitgeteilt hatte, ihre Strafe würde eine sexuelle Strafe sein. Dann erzählte Jeanine Mrs. Maclean, wie Mrs. Klowski ihr die Brüste eingerieben und Jackson seinen Schwanz zwischen ihre Beine gesteckt und Mrs. Klowski gleichzeitig an ihrer Muschi herumgespielt hatte.

«So etwa?», fragte Mrs. Maclean. Selbstvergessen hatte sie die Hinterbacken der jungen Frau umkreist und wahrgenommen, dass Jeanines angeschwollene rosa Knospe sich einladend öffnete, und sich danach gesehnt, ihre weiche, füllige Nässe zu berühren. Jetzt ließ sie ihren Finger langsam und behutsam herumwandern und in Jeanines offene, feuchte Muschi einsinken.

«Ja», sagte Jeanine, wiegte sich in den Hüften und genoss die Berührung. Sie hatte sich gewünscht, von jemandem angefasst zu werden. Jeanine kümmerte es nicht mehr, wer das war, solange es jemand Sanftes war. Jemand, der sie liebevoll streicheln würde.

«Genau so», sagte sie und fuhr dann mit ihrer Geschichte fort. «Dann hat Jackson meine Handgelenke zusammengekettet.»

«Wer ist Jackson?», fragte Mrs. Maclean.

«Er ist ein riesengroßer, sehr schwarzer Mann», erläuterte Jeanine. «Außerdem ist er der beste Freund und Geschäftspartner meines Onkels Petrow und spielt gern den Butler. Gut möglich, dass sie außerdem Liebhaber sind. Petrow ist beidem zugeneigt, und die zwei sind schon sehr lange zusammen.»

«Sag mal, Jeanine», bat Mrs. Maclean neugierig, «stimmt das Gerücht, dass die schwarzen Kerle alle große Schwänze haben?»

«Ich weiß es nicht im Allgemeinen, aber Jackson schon. Einen sehr großen.»

«Du hast ihn gesehen?»

«Ich hab ihn gesehen, und er hat ihn mir in den Mund geschoben und mich gezwungen, ihn zu lutschen.»

«Oh!» Jeanines unverblümte Schilderung verschaffte Mrs. Maclean einen nachvollziehbaren Kitzel. «Und was ist dann passiert?», fragte sie und genoss das Gefühl von Jeanines nasser, sich unter ihren tastenden Fingern weitender Öffnung. «Sie zogen mir die Kleider aus. Ließen mir nur Schößchenjacke, Strümpfe und hochhackige Schuhe und holten mich aus einer Kabine in einen Saal voller Menschen. Dann führten sie mich auf ein Podium, setzten mich auf einen Thron und banden meine Beine zu beiden Seiten fest, sodass meine Muschi weit offen zur Schau gestellt war.» Die Erinnerung daran erregte Jeanine, und sie ruckte und krümmte sich unter Mrs. Macleans Berührung. «Die kostümierten Männer und Frauen kamen auf das Podium, und während Jacksons Schwanz in meinem Mund steckte, verband mir jemand die Augen.»

«Was geschah dann?»

«Unbekannte Hände befühlten mich, unbekannte Zungen leckten mich, und unbekannte Schwänze fickten mich.»

«Und du hast es genossen.»

«O ja. Hättest du nicht?»

«Ich glaube doch, ja», Mrs. Maclean schluckte aufgeregt. «Bei Gelegenheit würde ich das wohl auch tun. Was noch?»

«Der Thron, auf dem ich saß, hatte eine Sitzfläche, die sich öffnete, und unter mir lag eine Frau, die mir die Muschi ausschleckte.»

«Dir die Muschi ausschleckte?»

«Ja. Hast du das schon mal bei jemandem getan, Henrietta?»

«Nein.»

«Würdest du gern?»

«Ja.»

«Würdest du gern meine ausschlecken?»

«Ja», sagte Mrs. Maclean und stieß zwei Finger kräftig in Jeanines saftige Muschi.

«Dann werde ich mich umdrehen und die Beine breit machen, und du kannst mit der Zunge genau hierhin gehen ...», sagte Jeanine. Sie erhob sich, wandte sich um, lehnte sich mit dem Hinterteil an die Wannenflanke und spreizte mit zwei Fingern ihr Geschlecht. Mrs. Maclean kniete vor ihr nieder und legte ihre Zunge auf Jeanines weiche, saftige Öffnung.

Heute ist ein bemerkenswerter Tag, dachte Mrs. Maclean. Am frühen Morgen war sie vom Zimmerkellner von hinten gevögelt worden und hatte zum ersten Mal im Leben einen Orgasmus gehabt. Das hatte zu der Erkenntnis geführt, dass ihr Sex mitnichten missfiel, sondern sie ihn genoss. Mit den lautersten Absichten der Welt hatte sie Nussöl auf Jeanines wohlgerundeten, aber böse gezeichneten Hintern gerieben. Und im Zuge dessen hatte sie Jeanines außerordentlichem Bericht über ihre sexuelle Betätigung gelauscht, und es hatte sie erregt, und ihre Finger hatten begonnen, mit Jeanines herrlich prallem Po zu spielen und ihn zu formen. Henrietta Maclean war immer feuchter zwischen den Beinen geworden, und ihre Nippel hatten sich versteift und ihre Kehle zugeschnürt. Auch sie hatte erotische Tagträume. Auch sie hatte an Schwänze und Muschis gedacht.

«Drück meine Schenkel auseinander und schieb mir deine Zunge rein», sagte Jeanine.

Während sie auf Knien Jeanines nachgiebige, fleischige Falten erforschte, die leiseste Anspannung ihrer Muskeln und die pochende Erweiterung ihrer Öffnung auf ihrer eigenen Zunge fühlte, machte Henrietta Maclean ihre nächste bedeutende Entdeckung: Es gefiel ihr, eine andere Frau zu lecken.

«Lass deine Zunge auf und ab wandern», sagte Jeanine. «Ja, ja, genau da.» Mrs. Maclean hatte Jeanines Klitoris gefunden. «Oh, das ist wunderbar.»

Mrs. Maclean hatte eine satte, fette, geschmeidige Zunge, die erstaunlich gut arbeitete. Jeanine genoss diese unverhoffte Lust. Sie streckte die Beine ein wenig, klammerte sich am Wannenrand fest und fuhr mit ihrer Geschichte fort.

«Dann hörten sie auf, mich zu ficken und zu lecken und auszuschlecken, und banden mich über einen Bock, hoben meinen Arsch mit einem Haufen Kissen an und steckten mir hinten einen Dildo rein.»

«In den Arsch?»

«Ja, in meinen Arsch.»

«So etwa?», fragte Mrs. Maclean erregt und tat das Natürlichste der Welt. Sie führte eine Hand um die Innenseite von Jeanines Schenkel herum und stieß mit einem Finger in ihre frisch gedehnte rückwärtige Öffnung.

«Genau so», sagte Jeanine und wand sich schaudernd unter dem Finger und der Zunge. «Und dann bekam ich die Peitsche zu spüren.»

«War das deine Cousine?», fragte Henrietta, die kurz den Kopf hob und dann zu ihrer willkommenen Aufgabe zurückkehrte, mit ihrer dicken Zunge über Jeanines Klitoris zu fahren.

«Nein, das kam später. Hier wurde es richtig gemacht.»

Während sie daran zurückdachte, wie sich ihr die Peitschenschnur auf die gewölbten Pobacken brannte, wurde Jeanine vollkommen steif vor Begierde. Sie bebte. Sie bekam einen Kloß im Hals, und ihr Magen zog sich zusammen. Irgendwo tief in ihrem Bauch entzündete sich ein Funke, breitete sich blitzschnell aus und raste ihre Lenden hinunter. Plötzlich und sehr rasch kam Jeanine.

«Henrietta, würdest du gern gevögelt werden?», fragte Jeanine Augenblicke später, als die beiden beieinandersaßen und guter Laune Kamillentee schlürften. Nichts lag zwischen den beiden Frauen. Die eine hatte genommen, die andere freudig gegeben. Vielleicht würden sie es wieder tun. Vielleicht nicht. Es spielte keine Rolle. Beide hatten etwas Schönes erlebt. Beide waren zufrieden.

«Gern. Ich würde sehr gern Sex haben», entgegnete Mrs. Maclean.

«Dann möchte ich, dass du jetzt sofort losgehst, und dir die Haare schneiden und färben lässt. Grau steht dir nicht. Es macht dich alt.»

«Mein Haare färben!», rief sie aus und dachte, dass Jeanine alles bestätigte, was sie selbst von sich dachte.

«Ja. Lass es dir braun färben und kauf dir ein paar neue Kleider. Wirf alles weg, was du mitgebracht hast. Geld hast du, oder?»

«Ja.»

«Gut. Geh zu diesem Laden», Jeanine schrieb einen Namen und eine Adresse auf einen Zettel und reichte ihn Mrs. Maclean.

«Du musst nach Soho fahren. Jeder Taxifahrer kennt den Weg dorthin. Ich möchte, dass du die folgenden Teile für dich kaufst. Und sie müssen richtig passen und schön anschmiegsam sein.»

Mrs. Maclean betrachtete mit einer gewissen Besorgnis die Liste, die Jeanine für sie aufgestellt hatte.

«Du wirst wunderbar aussehen», versicherte ihr Jeanine, als sie Mrs. Macleans Befürchtungen spürte. «Sobald du alles zusammenhast, gehst du zu diesem Laden –», Jeanine notierte eine weitere Anschrift, «– und kaufst diese Sachen. Es ist nicht weit, du wirst also keine Schwierigkeiten haben.»

«Und was dann?», fragte Mrs. Maclean.

«Möchte ich, dass du bei mir bleibst und mir hilfst, mein Hotel zu führen», sagte Jeanine. «Würdest du das tun?»

«Ich werde gevögelt, wenn ich's tue?», fragte Henrietta.

«Unbedingt», sagte Jeanine und lächelte schelmisch. Auf einmal hatte sie beschlossen, was sie tun würde, wie sie ihr Hotel führen und Geld verdienen würde. Aber das konnte sie nur mit verlässlicher Hilfe. Mit Henrietta Macleans verlässlicher Hilfe.

«Dann habe ich wohl keine andere Wahl», sagte Henrietta, erwiderte das Lächeln und zog los.

Jeanine hob den Hörer ab und rief ihre Mutter an. Als sie das Gespräch mit ihr beendet hatte, rief sie den Schreiner an, der bei der Renovierung des Hotels für sie gearbeitet hatte. Sie traf eine Verabredung mit ihm für den Abend. Dann telefonierte sie mit Petrow und Olga und teilte ihnen mit, dass sie eine außerordentliche Familienzusammenkunft in drei Tagen anberaume und verschiedene Mitglieder seiner Sekte, Auralie eingeschlossen, einladen wolle. Als Petrow sich anschickte, sie auszufragen, fiel ihm Jeanine ins Wort. Sie duldete kein Verhör.

Dann wählte Jeanine die Büronummer von Gerry. Seine Sekretärin gab an, er sei fort zu einem Geschäftstreffen. Jeanine versuchte, ihn zu Hause zu erreichen, aber er war nicht da. Sie sprach eine Nachricht auf den Anrufbeantworter, wonach sie die nächsten Tage über sehr beschäftigt sein werde und sich nicht mit ihm treffen könne.

Jeanine war noch nicht angezogen und hörte, wie sie sich zur Zusammenkunft einfanden. Sie machte Petrows tiefe, einlullende Stimme aus, die noch tiefere Jacksons mit ihrem eher amerikanischen Akzent und Olgas französischen Zungenschlag. Sie hörte Auralie lachen und Terry Nicole und Kensit etwas zurufen. Jeanine vermutete, dass die beiden Olgas Dienstmädchen und Fahrer waren; nie schien sie ohne Gefolge aufzutreten. Alle waren pünktlich, doch Jeanine hatte sich vorgenommen, sie warten zu lassen. Sie hatte Mrs. Maclean aufgetragen, sie in den Speisesaal zu führen und ihnen ihre vorgesehenen Plätze am Tisch zuzuweisen.

Jeanine hatte eine außerordentliche Zusammenkunft anberaumt, und die Geladenen würden bald feststellen, wie außerordentlich sie war. In den wenigen Tagen seit ihrer Rückkehr von Petrows Kloster hatte Jeanine einen Plan entwickelt und umgesetzt. Er stand jetzt vor seiner Verwirklichung. Jeanine hatte alles zu gewinnen und nichts zu verlieren. Sie hielt die Fäden in der Hand. Und das wusste allein sie.

Nackt stand Jeanine vor ihrem Kleiderschrank mit Walnusseinlagen und öffnete seine Türen. Ihre Augen fielen auf ein schweres, bodenlanges Kleid aus französischblauem Seidenjersey. Es hatte lange Ärmel, einen schräggeschnittenen Rock, der sich um ihre Hüften schmiegte, und ein Crossover-Oberteil. Das, entschied sie, war für ihre Absichten wie geschaffen. Jeanine warf einen Blick auf ihre Pobacken. Sie stellte fest, dass die schlimmen roten und blauen Striemen nahezu verschwunden waren. Sie zog sich das Kleid über den Kopf und langsam an ihrer vollen Figur hinunter. Es saß hervorragend. Sie wollte nichts darunter tragen, um sicher zu sein, dass Schnitt, Falten und Geschmeidigkeit des Jerseystoffs ihre Kurven hervorhoben. Aber sie würde Strümpfe tragen. Sie suchte ein Paar reinseidene halterlose in sehr dunklem Grau mit Bändern aus feiner Spitze heraus und rollte sie behutsam ihre Beine hoch. Sie griff nach ihrem Schuhlöffel und half ihren Füßen in hochhackige Schuhe aus schwarzem Wildleder. Sie bürstete sich das Haar und ließ es sich sexy über die Schultern fallen. Sie setzte sich an ihren Toilettentisch und schminkte sich das Gesicht mit einer leicht aufhellenden Grundierung. Sie tuschte sich zart Augenwimpern und Brauen, tupfte sich Rouge auf die Wangen, zog mit einem braunen Stift die Umrisse ihrer vollen Lippen nach und füllte sie dann mit einem leuchtenden, ins Rosafarbene spielenden Rot, das ihren Teint unterstrich.

Henrietta Maclean schob ihren Kopf durch die Schlafzimmertür.

«Alle sind da und warten», sagte sie.

«Ist alles bereit?», erkundigte sich Jeanine und legte ihren Lippenstift weg.

«Alles», bestätigte Mrs. Maclean.

Die beiden Frauen grinsten einander verschwörerisch an.

«Ich brauche nicht mehr lange», sagte Jeanine.

Mrs. Maclean ging und schloss die Tür. Jeanine stand auf. In Wandspiegel und Drehspiegel konnte sich Jeanine aus jedem Winkel betrachten. Sie sah schick, aber auch sexy aus. Der weiche Stoff bedeckte ihre großen Brüste vollkommen, doch ihre steifen Nippel brachten Unruhe in die klare Form und ließen sie ausgesprochen schamlos erscheinen. Sie waren eine

Aufforderung zum Anfassen für jeden auch nur leicht erregten Menschen. Jeanine lächelte. Genau diese Wirkung wollte sie erreichen. Jeanine sah sich nach ihrem Hintern um. Mit Befriedigung stellte sie fest, wie die Falten des Seidenjerseys über ihre Pobacken fielen, adrett in die Spalte dazwischen einsanken, die Form ihres Hinterns betonten und laut und deutlich verkündeten, dass sie unter ihrem Kleid völlig nackt war. Jeanine war bereit.

Sie fühlte, wie die Lust durch sie strömte, als sie gemächlich ihren Speisesaal betrat, mit erhobenem Kopf und wogenden Brüsten. Ihre aufgerichteten Nippel drückten gegen den Jerseystoff, und ihre Hüften wiegten sich einladend. Sie blieb am leeren Stuhl zwischen Petrow und Olga stehen.

Olga starrte sie an und bereute die Zeit bei Petrow, die sie mit Nicole verbracht hatte, wo sie doch Jeanine hätte haben können. Sie sah unglaublich begehrenswert aus. Ihre Brüste sagten: «Berührt mich!», ihre steifen Nippel riefen geradezu: «Drückt, streichelt und kneift mich!» Olga war überzeugt, dass Jeanine keine Unterwäsche trug, und verspürte den starken Wunsch, ihren Saum zu heben und auf ihren nackten Hintern zu klatschen.

«Olga, leg deine Handfläche offen auf meinen Sitz», sagte Jeanine.

Olga leckte sich die Lippen und leistete Folge. Jeanine raffte ihren Rock. Ihr nackter Hintern war für Olga und Petrow kurz zu sehen. Dann ließ sie sich nieder und nahm Olgas Hand zwischen sich und dem Lederbezug des Stuhls gefangen. Jeanine wand sich und ruckte kurz hin und her, damit Olgas Finger durch ihre Nässe schlüpfen, ihre Klitoris berühren und langsam in ihr wollüstiges Geschlecht eindringen konnten.

Als Jeanine Platz genommen hatte, schweifte ihr Blick über die Runde. Henrietta hatte alle genau so platziert, wie sie es gewünscht hatte. Neben ihr, in seine Kutte gekleidet, spielte Petrow an seinem Schwanz und seinen Eiern. Auralie, in engen Jeans und einer weißen Bluse aus feinem Batist, wobei es der fehlende Büstenhalter dem Umriss ihrer kecken, aufgerichteten Brüste erlaubte, sich deutlich durch das durchscheinende Gewebe abzuzeichnen, war mit Vorsatz ihrer Cousine gegenüber platziert worden und somit gezwungen, jede Bewegung Jeanines zur Kenntnis zu nehmen, die von Olgas forschenden Fingern ausgelöst wurde. Auralie saß reglos da und täuschte mit eisiger Miene Gleichgültigkeit vor, während in ihr die Eifersucht tobte. Jackson saß im Anzug zwischen Petrow und Nicole. Er ließ ein schwaches Lächeln sehen, als ihm klar wurde, was Jeanine vorhatte. Seine Hände verschwanden unter dem Tisch und öffneten seine Hose. Jeanine wusste, dass sein massiger Schwanz und seine Eier hervorquellen würden, während er ihr zusah. Es verschaffte ihr einen Kitzel, und sie wand sich unwillkürlich auf Olgas Fingern.

Jeanine sah sich am Tisch um und war ziemlich sicher, dass es allen dort in den Lenden juckte. Terry, in sommerlichem T-Shirt und Shorts, saß zwischen Nicole und Auralie. Nicole trug einen sittsamen schwarzen Dienstmädchenkittel. Doch die Wirklichkeit strafte ihre Erscheinung Lügen, als Jeanine sich Nicoles Verhalten bei Petrow wieder in Erinnerung rief. Sie beobachtete, wie Terrys Hände hinüberwanderten und Nicoles Schenkel massierten, während sich die Beine des Mädchens seinen Fingern öffneten. Kensit saß still in seiner Chauffeursuniform da. Er sah davon ab, Auralie anzufassen, die unbewegt blieb und steinern dreinblickte. Olga fuhr fort, sich mit Jeanines schwellender Muschi zu beschäftigen. Jeanine ließ die Muskeln in ihrem Schritt um Olgas Finger spielen.

«Wie ihr wisst, bin ich ein guter Fick», verkündete sie der versammelten Gesellschaft.

Es war nicht ganz das, was sie zu hören erwartet hatten. Sie schwiegen, während Jeanine fortfuhr.

«Und auf die eine oder andere Art war jeder von euch bestrebt, den Erfolg meines Hotels zu verhindern.» Sie sah Nicole und Kensit an. «Einige jedoch weniger als andere.»

Ihre Muschi glitt nun über Olgas sich sachte bewegende Hand, und Jeanines großes Vergnügen daran war für alle im Raum offensichtlich. Sie sah zu Auralie hinüber, die eine düstere Miene aufsetzte. Jeanines Rache nahm allmählich Gestalt an.

«Da es euch gelungen ist, einiges Durcheinander anzurichten, habe ich beschlossen, nicht länger im eigentlichen Hotelgeschäft zu bleiben. Vielmehr schlage ich vor, dieses Haus in eine Art Club umzuwandeln. Einen Club für besondere Ansprüche. Einen teuren und exklusiven Club für besondere Ansprüche. Es wird viel Geld kosten, ihm beizutreten, und viel Geld, sich hier aufzuhalten, aber ich werde gewisse Dienste anbieten, die für Leute mit, sagen wir, gewissen Schwächen, nicht ohne Weiteres verfügbar sind.»

Jeanine stand auf, und die Falten ihres Kleids legten sich um ihren Körper.

«Ich habe in den letzten Tagen gewisse Änderungen vorgenommen und möchte, dass ihr alle mitkommt und euch anschaut, was ich gemacht habe.»

Jeanine verließ den Speisesaal, ging die Treppe hinunter, durch ihr Schlafzimmer und auf den mit Teppichboden ausgelegten fensterlosen Raum dahinter zu. Sie klopfte leicht an die Tür und wich etwas zur Seite, als Mrs. Maclean öffnete. Stillvergnügt sah Jeanine, wie Terry den Mund aufklappte und verblüfft auf Mrs. Maclean starrte.

Sie war wie die Königsmätresse Nell Gwynne gekleidet und wirkte um mindestens zehn Jahre jünger. Ihr frisch gefärbtes braunes Haar war wunderschön frisiert und umrahmte ihr Gesicht in sanften Wellen. Dieses war ohne schwere, dunkel getönte Grundierung geschminkt. Der grünblaue Lidschatten war durch einen weichen grauen Lidstrich ersetzt worden und der dunkelrote, leicht bläuliche Lippenstift durch ein zartes Rosa. Doch die Kleider waren es, die sie verwandelten. Ihre bloßen Brüste wurden in ein fischbeinverstärktes und geschnürtes Mieder aus schwarzer und grüner Seide gezwängt, das ihre Nippel mit seinem Hauch ungebleichter Spitze kaum mehr bedeckte. Ihre Taille war eng geschnürt, und der dunkelgrüne Rock bauschte sich über ihren breiten Hüften. Sie trug kleine, hochhackige, seitlich geknöpfte Stiefel. An ihrem linken Arm hing ein Korb voll Apfelsinen, und in der rechten Hand hielt sie einen Ochsenziemer.

«Willkommen im Kerker», sagte Jeanine.

Ein unkeuscher Schauer überlief die Gruppe, als alle den Raum betreten hatten und Henrietta die schwere Tür hinter ihnen zusperrte.

Petrow und Olga wanderten im Raum umher und begutachteten alles. Sparren waren unter die Decke gezogen worden, an denen ein Paar große Stahlringe mit Ledergurten hingen. Petrow prüfte die Ringe auf Belastbarkeit.

Nicole sah sich unter den Geschirren um, die neben den Ringen hingen. Olga nahm einige der Rohrstöcke in die Hand, die an einer Wand entlang neben einer Auswahl Paddeln, Peitschen und Lederriemen standen. Sie ließ sie durch die Luft pfeifen und befand sie für ausgezeichnet. Auralie tat nichts weiter, als die umfangreiche Sammlung von Dildos anzustarren, die Jeanine auf einem Regal ausgestellt hatte. Große und kleine, dicke und dünne, kurze und lange, einschließlich eines prächtigen schwarzen Doppeldildos aus Leder vollständig mit Geschirr und Gürtel.

Jeanine streckte eine Hand aus und fing an, Jacksons massigen und erregten Schwanz zu reiben. Er sprach sofort darauf an, indem er sich lässig an die Wand lehnte und seine Hände in den Spalt von Jeanines Oberteil schob. Jeanine raffte ihren Rock, damit Jackson seinen Schwanz zwischen ihre Schenkel stecken konnte, während sie sich rücklings an seine Brust lehnte und ihn mit ihren Brüsten spielen ließ. Jeanine wusste, dass dies jeden Mann und jede Frau im Raum erregte.

Auralie ließ die Augen über Jeanines Kerkerausrüstung schweifen, einschließlich eines Prügelpfahls, an dem Seile und Ketten hingen, als stände er schon für einen Büßer bereit. Ein Gefühl sagte ihr, dass dieser sehr wohl sie selbst sein könnte. Sie war dankbar dafür, engsitzende Jeans zu tragen.

Klammheimlich schlich sie sich zurück zur Tür und probierte die Klinke. Mrs. Maclean bemerkte es.

«Sie ist abgeschlossen», sagte sie. Das verstärkte Auralies Beklemmung. Sie schenkte Mrs. Maclean ein mattes Lächeln und begab sich ans andere Ende des Raumes.

Vom Fußboden erhoben sich drei Podeste. Auf ihnen stand jeweils ein höchst merkwürdiges Möbelstück. Ein gepolsterter Strafhocker, eine Prügelbank mit prangerartiger Vorrichtung für den Kopf und seitlich eingelassenen Stahlmanschetten für Hand- und Fußgelenke und ein Bock mit Lederschnallen, um damit ausgestreckte Arme und Beine zu fesseln.

«Das hast du gut gemacht», sagte Petrow an Jeanine gewandt.

«Nicht wahr», schnurrte sie, führte ihre Hand nach unten und ergriff Jacksons umtriebigen, unter dem Scheitelpunkt ihrer Schenkel hin- und herstoßenden Schwanz. Jeanine schaute hinüber zu Henrietta. «Aber ohne Henriettas Hilfe hätte ich es nicht geschafft.»

Mrs. Maclean kam herüber und stellte sich neben Jeanine.

«Ich möchte, dass ihr alle Henrietta kennenlernt, meine neue Geschäftspartnerin.»

Jeanine nahm ihre Hand. Um sie hochzuhalten, dachte Mrs. Maclean, als eine Art Vorstellung. Stattdessen legte Jeanine sie auf den sichtbaren Teil von Jacksons gewaltigem Penis, der zwischen ihren Schenkeln hervorragte.

«Reib ihn», sagte Jeanine. «Noch besser, bück dich und lutsch ihn.»

Jacksons Schaft in der Hand, beugte sich Mrs. Maclean vor und leckte Jacksons hin- und hergleitendes Glied. Bei welcher Gelegenheit Terry, den die Verwandlung von Mrs. Maclean erregt und neugierig gemacht hatte, seinen Hosenschlitz aufzog, hinterrücks den Saum ihres grünen Seidenrocks hob, sie bei der Taille packte und seinen Schwanz zwischen ihre Schenkel schob.

Henrietta Maclean fuhr fort, sich Jackson zu widmen, während sie ihre Freude an einem weiteren Schwanz hatte, der sich seinen Weg hinauf in ihre nasse und begehrliche Vulva bahnte. Sie wusste nicht, wem er gehörte, hoffte aber auf Terry. Er fühlte sich an wie bei Terry. Kein Wunder, dass Jeanine ihre Sexorgie genossen hatte – das Gefühl zweier Schwänze war äußerst lustvoll. Henrietta schob sich zurück auf Terrys Penis, der in sie einsank, so weit es ging, und sie nahm und ebenso ritt, wie Jacksons Schwanz ihren Mund ritt. Jeanine lächelte anzüglich. Sie hatte Henrietta einen Fick für ihr Bleiben versprochen, und ihr Versprechen war erfüllt worden.

«Hört mal alle zu», rief Jeanine. «Ich schlage vor, unsere Zusammenkunft hier drin fortzusetzen, also such sich doch jeder einen gemütlichen Fleck, während ich mein Vorhaben erläutere. Falls natürlich irgendwen der plötzliche Wunsch nach Ficken oder Lutschen überkommt, ist er herzlich eingeladen. Und sollte irgendwer meine Spielzeuge nutzen wollen, sei er mein Gast. Heute ist alles umsonst. Ach ja, was ich euch noch sagen muss, der Raum ist vollkommen schallgedämpft.»

Kensit hatte Nicoles Dienstmädchenkittel hochgehoben, ihr den langen Rüschenschlüpfer bis zu den Knien gezogen und schnippte ihr nun einen Rohrstock auf den bloßen Hintern.

Auralie eilte umgehend hinüber zu Olga.

«Warum hast du das getan?», fragte Auralie. «Warum hast du an der Muschi von diesem Miststück gespielt?»

Jeanine hörte Auralies Bemerkung, unterdrückte aber ihren Zorn. Ihr Augenblick würde noch kommen, und sie würde nichts überstürzen. Sie hatte ihre Rache geplant und würde sich nicht durch irgendeine dumme Gefühlsregung davon abbringen lassen.

«Weil ich es wollte», erwiderte Olga.

«Aber du gehörst mir und nicht ihr!»

«Ich gehöre niemandem», sagte Olga. «Chérie, ich dachte, das würdest du verstehen. Das ist doch der ganze Sinn dabei, zum Orden zu gehören. Wir vögeln, lutschen, arschficken und peitschen, wen wir wollen.»

«Das weiß ich ja, aber an dir liegt mir mehr», wimmerte Auralie. «Und ich dachte, dir läge auch mehr an mir.»

«Chérie, mach dich nicht lächerlich. Ich liebe es, deine süße, saftige Muschi zu befummeln, aber Nicole fass ich genauso gern an.» Olga winkte Nicole, die damit beschäftigt gewesen war, Kensits Schwanz zu lutschen. Sie kam zu Olga herübergetrippelt.

Olga küsste Nicole auf die Lippen und nährte damit Auralies Verzweiflung.

«Welches von Jeanines netten Spielzeugen bevorzugst du?», fragte Olga Nicole.

«Ganz nach Ihrer Wahl, Madame», sagte Nicole.

«Siehst du, Auralie, umgehender Gehorsam», bemerkte Olga. «Was bringt dich auf die Idee, mir läge mehr an dir als an Nicole?»

Auralie gab keine Antwort.

«Hast du wieder Kensits Schwanz gelutscht, Nicole?», fragte Olga.

«Ja, Madame.»

«Hattest du meine Erlaubnis?»

«Nein, Madame.»

«Dann hol diesen dünnen Rohrstock und leg dich über den Bock.»

«Ja, Madame.»

Nicole ging hinüber und hängte Olgas Wahl ab, hob ihren Dienstmädchenkittel, stieg auf das Podest, legte sich über den Bock und führte jedem im Raum ihren prallen, runden Hintern vor Augen.

«Zwölf Hiebe», sagte Olga.

«Zwölf!», rief Nicole aus.

«Ja, zwölf. Sechs von mir und sechs von jemandem meiner Wahl.»

«Ja, Madame. Danke, Madame», sagte Olga.

Olga brachte den Rohrstock auf Nicoles dralles Hinterteil nieder. Petrow betrachtete Mrs. Maclean und rieb sich den dicken, steifen Schwanz noch heftiger.

«Würdest du gern meine neue Partnerin ficken, Petrow?», fragte Jeanine, als der riesengroße Jackson ihr unter die Arme fasste und sie über seiner massigen Eichel in Stellung brachte. Jeanine spreizte die Beine weit auseinander, als Jackson seinen Ständer in sie hineinstieß. Sie hatte sich danach gesehnt, es gewollt, und nun füllte er sie bis in den hintersten Winkel aus. Sie wand sich, während er sie auf und ab, auf und ab bewegte. Sie schwelgte in jedem einzelnen Augenblick und genoss die begehrlichen Mienen der anderen, während sie ihr Seidenkleid hochhielt, damit alle seinen feisten schwarzen Schwanz in ihre weiche, sahneweiße und angeschwollene Muschi eindringen sehen konnten. Nicht länger mit Jacksons Glied beschäftigt, stützte Henrietta sich mit den Fingerspitzen am Boden ab, während Terry sie zu vögeln fortfuhr.

«O ja, würde ich», antwortete Petrow. «Liebend gern würde ich deine neue Partnerin ficken.»

Der Anblick von Henrietta Maclean in ihrem Kostüm aus dem siebzehnten Jahrhundert hatte ihm sogleich das Blut in den Schwanz getrieben. Er hatte ihre Brüste und ihren satten, fetten Hintern liebkosen, sie sich unter ihm öffnen, sein Glied in ihr Geschlecht gleiten fühlen wollen.

«Dann nimm Terrys Platz ein», sagte Jeanine. «Henrietta wollte gefickt werden, und ich sehe keinen Grund, sie auf einen Mann zu beschränken, oder du etwa? Es könnte sie sogar langweilen, bliebe es bei einem. Warum legst du dich nicht hin und lässt sie auf dir sitzen?»

Petrow legte sich zwischen Mrs. Macleans Fingerspitzen, sodass sein Ständer auf ihren Mund wies. Er zog sie zu sich herunter und fort von Terrys sondierendem Schwanz.

«Schieb mir deine Muschi auf den Schwanz und setz dich auf mich», sagte Petrow und befühlte Mrs. Macleans rundliche Brüste.

Ihren Rock hinter sich hochschlagend und die Füße an seinen Seiten, hockte sich Mrs. Maclean über Petrow. Sie hielt ihre Muschi über seine Schwanzspitze und einen Augenblick inne, ehe sie sich in einer raschen Bewegung niederließ und ihn glatt in sich aufnahm. Petrow ergriff mit beiden Händen ihre üppigen Pobacken und führte sie auf seinem stämmigen

Glied auf und ab. Terry kam herüber und kniete sich neben Henrietta. Er begann, ihre Titten zu streicheln, um gleich darauf ihren Kopf zu drehen und sie zu zwingen, den Mund zu öffnen und seinen Schwengel zwischen die Lippen zu nehmen. Das war besser als in ihren wildesten Träumen. Als Terry mit einer Hand an ihrem Poloch zu spielen begann und somit jede ihrer Körperöffnungen behandelt wurde, wusste Mrs. Maclean, dass sie sich im Himmel befand.

«Jackson», flüsterte Jeanine ihm ins Ohr. «Ich hätte gern, dass du etwas für mich tust.»

Jackson stieß weiter in Jeanines klitschnasse Muschi.

«Klar», sagte er.

«Sieh mal nach der armen kleinen Auralie. Sie wirkt so einsam», sagte Jeanine. «Ich glaube, sie braucht ein wenig Aufmerksamkeit.»

Jackson sah sich nach Jeanines Cousine um, die niedergeschlagen an der Wand lehnte und Olga zuschaute, wie sie Nicole fürs unerlaubte Schwanzlutschen an Kensit bestrafte.

«Was schlägst du vor?», fragte Jackson.

«Zieh ihr die Bluse aus und nuckle an ihren Brüsten.»

«Ist das alles?»

«Für den Augenblick.»

«Du meinst, ich soll aufhören, dich zu ficken, nur um dem Miststück an den Brüsten zu nuckeln?»

«Ja», sagte Jeanine.

«Willst du nicht ihre Jeans runter haben?»

«Nein. Ich glaube, sie fühlt sich sicherer mit ihnen.»

«Sicherer? Wie meinst du das?»

«Wart's ab», entgegnete Jeanine, leckte ihn am Hals und ruckelte ein letztes Mal, ehe sie sanft ihre Muschi von seinem Schwanz löste. «Tu es jetzt, Jackson.»

«Was ist mit dir?»

«Och, ich komm schon zurecht», sagte sie und nahm den V-förmigen Doppeldildo aus schwarzem Leder. Sie stieg auf ein Podest, um im Blickfeld aller zu sein, und hob ihr Kleid an. Ein Ende des riesigen Werkzeugs führte sie in sich ein, schnallte sich das Ganze um und ließ das andere Ende unter den Falten ihres Kleids herausragen.

Zwischen den Hieben erforschten Olgas Finger Nicoles Geschlecht und Arsch. Sie sah Jeanine wollüstig an. «Meine Güte», dachte sie, «das Mädel hat rasch gelernt.»

Jeanine trat vom Podest herunter und genoss die Bewegungen des Lederphallus in sich. Dann sah sie sich nach jemand Neuem um. Henrietta wurde noch immer von Petrow gevögelt und Terry genuckelt und deshalb in Ruhe gelassen. Während er seinen Steifen rieb, ging Jackson zu Auralie hinüber, die sich von Olgas Zurückweisung gedemütigt fühlte und brennend eifersüchtig war, als sie sie Nicoles Po lecken sah. Sie wollte sich weder die Jeans runterziehen lassen noch Jacksons Schwanz in sich haben. Langsam bewegte sie sich die Wand hinunter und fort von ihm. Doch er holte sie ein und packte sie bei den Handgelenken. Sie zappelte und krümmte sich, als er sie an die Wand drückte. Sie versuchte, ihn fortzustoßen. Sie wollte von niemandem angefasst werden. Sie zog es vor, sich durch den Anblick ihrer Geliebten, die Nicole leckte, stieß und striemte, zu bestrafen. Jackson presste sie an die Wand und legte die Hände auf ihre Brüste. Sie riss sich los, und er bekam ihren Blusenkragen zu fassen. Der feine Batist riss, und das zerfetzte Gewebe legte ihre Brüste frei und fesselte ihr die Arme an ihre Seiten. Er steckte seinen blanken Schwengel zwischen ihre jeansbedeckten Schenkel, um sich zu reiben und den Sinnesreiz von Stoff und schroffen Nähten auf seiner nackten Haut zu genießen. Mit seiner großen Hand drückte er ihre Schultern zurück, die andere führte er über ihre Brüste und streichelte sie, dann senkte er den Kopf und leckte über ihre Nippel.

«Sie scheint den guten Mann nicht zu erkennen, obwohl sie ihn fühlt», sagte Jeanine. «Bring sie zu Olga.»

Olga aber war noch immer mit Nicole beschäftigt und wollte nichts davon wissen.

«Setz sie dorthin», ordnete Jeanine an und wies auf ein Podest, über dem ein Stahlring hing. «Ich hab noch etwas anderes zu sagen. Olga, hör mal kurz damit auf, dies ist mein Kerker, und hier gilt, was ich sage.»

Olga legte den Rohrstock ab. Nicole erhob sich, und Kensit half ihr vom Bock. Petrow und Jackson setzten sich auf den Boden. Terry packte seinen Schwanz ein, und Henrietta zog sich mit einem befriedigten Gesichtsausdruck das Kleid runter.

«Ich will einen Sitz im Vorstand von Petolg Holdings», vermeldete Jeanine der verdutzten Versammlung ohne irgendeine Vorankündigung.

«Unmöglich», sagte Olga.

«Unerhört», sagte Petrow.

«Du machst Witze», höhnte Auralie.

«Warum?», fragte Jeanine.

«Weil du nichts zu bieten hast», erwiderte Auralie.

«Verstehe», sagte Jeanine, im Bewusstsein, die Oberhand zu haben, und kostete ihre Lage aus. «Ich bin ein sehr guter Fick.»

«So wie viele andere auch», blaffte Auralie, «aber das bringt ihnen keinen Sitz im Vorstand ein.»

«Wieso nicht? Hat es dir nicht deinen eingebracht?», entgegnete Jeanine. «Und mir gefällt Sex. Abgesehen von deinem kleinen Abstecher auf meinen Körper, Auralie, hatte ich mich bei Petrow großartig vergnügt. Es war einfach toll, von so vielen Unbekannten befühlt, geleckt, gesaugt und gefickt zu werden. Tatsächlich werde ich schon feucht, wenn ich nur daran denke.»

Jeanine ging hinüber und trat hinter Olga. Auralies Gesicht im Blick, legte Jeanine eine Hand über Olgas Brüste und streichelte sie. Olga gefiel die Berührung. Sie streckte eine Hand aus und fuhr damit Jeanines Beine hinauf. Jeanine ließ es zu. Sie wusste, dass sie Auralie ganz wahnsinnig vor Eifersucht machte. Jeanine hob Olgas Chiffonrock, steckte ihr den Lederdildo zwischen die Beine und begann, Olgas blankes Geschlecht zu reiben. Auralie verfolgte, wie sich Jeanines Finger unter dem Chiffon bewegten, und knirschte mit den Zähnen. Jeanine sah, wie Petrow sich die Lippen leckte und seinen Schwanz noch derber rieb. Sie wusste, dass er ihn in sie hineinstecken wollte. Sie schnalzte ihm ihre Zunge einladend entgegen.

«Mach die Beine breiter», flüsterte Jeanine Olga zu. Sie schaute zu Auralie hinüber und wusste ganz genau, dass ihre Cousine ihr den Hals umdrehen wollte. Jeanine bog Olga leicht zurück und stieß dann den harten schwarzen Lederdildo mit einem Ruck in Olgas nasse Muschi, während ihre Hände in Olgas Titten zwickten.

«Außerdem bin ich bereit, eurem Orden beizutreten. Nicht als Novizin, sondern als die Hohepriesterin», sagte Jeanine. «Ich will Auralies Platz einnehmen.»

«Ich habe keine Einwände», keuchte Olga, während sie sich auf dem Dildo wiegte.

«Ich habe genug gesehen und gehört», sagte Auralie und ging in Richtung Tür.

«Bleib, wo du bist, du Miststück!», rief Jeanine Auralie zu, versetzte Olgas Muschi zugleich einen weiteren kräftigen Stoß und drückte fest ihre Nippel. Olga seufzte befriedigt und genoss ihren Tanz zu Jeanines Rhythmus. «Mit dir bin ich noch nicht fertig. Dein Mann wird sich von dir scheiden lassen.»

«Niemals», gab Auralie zurück.

«O doch, und ich werde den Platz in seinem Bett einnehmen.»

«Du willst Gerry heiraten?», entfuhr es Auralie.

«Das habe ich nicht gesagt», antwortete Jeanine gelassen. «Ich sagte nur, dass ich deinen Platz in seinem Bett einnehmen werde. Und ich werde einen leitenden Sitz im Vorstand von Petolg Holdings erhalten. Du wirst ihm nicht länger angehören, doch schlage ich vor, dass du als Formgestalterin im Unternehmen bleibst.»

«Fick dich ins Knie», spie Auralie aus.

«Ich ziehe es vor, Olga zu ficken», sagte Jeanine. «Und ich möchte meinen, dass sie es genießt, nicht wahr? Hör also zu. Du wirst keine Abfindung von Gerry bekommen, aber als meine Designerin und mit dem Vertrag von de Bouys genug verdienen.»

Alle im Raum waren sprachlos. Sie konnten kaum glauben, was sie da hörten.

Jeanine war nass und geil und wollte gefickt werden. Doch sie hielt ihre Lust in Schach und rückte von Olga ab.

«Was bringt dich auf den Gedanken, wir würden auf irgendeine deiner Forderungen eingehen?», fragte Petrow.

«Ihr werdet mir geben, was ich haben will, weil ihr ohne mich diesen Auftrag nicht bekommen werdet, und ich weiß, wie sehr ihr ihn braucht», sagte Jeanine.

«Und wie willst du das machen?», zischte Auralie.

«Weil meine Mutter dich auf den Tod nicht ausstehen kann», antwortete Jeanine siegesgewiss. «Weil du in das Bett ihres Gatten gestiegen bist und ihm den Schwanz gelutscht hast und sie dir das nie verziehen hat. Und es nie tun wird. Und das wissen wir beide.» Jeanine schnellte zu Petrow und Olga herum. «Stimmt ihr beide meinem Vorschlag zu? Falls ja, garantiere ich, dass ihr den Auftrag für die Fluggesellschaft bekommt. Ich werde mit meiner Mutter reden. Sie wird mit Sir Henry reden. Und Sir Henry ist in sie vernarrt. Vollkommen in sie vernarrt. Was immer sie haben will, wird sie bekommen. Wenn sie will, dass der Auftrag an Petolg Holdings geht, wird der Auftrag dorthin gehen. Wenn nicht, dann nicht. Ganz einfach, oder? Ihr stimmt meinem Vorschlag zu, und alles ist gut. Tut ihr's nicht, nun, dann leiden alle darunter. Also, Olga, Petrow, seid ihr einverstanden?»

«Ja», sagten sie.

Doch Auralie zog es vor, widerspenstig zu bleiben.

«Du blöde Zicke glaubst, du kannst gewinnen», sagte Auralie. «Ohne mich gibt es keine Firma. Ohne mich gibt es keine Entwürfe, und ich werde niemals für dich arbeiten, niemals.»

«Eine andere Designerin finden wir immer», hielt Jeanine dagegen. «Aber ich werde mir die Mühe sparen, denn ohne deine Einwilligung, Auralie, sind wir nicht im Geschäft.»

«*Putain*», giftete Auralie. «Ich geh nach Hause. Schließ diese Tür auf und lass mich raus. Hörst du schlecht? Ich sagte, schließ diese Tür auf und lass mich raus.»

«Ich hab dich gehört», sagte Jeanine. «Aber du solltest vielleicht wissen, dass du kein Zuhause mehr hast.»

«Und warum nicht?»

«Wie gesagt. Dein Mann wird sich von dir scheiden lassen. Er will dich nie wiedersehen.»

«Und woher weißt du das?»

«Er hat es mir gesagt.»

«Wann?»

«Er kam heute Nachmittag vorbei», sagte Jeanine ruhig.

Henrietta schaute ziemlich bestürzt drein. Sie war den ganzen Nachmittag lang mit Jeanine zusammen gewesen, und Gerry war nicht in Erscheinung getreten. Vielmehr hatte sie seit ihrer Rückkehr vom Kloster alle seine Anrufe abgeblockt. Henrietta rätselte, was Jeanine im Schild führte. Warum war sie unaufrichtig? Und erzählte Lügen?

Jeanine hob den Ochsenziemer auf und streichelte ihn, während sie Auralie entgegentrat. Auralie erschauerte unwillkürlich.

«Ich dachte, dass du mich liebst, Cousine», sagte Jeanine «Ich dachte, du würdest mir helfen, weil du mich liebst. Wie ich dich geliebt habe. Nun finde ich heraus, dass du mich hasst. Außerdem muss ich feststellen, dass du und Laurence ein Liebespaar gewesen seid. Du wusstest, dass ich ihn geliebt habe. Vier Jahre meines Lebens habe ich damit vergeudet, um ihn zu trauern. Beide habt ihr mich angelogen. Und du, Auralie, wirst dafür gezüchtigt werden.»

Jeanine ließ den Ochsenziemer schnalzen und wandte sich an Jackson.

«Fessele sie an diesen Ring», ordnete sie an.

Auralie wollte vom Podest springen, doch Jackson war zu schnell für sie. Er fing sie ein und hielt ihre Arme fest. Auralie sträubte sich heftig.

«Petrow, geh Jackson helfen», sagte Jeanine.

Petrow packte Auralie bei den Beinen. Auralie krümmte und wand sich, als sie die Lederriemen um ihre Handgelenke banden und ihre Arme zum Stahlring hinaufzogen.

«Olga, dein Schützling muss beruhigt werden», sprach Jeanine. «Erledige das so, wie du es am besten kannst. Aber zieh ihr nicht die Jeans aus.»

Olga stieg zu der sich windenden Frau auf das Podest und begann, sie träge auf den Mund zu küssen, während sie ihre bloßen Brüste streichelte. «Aber, aber», sagte Olga und befühlte Auralies Muschi durch ihre Jeans. «Keine Sorge, *chérie*, Jeanine macht doch nur Theater.»

Wieder küsste Olga Auralie auf die Lippen.

Jeanine stieg zu ihnen auf das Podest. Unter den Übrigen im Raum breitete sich allmählich ein Gefühl starker Erregung aus, als sie sich über Jeanines Absicht, Auralie zu bestrafen, klar wurden. Jeanine fing an, Auralies Schenkel mit dem Ochsenziemer zu streicheln. Auralie trat nach hinten aus.

«Tu das nicht, Cousine», drohte Jeanine. «Du könntest mir wehtun, und ich will nicht, dass du mir noch einmal wehtust. Was ich hingegen will, ist deine Zustimmung. Die Zeit scheint mir reif dafür zu sein, dich merken zu lassen, dass ich es ernst meine. Sehr ernst.»

Jeanine befahl Olga, das Podest zu räumen, und hob dann die Peitsche. Jeder im Raum sog scharf den Atem ein. Auralie spürte die Stimmung und wand sich in ihren Fesseln.

«Nein!», rief Auralie gellend, als sie Jeanines Absicht erkannte.

«Ja!», sagte Jeanine und brachte den Ziemer mit voller Wucht auf Auralies jeansbespannten Hintern nieder.

Auralie machte einen heftigen Satz. Es brannte schärfer, als es auf den nackten Po der Fall gewesen wäre. Ihr Fleisch war derart fest eingezwängt, dass es der Grausamkeit des Hiebs nicht ausweichen konnte. Sie gab einen Schmerzensschrei von sich, krampfte die Finger zusammen und verdrehte die Augen beim Versuch, ihre Tränen zurückzuhalten.

Jeanine verspürte eine Woge der Lust, als sie Auralie sich krümmen und winden sah. Sie würde sie erneut peitschen. Das zweite Mal würde sie sogar noch mehr genießen, da sie nun wusste, wie sehr der Hintern ihrer Cousine den Hieb spürte.

«Dir kann man nicht trauen», zischte Jeanine und schlug erneut auf sie ein. «Aber du bist eine gute Designerin. Eine sehr gute Designerin, die ich beabsichtige zu halten. Dort zu halten, wo ich auf dich aufpassen kann. Ich biete dir hier bei mir ein Zuhause an.»

Auralie war verdutzt. «Niemals!», schrie sie wütend und unter Tränen.

«Auralie, ich glaube, du solltest lieber auf Jeanines Bedingungen eingehen», riet ihr Petrow.

«Niemals, niemals!», kreischte Auralie.

«Chérie», flüsterte Olga der ohnmächtigen jungen Frau zu. «Ich werde nie wieder mit dir schlafen, wenn du nicht zustimmst. Sag ja. Dann wird alles wieder, wie es war.»

«Nein», widersprach Jeanine. «Nein, wird es nicht. Nichts wird wieder wie früher sein. Auralie, du hast mutwillig mein Geschäft zugrunde gerichtet. Und nicht für etwas, das ich getan hätte, jedenfalls nicht bewusst. Wärest du vielmehr ehrlich zu mir gewesen, hätte ich mich von Laurence ferngehalten und mich nie mit ihm eingelassen. Ich hätte ihn als den Deinen betrachtet.»

«So wie du jetzt meinen Ehemann betrachtest?», höhnte Auralie.

«Nein, nicht so», entgegnete Jeanine. «Du hast dein Recht auf Gerry verwirkt.»

Doch Jeanine wollte nicht über Gerry reden. Sie schlug einen anderen Kurs ein. «Auralie, ich wünsche deine Einwilligung bei einer Reihe von Punkten», sagte sie. «Und sollte ich sie nicht bekommen, werde ich dich wieder züchtigen. Henrietta und ich brauchen Hilfe. Willige Hilfe. Tatsächlich brauche ich eine Sklavin. Du wirst meine Sklavin sein, Auralie.»

«Nein!», schrie Auralie.

Jeanine hob erneut die Hand mit der Peitsche. «Du wirst

meine Sklavin sein, Auralie. Du wirst hier wohnen und genau das tun, was ich will und wann ich es will. Nicht wahr, Olga?»

Olgas Augen funkelten. Die Idee sagte ihr ungemein zu. Und ihr sagte auch diese neue Jeanine mit ihrem Befehlston und ihrem eigenen Kopf zu. Außerdem sagte ihr zu, wie sich Jeanines feuchte Muschi anfühlte, und sie wollte sie wieder berühren. Jeanine spürte, was Olga wollte, drehte sich ihr halb zu und ruckte dabei am Dildo zwischen ihren Beinen. Wortlos ließ sie die andere Frau wissen: «Okay, ich werde dich vögeln, aber nur, wenn du mir vorher mit diesem Mist-stück hilfst.»

Olga war erregt. Keinesfalls würde sie Jeanines unaus-gesprochene Einladung ausschlagen. Jetzt schon malte sie sich aus, wie sie miteinander schliefen. Sie grinste Jeanine lüstern an.

«Auralie», sagte Olga listig. «Wenn du Jeanines Sklavin bist, kann ich dich nach Belieben befühlen und anfassen. Das stimmt doch, oder, Jeanine?»

«Das trifft zu», erwiderte Jeanine salbungsvoll.

«Nein!», rief Auralie aus.

«Ich verliere die Geduld», sagte Jeanine. Sie marschierte auf Auralie zu, die sie kommen sah und sich verzweifelt wand, um den langen Lederschnüren auszuweichen. Wieder brachte Jeanine den Ziemer auf Auralies Hintern nieder, dies-mal beträchtlich fester als zuvor. Auralie zuckte zur Melodie der Peitsche. Ihr Hinterteil brannte. «Du hattest deine Chance. Das Geschäft ist geplatzt.»

Auralie konnte kaum glauben, was sie da hörte. Das war nicht die alte Jeanine. Stets hatte sie geargwöhnt, die Frau sei entweder nicht so scheu oder nicht so fromm, wie alle gedacht hatten. Die Leichtigkeit, mit der Jeanine in die Rolle der Domina geschlüpft war, bestürzte die junge, dunkelhaarige Frau, die am Stahlring schaukelte. Durch ihre Tränen hindurch erhaschte sie einen Blick auf Olgas Gesicht.

Olga sah freudig erregt aus, ja fast schon irrwitzig beschwingt. Sie genoss das Unbehagen der jungen Frau.

Einmal mehr hob Jeanine die Hand mit der Peitsche.

«Schon gut, schon gut, einverstanden», sagte Auralie und wand sich in ihren Fesseln, mit brennendem Hintern und unerwünschten Tränen, die ihr über das Gesicht liefen.

«Mit allem?», fragte Jeanine schroff.

«Ja», entgegnete Auralie erschöpft. Ihr taten die Arme weh. Sie wollte abgehängt werden.

«Du stimmst meinem Sitz im Vorstand zu?»

«Ja.»

«Und deinem Verbleib in der Firma als Designerin?»

«Ja.»

«Und dass ich statt deiner Hohepriesterin des Ordens werde?»

«Ja.»

«Und dass du meine Sklavin bist?»

«Ja.»

«Ja, was?», fragte Jeanine und hob erneut den Ochsenziemer.

«Ja, *Madame*», sagte Auralie.

«Vergiss es nicht. Vergiss es niemals», befahl Jeanine.

Sie warf die Peitsche beiseite.

«Okay, schneidet sie ab, und dann macht mit ihr, was ihr wollt.» Jeanine schnallte sich den Dildo ab und reichte ihn Terry, der ihn zurück an die Wand hängte. «Komm mit, Henrietta.»

Die beiden Frauen verließen den Raum, während Petrow und Jackson Auralies Fesseln lösten.

«Zu schade, dass Terry seine Kamera nicht mitgebracht hat», sagte Henrietta Maclean, als beide draußen vor der Tür waren. «Wir hätten ein paar Fotos von Auralie machen können, während sie gefickt und ausgepeitscht wird.»

«Das können wir vielleicht noch», sagte Jeanine. «Wo hat er seinen Apparat gelassen?»

«Im Speisesaal, glaube ich», antwortete Mrs. Maclean.

«Hatte Auralie ihre Entwurfsmappe bei sich? Die werde ich für die Präsentation brauchen.»

«Ich hab sie nicht gesehen.»

«In dem Fall rufe ich Gerry an, damit er sie vorbeibringt», sagte Jeanine. «Sobald er eintrifft, werde ich mit Olga die Präsentation abhalten, und du kannst Auralie hier behalten. Falls noch Zeit ist, ficke ich vielleicht mit Gerry, ehe wir aufbrechen.»

An ihrem Schreibtisch telefonierte sie mit Gerry, der bereit war, binnen einer Stunde mit den Unterlagen vorbeizukommen. Dann begab sie sich auf die Suche nach Terrys Digitalkamera und fand sie im Speisesaal.

«Jetzt kann ich diese Fotos von Auralie machen», dachte Jeanine hochmütig.

Sie ging zurück in ihr Schlafzimmer. Durch die Verbindungstür zum Kerker sah Jeanine die anderen einer Sexorgie frönen. Nunmehr völlig nackt, wurde Auralie flach am Boden von Jackson gevögelt. Olga saß rittlings auf ihrem Gesicht, gab Auralie zu lecken und liebkoste zugleich ihre knackigen Brüste. Auralie befand sich in höchster Verzückung, hob und senkte die Hüften mit jedem Stoß von Jacksons Schwanz, während ihre Zunge Olgas offen stehendes Geschlecht ausschlürfte und ablutschte. Auralies Arme waren weit abgespreizt, und ihre eine Hand bearbeitete wie wild Petrows Steifen. Er kniete neben ihr und hielt den auf

Auralies Muschi einstürmenden Schaft von Jackson umschlossen.

Jeanine machte eine Reihe Fotos und legte die Kamera dann
in ihre Handtasche, die neben dem Bett stand. Dann betrat sie
den Kerker.

Mit einem lauten Händeklatschen bewies Jeanine ihre neu
gefundene Macht.

«Das wär's, Leute. Ihr habt euren Spaß gehabt», verkündete
sie.

Alle hielten inne und kamen auf die Beine. Jeanine wies
Petrow und Jackson an, Auralie an einen soliden georgia-
nischen Stuhl zu fesseln, der bei dem großen Zweiwegespie-
gel an der Wand zu ihrem Schlafzimmer stand.

«Jetzt knebelt sie», befahl Jeanine.

Sie nahm Olga beiseite.

«Ich habe alle Telefonate geführt», sagte Jeanine. «Wir sollen uns in zwei Stunden mit Sir Henry in seinem Büro treffen.
Gerry wird jeden Augenblick die Präsentationsunterlagen
vorbeibringen, also mach dich fertig.»

Jeanine schickte alle fort und legte darauf einen Schalter um.
Schwere rote Seidenvorhänge senkten sich auf ganzer Breite
des Kerkers herab und verhüllten die Hilfsmittel. So verblieb
nur ein schmaler Bereich zwischen den Vorhängen und dem
Schlafzimmer, in dem Auralie gefesselt und geknebelt auf
ihrem Stuhl saß.

Jeanine schloss die Tür und wartete auf Gerry. Er traf eine
Stunde später ein und betrat Jeanines Wohnzimmer, als sie
gerade mit ihrer Mutter telefonierte.

Bei seinem Anblick machte Jeanines Herz einen Satz. Sie
gab einen Freudenschrei von sich und lief Gerry entgegen. Er
fing sie in seinen Armen und küsste sie leidenschaftlich, während sich seine Hand in ihr Kreuz drückte. Jäh wuchs Gerrys

Schwanz stoßkräftig an. Jeanine fühlte es durch seinen Anzug. Mit frisch entfachtem Begehren begann Jeanine, sich unter Gerrys beharrlichem Druck zu wiegen und zu winden.

Jeanines Reaktion war stärker, als Gerry sich erhofft hatte. Er hob den schweren Seidenjersey ihres Kleids und ließ seine Hände über ihre weiche Haut streifen. Seine Finger fanden ihre üppigen Brüste und begannen, mit ihren Nippeln zu spielen. Seine Zunge spürte jeden Winkel in ihrem Mund auf. Er drehte sie halb herum, sodass seine Hände mit Leichtigkeit von ihren Brüsten über ihren Bauch hinweg und hinunter zur Öffnung zwischen ihren Beinen wandern konnten. Er war überrascht, sie so nass und willig anzutreffen. Jeanine seufzte, während seine Finger ihre geschwollenen und völlig erregten Schamlippen betasteten. Sie hielt den Atem an, als er das Spiel mit ihnen aufnahm, sie zwischen Zeige- und Ringfinger hin und her knetete und ihre Lust verstärkte. Scharf sog sie den Atem ein, als sein Mittelfinger auf ihrer Klitoris traf.

Gerry staunte über Jeanines Erregung. Doch er war froh, denn er wollte furchtbar gern mit ihr vögeln. Sein Schwanz, wollte in ihr sein, ihre Muskeln sollten ihn packen, ihn stetig weiter hineinziehen bis zum Gipfel des Begehrens und der Befriedigung.

Jeanine wand sich unter seiner Berührung. Sie stemmte ihre großen Brüste nach vorn, ihre harten Nippel sprachen auf jede sanfte Liebkosung an. Sie stand auf Zehenspitzen, die Hüften ausgestellt, und erlaubte ihm ungehinderten Zugang zu ihrer zügellosen Muschi, während seine Finger behutsam mit ihrer hochempfindlichen Klitoris spielten. Je länger er das tat, umso stärker und lebhafter wurden ihre Sehnsucht und Phantasien. Erotische Phantasien. Sie seufzte und umschmiegte durch den Hosenstoff zärtlich Gerrys aufgerichteten Penis.

Ungeduldig zerrte sie seine Hose auf und drang mit ihren

Fingern in seine Unterhose vor, bis sie schließlich die nackte, pochende Härte seines Glieds berühren konnte.

«Ich würde dir gern den Schwanz lutschen», sagte Jeanine auffordernd, legte ihr Kleid ab und schlängelte sich an seinem Körper hinunter. Sie nahm ihn in beide Hände und setzte ihn an ihre Lippen. Ihre Zunge schnalzte über die gefahrvoll gerötete Kuppel und spürte der tiefroten Wulst nach. Ihr Mund formte sich vollendet, als ihre Lippen seinen bebenden Schaft umschmiegten. Sie packte zu, barg seine Eier in ihrer Hand und knetete sie sachte zwischen den Fingern.

Unerträglich erregt, beugte sich Gerry so weit vor, dass seine Hände Jeanines Brüste umfassen konnten. Er spielte an ihren steifen Nippeln und brachte sie zu noch strammerer Härte. Er sah ihren blanken Hintern sich wiegen, während ihr Mund auf und ab, auf und ab über seinen Schwanz glitt. Sein Glied in ihrem Mund, nestelten seine Finger an seinem Hosenbund.

«Zieh sie aus», raunte sie verführerisch.

Sie wollte ihn haben. Wollte ihn dringender, als sie sich vorstellen konnte und ihr bewusst war. Furchtbar dringend wollte sie seinen Schwanz in sich fühlen, von ihm ausgefüllt, genommen, immer höher getragen werden. Seinen Körper auf ihrem fühlen, seinen lieblichen, nie von Rasierwasser gestörten Duft riechen.

Gerry streifte sich die Kleider vom Leib, während Jeanine hinüber in ihr Schlafzimmer ging. Sie legte sich auf ihr breites Doppelbett, die Hüften hochgestemmt, Beine gespreizt, und spielte mit ihren Fingern an sich. Sie war die perfekte Verkörperung einer betörenden Verführerin. Sie drehte sich um und schaute sich im Spiegel an. Katzenhaft grinste Jeanine. Sie wusste, auf der anderen Seite des Spiegels sah Auralie gefesselt und geknebelt zu.

Gerry trat mit stolz aufgerichtetem Schaft Jeanine entgegen. Sein straffer, wunderschön geformter Körper beugte sich zu ihr herab. Er leckte ihr geiles Geschlecht.

«Setz dich auf mich», flüsterte er.

Sie tauschten die Plätze. Jeanine hockte sich rittlings über Gerry und senkte sich nach und nach auf seinen aufgerichteten Schwanz. Sie nahm ihn gemächlich, neckte ihn damit. Ihre Muschi rückte seinem Schwanz zu Leibe, nahm aber zunächst nur die Eichel in sich auf. Rauf und wieder runter. Jedes Mal, wenn sie sich absenkte, nahm sie ein wenig mehr von ihm in sich auf. Gerry befand sich in einem Zustand erlesener Qual. Er wollte derb in sie stoßen, wusste aber, dass sie damit den Kitzel der Vorfreude einbüßen würden. Er hielt den Atem an und wartete. Die unglaubliche Nässe und Saftigkeit von Jeanines Öffnung raubten ihm die Sinne, berauschten ihn. Die Muskeln um seinen höchst erregten Schwanz zogen ihn ganz allmählich in sie hinein.

Gerry legte sich zurück und genoss jeden einzelnen Augenblick. Jeanine machte noch eine weitere langsame Bewegung aufwärts. Plötzlich stieß sie mit voller Wucht auf ihn nieder. Dann ritt sie ihn wie einen Hengst. Auf und ab ging sie, wurde immer schneller. Sein Kopf wälzte sich hin und her, seine Hände walkten kräftig ihre Brüste. Ihm zitterten die Beine, und er wusste nicht mehr, ob er auf Erden war oder im Paradies.

Jeanine schmiegte sich der Länge nach an ihn. Er genoss ihre vollen Brüste auf seinem Oberkörper. Sie schlang ihm die Arme um den Hals, presste die Knie an seine Hüften und schaffte es, sie beide umzudrehen. Sie wollte einfach nur genommen werden.

«Jetzt fick mich hart», befahl sie und biss ihm ins Ohr.

Gerry brauchte keine besondere Aufforderung. Füße und

Schultern ins Bett gestemmt, hob sie die Hüften. Er setzte seinen Mund auf ihren, und im selben Moment, da seine Zunge zwischen ihre Lippen schlüpfte, rammte sich sein Schwanz tief in ihre Muschi. Vorbei mit der süßen Qual. Er konnte sie reiten, seiner rasenden Begierde freien Lauf lassen.

Ihr geschwollenes Geschlecht tat weh und kribbelte begehrlich, als sie ihn nahm. Sein kräftiger, stampfender Schaft stürzte sich in sie hinein, in seine willige Gefangene. Selig verschmolzen in einem einzigen langen Kuss, warfen sie die Köpfe von einer Seite auf die andere, als könnten sie nie genug davon bekommen, einander zu spüren und zu schmecken. Ihre beiden entflammten Körper waren eins in gemeinsamer und vollkommener Verzückung. Einträchtig ritten sie auf und nieder, schwelgten in der Lust und dem Genuss am Körper des Partners. Dann brach es mit derart gewaltsamem, alles durchdringendem Bersten in ihnen los, dass einen Augenblick lang keiner von beiden den Höhepunkt des anderen gewahrte. Sie blieben umschlungen liegen. Ihr Glück war vollkommen.

«Du musst jetzt gehen», sagte Jeanine und schob sich träge vom Bett. «Vorher habe ich aber noch ein Geschenk für dich.»

Sie langte nach ihrer Handtasche und holte die Kamera mit den Aufnahmen von Auralie, wie sie im Kerker gefickt wurde, heraus.

«Jetzt hast du die Beweise, um dich von Auralie scheiden lassen zu können», sagte Jeanine.

«Wie bist du daran gekommen?», fragte Gerry verblüfft, als er auf die Schnappschüsse starrte.

«Habe ich selbst gemacht.»

«Wo?»

«Gleich hier», antwortete sie, nahm Gerry bei der Hand, führte ihn zur Verbindungstür und öffnete sie sperrangelweit.

Zuerst sah Gerry nur den schweren roten Seidenvorhang, der die Verlockungen des Kerkers verbarg. Dann erblickte er entsetzt die geknebelte und an den Stuhl gefesselte Auralie.

Er traute seinen Augen nicht. Er ging zu ihr hinüber, um ihr Haar zu berühren. Ein Seitenblick machte ihm klar, dass die ganze Wand ein Fenster auf Jeanines Schlafzimmer war. Aber wie konnte das sein, rätselte er. Dann entdeckte er, dass es sich um einen durchsichtigen Spiegel handelte.

«Hat sie uns beobachtet?», flüsterte er Jeanine beklommen zu.

«Das hoffe ich doch», sagte Jeanine auftrumpfend.

«Du hoffst es!?»

«Ja», sagte Jeanine. «Siehst du, sie ist meine Sklavin. Wenn ich will, dass sie mir beim Sex zuschaut, muss sie zuschauen. Das ist Teil der Abmachung.»

Auralie sträubte sich stumm.

«Welche Abmachung?», wollte Gerry von Jeanine wissen. «Und wofür?»

«Och, für alles», sagte Jeanine leichthin. «Mach dir keine Sorgen deswegen. Lass dich einfach von ihr scheiden, das ist alles. Sie wird keine Forderungen an dich richten. Sie ist selber imstande, sich ihren Lebensunterhalt zu verdienen. Und als meine Sklavin wird sie hier bei mir wohnen. Ich werde ihr Essen und Kleidung stellen. Du kannst sicher sein, dass sie sich von nun an benehmen wird. Falls nicht, wird sie bestraft. Dann lass ich sie auspeitschen.»

«Auspeitschen!», rief Gerry aus, und schon beim bloßen Gedanken wallte ein flüchtiger Lustschub durch seine Lenden.

«Ja», sagte Jeanine. «Auspeitschen. Vielleicht würdest du das ja gerne tun.»

«Ja», rief Gerry begeistert und verliebte sich noch mehr in

Jeanine. Was sie ihm vorschlug, erfüllte ihm seinen größten Wunschtraum.

«Dachte ich mir fast schon», sagte Jeanine. «Aber das hat noch Zeit. Jetzt habe ich ein sehr wichtiges Treffen, und ich muss dich bitten zu gehen.»

«Jeanine», sagte Gerry ernsthaft. «Wirst du mich heiraten, sobald ich von Auralie geschieden bin?»

«Ich glaube nicht, Gerry», erwiderte sie. «Ich glaube nicht, dass es mit uns klappen würde. Siehst du, ich habe vor, mein eigenes, hochgradig spezialisiertes Geschäft zu führen, und werde zu sehr mit anderer Leute Bedürfnissen beschäftigt sein, um eine Vollzeitbeziehung mit nur einer Person in Betracht zu ziehen. Aber wir könnten eine Übereinkunft treffen. Die dich bei keinem deiner Pläne stören würde. Legen wir doch einen regelmäßigen Tag fest, an dem du kommst, um mich zu ficken und ich dir von den Fortschritten meiner Sklavin berichte. Falls sie ein ungezogenes Mädchen gewesen ist, kannst du ihre Bestrafung vornehmen. Und hier ist der Ort, an dem du es tun kannst.»

Jeanine warf einen Blick auf Auralie und sah die Frustration in den Augen der Gefangenen. Mit siegesgewissem Lächeln betätigte sie den Schalter, der die Seidenvorhänge vor ihrer Kerkereinrichtung anhob. Der Eindruck, den der Raum mit seinen Zwangsmitteln ausübte, traf Gerry mit voller Gewalt. Erschrocken und neugierig zugleich trat er einen Schritt zurück.

«Siehst du, was ich meine, Gerry», sagte Jeanine und legte eine Hand auf seinen Schwanz. «Ich beabsichtige, ein ganz besonderes Etablissement zu führen. Vielleicht würdest du ja gern mein Vorzugskunde werden?»

«O ja», stimmte er zu und schluckte heftig.

«Wenn du mich jetzt entschuldigst, ich muss mich wirklich

fertig machen», sagte Jeanine lächelnd. «Henrietta nimmt bereits Buchungen entgegen. Sag ihr einfach, wann du kommen möchtest.»

Gerry folgte Jeanine zum Kerker hinaus, küsste sie zärtlich auf den Mund und brach auf. Jeanine trat an ihren Kleiderschrank und wählte für die Präsentation ein locker sitzendes aprikosenfarbenes Kostüm. So überaus angemessen. So geschmackvoll. So jungfräulich anmutend. Und so vollends vertretbar.

Sie hoffte, dass Olga bereit war. Nicht dass irgendeine von beiden wirklich anwesend sein müsste, aber es würde besser aussehen. Die Präsentation war eine bloße Formsache. Ihre Mutter hatte bereits mit Sir Henry gesprochen, und der Auftrag gehörte ihnen.

Als sie sich fertig angekleidet hatte, ging Jeanine zurück in den Kerker.

Sie nahm Auralie den Knebel ab, aber nicht die Fesseln.

«Olga und ich werden mit guten Nachrichten für dich zurückkehren», sagte Jeanine. «Und, Sklavin, ich habe dir mitzuteilen, dass mein nächstes Vergnügen darin besteht, mich vor deinen Augen von deiner Geliebten lecken zu lassen.»

«Nein», rief Auralie, die endlich ihren Gefühlen Stimme verleihen konnte.

«Dafür setzt es nachher Prügel», sagte Jeanine boshaft. «Die Antwort lautet: ‹Ja, Madame. Danke, Madame.› Denk daran, Auralie.»

Jeanine hob das Champagnerglas, das sie neben den Stuhl gestellt hatte. Sie hielt es Auralie an die Lippen.

«Trink.»

Auralie neigte den Kopf und trank einen Schluck.

«Was sagst du?»

«Danke, Madame.»

«Siehst du, Cousine», fuhr Jeanine fort, «ich bin ziemlich sicher, dass wir sehr erfolgreich sein werden.»

Jeanine hielt das Glas, bis Auralie ausgetrunken hatte, dann nahm sie ihre Handtasche und ging zur Tür.

«Ich werde Henrietta sagen, dass sie dich freilassen soll, sobald wir fort sind.»

Jeanine stolzierte hochgemut aus dem Raum und ließ Auralie an den Stuhl gefesselt zurück.

Auralie verfolgte ihren Aufbruch. Der Sieg ist nicht deiner allein, dachte sie. Das hier könnte mir Spaß machen. Es könnte mir Spaß machen, nicht dauernd nachdenken und Pläne schmieden zu müssen. Zumindest eine Weile lang. Sobald es mir aber keinen Spaß mehr macht, dann sieh dich vor, Jeanine, sieh dich dann bloß vor.

Susanna Calaverno

Sie sucht ihn

Die Reporterin Hanne brennt darauf, bei ihrer Zeitung endlich einmal spannende Rechercheaufträge zu bekommen. Doch tatsächlich muss sie die Kontaktanzeigen betreuen. Was zuerst wie eine Strafe wirkt, wird aber unversehens zur Offenbarung ...
rororo 24665

**Heiß, heißer ...
Erotik bei rororo**

Helena Ravenscroft

Die Cousine

Der dekadente Valerian Hawkesworth und sein abenteuerlustiger Bruder Drummond konkurrieren um alles: Frauen, Erbschaften – und ihre Cousine Lydia. Die junge Frau findet sich bald verstrickt in ein Netz erotischer Spiele, das sie immer mehr genießt, das jedoch auch gefährlich ist ...
rororo 24660

Cleo Cordell

Freibeuterin der Lüste

Spanien, um 1800: Die schöne junge Witwe Carlotta Mendoza rettet sich vor dem machthungrigen Don Felipe in ein Leben auf See. Dort macht sie sich einen Ruf als furchtlose Freibeuterin und leidenschaftliche Geliebte. Nur einer ist ihr ebenbürtig: der attraktive Pirat Manitas ...
rororo 24656

Weitere Informationen in der Rowohlt Revue *oder unter* www.rororo.de

Ruth Fox
Die Schule des Gehorsams

Cassie erlebt im Zug eine aufregende Begegnung mit einem Fremden. Danach weiß sie, dass es Seiten an ihr gibt, die sie selbst nicht kennt – die sie aber ergründen möchte. Auf eine Anzeige melden sich zwei Menschen, von denen sie in die Welt der Dominanz und Unterwerfung eingewiesen wird: Becky und der geheimnisvolle Mr. King. rororo 24426

Gefährliches Verlangen

Deanna Ashford
Die Sklavin

Prinzessin Sirona und ihr Geliebter, der Krieger Taranis, werden getrennt und als Sklaven verkauft. Der attraktive Taranis muss seiner Herrin auch im Bett zu Diensten sein. Sirona schwelgt schon bald im Luxus der Villa von General Lucius und der dort gebotenen Sinnesfreuden. rororo 24508

Laura Hamilton
Die Schamlose

Keine noch so riskante Variante sexuellen Vergnügens ist der Businessfrau Nina fremd. Ihr einziges Problem dabei ist, dass sie ihre heißen Spiele bislang allein mit sich selbst treibt. Ihre Erlebnisse mit Männern sind eher ernüchternd – bis sie Andrew kennenlernt. rororo 24423

Weitere Informationen in der Rowohlt Revue *oder unter* www.rororo.de